무사 백동수 2

무사 백동수 2

초판 1쇄 펴낸 날 2011. 9. 14

지은이	권순규 · 박윤후
발행인	홍정우
편집인	이민영
디자인	문인순
마케팅	김성규, 한대혁
발행처	브레인스토어
등록	2007년 11월 30일(제313-2007-000238호)
주소	(121-841)서울시 마포구 서교동 465-11 동진빌딩 3층
전화	(02)3275-2915~7
팩스	(02)3275-2918
이메일	brainstore@chol.com
홈페이지	www.grbs.co.kr

ⓒ 권순규 · 박윤후, 2011
ISBN 978-89-94194-22-6(13800)

원작 : 만화 〈야뇌 백동수〉 이재헌 · 홍기우
ⓒ 이재헌 · 홍기우, 대원씨아이

값은 뒤표지에 있습니다.
잘못 만들어진 책은 구입하신 서점에서 바꾸어 드립니다.

권순규 · 박윤후 소설

Full Version 2 : 완전한 결말

브레인스토어

❈ 작품기획 ❈

어린 시절부터 무술에 관심이 많아 손에 닿는 대로 배우다가 대학 시절 해동검도에 빠져들었다. 이후 줄곧 한국 고유의 무예에 관심을 두었는데, 소설과 시나리오를 집필하던 중 기어이 기회가 찾아왔다. 하지만 작가가 표현하고 싶은 무인의 이야기와 드라마가 필요로 하는 무인의 이야기에는 극복하기 힘든 갭이 존재했고, 이를 극복할 수 있는 방법이 다만 소설임을 깨닫곤 소설을 집필하게 되었다.

무사 백동수는 조선 시대를 살아간 협객의 이야기다. 하지만 구국영웅의 이야기는 아니다. 21세기를 살아가는 우리의 삶과 함께 호흡하는 영웅, 피부에 와 닿는 영웅이다. 가진 것 없이 맨몸으로 세상에 부딪치고, 손이 아닌 가슴에 칼을 품은 영웅인 것이다. 다만, 역사서엔 한 줄밖에 등장하지 않는 영웅을 형상화시키는 것이 쉽지만은 않았다. 그리고 그것이 바로 작가의 업이다.

하여 많은 죄를 지었다.

멀쩡한 양반가 서자를 천애 고아로 만들고《무예도보통지》를 만들었다는 이유로 조선제일의 검객으로 탈바꿈시켰다. 시대의 악역을 미화하기도 하고, 시대의 영웅을 간웅으로 표현하기도 했다.

그럼에도 백동수가 영웅인 이유는 완전한 무에서 궁극의 무를 이뤄낸

그의 일대기가 우리에게 짜릿한 대리만족과 희망을 안겨주기 때문이다.
   작가가 그리 만들고, 독자가 그리 믿는다.

   50부작으로 준비된 기획안이 24부작으로 줄어듦에 무사 백동수의 이야기는 드라마에서 모두 할 수 없게 되었고, 결국 소설에서 만나볼 수 있게 되었다.
   동수가 몸으로 부딪치면 온전히 몸으로
   동수가 마음으로 부딪치면 온전히 마음으로
   소설을 읽는 내내 독자들은 동수와 함께 웃고, 울며, 소리칠 것이다.

인물소개

백동수
팔다리가 뒤틀려 태어난 판자촌의 외톨이에서 정조대왕의 호위 무관으로 동양3국의 무예를 총망라한 무예서 《무예도보통지》를 만든 최고의 무인이자, 피폐한 삶에 찌든 조선 민중의 영웅으로 우뚝 선 당대 최고의 협객.

여운

천재 검객으로 태어났으나 자객으로 생을 마감하는 비운의 살수. 살성(殺星)을 갖고 태어났다는 이유만으로 태어난 순간부터 아비에게 버림받았다. 백동수의 동무이며 연적으로 갈등의 중앙에 선 인물.

유지선
'북벌지계'의 수호자이며 백동수의 여인으로 100년간 북벌지계를 수호해온 유소 강 집안의 무남독녀지만 동수로 인해 거부할 수 없을 것 같던 운명을 이겨내고 스스로의 삶을 개척해 가는 강철 여인.

황진주

지고지순한 사랑의 증표! 활 하나면 웬만한 남자와 겨뤄도 지지 않고 겁도 없는 여장부지만, 동수 앞에서 만큼은 여인이고 싶은 여리고 순수한 여인으로 대도(大刀) 황진기의 양녀다.

김광택
조선제일검이자 검선이라 불리는 조선 최고의 검객. 흑사초롱의 삼재 천(天), 지(地), 인(人)조차도 함부로 대할 수 없는 절정의 고수로 언행이 무겁고 사려 깊은 인물로 후에 동수의 스승이 되어 무예를 전수한다.

천(天)

본명은 '천수'. 김광택에 대적할 수 있는 유일한 고수이며 옛 지기다. 흑사초롱을 움직이는 실세이지만 한량이 되고자 하는 마음을 품고 산다. 여운과 동수가 극복해야 할 최후의 고수 중 한 명.

지(地)
본명은 '가옥'. 선대 천(天)의 여식으로 고수의 반열에 오른 유일한 여인. 자객집단 흑사초롱에서 검보다 마음으로 사람을 대하는 유일한 사람이며, 김광택과 천(天)의 갈등 속에서 운명적인 사랑을 나누는 여인.

인(人)

본명은 '대웅'. 흑사초롱의 행동대장으로 머리보단 몸이 앞서는 불같은 자. 검선 김광택에게 엄지손가락을 잃은 후로 평생 복수를 다짐하고, 탐욕으로 물든 기회주의자.

사도세자
신동이라 부를 정도로 명석하며 무예도 뛰어나다. 약관의 나이에 무예도감 장용위를 만들어 세력을 구축하려 하지만 홍대주의 음모로 실패하고 결국 죽음에 이른다.

홍대주

늑대의 잔인함과 여우의 간교함으로 만인지상 일인지하를 꿈꾸는 희대의 간웅. 군권을 손에 쥐고 사도세자와 정조 암살을 주동한다.

흑사모
백동수의 대부로 백동수에겐 아비이자 어미이고 친구이자 스승 같은 존재다. 판자촌 대장으로 엽도를 허리에 차고 다니는 우락부락한 남자지만 마음만은 여리다.

장대포

흑사모의 오랜 지우로 암기의 달인이다. 몸에 걸친 도포자락에 표창과 비도 등 88개의 암기를 넣고 다닌다. 사도세자가 장용위를 재건하자 장용위를 이끌게 된다.

임수웅
검선 김광택의 수제자이자 무예신보를 완성한 검의 2인자. 훈련도감 교관으로 영조와 사도세자로부터 동시에 신임을 받고 있는 인물.

영조

조선의 21대 왕. 탕평책을 실시하여 당세를 없애려 노력하지만 실패하고 노론의 기세에 밀려 아들 사도세자를 죽음으로 내몰게 된다.

양초립
본명은 '홍국영'. 무예와 지략을 고루 갖춘 인재. 동수의 지기며 후에 정조의 왕위 등극에 일조한다.

황진기

흑사초롱의 훈련대장이자 지(地)를 보필하는 호위 무사. 지(地)의 여식 진주를 보살피며 팔도를 누비는 의적이 된다.

❀인물관계도❀

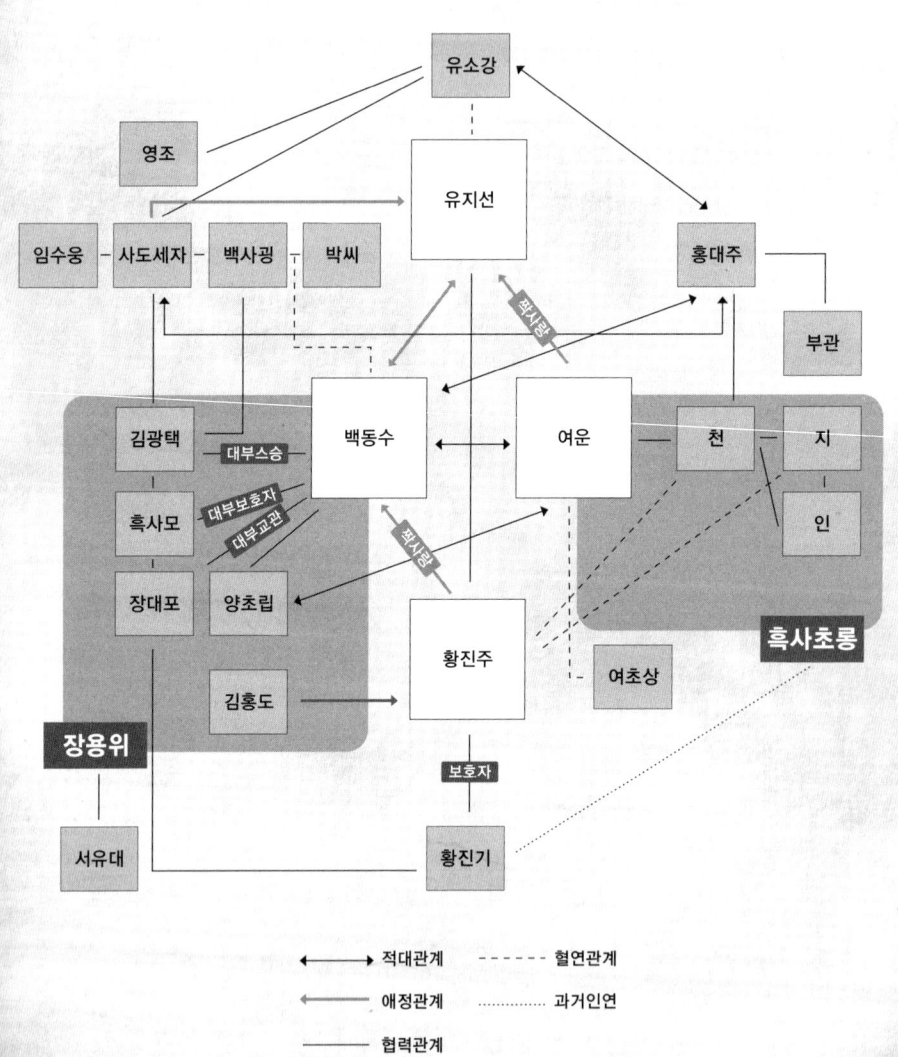

❀ 차례 ❀

1장 토해낼 수 없는 감분感憤　11

2장 계략計略과 희생　32

3장 질풍노도疾風怒濤 속의 이별　56

4장 파열破裂하는 운명　80

5장 작열灼熱하는 인연　104

6장 운명의 행로行路　126

7장 세월의 처처한 흔적　145

8장 그리움을 담은 귀로歸路　168

9장 중적重積한 비밀　201

10장 계책의 엄습掩襲　221

11장 성장의 비상飛翔　244

12장 묘혈을 파는 과욕　269

13장 생사生死를 함께하는 숙명　290

14장 작렬하는 간계　310

에필로그　337

작가후기　348

1장
토해낼 수 없는 감분感憤

두꺼운 궐문을 뒤로 하고 나서는 동수의 머리 위로 차가운 달빛이 내리비쳤다.

양야良夜에 소연히 떠 있는 달 옆에 바짝 달라붙어 있는 샛별이 마치 동수의 약을 올리는 것만 같았다. 입술에 남아 있는 온기는 따스하건만 지선을 생각하는 가슴은 냉기로 뒤덮여 괴로웠기에, 동수는 궐 밖으로 나가는 발걸음이 무거워 흙바닥을 질질 끌었다.

'하필 저하가 그때 나타날 게 뭐람! 설마 입맞춤 때문에 사미니가 곤란해지는 거 아냐?'

뒷머리를 신경질적으로 긁으며 붉게 달아오른 얼굴을 감추지 못하는 동수에게 나란히 걷던 여운이 가볍게 혀 차는 소리를 던졌다. 속내를 다 내보인 듯한 기분에 다시금 머리를 털고 나니 아련하게 사미니의 향취가 코끝을 맴돌았다. 설렘이 가득해 뜨거워야 정상인데 가슴이 왜 이리도 차가운지, 손바닥으로 감싸 쥐어도 아픔만 있을 뿐 온기를 품지 못했다. 아마도 이성이 남아서 그러리라.

온전히 미쳐버리면 세자의 여인이건 말건 사미니를 궐 밖으로 끌고 나올 수도 있었을 텐데, 남아 있는 이성이 세자에 대한 충심을 버리지도 못하니 고성대규해도 답답함이 풀어지지 않을 것 같았다.
그래서인지 한밤중의 저잣거리를 지나며 동수는 술 생각이 간절해졌다.
"운아, 우리 딱 한 잔만 하고 가면 안 될까? 장미 이모의 주막도 멀지 않은데……."
"명을 못 들었냐? 내일 아침까지 궁으로 들라 하셨잖냐? 어서 가서 짐을 싸서 초립이하고 다시 와야지."
동수는 툭 입술을 내밀며 투덜댔다.
"독한 놈. 징한 놈. 매정한 놈."
조용한 밤바람이 내민 입술에 스치자 술 생각은 더욱 간절해지고, 목 위까지 올라온 좋은 기분은 쉬이 내려가지 않았다. 어쨌거나 태어나서 처음 한 입맞춤에 대한 흥분은 좀처럼 가라앉지 않았기에, 지선의 입술과 맞닿았던 입술을 손가락으로 어루만지며 동수는 씨익 웃었다. 그때 언제부터 따라오고 있었는지 임수웅이 뒤에서 나직이 웃었다. 화들짝 놀란 동수와 여운은 임수웅을 돌아보며 눈을 크게 떴다.
"운이 말이 맞다. 어서 봉수대로 돌아가 내일 아침까지 채비하고 오너라."
동수는 눈을 흘기며 냉큼 물었다.
"그러는 대장님은 왜 이 밤중에 저잣거리로 나오신 겁니까?"
"나는 볼일이 있어서 영화관에……."
동수의 번쩍이는 눈에 임수웅이 급히 입을 닫았지만 이미 꼬투리 잡혔다.
"오호라, 이 밤중에 기생집을?"
더 이상 있다가는 놀림당할 거라 생각했는지, 임수웅이 시뻘겋게 달아오른 얼굴로 말에게 채찍을 가하려 팔을 드는 찰나, 길 저편에서 호화로운 마차가 급히 달려갔다. 이어 대감들의 가마가 줄지어 지났고 임수웅은 미간에 짙은 주름을 잡으며 혼잣말했다.

"정순 왕후의 마차가 아닌가! 김한구 대감과 홍봉한 대감은 어째서……?"

그러고선 동수와 여운에게 뭐라 말도 없이 냅다 달려갔다. 말발굽이 일으킨 먼지를 피해 소매로 입을 막은 동수는 임수웅의 뒤통수에 대고 중얼거렸다.

"거참, 기생집도 부랴부랴 가시네. 에이! 우리도 가자, 운아."

여운이 묘한 시선으로 임수웅을 돌아봤지만 동수가 앞장서 가자 후다닥 앞으로 달려갔다. 동수는 여운에게 지지 않으려 빠른 걸음으로 걷다가 점차 여운이 앞서자 힘껏 내달렸다. 또다시 앞서거니 뒤서거니 하며 두 사람은 봉수대에 올랐다. 그렇게 쉬지 않고 산을 오른 동수와 여운이 바닥에 털썩 주저앉자 기다리고 있었는지 초립이 쪼르르 달려왔다.

"난 니들이 해낼 줄 알았어! 정말이야!"

어슬렁거리는 걸음으로 다가온 서유대도 어울리지 않게 칭찬했다.

"고생들 했느니라. 어린놈들이 제법 총기가 있구나."

숨을 몰아쉬던 동수가 서유대를 보자 눈을 부라리며 벌떡 일어나 따졌다.

"영감님, 여기서 견습하는 거, 겨우 열흘 아닙니까?"

그러자 초립이 어리둥절한 얼굴로 동수와 서유대를 번갈아 봤다.

"열흘? 무슨 소리야?"

"우린 내일 궁으로 돌아갈 거야."

동수가 서유대를 노려보며 답하자 초립이 아연실색했고, 여운은 서유대에게 의아함을 담아 물었다.

"모두 들었습니다. 어쩌다 장군에서 병졸로 좌천되신 겁니까?"

"장군? 그건 또 뭔 소리야?"

초립이 폭풍 맞은 사람처럼 어리벙벙한 표정으로 묻자 동수가 입술을 씰룩거리며 답했다.

"봉수대로 떨어지지 직전까지 함경도 병마절도사셨대."

초립의 턱이 땅에 닿지 않을까 싶을 정도로 쩍 벌어지더니 황급히 무릎 꿇고 머리를 조아렸다.

"아이고 장군님, 미처 알아보지 못해 죄송합니다. 이 죄를 어찌……."

동수는 바닥에서 굽실거리는 초립의 허벅지를 발끝으로 툭툭 찼다.

"야, 야. 일어나. 도성까지 갔다 왔더니 이 몸이 아주 피곤하시다. 나머지는 너랑 영감님이랑 둘이서 알아서 해."

잽싸게 방으로 들어가는 동수 뒤통수로 어쩔 줄 몰라 하며 외치는 초립과 허허 웃는 서유대의 목소리가 날아왔다.

"그, 그래도……. 도, 동수야!"

"내버려 두거라. 저 정신 나간 놈이 언젠가 한번은 큰일을 낼 게다."

깜깜한 방바닥에 벌렁 눕자 다시금 지선과의 입맞춤이 새록새록 떠올라 동수는 모로 돌아누우며 살며시 입술에 손을 대고 히죽 웃었다.

참으로 묘했다. 기분은 좋은데 가슴은 아프니.

아침이 되면 또다시 볼 수 있지 않을까 싶어 기대로 쉽게 잠이 올 것 같지 않았다. 그럼에도 동수는 눈을 감자마자 코부터 드르렁 골았다.

다음 날, 해가 뜰 기미조차 없는 새벽부터 서유대의 발길질이 동수의 옆구리에 파고들었다.

"이놈아! 아침까지 입궐해야 한다는 놈이 여태 자면 어쩌느냐! 어서 일어나거라!"

"영감님, 아직 해 뜨려면 멀었수다. 암튼 늙은 영감들은 새벽잠 없는 게 탈이라니까."

심통 부리며 눈 비비는 동수에게 벌써 떠날 준비를 끝낸 초립이 깐죽거렸다.

"그럼 나도 늙은이냐? 그런데 어쩌냐? 네가 안 일어나서 우리끼리 아침밥을 다 먹어버렸는데."

"뭐!"

동수는 눈을 부릅뜨며 벌떡 일어나서 불씨가 꺼진 아궁이로 냅다 뛰었다. 다행히 부뚜막에 있는 솥 안에 말라붙은 누룽지가 보이자, 주걱으로 박박 긁어 그중 가장 큰 것을 만족스런 표정으로 입안에 넣었다.

"내가 더럽고 치사해서 못 살겠다! 천하의 이 백동수 님이 고작 누룽지나 먹어야겠냐?"

그렇게 툴툴거리면서도 동무들에게 행여나 뺏길까 양손에 누룽지를 집어 드는 동수에게 초립이 봇짐을 던졌다.

"여기, 네 짐도 싸놨으니까 어서 출발하자."

동수는 팔에 봇짐을 안아 들고 누룽지가 가득한 양손을 모은 채 서둘러 부엌을 나섰다. 이미 여운은 서유대와 작별 인사를 마쳤는지 길을 나섰고, 동수는 부리나케 그 뒤를 쫓으며 정승처럼 서 있는 서유대를 흘끔 돌아봤다. 짧은 기간이지만 정이 들어서인지 내딛는 걸음에 주저함이 생겼다. 동수가 머뭇거리자 꼿꼿이 서 있던 서유대가 재촉했다.

"이놈아, 늦기 전에 어서 가거라. 네놈 궁둥이가 무거우니, 서둘러 가지 않으면 제때 도착 못하느니라."

툴툴거리는 서유대를 보니 분위기상 눈물 흘리며 헤어짐을 아쉬워할 수도 없었다. 동수는 길게 찢어진 눈으로 서유대를 흘기며 퉁명스럽게 소리 지르고 재빨리 여운 쪽으로 달렸다.

"영감님, 허면 한평생 예서 무위도식하며 자알 사십시오! 혼자서! 쓸

1장 무해낼 수 없는 감분(感憤) 15

쓸히!"

땅을 짓밟으며 내려가는 동수의 등 뒤에서 어이없다는 듯한 서유대의 웃음소리가 들렸다.

"저런 싸가지 없는 놈 같으니……."

가슴에 잔잔하게 파고드는 그 목소리가 벌써부터 그리워져 몇 번이고 돌아보고픈 마음을 다잡아야 했다. 동수는 찔끔 눈물이 나자 누룽지 든 손으로 눈가를 비볐다.

그때, 앞서 가던 여운이 묘한 미소를 보이며 돌아보자 눈을 번쩍 뜬 동수는 고개 털어 서유대 생각을 버리고, 질세라 앞으로 내달렸다. 동수는 그 와중에도 누룽지를 입에 넣고 씹어대며, 바닥에 주르륵 미끄러지면서도 여운에게 지지 않으려고 오기 어린 모습으로 달려 내려갔다. 초립은 낮게 한숨 쉬며 "또 시작이네" 하고 중얼거리고 해탈한 사람처럼 느긋한 걸음으로 뒤따랐다. 산 중턱까지 빠르게 내려온 동수와 여운은 갑자기 나타난 관군을 보고 멈칫했다. 아직 해가 뜨기도 전인데 무슨 일로 관군이 산길을 오르나 싶어 멀뚱거리는 동수와 달리 여운은 슬며시 옆으로 비켜서며 동수의 옷자락을 잡아당겼다. 동수는 땀을 뻘뻘 흘리며 산을 오르는 관군에게 대뜸 물었다.

"그쪽엔 봉수대밖에 없는데, 어딜 가시는 거요?"

갑자기 동수가 말 걸자 스쳐 지나가던 관군은 업신여기는 시선을 던지며 퉁명스레 답했다.

"네 갈 길이나 가거라."

"뭐?"

울컥하고 주먹 쥐는 동수의 팔을 잡으며 여운이 희미하게 고개를 가로저었다. 뒤늦게 내려오던 초립은 관군들을 보며 두 눈을 휘둥그레 뜨며 나무에 달라붙었고, 관군들이 점차 멀어져갔다.

"무슨 일이야?"

초립이 허둥대며 다가와 묻자 동수는 눈을 가늘게 뜨며 멀어지는 관군들을 노려봤다. 급한 용무가 있는 것처럼 서둘러 산을 오르는 그들을 보니 낌새가 이상했다. 서유대한테 돌아갈까 고민하는 동수의 팔을 잡아끌며 여운이 조용히 말했다.

"빨리 궁으로 가야겠다. 뭔가 이상해."

계속 산을 올려다보며 이러지도 저러지도 못하는 동수를 초립이 떠밀었다. 어쩔 수 없이 동무들과 산을 내려오면서도 동수는 서유대에 대한 걱정을 떨쳐버릴 수 없었다.

아침부터 궐 안에 등골을 오싹하게 만드는 굵직한 신음이 흘렀다. 산발한 채 주릿대가 두 다리를 내리누르는 고통 속에서도 서유대는 신음만을 토해낼 뿐이었다. 그 모습을 못마땅한 시선으로 바라보던 홍대주는 하품을 해대며 지루하다는 표정을 지었다.

"대감, 도통 입을 열지 않습니다."

홍대주는 부관이 투정하듯 쪼르르 달려와 말하자 부채를 펼치며 답답함을 내보였다.

"보면 모르더냐? 주리만 틀어댄다고 입을 열 자가 아니거늘. 쯧쯧…… 도모지를 준비하여라."

영조가 금기한 형벌을 행하는 것도 모자라 도모지까지 준비시키는 홍대주에게 부관은 기겁하며 외쳤다.

"네엣? 도모지라 하시면……"

홍대주가 흘끔 노려보자 부관이 이마를 손등으로 닦더니 부리나케 관군들에게 돌아갔다. 도모지는 본래 사형으로, 의금부에선 행해진 경우가 없었다. 곡주에 적신 종이를 얼굴에 몇 겹으로 붙여 질식사하도록 하는 도모지는 보통 양반가에서 행해졌을 뿐, 고문의 도구로 사용된 적은 없었다.

'죽기는 싫을 테니 숨넘어가기 전에는 입을 열겠지.'

이어 술그릇과 얇은 종이가 준비되자 부관은 머뭇거리며 홍대주를 돌아봤다. 홍대주가 단호하게 고개 끄덕이자 부관은 한숨을 쉰 후 관군에게 명령을 내렸다. 관군이 고개 숙인 서유대의 머리칼을 잡아당겨 뒤로 젖히자 흐트러진 머리카락과 고통으로 얼룩진 얼굴에서 유난히 빛나는 서유대의 검은 눈동자가 홍대주에게로 향했다. 그것도 잠시, 얼굴 위로 젖은 종이가 덮히면서 번쩍거리던 눈동자가 가려졌다.

젖은 종이가 벌어진 입술 위로 들썩거렸다.

홍대주는 의자에 삐딱하게 앉아 옆으로 몸을 기대며 느긋하게 종이가 마르길 기다렸고, 점차 숨을 쉬기 힘든지 종이의 들썩거림이 얕고 빨라졌다. 시간이 흐르고 종이가 마르자 호흡이 잔잔해졌다. 또다시 돌아보는 부관에게 홍대주가 고개를 끄덕이자 두 번째 종이가 서유대의 얼굴 위로 펼쳐졌다. 마른 종이 위로 젖은 한 장이 덧대지니 숨쉬기가 그만큼 힘들어졌을 게 분명했지만, 벌써 죽은 게 아닐까 싶을 정도로 서유대는 움직임 없이 입술만 달싹거렸다. 다른 이 같았으면 목을 비틀고 어깨를 흔들며 괴로움을 토해냈을 게 분명했지만, 서유대는 손가락 하나 까닥이지 않고 숨만 가쁘게 몰아쉬었다.

그 모습에 홍대주는 의자에서 벌떡 일어섰다.

홍대주는 단숨에 서유대에게 다가가 그의 얼굴을 덮고 있는 종이를 손으로 잡아 뜯고, 숨을 토해내는 서유대에게 몸을 숙였다. 그리고 부채를 접어 피범벅인 서유대의 허벅지를 쿡쿡 쑤시듯 찌르며 말했다.

"서 장군, 어찌 이리 버티시오. 세자가 손수 군사를 진두지휘했다는 사실은 변명의 여지가 없는 자명한 사실이 아니오?"

곧 숨이 넘어갈 듯 거친 숨을 몰아쉬던 서유대가 이글거리는 눈빛으로 홍대주를 노려보며 답했다.

"함경도의 병마는 저하의 군대가 아니오!"

단숨에 외치고는 다시 숨이 벅찬지 거칠게 가슴을 들썩이던 서유대는 홍대주가 눈썹을 꿈틀하자 떨리는 입술을 열었다.

"그놈들은 주상 전하의 병마이며, 전하의 명을 받은 나, 서유대 병마절도사의 군인들이올시다!"

홍대주는 손에 들린 종이를 다시 서유대의 얼굴에 철썩 붙이고 싶은 충동을 참으며 빈정거림이 섞인 미소를 지었다.

"허허, 답답한 양반 같으니……."

눈빛만으로도 사람을 죽일 수 있을 만큼 강렬하게 노려보는 서유대에게 홍대주는 더 깊이 허리 숙여 귓가에 대고 속삭임을 이었다.

"노쇠한 장군의 이 갸륵한 충심을, 행여 세자가 알아주길 바라는 게요? 쯧쯧, 차라리 없는 거짓이라도 토해내는 게, 그나마 남아 있는 명줄을 붙잡아두는 유일한 방법일 게요."

홍대주가 손에 든 젖은 종이를 살짝 흔들며 협박했지만 서유대의 눈빛은 더욱 강해졌다.

"이 몸은 어명에 죽고 사는 조선의 장수외다! 당장에 이 몸의 목이 날아간다 해도, 결코 비열한 간신배에게 목숨을 구걸하는 일 따윈 없을 것이오!"

올곧은 외침에 급기야 홍대주는 성질을 참지 못해 손에 든 종이로 서유대의 얼굴을 후려쳤다. 서유대의 얼굴을 할퀴며 찢어진 종이는 허공에서 너덜거렸다. 그래도 성에 차지 않아 몇 번 더 후려치자 완전히 찢어진 종이가 사방으로 날렸다.

"간신배?"

혼잣말하듯 단어를 되뇐 홍대주는 발끈하는 마음에 한발 물러서며 입술을 비틀고 빈정거렸다.

"장군의 그 갸륵한 충심도 어쩌면 오늘로 마지막일 게요. 왜냐. 세자가 곧 이리 될 테니까."

홍대주가 손을 들어 목을 치는 시늉을 하자 서유대의 두 눈이 활활 타올랐다.

"네 이놈!"

서유대의 분노를 무시하고 몸을 돌리는 홍대주에게 부관이 식은땀을 뻘뻘 흘리며 속삭였다.

"대감, 사신이 입궐하였답니다."

홍대주가 하뭇한 미소를 서서히 피우며 걸음을 옮겼다.

"그래? 전하를 뵐 시간이구나."

"헌데 대감, 행여나 세자가 발뺌이라도 하면 어찌합니까?"

부관이 뒤를 흘끔거리며 조심스럽게 묻자, 홍대주는 윗입술을 밀어 올리고 한쪽 눈썹을 치켰다.

"너는 세자를 그리도 모르느냐?"

"예?"

어리둥절한 표정의 부관이 탐탁지 않아 속이 부글부글 끓었지만, 홍대주는 답답한 가슴에 빠르게 부채질하며 입술을 씰룩거렸다.

"서 장군이 목에 칼이 들어와도 허튼 소릴 내뱉더냐? 세자도 똑같은 족속이니라. 결코 발뺌을 하거나 거짓을 토할 위인이 아니란 게지!"

홍대주에게는 세자의 그 품성이 다행이었지만, 세자에게는 스스로 무덤에 들어가게 만드는 성질이었다. 하물며 만유루없이 준비가 다 되어 있는 마당이라 세자 이선이 아무리 발뺌한다 해도 아무 소용없을 터였다.

잠시 후, 편전에서 허리 숙인 홍대주의 정수리로 영조의 고조된 목소리가 날아왔다.

"서유대가 세자와 역모를 모의했다 했느냐!"

"예, 전하."

홍대주는 안색 하나 변하지 않은 채 거짓을 답했고, 영조는 사신과 홍대주를 번갈아 노려보며 잠시 가슴을 들썩이다 떨리는 목소리로 물었다.

"병판, 진정 근거가 있는 말이렸다?"

홍대주는 예상하고 있던 질문이 나오자 더욱 허리를 굽히며 절절함을 담아 고했다.

"전하, 만에 하나 소신이 망발을 내뱉는 것이라면, 소신 이 자리에서 자결이라도 할 것이옵니다!"

충격받은 얼굴로 돌처럼 굳어버린 영조 앞에 사신이 나달거리며 나섰다.

"병판 대감, 대체 어떤 역모이기에 친히 이 몸을 부른 것이오?"

이미 서로 다 맞춘 이야기기에 홍대주는 안타까움까지 실어 거짓을 쉬이 입에 올렸다.

"지금 의금부에서 추국 중인 서 장군은 함경도 병마절도사로서, 저하의 관서행 때 군사를 움직였다는 혐의를 받고 있사옵니다."

사신은 짐짓 놀랐다는 듯 눈을 크게 뜨며 재차 확인했다.

"함경도 병마절도사라면, 북방의 국경 수비를 맡은 자가 아니오?"

"그러하옵니다."

사신은 헛기침을 해대며 생각하는 척 천장을 바라보더니 영조를 흘끔하고 바라본 뒤, 어색할 만큼 큰 소리로 물었다.

"혹, 증험이 있소이까?"

홍대주는 회심의 미소를 감추며 사신이 아닌 영조를 올려다보고 답했다.

"물론이옵니다. 전하, 전하께서 손수 확인하실 사안이 있사옵니다."

재빨리 눈짓하자 내금위장이 준비해둔 족자를 영조에게 바쳤고, 영조는 잔뜩 일그러진 얼굴로 족자를 받아 들며 조심스레 입을 열었다.

"이것이…… 무엇이냐?"

홍대주는 허리를 깊이 숙여 입가에 번진 미소를 감췄다.

'세자를 무덤으로 이끌 물건이지요.'

입안에 뱅뱅 도는 말을 삼키며 애써 침통한 분위기를 내뿜는 홍대주에게 사신은 연신 헛기침만 남발했다.

의금부 앞을 지나던 임수웅은 산발한 채 주리틀에 앉아 있는 서유대를 보고 발걸음을 멈췄다. 산득함이 밀려드는 등줄기와 놀란 마음에 저도 모르게 서유대에게 다가서려다, 홍대주가 멀어지는 모습을 보고 화급히 몸을 숨긴 임수웅은 큰 숨을 들이마셨다. 봉수대에 있어야 할 서유대가 의금부에 잡혀 온 것도, 홍대주가 있는 것도 심상찮아 임수웅은 서둘러 동궁전으로 향했다.

"저하, 궐내 분위기가 심상치 않사옵니다!"

"무슨 말이냐?"

임수웅은 지선과 이선을 번갈아 보며 초조함을 담아 답했다.

"간밤, 홍대주 대감을 비롯한 노론 대신들이 영화관에서 은밀한 회합을 가졌고, 또한 지금 의금부에선……."

이선의 반응이 어떨지 짐작되는 바이기에 선뜻 보고할 수 없어 잠시 입술을 다문 임수웅에게 이선이 재촉하는 눈빛을 보냈다. 임수웅은 아랫입술을 질끈 깨물고 깊이 고개 숙이며 외침을 토해냈다.

"서유대 장군의 추국이 행해지고 있사옵니다!"

"뭐라! 서유대 장군을 추국해! 대체 연유가 무엇이란 말이냐!"

임수웅이 괴로운 눈빛을 들어 이선에게 조용히 답했다.

"아무래도…… 저하의 관서행을 다시 문제 삼으려는 듯 보입니다."

이선이 이를 악물자 두 볼이 불끈거리며 울분을 드러냈다. 임수웅은 걱정스런 눈빛으로 바라보고 있는 지선을 흘끔 보며 다급히 생각했다.

'뭔가 수책이 있음이다. 이곳에 저 여인이 있으면 화를 면하지 못할지 모른다.'

이선은 발끈하는 성격 때문에 위험을 피하기보다 무모함을 먼저 내보였다.

"과인의 관서행은 이미 지난 일이 아니냐! 내 당장 서 장군을 볼 것이다!"

이렇듯 지극히 이선다운 행동을 우려했던 임수웅은 굳게 문 앞을 막아섰다.

"저하!"

벽처럼 막아선 임수웅을 노려보며 이선이 눈을 가늘게 떴다. 임수웅은 죄스러움을 담아 힘겹게 직언했다.

"저하께서 서 장군을 대면하시어 득이 될 게 없사옵니다."

"물러서거라. 이대로 서 장군을 희생시킬 수는 없다!"

임수웅은 처음으로 명을 어기며 굳은 의지를 내보였다.

"저하! 차분히 생각해보시옵소서! 이미 결론지어진 과거사를 다시 끄집어낼 병판 대감이 아니지 않습니까?"

이선의 얼굴이 단단해지며 의미를 알았다는 눈빛이 날아오자 임수웅은 한숨을 삼키며 더욱 굵어진 목소리를 작게 흘렸다.

"분명 다음 수를 위한 포석이옵니다."

다음 수는 알지 못해도 누구나 홍대주의 마지막 수는 예상할 수 있어 이선은 화급히 지선을 돌아보더니, 성큼성큼 문갑으로 걸어가 족자 더미를 꺼냈다. 가만히 지켜보던 임수웅도 초조함으로 가슴이 타들어갈 만큼 이선의 손이 점차 떨림을 안고 흔들렸다. 단번에 족자들을 펼쳐 본 이선의 어깨 너머로 임수웅은 놀란 숨을 멈추고, 아연실색해 지선을 바라봤다.

순간, 방 안에 무거운 침묵이 내리앉았다. 세 사람은 동시에 '아차!' 하는 표정으로 서로를 번갈아 보기만 했다. 급기야 이선이 비틀하며 손에서 힘을 풀자 족자들이 바닥으로 좌르륵 떨어져 백지만을 드러내며 흉물스럽게 드러누웠다.

"지선이를 궐 밖으로······."

말을 잇지 못하는 이선에게 임수웅과 지선은 살짝 고개 숙인 후 재빠르게 밖으로 나섰다. 급히 이한주를 불러 지선을 흑사모에게 보내라 명한 뒤, 다시 이선에게 향하는 임수웅의 눈에 동궁전으로 들어서는 정순 왕후가 보였다.

이선은 최대한 침착함을 잃지 않으며 왕후를 맞이했다.

"서유대 장군이 추국당하고 있다 들었습니다."

이선이 아무 말 없이 서 있자, 정순 왕후는 한숨을 푹 쉬더니 이선의 손을 잡고 안으로 이끌고 방에 들어서자 궁녀에게 손짓했다.

"세자, 내 세자를 위해 친히 용포를 준비하였습니다. 한번 입어보시겠습니까?"

"어마마마······."

뭔가 떨떠름한 면이 있어 이선은 왕후가 내민 용포를 흘끔 보고 거절하려 입을 열었지만, 정순 왕후가 친히 용포를 펼쳐 이선의 팔에 끼워주자 어쩔 수 없이 두 손을 소매 밖으로 내밀며 부리부리한 눈으로 왕후를 돌아봤다. 의심 어린 시선을 마주하면서도 정순 왕후는 흐뭇한 얼굴로 이선을 바라보더니 두 손으로 이선의 얼굴을 보듬으며 말했다.

"이리도 잘 어울리니 준비한 이내 마음이 하뭇하기 그지없습니다. 세자, 얼굴에서 근심을 버리시지요."

때맞춰 영조가 급히 이선을 편전으로 부름 했다. 이선이 용포를 갈아입으려 하자 정순 왕후는 이선의 등을 떠밀며 조급하게 재촉했다.

"세자, 어서 가시지요."

등이 밀려 나아가는 게 마치 형장에 끌려가는 기분을 떨쳐낼 수 없어, 이선은 빠르게 편전으로 향하며 임수웅에게 명령했다.

"아이들을 지키거라."

임수웅이 고개 끄덕이자 이선은 크게 숨을 들이마신 뒤 편전으로 들어섰다. 아니나 다를까 홍대주에 이어 청국의 사신이 보이자 이선은 단단히 마음먹었다. 그렇게 굳은 얼굴로 편전에 들자마자 영조는 이선에게 크게 호통쳤다.

"말해보거라! 이 지도가 대체 무엇이냐?"

이선은 영조의 손에서 펄럭이는 족자들을 보고 어금니를 세게 악물었다.

"병판! 말해보라! 이 지도가 대체 무엇이냐?"

"전하, 아뢰옵기 황공하오나······."

영조에게 아뢰면서도 이선을 향한 홍대주의 시선이 번들거려 마치 기름칠을 해놓은 듯했다. 잠시 말을 끊은 홍대주는 슬쩍 입술을 비틀어 올리고는 크게 외쳤다.

"북벌을 도모하기 위한 지도이옵니다!"

"뭐라! 북, 벌?"

김홍도가 섬세하게 그려 넣은 그림으로 다시 시선을 내리는 영조의 흰자위가 붉게 물들어갔다. 충격과 깨달음, 사태의 결과에 대한 걱정이 단번에 영조의 얼굴 위로 깔리자 이선은 입가를 떨며 홍대주와 사신을 노려봤다. 살기를 담은 이선의 시선에 흠칫한 사신은 눈을 껌벅이더니 뒤늦게 놀란 척 호들갑을 떨었다.

"대감! 지금, 북벌이라 하셨소이까?"

당황해하는 사신과 달리 홍대주는 너무나 침착하게, 착잡함까지 내보이는 연기를 했다.

"예, 대인."

"주상! 보여주시지요! 제 두 눈으로 직접 확인을 해야겠습니다!"

억지로 족자 한 개를 내어주는 영조의 무거운 눈동자가 이선에게 향했다. 걷잡을 수 없을 만큼 거세게 몰아치는 사태에 이선은 무도리함을 느끼며 주먹 쥔 손을 부르르 떨었다. 마치 사방에서 조이며 사냥하는 몰이꾼들 사이에 던져진 기분도 들어 궁지를 벗어날 방법이 없어 보였다. 사신은 족자를 펼치더니 제대로 보지도 않고 흥분해 소리치며 이선에게 비난의 시선을 던졌다.

"이건 역모요……. 역모가 틀림없소이다!"

족자에 그려진 그림이 산수화인지, 지도인지 구분도 못하면서 외쳐대던 사신은 영조에게 언성을 높여 따졌다.

"주상! 이건 대청국에 대한 역모가 아닙니까!"

역모가 아니라 빼앗긴 것을 되찾기 위함이라고 반박하고 싶었지만, 침통함으로 그늘지는 영조의 얼굴에 이선은 입도 벙긋 못하고 고개 숙여 어금니를 꽉 깨물었다.

"주상! 세자 저하의 만행을 황제 폐하께 고할 것입니다!"

당연한 수순이지만 사신의 협박에 영조와 이선은 파르르 동공을 떨며 애써 분노를 억눌렀다. 두 사람이 내보이는 울화에 사신은 고개를 빳빳하게 세우며 기고만장해진 모습으로 위박을 더했다.

"이 일을 무마시키려면, 지금 당장 이 몸의 목을 치시지오. 그것 말고는 방법이 없을 것입니다!"

던적스런 사신의 모습에 실핏줄이 터져 영조의 흰자위가 홍안처럼 붉게 변했다. 급기야 이선은 쏟아지는 비난의 시선을 묵묵히 받아내다 큰 숨을 들이마신 뒤, 가슴속에 꽁꽁 묶어두었던 외침을 토해냈다.

"역모라니! 당치도 않소이다!"

편전이 울릴 정도로 거세게 반박하는 이선에게 흠칫한 사신은 아랫입술을 바르르 떨더니 족자를 펼쳐 보이며 괜스레 바르집었다.

"역모가 아니라니오? 이래도, 이래도 역모가 아니란 말이시오?"

"청국의 사신은 들으시오."

나지막하면서도 강한 위압감을 지닌 목소리가 이선의 입에서 흘러나오니, 호들갑 떨던 사신이 움찔하며 어깨를 움츠렸다. 이선은 가만히 사신을 노려보며 무괴어심을 드러냈다.

"이 나라 조선이 언제부터 청국의 속국이었소? 반만년 역사에, 청국 땅의 절반은 이 나라 조선의 것이었소. 그 땅을 되찾는 것이 어찌 역모란 말이오!"

순간 서서히 피어오르는 홍대주의 느릿한 미소를 보니 우계에 말려들었음을 깨달아 이선은 재빨리 이를 악물다가, 이미 내뱉은 말을 주워 담을 수도 없고 되돌릴 수도 없어 이참에 뜻을 밝혀 달의하자 결심했다. 사신은 관자놀이를 손으로 문지르며 기겁하더니 손가락을 세워 이선에게 향했다.

"세자, 지금 제정신으로 하는 소리요? 설마하니…… 병자년, 삼전도의 맹약을 잊은 것이오!"

"병자호란! 삼전도의 치욕! 과인도 알고 있소이다! 허나 조선의 왕이 무릎 꿇은 것은, 당신네 청 황제가 아니라 바로 이 나라 조선의 백성을 위함이었음을 어찌 모른단 말이오!"

이선의 꾸짖음에 사신이 금방이라도 기절할 것처럼 전신을 떨어대더니 고자질하는 어린애마냥 영조에게 고개 돌렸다.

"주상! 말씀해보십시오! 대체 세자의 정신이 올바른 것이옵니까!"

1장 토해낼 수 없는 감분(感憤) 27

순간, 영조가 주먹을 파도처럼 거칠게 떨더니 족자 한 개를 바닥으로 내던지며 고함쳤다.

"그 입 다물거라!"

이선과 사신의 사이로 날아든 족자는 빠르게 바닥을 치고 뒹굴며 속을 드러냈고, 이선은 청국의 지도를 내보이며 처량하게 널브러진 족자로 향한 눈동자에 비색悲色을 품었다. 영조는 사신과 이선을 번갈아 보며 딱히 누구에게 겨냥했다 할 수 없을 만큼 애매한 질책을 던졌다.

"네놈이 진정 죽고 싶은 것이냐!"

마치 꿀 먹은 벙어리가 된 것처럼 사신이 입을 무구포로 닫은 반면, 이선은 결의를 내보이며 조용하고 흔들림 없이 답했다.

"소자, 죽음은 두렵지 않사옵니다. 허나 백성을 위한 진심과 전하를 향한 충심만은 추호도 변함이 없음을 살펴주시옵소서!"

"그 입 다물라 하였다!"

그때 홍봉한이 주춤거리며 나섰다.

"전하……."

만목이 집중되자 홍봉한은 흘끔거리며 이선을 바라보더니 아주 어렵게 입을 열었다.

"황망하기 이를 데 없사오나……."

자신에게 몰리는 시선들을 마주하며 홍봉한의 의도를 파악하지 못해 아울해하던 이선은 이어지는 말에 화들짝 놀랐다.

"세자 저하께서 7조룡 용포를……."

이선은 있을 수 없는 일이기에 말도 안 된다고 반박하려 했지만, 시선을 내리깔고는 경악에 질린 얼굴로 입술을 부르르 떨었다. 어깨에 선명히 새겨진 용의 일곱 개 발톱이 금방이라도 비단을 뚫고 나와 대신들을 할퀴고 찢어댈 것만 같았다. 두선을 느껴 눈을 감은 이선의 귀에 김한구의 목소리가 들렸다.

"저하! 7조룡 용포는 황상의 옥체에만 허락된 것이 아니니까?"

청 황제조차 7조룡 용포를 입는 경우가 전무하다시피 했기에 그 죄를 따질 수도 없을 정도였다. 당장에라도 어깨에서 수를 뜯어내며 억울함을 토로하고 싶었지만, 눈을 뜬 이선은 입술 한쪽을 비틀어 올린 채 바라보고 있는 홍대주의 시선을 마주하며 이미 늦었음을 예감했다.

"세자 저하께서 4조룡이 아닌 7조룡 용포를 입었다는 것은, 그것만으로도 대역 죄인인 것입니다."

어째서 정순 왕후가 그리도 급히 재촉했는지, 때맞춰 용포를 선물했는지 그림처럼 선명히 이유가 드러났다. 몇 번이고 눈을 비비며 이선의 용포를 주시하던 영조의 시뻘겋게 충혈된 눈에서 금방이라도 벽혈(碧血)이 흘러내릴 듯했다.

"네, 네 이놈! 네놈이 어찌!"

몸을 덜덜 떨며 일어서던 영조는 낙담함에 기운이 빠졌는지 다시 털썩 어좌에 주저앉고 한 손으로 얼굴을 가렸다. 노쇠함이 풍겨오는 영조의 고뇌가 얼마나 무거운지 이선은 절로 무릎 꿇고 어리석음을 사죄하고 싶었다.

그렇게 대신들과 사신조차 영조의 참담함을 읽고 절로 한숨 쉴 때, 갑자기 영조가 벌떡 일어서 내금위장의 검을 뽑아 들고는 세자에게 성큼 다가갔다. 이어 영조의 두 팔이 위로 치켜지더니 날카로운 검날이 이선의 가슴팍을 지났다. 검을 내리쳐 이선의 용포를 사선으로 가르는 영조를 이선은 놀란 눈으로 망연히 바라봤고, 다시금 검을 들어 이선의 목을 겨눈 영조는 비장한 목소리로 다그쳤다.

"토하거라! 네놈이 정녕 역모를 꾀했더냐! 사사로이 궁을 비우고 관서유랑을 다녀온 것이 이 때문이냐!"

이선은 억울함을 가득 담아 털썩 무릎 꿇으며 애호했다.

"아바마마! 아니옵니다! 소자의 진심을 헤아려주시옵소서!"

이 자리에서 용포를 왕후에게 받았다 한들 되레 뒤집어쓸 게 분명하기에 사실을 고할 수도 없어 가슴이 더욱 답답해졌다. 이런 기회를 놓칠 수 없다는 듯 김한구가 대뜸 나섰다.

"저하께서는 지금 어불성설의 변명만을 늘어놓고 있습니다. 전하! 대역죄를 물으시옵소서!"

마치 장군의 명령인 양 노론 대신들이 김한구의 청을 받아 동시에 소리쳤다.

"전하! 대역죄를 물으시옵소서!"

"시끄럽다!"

영조의 일침에 전하를 외치던 노론들의 입이 다물어졌다. 영조는 크게 숨을 들이마신 뒤, 이선을 내려다보며 떨리는 목소리를 흘렸다.

"금일부로…… 동궁, 너를 폐서인할 것이다!"

어린 날 효종대왕의 못다 이룬 꿈을 알게 된 순간부터, 오로지 선대왕의 만망을 이루고자 하는 일념으로 살아왔던 이선은 노론들의 만족스런 미소를 받으며 절망감에 눈시울을 붉게 물들였다.

"전하!"

언젠가는 이런 날이 올 수도 있을 거라 막연히 예상해왔다. 노론과 부딪치며, 힘없는 영조를 지켜보며, 넘지 못할 벽을 마주하게 되는 날이 올 거라 충분히 생각했지만, 막상 그 자리에 서자 충격으로 온몸이 덜덜 떨려 이선은 주먹 쥔 손으로 바닥을 받치고 쓰러지지 않으려 애쓸 뿐이었다. 버려진 아기 새처럼 두려움과 절망감, 충격에 휩싸인 이선을 아득한 시선으로 내려다보던 영조는 눈빛과 달리 단호한 어조를 내뱉었다.

"차라리 자결을 하거라. 하면 네놈 이름만은 더럽히지 않을 것이다."

이선은 오열을 터뜨리며 바닥에 이마를 박았다.
"아바마마!"
분심(忿心)이 눈물과 함께 바닥을 적셔도 누구 하나 받아주는 이 없어 괴로운 가슴만 비틀어졌다.

2장
계략計略과 희생

임수웅이 강녕전에 들었다는 보고를 받은 홍대주의 눈빛이 만족스러움으로 번들거리며 빛을 토해냈다.

"예상하던 수순이다."

터져 나오려는 홍연을 애써 참으며 입술을 삐죽거리는 홍대주에게, 천天은 의미 불분명한 시선을 흘끗 던지고 만월을 지긋이 바라봤다. 너무나 밝고 청초한 달빛에 밤하늘은 아청鴉靑이 넓게 깔려 근심이 전혀 없어 보였다. 달빛이 곡주인 양 취기를 드러내며 살며시 눈 감는 천天이 나직하게 입을 열자 홍대주는 볼을 씰룩거렸다.

"세자가 폐서인되었으니, 대감은 목적을 달성한 듯 보이오만……."

무슨 말을 하려는지 뻔히 알기에 홍대주는 닫은 입술을 더욱 단단히 여몄다.

"북벌지계는 어찌 되었소?"

영조가 눈앞에서 태워버렸다고 답하지 못해 홍대주는 변명을 담아 조심스레 말했다.

"어차피 반쪽뿐인 가짜가 아닙니까? 도망친 사미니만 찾아내면, 온전한 북벌지계를 손에 넣을 수 있을 겝니다. 조금만 더 기다려주시지요."

행여나 약속을 지키지 않았다며 화를 낼까 싶었던 홍대주는 천天이 묵묵히 고개 끄덕이자, 삐죽 들어 올린 입술로 안도감을 감췄다. 더 이상 북벌지계에 대해 할 말도 없고, 마침 천天에게 의뢰할 일이 있던 참이라 홍대주는 얼른 천天이 관심 보일만한 주제를 언급했다.

"헌데 혹 무예신보라고 들어보셨소이까?"

천天의 나른한 시선이 다가오자 홍대주는 더욱 은밀히 목소리를 죽여 속삭였다.

"듣자 하니, 검선이 청국을 쏘다니며 무예서 하나를 만들어왔다는데……. 18기 살수 무예라 하오."

역시나 검선이 언급되자 잔잔하던 천天의 눈동자에 만열이 퍼지며 관심을 보였다.

"광택이 놈이 무예서를 썼단 말이오?"

"그렇소. 청국으로 떠나기 전, 세자의 명이 있었던 모양이외다. 만약 천주께서 그 무예서를 손에 넣는다면 조선이 아니라, 청국까지 아우르는 최고의 무인이 될 수 있지 않겠소?"

천天의 유별나다 싶을 정도로 검선에게 집착하는 성격을 알기에 살살 아우르다 보면 딱히 손해 보는 대가를 지불하지 않고서도 검선을 처치할 수 있을 듯했다. 홍대주는 아무런 표정 변화가 없는 천天을 유심히 바라보며 뒷말을 이었다.

"내 명실상부한, 그 조선 최고의 무예서를 찾아 귀하게 드릴 생각이오."

순간 서서히 피어오르는 천天의 미소에 홍대주는 아차 싶어 굵은 눈매를 가늘게 했다. 아무런 감흥 없는 듯, 눈썹 하나 흔들리지 않는 미소였지만 갑작스레 사방의 공기가 살(殺)을 품고 옥죄여와 홍대주의 어깨가 절로 곱아졌다. 천(天)은 무겁게 깔리는 살기가 상관 있는 듯, 없는 듯 무심한 어조로 되물었다.

"허면 지금은 최고가 아니란 뜻이오?"

이마에 송골송골 맺는 식은땀을 닦지도 못한 채 홍대주가 부랴부랴 변명했다.

"이 몸이야 귀하를 조선 무인들의 지존이라 생각하지만…… 세상 사람들이야 검선을 최고라 칭하지 않소이까?"

나직한 웃음소리마저 살기를 담고 날아왔다.

"무예신보라…… 거 이름 하난 거창하오만, 이 몸은 필요 없소이다."

당장에라도 도망치고 싶은 충동을 애써 참고 있는 홍대주에게 천(天)이 비웃음을 던졌다.

"이보시오 대감, 무예서를 쓴 장본인을 앞에 두면 될 것을, 뭣하러 서책 따윌 본단 말이오?"

나름 비장의 무기라 생각했는데 듣고 보니 곶감보다 못한 미끼라 홍대주는 당황하여 몇 번 헛기침을 했다.

"흠, 흠. 아무튼 무예신보를 찾아드릴 테니, 본인의 성의라 생각하시구려."

더 이상 입을 놀렸다간 실수만 연발할 게 분명해 이쯤에서 본심을 드러내야 했다.

"하여 드리는 말씀인데……. 세자가 폐서인되었다고는 하나, 주상께서 쉬이 세자의 손을 놓치는 않을 것이외다."

"옥사에 갇힌 세자를 죽이기라도 할 생각이오?"

천(天)의 그윽한 웃음에 불신과 못마땅함이 고스란히 드러나자 홍대주는 강경함을 담아 속내를 고스란히 밝혔다.

"그보다 더 좋은 계획이지요. 도와주시구려. 이번만큼은! 반드시 천주의 도움이 필요한 일이외다."

간절함마저 느껴지는 부탁에 천天은 대답 없이 만월을 올려다봤다. 세자 이선을 무덤 속으로 집어넣기 위해서는 천天의 도움이 꼭 필요했기에, 비굴하다 느껴 속이 뒤집어지면서도 홍대주는 굽실거림을 버릴 수 없었다.

다음 날, 꼭두새벽부터 홍사해를 시켜 여운을 집무실로 불러들인 홍대주는 천天과는 다른 살기를 내뿜는 청년의 눈빛에 낮게 혀를 찼다.

"높은 곳으로 오르고 싶으냐?"

대뜸 묻자 여운은 깊이 생각하는 듯 잠시 침묵 지키더니 조용히 답했다.

"예."

단번에 천天이 어째서 여운을 아껴하는지, 후계자로 삼으려 욕심내는지 알 수 있을 만큼 여운에게서 나이와 걸맞지 않는 신중함과 감연함이 보였다.

"어찌 오를 셈이냐? 무예가 뛰어나면 오를 수 있다 생각하느냐?"

여운이 실력은 홍시해로부터 들어 익히 알고 있던 바였고, 심성은 첫마디에서 충분히 느꼈기에 더 이상 시험해볼 필요도 없었지만, 홍대주는 여운의 가만한 눈을 들여다보며 대답을 기다렸다. 천天을 만난 뒤로 수치심을 되돌려줄 방법을 모색하던 중 문득 여운이 떠올랐고, 오른팔이자 장차 후계자가 될 여운을 미리 포섭해두면 언젠가 천天의 뒤통수를 칠 수도 있으리라 해서 재빨리 여운을 불러들인 것이었다. 여운은 눈치도 제법이고 생각의 깊이 또한 가볍지 않은 게 분명하지만, 아직 어린 나이기에 홍대주의 속셈을 전혀 읽어내지 못하는 모양이었다.

"가르침을 주십시오."

다소곳한 부탁에 홍대주는 슬쩍 미소 짓고 수염을 쓸었다.

"강자 앞에서는 불길이라도 뛰어들어 거짓 충성을 보이고, 약자 앞에서는 넘어설 수 없는 태산이 돼야 한다. 앞을 막는 자는 가차 없이 베어 쓰러뜨리며, 발목을 붙잡는 자가 있으면 무참히 짓밟아야만, 비로소 이 자리에 오를 수 있느니라."

온전한 속내를 내보임에도 여운의 변화 없는 눈매와 표정을 주시하며 홍대주는 씨익 미소 짓고 낮춘 목소리로 질문을 던졌다.

"흑사초롱의 미래를 짊어진 기대주가, 어쩌다 세자의 개 노릇이나 하고 있느냐?"

그제야 여운의 동공이 커지며 놀람을 내비쳤다. 크게 놀랐음이 분명한데도 볼의 근육, 입술 모양, 눈매 그대로 동공만 검게 변한 여운을 보며 홍대주는 내심 감탄했다. 단지 천天의 뒤통수칠 거리를 만들어놓으려던 것뿐이었지만, 몇 마디 나누지 않았는데도 홍대주는 여운이 탐나는 마음을 뿌리치지 못했다. 여운은 침착함을 잃지 않은 채 홍대주의 눈을 또렷이 마주보며 조용히 반문했다.

"어찌 아셨습니까?"

"궐에서 벌어지는 일을, 내가 모르고 있는 게 더 이상한 노릇일 게다."

이제는 품 안에 감싸기만 하면 된다는 생각에 홍대주는 한껏 자상함을 내보였다.

"말해보거라. 너는 똥개가 되고 싶으냐, 사냥개가 되고 싶으냐?"

여운은 홍대주의 눈을 가만히 주시하더니 곱상한 입술 사이로 나직한 목소리를 흘렸다.

"이왕이면, 사냥개가 되겠습니다."

홍대주가 고개를 끄덕이며 한발 다가서 여운의 어깨를 다독이곤 살짝 상체를 숙여 여운의 귓가에 대고 속삭였다.

"헌데 아느냐? 똥개나 사냥개나 때가 되면 주인 뱃속으로 들어갈 운명이다. 허니 죽을 때까지 뛰고 달리는 사냥개보다야 배불리 먹고 자는 똥개가 낫지 않겠느냐?"

조용히 고개 숙이는 여운의 목덜미에서 느껴지는 풍아함이 마치 여인의 것과도 같아 소조함마저 느껴졌다. 홍대주는 절로 손이 가려는 여운의 고운 목덜미에서 시선을 떼며 의미심장하게 말했다.

"곧, 전에 없던 폭풍이 휘몰아칠 테니, 잘 처신하거라."

여운의 비상한 머리라면 어느 쪽에 붙어야 할지 잘 판단하리라 믿어 의심치 않았다.

동수의 벌어진 턱이 땅에 닿을 기세였다. 임수웅의 집무실로 집결한 이들이 처절함과 비통함이 깔리는 얼굴을 바로 들지 못해 고개 숙이는 반면 동수는 울분을 터뜨렸다.

"무슨 말씀입니까? 저하께서 폐서인되시다니요?"

"세자 저하께서는 익일, 금고형을 선고받으신다."

임수웅은 충격으로 창백해지는 동수의 얼굴을 주시하며 단호히 말을 이었다.

"하지만 익일 우리는, 세자 저하를 모시고 궁을 떠날 것이다!"

유난히 침착함을 내보이던 여운의 눈동자가 놀람으로 잠시 커졌다.

"무슨 말씀이십니까?"

"말 그대로 세자 저하를 궐에서 탈출시키는 것이다."

임수웅의 의기 충만한 목소리에 동수가 금방이라도 용진할 태세로 고개 끄덕였고, 여운은 눈썹을 모으며 걱정을 드러냈다.

"교관님! 그리하면 목숨을 건질 수는 있을지언정, 여생 동안 비참한 도망자 신세를 면치 못하실 겁니다."

2장 계략(計略)과 희생

"맞다. 하여 공식적으로 금고형을 선고받은 후, 궁에 남아 계셔야 한다."

동수와 여운, 초립이 경악에 찬 시선으로 바라보자 이한주와 상길이 한숨을 삼키는지 숨을 멈췄다. 동수는 도대체 어쩌자는 건가 싶어 임수웅을 가만히 노려봤다.

"형 집행이 끝나고 대신들이 모두 사라진 직후, 세자 저하께서는 가짜와 바꿔치기되실 것이다."

"가…… 짜요? 바꿔치기되면 뻔히 죽을 운명인데 누가……."

어이없다는 듯 중얼거리던 동수는 임수웅과 이한주, 상길의 표정을 읽고 입을 다물었다. 아니나 다를까 임수웅이 침통함을 담아 억지로 쥐어짜듯 말을 이었다.

"너희 중 일명이…… 저하를 대신해 저하 행세를 해야 할 게다."

"교관님!"

동수가 충격으로 붉게 물든 눈시울을 단단히 굳히며 외치자 시선을 외면하며 임수웅이 힘겹게 입을 열었다.

"살아서는, 두 번 다시 세상 밖으로 나올 수 없을지 모른다. 허나 하지 않을 수 없다. 하여……."

차마 더 이상 말할 수 없는지 파르르 떨리는 아랫입술을 깨무는 임수웅을 노려보며 동수는 어깨를 들썩였다. 이한주와 상길도 놀랐는지 아무 말 없이 서 있었고, 초립은 이미 뒤주 속에 갇힌 것처럼 온몸을 벌벌 떨었다. 동수는 여운과 초립을 둘러보고는 천천히 입술을 열어 잠시 숨을 몰아쉬다가 단번에 말을 토해냈다.

"제가 합니다!"

여운과 초립의 얼굴이 분을 뒤집어쓴 것처럼 동시에 창백해졌다.

"여운이 너는, 교관님을 도와 후사를 도모해야 되니 안 되고. 초립이 너는, 겁이 많아서 안 돼."

상상만으로도 두려운지 벌벌 떨리는 손으로 동수의 옷자락을 잡으며 초립이 소곤거렸다.

"너…… 어찌 될지 알고나 하는 소리야?"

동수는 바들바들 떠는 초립의 손을 꼭 쥐었다 놓으며 환하게 웃었다.

"어차피 우리 중에 누구 한 명은 해야 되잖아."

그때, 상길이 나서며 임수웅에게 결연히 말했다.

"차라리 제가 하겠습니다."

임수웅은 안타까워하며 고개 저었다.

"자네들은 궐에 남아 세손 저하를 보필해야 하네."

동수는 임수웅에게 동의하여 강한 결의를 내비치며 주먹 쥐었다. 짧은 생이었지만 주군으로 모신 이를 대신하여 생을 버릴 수 있다는 것도 의미가 깊어 보였다. 이제야 동수는 장대포가 했던 '값진 죽음'이라는 말을 이해하고 실감했으며, 온몸으로 깨달았다.

"백동수!"

"예!"

임수웅이 각진 손으로 동수의 어깨를 거세게 쥐었다.

"내, 너를 잘못 보지 않았구나. 장하다."

계속해서 떨기만 하던 초립이 세상 무너진 것처럼 바닥으로 무릎 꿇으며 주저앉았고, 여운은 이를 악물고 내리깐 시선을 들지 못한 채 가만히 서 있었다. 임수웅은 동수의 어깨를 놓아주며 큰 숨을 들이마셨다.

"너희 셋은 오늘 밤 궐에 남는다. 초립이, 너는 금표가 풀리는 대로 퇴궐하여 스승님을 찾아뵙고 이 사실을 전하거라."

"예."

명을 끝으로 집무실을 나서는 세 명의 걸음이 한없이 무거워 모래 자루를 발목에 단 것처럼 보였다. 동수는 근심과 비색으로 가득한 두 동무들의 어깨를 팔로 감싸며 힘차게 외쳤다.

"어차피 한 번 사는 인생이면, 멋지게 살다 가련다! 아싸! 사나이 백동수가 간다!"

앞으로 나아가자 비틀거리던 초립이 바닥으로 풀썩 넘어지더니 주먹 쥔 손으로 입술을 틀어막았다. 터져 나오는 흐느낌을 애써 참으려 주먹으로 막고, 이를 악물면서 어깨를 들썩이는 초립을 보자 동수의 가슴에 돌을 얹은 것 같은 묵직한 고통이 밀려왔다.

"먼저 가……."

손을 뻗는 동수에게 초립이 떨리는 목소리로 말했고, 여운과 눈빛을 주고받은 동수는 뒷머리를 털며 성큼성큼 걸어갔다. 여운은 두 사람 사이에 서서 잠시 고뇌 찬 눈빛을 흘리더니 긴 한숨을 뱉어내고 동수를 뒤따랐다.

바닥에 앉아 한참이고 흐느낌을 되삼키던 초립은 비틀거리며 일어나 임수웅의 집무실로 되돌아갔다. 다른 방법이 없냐고, 다른 사람이 대신할 수 없냐고 애원이라도 해볼 생각으로 검붉게 변한 눈시울을 주먹으로 비비며 문 앞에 선 초립은 조용히 들려오는 임수웅의 목소리에 흠칫했다.

"허니 내가 어찌 동수 저 아이를 사지로 내몰 수 있겠느냐?"

"예? 허면 어찌하실 생각이십니까?"

임수웅에게 뭔가 해결책이 있을 거란 희망이 생겨 귀를 기울이던 초립은 이어오는 대화에 주먹으로 두 눈을 세게 눌렀다.

"어찌하던 간에, 희생을 피할 수 없을 게다."

"알겠습니다. 하오면 제가……."

이한주의 말을 무 자르듯 가볍게 막으며 임수웅이 무거운 어조로 말했다.

"내가 할 것이다. 너는 저하를 모시거라."

동수를 살리고 싶었지만 그렇다고 임수웅이 희생하길 원하지는 않았기에 초립은 후들거리는 다리로 한 발 물러섰다. 빠져나갈 방도가 전혀 없고, 피할 수도 없는 선택이 놓여 있는 가운데 초립은 흐릿해진 시야로 동수와 여운을 찾으며 비틀거리는 걸음으로 어둠 속에서 헤맸다. 달이 휘영청 밝은데도 앞이 깜깜해 초립은 맹인처럼 비틀거리고 더듬거리며 나아갔고, 나무에 기대어 앉아 있던 동수는 곧 죽을 사람처럼 힘없이 걸어오는 초립을 보고 벌떡 일어서 달려왔다. 오래전, 초립이 밝은 태양이 일렁이는 수면에서 멀어져 암흑 같은 바다 속으로 가라앉을 때 동수가 손을 붙잡았던 그때와 같이, 동수는 바닥으로 쓰러지는 초립의 몸을 받쳐 일으키며 웃음 지었다.

"거참! 사내로 태어나 멋지게 죽겠다는데 대체 그 눈빛은 뭐냐? 나 몰라? 백동수야, 백동수!"

기절한 사람을 부축하듯 초립의 팔을 어깨에 두르고 걸어가며 거만하게 외치는 동수를 물끄러미 바라보던 초립은 파르르 떨리는 입술을 열었다.

"나, 겁쟁이였던 거…… 기억나?"

동수가 피식 웃으며 '영차!' 하고 초립을 더욱 단단히 끌어안았다.

"지금도 겁쟁이면서."

은근 놀리는 동수에게 떨리는 미소를 보내며 초립은 동수의 옷자락을 움켜쥐었다.

"그때 네가 구해주지 않았음, 어차피 나……."

"어이! 너 자꾸 헛소리할래?"

단단히 움켜쥐었는데도 동수가 화를 내며 초립을 놓고 멀어지자 순식간에 옷자락이 손에서 빠져나갔다. 바다 한가운데서 모래사장까지 끝까지 놓지 않고 자신을 끌고 갔던 동수를 이대로 놓을 수 없어 초립은 빈손을 움켜쥐었다. 어둠을 뚫고 여운의 시선이 낮게 날아왔다. 여운의 도움을 받을 일이 아니었다. 초립은 아득하게 멀어지는 동수의 뒷모습을 하염없이 바라봤다.

한밤중에 갑작스레 들이닥친 관군들을 맞이하며 검선과 흑사모는 무슨 일인가 싶어 서로 시선을 교환했다. 떼 지어 문 안으로 뛰어 들어온 관군들은 검선을 마주하더니 주춤하고 서로 밀어대며 우왕좌왕했다. 마치 개미들이 줄을 잃고 방황하는 것처럼 서로에게 뒤엉켜 제대로 검선을 바라보지도 못하는 관군들을 밀치며 포도대장이 앞으로 나왔다.

"검선 김광택은 어명을 받들라!"

의아했지만 어명 앞에 무릎 꿇지 않을 수 없었다. 검선이 차분하게 흙바닥에 무릎을 대자 포도대장이 조서詔書를 펼쳐 읽어 내려갔다.

"경상도 왜관, 왜인들의 움직임이 수상하니, 검선 김광택은 긴급히 이를 조사해 보고토록 하라!"

뜬금없이 경상도의 왜관과 왜인을 조사하라니 내막이 있음을 눈치챘지만 검선은 조서를 받아 들어 확인하며 뜻을 이행해야 한다는 책임감을 느꼈다. 검선이 뚫어져라 조서를 바라보고 있자 포도대장과 관군들은 부리나케 문밖으로 도망치듯 나갔다. 문에 끼면서도 서로 나가겠다 하는 꼴들이 도망가는 쥐들과 같았다.

"형님, 난데없이 왜관이라니요? 함정이 분명합니다!"

"허나 이건…… 전하께서 내리신 교지가 분명하다."

필체를 손끝으로 더듬자 영조의 인자한 웃음이 튀어나올 것만 같았다. 그리움에 한숨만 내쉬는 검선에게 흑사모가 발을 동동 구르며 가슴을 두드렸다.

"허허, 형님. 어찌 그리 어수룩하시오! 이깟 교지, 마음만 먹으면 얼마든지 거짓으로 만들 수 있습니다. 전하께서 뭔 할 일이 없어 형님을 왜관에 보낸답니까?"

검선은 아무나 따라 쓸 수 있는 필체가 아니라고 반박하려다 눈썹을 모으고 고개 들었다. 삽시간에 세자가 죄를 묻게 되었다는 소문이 퍼지는 이 시기에 누군가 자신을 한양 밖으로 내보내려 음모를 꾸민 것일 수도 있다. 흑사모도 같은 생각인지 입술을 단단히 굳히며 두 발을 땅에 붙였다.

"궐도 뒤숭숭하다는데, 어명이고 뭐고 일단은 자리를 지키는 게 좋겠수다!"

그래도 만에 하나 진짜로 어명이라면 거역할 수 없는 노릇이라 검선은 고개 저으며 무릎을 털고 일어섰다.

"어명을 따르는 게 신하된 도리가 아니겠느냐. 전하를 알현할 수 없을 터이니, 내 수웅이에게 확인 차 다녀오마."

말이 끝나기 무섭게 문으로 걸어가는 검선의 걸음이 매가 날아가는 것보다 빨랐다. 단숨에 산을 내려와 잠시 느긋하게 걸으며 숨을 돌린 후, 성문 앞까지 걸어간 검선은 성문 앞에 '금禁' 자가 쓰인 벽보를 보고 깜짝 놀라 성문지기 앞으로 나아갔다.

"금일은 입궐할 수 없습니다."

앞을 막아서며 말하는 성문지기에게 의아함을 던지며 검선은 조용히 물었다.

"무슨 일인가?"

"저기, 금표가 보이지 않습니까?"

불빛 속에 확연히 드러나는 글씨가 요사스럽게만 보였다.

"금표?"

"금일 술시오후 5시에서 7시 이후로는 지위고하를 막론하고 어느 누구도 궐을 드나들 수 없다는 왕명이오."

검선은 뭔가 낌새가 이상하다 하여도 난동을 부릴 수도 없는 노릇이라 막연히 금표를 바라봤다. 성문지기에게 연유나 물어볼까 싶었지만, 속 시원한 대답이 돌아올 것 같지도 않아 결국 검선은 다시금 빠른 걸음으로 흑사모에게 돌아갔다. 밤새 산을 내려오고 다시 오르느라 피곤한 몸과 달리 머릿속은 정신없이 오만가지 생각으로 바빴다. 갑작스레 금표가 붙은 것도, 경상도로 보내는 저의도, 음모가 있거나 술수가 시작되려는 기미 같았지만, 확인이 되지 않으니 뚜렷한 해결책도 없었다. 검선이 생각에 잠겨 새벽빛이 어스름하게 깔리는 산으로 다시 돌아가자마자 밤새 한숨도 안자고 기다렸는지 흑사모가 후다닥 달려왔다.

"형님! 어찌 되셨소?"

"성문에 금표가 있고, 술시 이후로 궐을 드나들 수 없다는 왕명이 있다는구나."

"어허, 그것참!"

답답하다는 듯 가슴을 두드리던 흑사모는 검선이 짐을 챙기러 방으로 들어가자 쫄래쫄래 뒤를 따르며 물었다.

"하면, 정말 경상도로 가시려는 게요?"

빠르게 짐을 챙겨 나오자 일찌감치 일어났는지 무슨 일인가 싶어 방 밖에 서서 기다리는 지선과 맞닥치자 검선은 흑사모에게 신신당부했다.

"이 아이를 잘 보살피거라."

세자가 지선을 묵고 있던 주막이 아닌 흑사모에게 보낸 것은 필시 사정이 있음이다.

"내, 형님이 당부 안 해도 그리할 참이오. 헌데 정말 떠나시려는 게요?"

검선이 부드럽게 웃자 흑사모가 도리질을 하며 한숨만 푹푹 쉬었다.
"왜관 사정에 궐내가 뒤숭숭한 것일 수도 있지 않겠느냐. 더 지체하다 간 저하께서 곤란해지실 수도 있을 게다."
"어허, 이것 참…… 영 맘이 편치 않아서리……. 에잇, 나는 모르겠수다!"
검선도 마찬가지로 떠나는 발걸음이 가벼운 것은 아니나 이대로 있을 수만은 없어 대문 밖으로 나갔다. 그러자 지선이 마중하며 다소곳하게 허리 숙여 인사했다.
"검선 어르신, 조심히 다녀오십시오."
가만히 고개 끄덕이고 바람처럼 내달리는 검선의 등에 대문 밖에 선 사람들이 걱정 어린 시선을 던졌다. 검선은 섣부른 행동이 아닐까 싶어 남쪽으로 향하던 걸음을 잠시 멈췄다. 산득거리는 기운이 유난히 심한 새벽이었다.

배를 긁적이며 모로 눕던 동수는 따갑게 눈꺼풀 속으로 파고드는 햇살에 번쩍 눈을 뜨고 일어나 주위를 두리번거렸다. 밤중에 술병을 들고 들어와 권하는 초립에게 고맙다며 받아들었던 기억까지 선명하나 그 이후는 가물거려 눈을 비비던 동수는 정좌로 앉아 있는 여운이 보이자 굵은 눈매로 날카로운 눈초리를 던졌다.
"초립이는 어딨어?"
항상 묘한 미소를 짓던 여운의 입가가 어울리지 않게 침통함으로 내려앉았다. 서글픔이 가득한 눈가와 천천히 고개 젓는 여운의 슬픈 얼굴을 마주하며, 동수는 술잔을 권하기만 하고 입에 대지 않던 초립을 떠올렸다. 뒷머리가 서늘해지면서 피부에 따끔거리는 통증이 밀려왔다. 그대로 방에서 뛰어나온 동수는 마당에 있는 임수웅과 이한주를 보고 대뜸 외쳤다.

"어떻게 된 겁니까!"

임수웅은 한숨부터 쉬더니 고뇌에 찬 표정으로 동수를 막아섰다.

"초립의 결정이다."

동수는 이를 악물며 뜨거워진 눈으로 임수웅을 노려보고 앞으로 나아가려 했다.

"말도 안 됩니다!"

"늦었다. 이미 형이 집행될 시간이니라."

동수가 억장이 내려앉는 가슴을 움켜쥐며 임수웅을 제치고 형장으로 가려하자, 임수웅이 단단히 팔을 붙잡았다.

"네가 진정 초립이의 희생을 헛되게 할 셈이냐!"

"어제 약속과 다르지 않습니까! 제가 합니다! 이거 놓으십시오! 분명 방법이 있을 겁니다!"

뿌리치려 했지만 옭아매듯 팔뚝을 감싼 임수웅의 손가락은 조금도 느슨해지지 않았다.

"누구에게나 목숨은 중요한 법이다."

동수는 답답함으로 발을 동동 구르며 팔을 힘껏 비틀었다.

"해서 제가 죽겠단 말입니다! 초립이가 아니라, 제가 죽을 거라구요! 운아! 넌 왜 안 말렸어!"

여운을 향해 원망 어린 시선을 던지는 동수에게 임수웅은 무겁게 말했다.

"운이도 어쩔 수 없는 일이었다. 저하께서도 반대하셨지만 초립이 끝내 뜻을 굽히지 않았느니라."

술을 권하던 초립의 가라앉은 눈매가 자꾸만 떠올라 가슴이 천 갈래, 만 갈래로 세열되는 느낌이 들었다. 원망을 하소연할 곳 없어 스스로의 가슴만 탓하는 동수의 눈이 지글지글 타올랐다. 술만 마시지 않았어도, 초립의 눈빛만 읽어냈어도 자신을 대신해 초립이 희생할 일은 없었을 거란 자책이 손바닥으로 몰아들어 동수는 힘껏 주먹 쥐었다.

"놓으십시오!"

"이미 늦었다 했지 않느냐."

임수웅의 손가락이 더욱 단단하게 조여오자 동수는 눈을 지릅뜨며 낮게 말했다.

"용서하십시오."

이어 잡히지 않은 왼팔을 뻗어 가슴을 가격하려는 동수의 손을 피해 임수웅이 상체를 뒤로 젖혔다. 바람 소리가 날 정도로 거칠게 뻗어 나간 주먹을 다시 가슴 앞으로 당기며 무릎을 굽힌 동수의 팔을 놓지 않은 채, 임수웅은 오른발을 뒤로 내딛었다.

또다시 동수의 주먹이 앞으로 나아가자 상체를 젖히려던 임수웅의 눈동자에 놀람이 스쳤다. 주먹을 뻗음과 동시에 왼발을 앞으로 뻗어 순식간에 거리를 좁히는 동수의 보법을 보고 곁에 있던 이한주도 놀란 숨소리를 내뱉었다. 서로 오른손과 왼팔이 묶인 채 공격하고 피하는 상황이 지속되었다. 마침내 동수의 주먹이 임수웅의 턱 밑으로 향하자 이한주와 여운이 달려들어 말리려 했다.

그때 임수웅이 손바닥을 펼쳐 동수의 주먹을 감쌌고, 빠르게 나아가던 동수의 주먹이 허공에 잠시 멈춘 것처럼 보였다. 하지만 동수의 힘에 밀려 임수웅의 손바닥이 뒤로 밀려나자 한껏 고개를 뒤로 젖혔음에도 임수웅의 쇄골 사이로 주먹이 부딪쳤다. 중간에 막았기 때문에 강한 충격은 아니지만 본의 아니게 가격당한 임수웅은 거친 호흡을 내뱉으며 급기야 동수의 팔을 놓았지만, 동수가 지나가도록 허락하지는 않았다.

벽처럼 막아선 임수웅과 다시금 마주선 동수는 왼발을 살짝 앞으로 내밀고 무릎을 굽힌 채 왼팔을 어깨 높이로 올려 팔꿈치를 접었다. 임수웅도 단단히 선 두 다리를 넓게 벌려 무릎을 굽히고 두 팔을 들어 팔꿈치를 접었다. 마주한 두 사람의 모습이 따가운 태양빛을 받아 등등한 기운을 펼쳐내니 마치 두 마리의 호랑이 같았다.

동수는 뚫어져라 임수웅을 노려보며 나직이 애원했다.

"제발 좀 비켜주십시오……"

막고 공격하는 두 사람이었지만 눈빛만은 처절했다.

불허不許를 내보이는 임수웅에게 동수는 폭이 좁은 빠른 걸음으로 앞으로 나아가 손바닥을 펼쳐 임수웅의 턱 밑을 겨냥해 내질렀다. 돌처럼 굳어 있는 임수웅을 쓰러뜨리기 위해서는 필요불가결하게 급소를 노려야만 했기에 위험한 줄 알면서도 동수는 임수웅의 목을 향해 손을 뻗었다. 공기를 가르며 파공음과 함께 동수의 손바닥이 날아가던 그 순간, 임수웅의 눈빛이 뜨겁게 불타올랐다. 동수는 피하지 않는 임수웅을 보며 '아차!' 싶어 급히 움직임을 멈췄지만 턱 밑으로 파고든 손바닥은 아슬아슬하게 급소를 피해 이빨 아래를 쳤다.

임수웅이 휘청하더니 비틀거리며 중심을 잃고 자세를 풀었다. 분명 타격이 있음에 눈빛에 고통이 서렸고, 활짝 펼치고 막아선 두 팔도 바르르 떨림이 있었다. 그럼에도 임수웅은 절대 물러서거나 비키지 않고 동수를 또렷이 바라보며 벽처럼 막아섰다. 동수는 일그러진 얼굴로 임수웅을 올려보며 한 발 앞으로 나아갔다.

"비켜달라니까요. 제발……"

"미안하구나. 네 마음은 충분히 이해하나 저하를 위해 절대 비켜줄 수 없다."

세자 이선을 지키려는 충심과 동무를 살리고자 하려는 동수에 대한 안타까움을 고스란히 드러내는 임수웅을 보자 동수의 눈에 주르륵 눈물이 흘러내렸다. 알고 있다. 이미 늦었음을, 되돌이킬 수 없음을 알기에 더욱 후회가 짙어 가슴속이 문드러졌다. 동수는 두 손으로 임수웅의 가슴을 두드리며 흐느낌을 토해냈다.

"흑흑, 초립이 네가 왜…… 네가 왜……."

묵묵히 동수의 애곡을 받아내던 임수웅은 두 손으로 동수의 어깨를 붙잡으며 명령했다.

"지금 동수 네가 할 수 있는 일은, 한시라도 빨리 스승님께 이 사실을 전하는 것이다."

흐릿한 눈을 들자 곁으로 다가온 이한주가 억지로 동수의 손을 임수웅에게서 떼어내며 설명했다.

"궐문에 금표가 붙었던 게 아무래도 수상하다. 인시_{새벽 3시에서 5시}에 금표가 풀렸다 하니 지금은 궐 밖으로 나갈 수 있을 게다. 원래 초립이 맡았던 일이나 일이 이렇게 되었으니 그 일을 할 사람은 너밖에 없구나. 반드시 저하의 폐위 사실을 스승님께 전하고 모든 사실을 알리거라."

초립이 대신하여 목숨을 내놓았다면 당연히 그 일은 동수 몫이었다. 동수는 눈물이 뚝뚝 떨어지는 눈가를 주먹으로 닦고 부리부리한 눈으로 결심했다.

"갑니다. 제가 갑니다."

"스승님께 사실을 고한 연후 곧장 백탑_{종로 원각사지 10층 석탑}으로 오너라."

고개 끄덕인 동수는 침묵을 지키고 있는 여운에게 다가가 팔뚝을 툭 치며 애꿎게 원망 쏟았던 일을 사과했다.

"미안하다, 운아. 나중에 보자."

여운은 평소와 같이 애매한 눈빛으로 바라보며 아무 대답 없었다. 굳이 말로 나누지 않아도 사과를 받아들였음을 안 동수는 결연한 시선을 주고받은 뒤, 이한주가 준비해준 말을 타고 곧장 성문으로 향했다. 성문 앞으로 곧장 돌진한 동수는 화들짝 놀라 반으로 갈라지는 성문지기들을 지나쳐 모래 먼지를 일으키며 내달려갔다. 빠른 말발굽 소리에 혼비백산했던 성문지기들이 뒤늦게 정신 차려 동수에게 고함질렀지만 이미 저자로 들어선 동수는 오로지 앞만 보고 채찍질을 가했다.

동수는 산 초입에 있는 흑사모의 집으로 가는 내내 초립을 떠올리지 않으려 애썼다. 얼마나 많이 이 길을 초립과 웃으며 오갔던가. 절대 죽게 놔둘 수 없기에, 무슨 수를 써서라도 살려내야 했기에 동수는 이를 악물고 박차를 가했다. 마침내 낡은 대문 앞에 당도하자 말에서 훌쩍 뛰어내린 동수가 소리부터 질러댔다.

"사모! 사모!"

대문을 박차고 들어가자 흑사모가 집무실에서 허겁지겁 뛰어나오는 게 보였다. 그 뒤로 우아한 자태를 드러내는 지선에게 흘끗 시선을 준 동수는 급히 사모 앞으로 달려가 물었다.

"검선 백부님은?"

"일이 있어 경상도로 출발하셨다. 헌데 무슨 일로 이리 급히 왔느냐?"

바닥으로 꺼지는 가슴을 추스를 틈도 없어 동수는 와르르 무너지려는 무릎에 힘주며 발을 굴렀다.

"경상도? 어쩌지? 세자 저하께서 폐서인되셨다는 사실을 알려야 하는데! 교관님이 백부님께 사실을 알리고 백탑으로 오라고……."

말이 끝나기도 전에 흑사모가 볼을 부르르 떨더니 어릿간으로 향했다.

"폐서인? 참말이냐? 어쩐지! 놈들의 계략이었구나! 당장 형님을 모시고 올 터이니, 동수 너는 딴짓 말고 수웅이 시킨 대로만 하거라, 알겠느냐!"

부리나케 어릿간에서 말을 꺼내와 곧장 대문 밖으로 나간 흑사모의 뒤를 따라 백탑으로 가려던 동수는 주춤했다. 홀로 고고히 서서 곡미를 찌푸리고 있는 지선을 돌아보자 선뜻 그 자리를 박차고 나갈 수가 없었다. 어쩐지 흑사모도 없는 이곳에 지선을 홀로 두는 것이 불안했다.

"저하께서 폐서인되셨다는 말씀이 참말입니까?"

한참 동안 말없이 서 있던 지선이 조용히 묻자 동수는 고뇌와 슬픔을 내보이며 아랫입술을 깨물었다. 차마 금고형을 받았다는 말까지는 할 수 없어 조용히 수긍하는 동수를 지켜보던 지선이 충격받았는지 비틀거렸다. 가녀린 몸이 휘청하기에 동수가 급히 손을 내밀었지만, 지선은 도움을 마다하고 홀로 바로 서서 또렷한 시선을 들었다.

"하면, 소녀도 함께하겠습니다. 세자 저하를 해한 이들이 분명 이 몸을 찾아올 것이 분명합니다."

이유는 몰라도 세자와 은밀한 관계에 있는 지선이기에 그 말에 타당성이 짙었다. 굳이 이곳에 남아 위험을 자초하기보다 함께 가는 것이 안전할지도 모른다는 생각에 동수가 고개 끄덕이고, 먼저 훌쩍 말에 올라 팔을 내미니 지선이 잠시 머뭇거리다가 단단하게 두 손으로 동수의 손목을 붙잡았다. 한 번에 힘을 줘서 끌어 올리는 동수의 팔에 이끌려 안장 위로 올라온 지선은 조심스럽게 동수의 옷자락을 잡았다. 다른 때 같았으면 좋아서 헤벌쭉해졌을 일이건만, 이상하게도 웃음이 나오지 않았다. 초립의 우정과 세자의 처지가 가슴을 가득 메워 입가에 흐릿한 미소조차 피우지 못했다.

동수는 뒤에 탄 지선을 생각해 말에게 채찍질을 휘두르지 않았다. 마침내 멀리서 백탑이 보이자 먼저 말에서 내린 동수는 고삐를 움켜쥐고 천천히 나아갔다. 유난히 인적이 드문 것처럼 느껴져 말을 모는 동수의 걸음이 점차 느려졌다.

"뭔가 이상한데……."

지극히 평상적인 행인들의 모습들인데, 묘하게 이질감이 느껴져 고개를 갸웃하던 동수의 눈이 지게꾼의 오른손으로 향했다. 힘겹게 지게를 지고 가면서도 지게꾼의 오른손이 어깨끈이 아니라 옷자락 쪽으로 파고드는 품이 이상해 동수는 사람들을 두루 둘러봤다. 그토록 이상해 보이던 연유가 사람들의 오른손에서 밝혀졌다. 모두 태연히 평범함을 가장하고 있지만, 오른손은 조심스럽게 바지춤과 옷자락 속, 혹은 행상 아래로 움직였다.

"함정입니다."

동수가 소리 죽여 말하자 지선이 맑은 눈망울에 놀람을 담았다.

"예?"

"저쪽으로 가면 큰 느티나무가 하나 있을 겁니다. 거기서 봐요."

지선의 대답도 듣지 않고 말 엉덩이를 철썩 두드려 앞으로 나아가게 한 동수는 행상을 가장하고 있던 자객들이 품에서 무기를 뽑아 들고 덤벼들자 지선이 달려 나간 방향을 막아서며 빈정거렸다.

"어이, 어이. 나, 백동수거든?"

절대로 지선을 뒤쫓게 해서는 안 되기에 죽기 살기로 싸워보자는 생각으로 동수가 부리부리한 눈을 번쩍 빛냈다.

1762년, 푸르른 하늘에 구름 한 점 없어 시간이 멈춰버린 듯 고요하게만 느껴졌다. 이선은 울분을 참으며 이를 악물고 홍대주의 야비한 미소를 마주했다.

"그대는 더 이상 국본이 아님이라! 천하의 패륜아 세자에게 역모의 죄를 물어 금고형에 처하노라!"

처연한 눈빛으로 바라보던 영조가 떨리는 입술을 몇 번이고 열었다 닫으며 목소리를 내지 못하다 한참 만에 격하게 소리 질렀다.

"형을 집행하라!"

이선은 애읍하며 용서해달라 하고 싶었지만 홍대주의 오연한 표정에 눈물을 꾹 참았다. 붉게 변한 눈가가 절망으로 더욱 짙어지고 손톱이 손바닥을 파고들 정도로 주먹 쥔 손에서 감분이 뻗어 나왔다. 무릎 꿇은 이선을 붙잡아 일으킨 관군들은 죄인 다루듯 뒤주로 밀어 넣으면서도 죄책감을 감추지 못하고 고개 돌렸다. 좁은 뒤주에 들어가 고개 드니 새파란 하늘만 보였다.

구름을 찾아 헤매는 이선의 시선이 아련함으로 물들어 한 줄기 눈물이 흘러내렸고, 관군들은 여전히 고개 돌린 채 잠시 망설이다가 뚜껑을 거세게 닫았다. 몸이 흔들릴 만큼 거칠게 뚜껑이 닫힌 뒤주 속이 순식간에 어둠으로 뒤덮였다. 동공을 가득 채우던 하늘이 사라졌는데도 잔상이 남아 어둠 속에서 파란 하늘이 떠다녀 이선은 하염없이 눈물을 흘렸다.

얼마나 지났을까. 어둠만 가득한 뒤주 속으로 햇살이 밀려들어왔다. 이선은 눈을 찡그리며 손을 잡아 일으키는 상길에게 탁하게 갈라진 목소리로 입을 열었다.

"초병들은 어찌하였느냐?"

"모두 혼절시켰사옵니다. 저하, 서두르시지요."

점차 빛에 익숙해지자 이선 대신 뒤주 안으로 들어가기로 한 초립이 초조함을 숨기며 서 있는 모습이 선명히 보였다.

"초립아, 난 여전히 용납할 수 없다. 어찌 제 목숨 구하자고 새끼를 죽일 수 있겠느냐?"

창백해진 얼굴 때문에 유난히 검게 보이는 눈동자로 초립이 뒤주 쪽으로 한 발 다가섰다.

"저하, 사내답게 죽을 수 있도록, 소신에게 기회를 주시옵소서."

이선은 스스로 뒤주 속으로 들어가는 초립의 어깨를 움켜쥐었다.

"그럴 수 없다. 어찌 죄 없는 너를……."

"저하를 위해, 그리고 동수를 위해섭니다. 소신을 믿어주시옵소서."

셋 중에 유난히 도드라지지도 않고 유별나지도 않으며 실력이 출중하지도 않던 초립이 이토록 적극적으로 나서리라고는 아무도 예상하지 못했었다. 이선조차 초립의 눈치 빠름과 남다른 두뇌 회전, 박사 못지않은 손재주를 눈여겨보고 있었지만, 행동력이라던지 과감함은 생각지도 않았다. 진즉에 알아주지 않은 것이 미안하여 초립의 희생이 더욱 고마웠다.

"저하."

상길이 조용히 재촉하자 초립의 어깨를 다시 한 번 세게 쥐었다 놓은 이선은 무참함을 느끼며 조용히 닫히는 뒤주 뚜껑을 바라보지 못하고 고개 돌렸다. 바닥에 쓰러져 기절해 있는 초병들을 지나쳐 상길과 대홍, 마루의 호위를 받으며 뒤주를 뒤로하는 내내 마음이 바닥에 질질 끌렸다. 그렇게 무거운 걸음으로 비밀 통로를 향해 움직이던 이선은 문득 걸음을 멈추고 의아함을 담아 돌아보았다.

"저하?"

조용히 부르는 상길에게 이선은 가늘게 뜬 눈으로 물었다.

"어째서 초병이 둘밖에 없는 것이냐? 혹여 병판 대감의 술수가 아닌가 싶다."

"하여, 성문 쪽으로 수를 썼습니다."

이선은 고개를 끄덕이고 월도를 받아 든 뒤, 낮은 품으로 익위사들을 따랐다. 굴에서 빠져나가는 비밀 통로로 향하는 내내 불안함을 떨쳐버리지 못하던 이선은 기다리고 있던 임수웅을 보자 그나마 안도감이 생겨 한숨을 흘렸다.

"저하! 부디…… 옥체 보존하시옵소서!"

익위사들의 절절한 인사를 뒤로하고 임수웅과 함께 통로로 들어선 이선은 빠른 걸음으로 나아갔다. 어두운 통로에 임수웅이 밝히는 횃불만이 환하여 시야가 어지러웠다. 제대로 가고 있는 건지, 올바른 길로 가는 건지 구분할 수 없을 정도로 눈앞이 캄캄했다.

3장
질풍노도疾風怒濤 속의 이별

수레의 무게가 제법 되어 흙바닥을 파고드는 바퀴 자국이 깊었다. 덮개로 속이 보이지 않는 수레가 다가오자 여운과 나란히 서 있던 이한주가 조용히 말했다.

"운아, 미안하구나."

놀라서 돌아보니 무인의 눈을 지닌 이한주가 여운의 어깨에 손을 올렸다.

"오늘 넌, 나와 함께 죽을 수도 있다. 내 최대한 너만은 살려보려 노력하겠다만, 성문을 나서는 순간부터 목숨을 보장할 수 없구나."

가만히 고개 끄덕이는 여운의 어깨를 놓아주며 이한주는 수레를 끌고 오는 관군들에게 명령했다.

"출발하자."

여운은 이한주와 함께 수레를 이끌며 성문을 나섰다.

"무슨 용무요?"

아니나 다를까 성지기가 막아서며 묻자 이한주는 눈썹 하나 변함없이 증서를 보여주며 답했다.

"군수품 수송이오."

아무리 미리 관군 10여 명을 준비시켜 위장했다 하더라도 겉만 보고 쉽게 통과시키는 성지기를 돌아보며 여운은 고개를 갸웃했다. 쉽게 성을 빠져나가는 게 되레 불안해야 정상인데 이한주는 너무나 태연하게 성문을 돌아보지도 않고 앞으로 나아갔다. 여운은 홍대주의 번들거리는 눈동자를 떠올리고 계속해서 불안함을 느꼈다.

'이리 놓아줄 사람이 아닌데……'

예상대로 도성을 벗어나 산길로 접어드는 들판에 들어서자 갑자기 자객들이 앞을 막아섰다. 이한주는 재빠르게 검을 뽑아 들며 자객들을 향해 외쳤다.

"웬 놈들이냐!"

둘러싼 자객들 사이로 번쩍거리는 검을 세우고 나서는 흑사초롱의 단장을 보니 여운의 등줄기로 싸한 한기가 흘렀다. 갑자기 나타난 단장과 눈이 마주친 여운은 돌처럼 굳어 아랫입술만 살짝 떨었다. 단장이 나선 이상 여운은 원래 있어야 할 자리로 돌아가야 했기에 결코 피할 수 없는 숙명이 암흑처럼 점차 사방에서 조여들기 시작했다. 여운은 단장이 흘끔 시선 준 뒤 입술에 비웃음을 담는 동안에도 내면의 갈등과 싸워야 했다. 어느 쪽에 서느냐, 누구 편을 드느냐 결정이 났음에도 가슴은 분열되어 울렁였다.

"쳐라!"

급기야 단장이 외치자 사방에서 자객들이 검을 휘두르며 달려들었고, 이한주와 관군들은 제각각 맞대응하며 고전했다. 그 와중에도 가만히 서 있는 여운의 눈동자가 고통으로 물들었다.

살리고 싶다.

이한주를 돕고 싶은 갈망이 목구멍까지 치고 올라왔지만 흘끔흘끔 시선 던지는 단장의 눈초리를 마주할 때마다 온몸이 얼어붙었다. 살수의 길로 들어서고 천(天)의 수하로 명령을 받아 흑사모와 함께 생활한 이후, 이런 날이 올 거라 예상했지만 이토록 가슴 아플 줄은 몰랐다. 칼에 베이고, 찔리며 쓰러져가는 관군들 사이로 필사적으로 덤비는 이한주가 시선에 가득 잡혔다. 이미 상처 입고 기력이 다한 것처럼 보이는 이한주는 곧 죽어도 검을 놓을 수 없다는 듯 눈을 부라렸다. 마침내 관군들 모두가 쓰러지고 그 가운데 홀로 우뚝 서 있는 이한주 앞으로 나서며 단장이 조롱 섞인 칭찬을 던졌다.
"제법이구나."
이한주는 대답 대신 검을 세우며 단장에게 달려들었다. 두 검이 맞부딪치며 철음이 들판으로 퍼져나갔고, 머리 위에선 햇빛을 받은 검광이 번개처럼 사방으로 뻗었다. 여운은 이한주가 이기길 진심으로 기원하며 검을 뽑지도 않은 채 가만히 서 있었다. 뒤늦게 여운에게 시선을 준 이한주는 검에 손도 대지 않는 여운에게 놀란 외침을 토해냈다.
"운아! 뭣하고 있느냐!"
차마 이기길 바라며 서서 구경하고 있다고 대답할 수 없어 여운이 입술을 앙다물고 안타까운 눈빛으로 바라보는 그 순간, 단장이 검날을 눕히고 달려 나가며 소리쳤다.
"어디서 한눈을 파는 게냐!"
이어 이한주의 복부로 기다란 검이 쑤욱 파고들었다. 이한주가 서둘러 검을 휘둘렀지만 단장의 갓만 벤 검날은 허공에서 멈췄다.
"운아……. 부디 살아남거라……."
쓰러지듯 무릎 꿇으며 돌아보는 이한주의 눈에 원망과 의아함, 걱정, 고통 어린 슬픔이 흘러나왔다. 그러자 이한주의 복부에 박힌 검을 뽑아

내며 단장이 얼음장같이 차가운 목소리로 명령했다.

"마지막은 네가 장식하거라."

그 말의 의미를 깨달은 이한주의 얼굴에 도저히 믿을 수 없다는 표정이 떠올랐다. 여운은 이를 악물며 검을 뽑아 들고 이한주에게 다가가 진심 어린 사과를 입에 담았다.

"죄송합니다."

검날이 발하는 빛이 여운의 눈물과 같았다. 짙은 검광을 뿌리며 무겁게 휘두른 검날이 지나간 자리에 붉은 선혈이 뿜어져 나왔다. 여운은 최대한의 배려로 단숨에 명을 앗으며 떨리는 손을 감추기 위해 얼른 검을 털었다. 이어 원망과 한스러움을 담은 이한주의 몸이 바닥으로 쓰러지자 단장이 만족스러운 얼굴로 자객들에게 명령했다.

"덮개를 걷어라!"

자객들이 일제히 수레를 묶은 밧줄로 검을 휘두르자 팽팽하게 묶여 있던 밧줄이 끊어지며 허공으로 튀어 올랐다. 동시에 수레에 장착되어 있던 화살들이 빗줄기처럼 사방으로 쏟아져 나왔다. 바람 소리에 몸을 돌린 여운은 어깨로 파고드는 화살을 피하지 못하고 그 힘에 밀려 뒤로 주춤 물러났다. 가까이 있던 자객들은 두세 발의 화살을 동시에 맞아 어떤 이는 허공으로 붕 떠오르다 바닥으로 곤두박질치기까지 했다.

수레에 연노법(連弩法)을 이용해서 쇠뇌를 장착시켜 밧줄이 끊어지면 동시에 화살이 날아가도록 했다는 걸 전혀 몰랐던 여운은 놀람을 담아 단장을 돌아봤다. 수레에 근접해 있던 자객들 모두 화살에 맞아 바닥으로 쓰러져 있는 가운데 단장만이 화살을 피해 상처 하나 없었다.

"너도 몰랐던가?"

아연한 얼굴로 어깨에 박힌 화살을 손으로 부여잡고 있는 여운에게 단장이 낮게 혀 차더니 말에 올랐다.

"이미 버림받았었군."

안됐다는 듯 측은한 눈길을 던지며 말하는 단장의 시선을 피하며 여운은 말에 올라 화살을 부러뜨렸다. 고통으로 숨이 차오르자 이를 악무는 여운의 눈가에 뜨거운 눈물이 맺혔다. 절대 버림받은 게 아니라는 걸 잘 알기에, 너만은 살려보려 노력하겠다던 이한주가 숨을 거두며 보였던 실망과 배신감을 뇌리에서 떨쳐낼 수 없기에, 한 줄기 눈물이 볼을 타고 흘렀다. 분명 수레의 쇠뇌가 작동하게 될 때는 여운도 목숨을 부지할 수 없거나 도망친 뒤라 생각했을 거였다. 죽을 각오로 스스로 미끼가 되어 성문을 나서면서, 이한주는 그 와중에도 어떻게든 여운을 살리고자 했다.

여운은 흐느낌이 폭발하려는 입술을 앙다물며 부러진 화살을 바닥에 던지고 단장을 따라 숲으로 향했다. 이제는 되돌아갈 수도, 후회할 수도 없었다.

어둡고 긴 비밀 통로를 빠져나오자 우거진 숲이 나왔다. 나뭇잎 사이로 흔들리며 새어 들어오는 햇살에 잠시 눈을 감았다 뜬 이선은 비밀 통로의 입구를 위장하는 임수웅을 돌아보며 나지막이 말했다.

"비밀 통로가 이리 요긴하게 쓰일 줄은 몰랐군."

"효묘께서 보위에 오르시자마자 가장 먼저 하신 일이, 이 비밀 통로를 만드신 일이옵니다."

수웅의 설명에 큰절을 올리며 이선은 선대왕에게 감사했다. 임수웅도 이선을 따라 절을 올린 뒤, 하늘을 올려다보고 재촉했다.

"이쪽입니다."

임수웅을 따라 숲으로 들어선 이선은 새의 지저귐조차 없는 적막에 유난히 신경이 곤두섬을 느꼈다. 빠른 걸음으로 임수웅을 따라 낮은 풀들이 펼쳐진 숲길 어귀로 들어선 이선은, 임수웅이 큰 숨을 들이마시며 엄지로 검을 살짝 뽑는 것을 보고 바짝 긴장했다.

"말이 보이지 않습니다."

나무 밑에 떨어져 있는 가죽 끈을 발끝으로 밀어보던 임수웅이 검을 뽑아 듦과 동시에 사방에서 자객들과 등에 창을 메고 있는 사내가 나타났다. 이선은 미리 매복하고 기다린 자객들을 보며 눈썹을 모았다. 그중 유독 매서운 살기를 가진 자가 보이자 임수웅이 바짝 긴장한 어깨 너머로 말했다.

"병판 대감의 수족인 마도영이란 자입니다."

왕가에만 전해지는 비밀 통로를 알고 자객들이 기다릴 수 있는 이유가 분명해졌다. 병조 판서 홍대주는 궁의 비밀 통로를 포함한 모든 지도를 손에 쥐고 있기 때문에, 뒤주 주위에 초병이 둘밖에 없을 때부터 예상했던 바였다. 이선이 눈을 부릅뜨자 마도영이 야비하게 웃으며 자객들에게 명령했다.

"쳐라!"

맞춰 임수웅의 검이 바람을 일며 자객들의 목과 가슴을 베고 지나가자 동시에 덤벼들었던 자객들 모두가 바닥으로 픽픽 쓰러졌다. 그렇게 순식간에 자객들을 처치하고 보법으로 제자리로 돌아와 곧게 서 있는 임수웅을 보며 마도영이 믿기지 않는다는 얼굴로 예를 표했다.

"전력을 다해도…… 승부를 예측할 수 없겠습니다."

"욕심이 과하구나."

임수웅이 피 묻은 검을 털고 다시 기본자세를 잡자 마도영이 천천히 등 뒤에서 창을 뽑아 들었다.

"그럴까요? 창은, 능히 검을 이기는 법이지요."

마도영이 머리 위로 들어 창을 돌리자 창날을 감싸고 있던 붉은 천이 벗겨지더니 석반창날 아래 둥근 금속 아래에 묶인 채 허공에서 휘날렸다. 붉은 천이 내지르는 파공음마저 살기를 지닌 채 귓속으로 파고들었다. 묘한 자세로 창날을 내보인 마도영은 임수웅이 뒷발에 힘을 주자 다정스럽게 말했다.

"신라 비전의 창술입니다. 경험해보시겠습니까?"

마도영의 살벌한 눈빛과 창술에서 뿜어져 나오는 살기를 주시하던 임수웅은 이선에게 조용히 읊조렸다.

"저하, 만만히 볼 자가 아닙니다. 옥체를 살피시옵소서."

살아남은 자객들이 제 할 일을 찾지 못해 어정쩡하게 서 있자 마도영이 눈짓했고, 이선을 지키려 임수웅이 검을 휘두르자 마도영의 창이 임수웅에게 파고들었다. 이선은 월도를 바로잡아 자객들에게 위협적으로 휘둘렀다. 임수웅의 검과 마도영의 창이 부딪치고 이선의 월도와 자객들의 검이 서로를 향해 달려들었다. 이선은 자객들의 검을 막아내고 쳐내느라 임수웅을 돌아볼 겨를이 없었다. 하지만 얼마 안 가 괴성과 함께 마도영의 창이 부러지는 소리가 나자 자객들이 움찔하며 검을 휘두르는 속도가 느려졌고, 이선은 그 틈을 노려 월도로 자객 한 명을 쓰러뜨렸다. 무기가 부러지자 놀란 듯 마도영이 창백해진 얼굴로 몸을 굳혔고, 임수웅은 숨 돌릴 틈도 없이 자객들을 향해 검을 내뻗었다.

그때, 단검이 날아와 임수웅의 검날을 후려쳤다.

힘차게 뻗어 나가던 임수웅의 검劍은 단검과 부딪친 충격으로 허공에서 떨림을 울리며 멈췄다. 동시에 흔들리는 햇살 사이로 천天의 모습이 나른하게 나타났다.

"그사이, 실력이 많이 늘었구나."

온몸이 조여오며 긴장으로 피부가 팽팽하게 당겨졌다. 이선은 임수웅이 숨을 멈추고 천天을 노려보자 월도를 바로 쥐고 공격을 대비했다. 천天은 장터 구경 나온 사람마냥 느릿하게 임수웅과 이선, 마도영을 돌아보더니 마도영에게 물건 고르는 것처럼 손가락을 까닥였다.

"너는, 세자를 처리하거라."

급히 허리 숙여 명을 받은 마도영이 칼을 뽑아 들고 나서자 임수웅이 검을 뻗었지만, 또다시 천天의 검에 길이 막혔다. 가볍게 임수웅의 검을 저지한 천天은 나른한 목소리로 물었다.

"광택이가 나를 만나면 피하라 하지 않더냐?"

"분명 그리 말씀하셨지요. 허나 목을 내주면 당신 팔 하나 정도는 벨 수 있다 말씀하셨소!"

천天은 뭐가 그리 즐거운지 소리 죽여 웃더니 이선에게 달려드는 마도영을 보며 빈정거렸다.

"거참……. 광택이 놈한테 무예는 배우지 않고, 대책 없는 배짱만 배웠느냐!"

이선은 사정없이 파고드는 마도영의 칼을 피하며 동시에 옆에서 몰려드는 자객을 향해 월도를 휘둘렀다. 월도의 길이 덕에 검날이 자객의 팔 한쪽을 훑고 지나가자 피를 뿜으며 자객이 물러났지만 빈틈을 노린 마도영의 검이 이선의 가슴 쪽으로 흘렀다. 하얀 베옷이 갈라지며 붉은 선혈이 스며 나왔다. 이선은 고전하는 임수웅에게 의지할 수만은 없어 이를 악물고 마도영의 검을 막아냈다.

청명한 하늘 위로 나뭇잎을 비집고 뻗어 나가는 철음이 구름을 가를 태세였다.

자객들을 모두 쓰러뜨리고 난 후, 숨을 몰아쉬던 동수는 헐레벌떡 달려오는 진주를 보고 미간을 좁혔다. 사내아이처럼 큰 폭으로 달려오는 진주의 뒤로 지선이 종종거리며 따라오는 모습까지 보이자 동수는 검을 털고 다급히 물었다.

"진주, 넌 어떻게 알고 온 거야?"

숨을 헐떡이며 진주는 손가락으로 남쪽을 가리켰다.

"흑사모 아저씨가 급히 가시길래 물었더니 널 도우라고 보내셨어."

고맙기는 했지만 툴툴거림이 먼저 튀어나왔다.

"도움은 개뿔."

동수는 눈에 쌍심지를 켜는 진주를 무시하고 가만히 숨을 몰아쉬는 지선에게 걱정을 담아 물었다.

"괜찮아요?"

"예."

다소곳하게 말하면서 감사의 눈빛을 던지는 지선의 모습이 풍아해서 절로 가슴이 두근거렸다. 어쩐지 묘해진 시선이 얽혔고, 두 사람 가운데 있던 진주는 눈을 점점 더 길게 찢더니 훼방 놓는 것처럼 동수 앞으로 얼굴을 들이밀었다.

"그런데 여기가 약속 장소 맞아?"

동수는 선이 굵은 눈매를 더욱 각지게 힘주며 주변을 둘러보고 입술을 비틀었다.

"아무래도 계획이 모두 틀어진 모양이야. 이 계획을 아는 사람은 몇 안 되는데 어떻게 된 거지?"

문득 성을 출발하기 전, 임수웅의 말이 떠올랐다.

'행여나 일이 틀어져 백탑에서의 약속이 무용지물 된다면, 숙정문에서 백악산 쪽으로 2리 정도 떨어진 곳에 있는 숲으로 오너라.'

어쩌면 임수웅은 배신자가 생기거나, 내복해 있을 거라 예상하고 있었는지도 몰랐다. 모든 수를 계산하고 대비하여 계획한 임수웅이기에 수가 틀어질 경우 모두를 생각하고 일을 진행시켰다.

"배신할 사람이 없는데……."

임수웅과 익위사들, 자신과 여운밖에 모르는 계획에서 배신자가 나올 리가 없었다. 동수는 갑자기 스멀스멀 등줄기로 타고 오르는 불안감으로 목덜미가 시원해지자 한껏 검어진 눈으로 진주를 돌아봤다.

"난 다음 장소로 가봐야겠다. 만약에 사모를 다시 만나거든, 숙정문에서 백악산 쪽으로 2리 정도 떨어진 숲으로 오시라고 전해줘."

진주가 화급히 옷자락을 붙잡자 동수는 지선을 흘끔 보고 갑자기 생각났다는 듯 덧붙였다.

"참! 우리 선녀님 좀 부탁해."

"우리⋯⋯ 선녀님?"

어이없다는 듯 되묻는 진주에게 재차 부탁하려는데, 지선이 치맛자락 아래로 발을 내밀며 다급히 말했다.

"아니요. 저도 함께 가겠습니다."

지선의 고집스런 눈매와 고고히 쳐든 턱을 바라본 동수는 애써 그녀를 무시하고 진주의 어깨를 부여잡았다.

"부탁해."

"어⋯⋯, 어."

그리고 지선이 뭐라 하기 전에 냅다 앞으로 달려 나갔다. 동쪽으로 향하는 동수의 가슴이 한껏 오그라들어 숨조차 쉬이 가빠졌다.

아니겠지, 아닐 거야 생각하며 숲으로 향하는 내내 불안함과 산득거림이 등에 올라타 떨어지지 않았다. 절대 여운은 아닐 거라 생각하지만, 그렇다고 이한주나 상길이 배신할 거라고 생각할 수도 없었다. 분명한 건 뜻을 함께한 이들 중에 누군가 한 명이 믿음을 저버렸다는 것이었다. 그게 누구든 간에 배신감으로 무너지는 가슴을 추스르기 쉽지 않을 터였다.

떨리는 가슴 때문인지 자꾸만 발이 돌부리에 걸려 넘어졌다. 동수는 몇 번이고 흙을 움켜쥐며 일어나 달리면서 제발 아무 일 없기를 바라고 또 바랐다.

진한 피비린내가 나뭇잎을 흔들며 퍼져나갔다. 여운은 처절한 외침으로 울부짖는 이선을 차마 바라볼 수 없어 모진 바위만을 노려봤다.
"수웅아!"
천天과 대치하고 있던 임수웅이 단장과 함께 나타난 여운을 발견하고 자세를 흩트리지만 않았어도 조금, 아주 조금은 시간을 더 벌었을지도 몰랐다. 아니, 단장과 여운이 도착하기 전에 세자가 도망칠 수만 있었어도 덧없는 희생이라 생각하지 않을 수 있었다. 하지만 여운을 향한 배신감은 둘째 치고 이선에 대한 걱정에 눈도 감지 못하고 숨을 거두는 임수웅에게 천天은 피 묻은 검을 털어내며 안됐다는 듯 말했다.
"광택이 놈이 좋은 제자를 두었구나……."
이선은 세상이 무너진 것처럼 임수웅을 붙들고 오열했다.
"수웅아! 수웅아!"
여운은 그 애통함에 두 발이 흙을 파고들어 땅속으로 묻히는 기분을 느끼고, 들썩거리려는 가슴을 애써 억눌렀다. 천天이 지켜보고 있는 가운데 함께 비통함을 내보일 수 없어 쥐어짜듯 태연을 가장했지만 임수웅의 주검을 마주하고 있자니 무릎이 가늘게 떨렸다.

이선은 오열로 얼룩진 얼굴에 결의와 분노를 담고 월도를 움켜쥐며 힘겹게 일어섰다.
"오너라!"
"허허, 나라면 뒤도 쳐다보지 않고 도망칠 게요."
천天이 안됐다는 듯 헛웃음을 지으며 충고하자 이선은 월도를 앞으로 내뻗으며 왕족의 자긍심을 내보였다.
"본인은 국본이다. 죽을지언정 등을 보이진 않는다!"

흔들림 없이 검끝을 천天에게 향하고 있는 이선을 보며 천天이 고개 끄덕였다.

"하긴, 그 정도는 돼야 일국의 세자라 할 수 있지. 너희는 나서지 말거라."

마도영과 단장에게 명령한 천天은 덤벼보라는 듯 이선에게 턱을 치켜세웠다. 작은 도발임에도 이선의 눈이 분노로 활활 타오르더니 땅을 박차고 앞으로 튀어나와 순식간에 천天의 목 앞으로 월도를 들이밀었다. 숨죽이며 가만히 지켜보던 여운은 천天이 검집으로 월도를 막아내며 여유를 가득 담아 말하자 눈을 질끈 감고 고개 돌렸다.

"이제야……. 조금은 알 것 같소이다."

이선의 월도가 부들부들 떨리는 것에 비해 천天의 검집은 조금도 흔들림이 없었다. 마치 어린아이의 장난을 받아주는 어른처럼 천天은 딴생각에 잠겨 비틀어진 미소를 흘렸다.

"내겐 없고, 광택이 놈은 있는 것."

음미하기 좋은 말이었지만 뜻을 헤아리기도 전에 이선은 지글거리는 눈빛으로 공격을 계속했고, 이리저리 바람에 날리는 꽃잎처럼 부드럽게 월도를 피하던 천天은 갑자기 한숨을 쉬더니 마침내 검을 뽑아 들었다. 검날이 빠져나오는 소리에 다시금 눈을 뜬 여운은 두 사람 앞으로 튀어나가 이선을 돕고 싶은 마음이 간절했지만, 천天에게 바친 운명을 거스를 수 없다는 생각에 손가락 하나 까닥이지 못했다. 피할 수 없는 운명이 눈앞에서 소중한 사람을 베려고 날을 세우고 있었다. 여운의 눈에서 애타는 마음이 눈망울을 타고 흘러 아련한 눈빛만 쏟아져 나왔다.

천天이 검을 뽑은 이상 이선에게 남은 시간이 얼마 없음이다.

예상대로 천天의 검이 이선의 오른쪽 어깨로 단숨에 파고들었고, 이선은 어떻게든 버텨보려 왼손으로 검날을 붙잡았지만 힘에 밀려 뒤꿈치가 흙을 파헤치며 뒤로 미끄러졌다. 결국 나무에 부딪치며 밀림이 멈추자 이선의 어깨를 관통한 검이 굵은 나무에 쑤셔 박혔다.

"슬슬 끝을 볼 시간이외다."

허공으로 빠져나오는 검끝을 따라 시뻘건 선혈이 뿜어져 나왔다. 부들부들 떠는 손으로 월도를 바닥에 짚어 몸을 바로 세우는 이선의 모습에서 점차 체념이 느껴졌다. 여운은 눈가가 뜨거워지자 힘을 주며 이를 악물고, 앞으로 나가려는 발을 끌어 되레 뒤로 물러섰다.

"여기까지인가……."

떨리는 목소리로 말하고 이선이 시선을 주자 여운은 슬픔이 가득한 눈동자에 죄스러움을 담고 고개 돌렸다. 이선은 미안해하는 여운에게서 시선을 거두며 파르르 떨리는 입술을 열었다.

"듣거라."

마치 자신에게 하는 말 같아 흠칫한 여운은 흔들리는 눈동자를 다시 이선에게 향했다.

"나를 죽일 수는 있을 것이나, 북벌의 꿈은 사라지지 않을 것이다. 내가 안 되면, 나의 후손이 이을 것이다. 하니 백 년 천 년이 흘러도…… 결코 나의 의지는 사라지지 않을 것이다!"

그 의지에 마음이 동하여 함께하는 시간이 설레었던 여운이기에, 울렁거리며 가슴을 흔드는 괴로움에 터져 나오려는 눈물을 막고자 눈을 지릅떴다. 천天도 이선의 의지에 감동한 듯 한결 부드러워진 얼굴로 고개 끄덕였다.

"훌륭하오. 허나……."

살짝 상체를 숙여 이선에게 분명히 말하는 천天의 목소리가 여운의 귀로 파고들었다.

"이 몸이 살아 있는 한, 그 꿈은 또다시 좌절될 게요."

천天이 이제는 마지막이란 듯 검날을 세우자 이선은 하늘을 향해 통한의 외침을 내질렀다.
 "나의 의지를 잇는 자! 반드시 북벌의 대업을!"
 이선의 눈동자에 공허함이 물들었다. 이어 천天의 검이 피를 뿌리고 검집으로 돌아가자 이선은 바닥으로 쓰러지며 말을 맺었다.
 "완성할 것이다……"
 5월의 청명함이 부끄러울 정도로 여운의 가슴이 죄책감으로 까맣게 물들어갔다. 여운은 마지막 숨을 토해내고 눈을 감은 이선에게서 시선 돌리며 검을 움켜쥐었고, 다가온 천天은 여운의 어깨를 툭툭 치며 느릿하게 입을 열었다.
 "많이 다쳤느냐? 시신을 수습하고 빨리 치료하거라."
 "예."
 억지로 쥐어짜 대답한 여운은 천天과 마도영, 단장이 멀어질 때까지 목석처럼 서서 목구멍 밑으로 차고 오르는 감정을 억눌렀다. 마침내 모든 이들의 그림자조차 사라지자 이선으로 다시 시선을 옮긴 여운은 넘실대며 차오르는 눈물을 토해내며 이선의 앞으로 걸어갔다.
 "저하……, 용서하십시오."
 뒤늦은 사죄와 함께 무릎 꿇은 여운은 이선의 주검 앞에서 이마를 땅에 박고 흐느꼈다.
 "거부할 수 없었습니다. 피할 수 없었습니다. 부디…… 용서하십시오."
 그렇게 흙을 움켜쥐며 죄스러움을 눈물과 함께 흘리는 여운의 귀에 나무들 사이로 동수의 목소리가 흘러들어왔다.
 "교관님! 저하!"
 얼어버린 강으로 뛰어들어도 이보다 섬뜩하지 않으리라. 땅에 이마를 조아리며 상차하던 여운의 어깨가 서리 맞은 듯 부르르 떨리고 움켜쥔 흙이 손가락 사이로 비죽비죽 빠져나왔다. 동수가 이 자리에 올 거라 생각하지 않았었다. 무슨 일이 있어도 피하고 싶은 만남이지만 언젠가는 벌어질 일이기에 여운은 눈물로 얼룩진 눈을 들어 아연실색해 있는 동수를 돌아보았다.

"운아……."

비틀거리며 다가오는 동수에게서 도망치고 싶어 여운은 후들거리는 다리에 힘을 줘 일어섰다. 동수는 멀지 않은 곳에서 차갑게 식어 있는 임수웅의 주검과 여운의 앞에 있는 이선을 보고 입가를 바르르 떨더니 강물을 헤치는 사람처럼 허우적대며 달려왔다.

"저하! 교관님!"

털썩 주저앉아 애곡(哀哭)하던 동수는 피범벅이 된 임수웅의 가슴을 움켜쥐며 항의하듯 외쳤다.

"일어나십시오, 교관님! 일어나십시오, 저하!"

이미 숨을 거둔 이선과 임수웅은 말없이 동수의 원망을 받아냈고, 하염없이 울부짖던 동수는 어깨를 들썩이며 원대(怨懟)를 감추지 않았다.

"어찌 저하를! 어찌!"

여운은 동수의 원망이 화살처럼 가슴에 박히자 가슴을 움켜쥐며 괴로움에 얼굴을 일그러뜨렸다. 마침내 눈물범벅이 된 얼굴로 동수는 벌떡 일어서다 여운의 화살촉이 박혀 있는 어깨를 보더니 황급히 소리 질렀다.

"운아! 다쳤어? 많이 다친 거야?"

손으로 더듬으며 여운의 어깨를 눈물 젖은 눈으로 바라보는 동수를 외면하면서 여운은 힘겹게 답했다.

"난 괜찮아……."

그렇게 심하게 갈라진 목소리에 여운의 주먹 쥔 손, 차가운 주검이 되어 있는 임수웅과 이선으로 시선을 흘린 동수는 갑자기 여운에게서 등을 돌렸다.

"가자. 익위사들께 이 사실을 알려야 해."

주먹으로 눈가를 훔치고 성큼 걷는 동수의 등을 바라보며 여운은 붉어진 눈시울로 안타까움을 내보였다.

"뭐해? 얼른 가자니까!"

땅에 달라붙은 듯 서 있는 여운을 재촉하며 동수는 이상하리만치 여운의 눈을 바라보지 않았다. 순간 여운은 동수가 자신이 배신자라는 걸 알고 있다는 사실을 깨닫고, 더더욱 괴로워진 가슴을 거세게 움켜쥐었다. 동수는 계속해서 등을 보이다가 천천히 여운에게로 몸을 돌리고 시선을 마주했다. 부정(不正)과 확고한 믿음 속에 강한 흔들림이 있는 까만 눈동자로 여운을 뚫어지게 바라보면서 동수는 큰 숨을 들이마셨다.

"왜 그러고 섰어? 가자니까!"

여운의 고운 입술에는 슬픔을 간직한 미소가 피어오르는데, 비색이 만연한 눈가에는 뜨거운 눈물이 고여 들었다. 함께한 시간이 10여 년이라 동수는 그 의미를 단박에 파악하면서도 애써 무시하며 떨리는 미소를 짓고선 한 발 다가섰다.

"야! 그 썩은 감자 같은 표정은 뭐냐? 얼굴만 봐서는 꼭 네가 세자 저하를 죽인 사람 같잖아."

평소와 다름없는 동수의 까불거리는 말투임에도 입술이 한없이 떨려 목소리마저 바람 먹은 풀잎 같았다. 믿을 수 없다는 강한 거부를 드러내며 동수는 태연한 척 계속해서 수수꾸고 억지 미소를 지었다.

"알아. 이렇게 된 게 꼭 너 때문인 거 같지? 실은 나도 그래……. 그러니까 어서 가자, 어?"

손을 잡아끌려는 동수를 피하며 여운은 눈물 어린 눈매를 가늘게 떴다. 그럼에도 동수는 여운의 손을 잡으려 허공을 헤집으며 무간함을 확인하려 했다.

"하긴, 그렇지. 운이 네가 빨리 도착했으면 저하나 교관님이나 이렇게 허무하게 돌아가시진 않았겠지. 그래도 그건 네 책임 아니야. 죄책감 느낄 필요 없어."

"미안하다……."

동수는 자꾸만 멀어지는 여운의 손을 잡지 못하고 허공에 손가락을 쫙 펼친 채 바르르 떨리는 입술로 미소 지었다.

"뭐야. 네가 미안하긴 뭘 미안해."

동수의 억지로 치켜 올린 입술이 파도처럼 요동치고 눈가가 붉게 변하는 걸 바라보며 여운은 아무 말 못했다. 급기야 여전히 억지웃음을 지으면서도 동수의 눈에 굵은 눈물이 서서히 맺혔다.

"네가 뭐가 미안한 건데……. 뭐 쓸데없는 소리야."

뜨겁게 달아오른 눈물이 동수의 각진 눈매에서 흘러 볼을 타고 바닥으로 향했다.

"말해봐. 뭐가 미안한 건데……."

여운은 허공에 펼쳐진 동수의 손바닥이 모여 강하게 주먹 쥐어지는 걸 보며 일그러진 얼굴로 침묵을 지켰다. 동수의 턱을 타고 떨어지는 눈물이 흙바닥에 스며들자 나무들을 뒤흔들 것 같은 외침이 터져 나왔다.

"대체 뭐가 미안하냐고!"

악을 지르며 여운의 멱살을 움켜쥔 동수는 감분을 담아 소리쳤다.

"내가 알고 있는 여운이 맞긴 맞는 거야? 생사고락을 함께했던 그 운이가 맞냐고! 이럴 수 없어! 운이가 절대 이럴 리 없다고!"

"내가 어찌할 수 없는……. 아무리 벗어나려 발버둥 쳐도 소용없어. 이게, 내 운명이니까……."

동수의 거친 손이 사정없이 여운의 멱살을 쥐고 흔들자 슬픔이 복받쳐 눈물로 흘러내렸다.

"헛소리하지 마! 운명 같은 소리 하지 마! 왜 이랬어! 왜 이랬냐고!"

"보내줘. 부탁이야……."

"시끄러!"

외침과 함께 동수가 오른손을 날려 여운의 볼을 수격했다. 이빨에 부딪친 정권正拳으로 인해 입안이 찢어지고 고개가 돌아가자 여운의 입에서 뿜어져 나온 붉은 피가 이선의 가슴 위로 튀었다. 휘청하며 뒤로 물러선 여운이 몸을 추스르기도 전에 동수의 주먹이 다시 날아왔다. 가격에 대항하지 않고 온몸을 내어준 여운은 회한의 눈물을 흘리며 동수의 원망을 가슴에 품었고, 몇 번이고 주먹질을 한 동수는 배신감에 어깨 떨며 검을 빼어 들었다.

"일어서!"

눈물로 시야가 흐려져 꼿꼿하게 선 동수가 마냥 흔들리는 인영人影으로만 보이자 여운은 피가 흐르는 아랫입술을 이빨로 깨물며 고통을 입에 물었다. 비릿한 피를 삼키며 솟고라지는 욕지기를 참는 여운에게 어깨를 들썩이며 분을 억누르고 있던 동수가 나직이 말했다.

"정말로 운명 어쩌고 하면서 도망칠 생각이라면, 운이 넌 내가 죽인다."

이어 매섭게 파고드는 검날을 피하며 여운은 소매로 눈물을 훔치고 애원했다.

"이러지 마! 네가 이러면, 나도 칼을 쓸 수밖에 없어!"

동수는 이를 악물며 이리저리 검을 휘둘렀지만 여운의 옷자락도 스치지 못했다. 그러다 갑자기 여운의 머리카락이 어깨 위로 넘실대는가 싶더니 투두둑 한 움큼의 머리가 잘려 허공으로 날렸다. 순간 한줄기 바람이 스쳐 지나간 줄 알았다. 닿지도 않은 검에 머리카락이 잘리자 여운은 놀란 눈으로 검기를 날리는 동수를 바라보며 또다시 애원했다.

"부탁이야! 그만해!"

광기까지 내보이며 검을 휘두르면서 붉게 충혈된 눈으로 노려보는 동수를 향해 여운은 어쩔 수 없이 검을 뽑아 들었다. 동수는 반 실성한 사람처럼 시뻘건 눈을 부라리며 외쳤다.

"죽어도 같이 죽고, 살아도 같이 살자! 그게 우리 운명이야! 네 운명이 뭔데? 살성을 타고 태어났으면 어때서? 내가 받아주면 되잖아! 내가 다 받아준다고! 그러니까 날 죽여! 네 살성을 억누를 수 없다면 날 죽이라고! 내가 백번 죽어서라도 네 살성, 다 받아줄 테니까!"

휘청하고 무릎이 꺾여 전신을 지탱하기가 어려워지자 검으로 땅을 받치며 여운은 떨리는 눈빛으로 동수를 마주했다. 동수는 검끝을 여운의 눈으로 향하며 심하게 갈라진 목소리로 말했다.

"그래도 도망치겠다면 넌, 내가 죽인다."

고맙다고, 그토록 생각해줘서 진정 고맙다고 하고 싶지만 여운은 비참한 미소를 입가에 풀며 동수의 검을 손끝으로 밀었다. 세자와 임수웅의 죽음에 책임이 있는 여운을 비난하거나 원망하기보다 우정을 챙기는 동수가 한없이 고마웠지만, 이미 돌이킬 수 없는 길에 발을 디딘 여운은 동수를 위해서라도 이곳을 벗어나야 했다.

"그만둬. 이럴수록 너만 힘들어져. 부탁이다. 날 보내줘."

진심으로 충고했지만 동수는 눈을 질끈 감고 막무가내로 검을 휘두르며 앞으로 달려들었다.

"날 죽여! 차라리 날 죽이고 가라고!"

나뭇잎이 사방으로 날릴 만큼 빠르게 허공을 가르는 동수의 검에 내심 놀라며 잠깐 동안 여운은 생각했다. 차라리 이 자리에서 죽는다면 더 이상 동수에게 상처 주지 않고 동수를 위험에 처하지 않게 할 수 있지 않을까 싶었다. 하지만 이대로 죽었을 경우, 천(天)이 동수를 가만두지 않을 거란 생각이 들자 여운은 가슴으로 파고드는 동수의 검을 쳐내기 위해 자신의 검을 치켜들었다.

그때 따뜻한 온기가 등을 감싸고 동시에 동수의 차가운 검날이 옆구리를 스치듯 파고들었다. 살을 뚫고 들어간 검(劍)은 여운의 뜨거운 가슴에 놀랐는지 흠칫하더니 움직임을 멈췄고, 여운은 서서히 고개 들어 팔을 붙든 여인의 가녀린 손가락을 보았다. 창백한 손마디가 단단하게 부여잡은 팔을 내리지도 못하고 여운은 산득거리는 기운을 동공에 담으며 커다랗게 떠진 눈으로 고운 치맛자락을 내려다봤다.

충격으로 한껏 검어진 여운의 눈동자가 다시 동수에게로 향하자 서서히 눈을 뜬 동수가 믿기지 않는다는 얼굴로 멍하니 바라봤다. 구겨진 화선지처럼 잔뜩 일그러진 얼굴로 여운의 옆구리를 바라보던 동수가 뒤늦게 여운을 붙잡은 지선을 보고 무너지듯 털썩 무릎 꿇었다.

여운의 옆구리를 관통한 동수의 검을 함께 가슴으로 받아낸 지선은 파래진 입술로 뭔가 말할 듯 살짝 벌리다가 그대로 낙화처럼 바닥으로 쓰러졌다. 고운 치맛자락이 날리고 여운의 팔을 움켜쥐었던 창백한 손이 하늘을 향해 뻗다가 바닥으로 떨어지자 동수가 이빨이 맞부딪칠 정도로 덜덜 떨어댔다.

여운은 바닥으로 주저앉아 힘겨운 숨을 토해내며 동수가 엉금엉금 기어 지선에게 다가가는 것을 바라봤다.

"아, 아씨……. 아씨가 왜 여기……."

눈물을 주르륵 흘리며 지선을 끌어안은 동수는 넋이 나가 중얼거렸다.

"아씨가 왜 여기 있는 겁니까……. 왜……."

여운은 어떤 것이 더 고통스러운지 모를 정도로 모든 것이 아팠다. 동수의 검이 주는 고통인지, 그 검을 함께 받고 쓰러진 지선을 보는 마음의 아픔인지, 두 사람에게 검을 박은 동수를 향한 걱정인지 분간할 수 없을 정도로 모든 것이 괴롭고 고통스러웠다. 동수는 두 사람을 번갈아 보며 그 어느 쪽도 선택하지 못하고 망설였다. 죽을 각오로 선택했던 우정과 절대로 죽는 모습은 보기 싫은 사랑 앞에서 쉬이 선택하지 못하는 모습이었다. 여운은 얕고 가쁜 숨을 내쉬며 힘겹게 속삭였다.

"아씨를 구해……."

그래도 망설임을 보이던 동수는 여운이 고개 돌려 시선을 외면하자, 허겁지겁 지선을 업고 금방이라도 달려 나갈 기세를 보이다가 멈칫하고는 협박조로 말했다.

"너……. 죽지 마. 내가 널 죽일 거니까, 절대 죽지 마!"

마음대로 죽을 수도 없는 얄궂은 운명이라 생각하며 여운은 비색이 천연한 미소를 흘렸다. 달려가는 동수의 등에서 팔락이는 지선의 피 묻은 옷고름이 유난히 눈에 들어왔다. 참으로 기구한 운명이란 생각에 눈물조차 흐르지 않았다.

몇 걸음 달리지도 않았는데 가쁜 숨을 몰아쉬던 지선의 목소리가 귓가로 스며들었다.

"세자 저하께 데려다주십시오……."

동수는 충혈된 눈을 정면에 박은 채 강한 거부를 토해냈다.

"안 돼요!"

"저하를 뵈어야 합니다……."

굵은 눈물이 흘러 가슴으로 타고 내렸다. 계속해서 거부하며 달리기를 멈추지 않던 동수는 지선의 손바닥이 어깨를 감싸자 흐느낌과 함께 말했다.

"죽을 수도 있어요."

"괜찮습니다."

아치고절이 느껴지는 목소리에 동수는 발을 멈추고 어깨와 등으로 밀려오는 가녀림이 애달파 이를 악물었다. 결국 달려왔던 길을 돌아가며 동수는 가슴을 내리누르는 죄책감과 고통으로 계속해서 흐느꼈다.

단지 여운을 놓기 싫었을 뿐인데, 여운을 포기하지 않으려 했던 것뿐인데 어째서 여운과 지선이 상처 입고 생사의 기로에 서게 되었는지, 누굴 원망할 수도 탓할 수도 없어 무겁게 내려앉은 가슴만 잘게 세열되었다. 동수와 지선이 돌아가자 피를 흘리며 주저앉아 있는 여운이 시야에 달려들 듯 들어왔다. 행여나 죽은 게 아닐까 가슴이 철렁해 일부러 발소리를 크게 한 동수는 움찔하는 여운을 보고 오열이 터져 나오려는 입술을 앙다물었다. 여운은 흐릿해진 눈을 들어 두 사람을 보더니 놀람을 담았고, 동수는 묵묵히 지선을 이선의 앞에 내려주었다.

"도와주십시오."

내민 손을 잡아 부축해준 동수는 지선이 이선에게 절을 올리려는 걸 알았다. 펼쳐진 치맛자락을 모아 다소곳하게 허리 숙이던 지선이 고통으로 힘겨워하자 동수는 그녀의 어깨를 부여안고 함께 이선의 주검에 절을 올렸다. 그렇게 아주 어렵사리 절을 마친 지선은 기력이 다한 듯 흙바닥으로 다시 쓰러졌다.

"아씨!"

동수는 지선이 희미하게 미소 지으며 이선의 손을 맞잡는 모습을 보며 또다시 굵은 눈물방울을 뚝뚝 흘렸다. 지선은 핏기가 모두 가신 입술에 부드러운 미소를 펼치며 조용히 속삭였다.

"저하…… 따뜻하십니까……. 그 몹쓸 운명…… 제 손에 모두 녹이고 가십시오. 모두……."

동수는 태어나서 이토록 운명이 원망스러웠던 적이 없었다. 부목을 전신에 대고 살았던 어린 시절에도 운명을 원망해본 적 없던 동수가 여운의 살성을 짊어진 운명과 북벌지계를 담은 채 살아야 하는 지선의 운명, 선대왕의 만망을 이어받은 이선의 운명을 한탄했다. 지선은 한없이 흐느끼는 동수를 처처한 눈빛으로 바라보며 조용히 입을 열었다.
"미안…… 미안합니다."
"뭐! 뭐가 미안한데요! 그런 말 말고…… 죽지나 마요!"
당장이라도 다시 업고 의원에게 달려가고 싶어 지선의 손을 잡자 여인의 희미한 미소가 가슴을 뒤흔들었다. 절개를 지니고 풍아함을 잃지 않은 지선의 동그란 눈이 서서히 감겼다. 동수는 어떻게든 생명을 붙잡아보려 지선의 손을 움켜쥐고 다급히 말했다.
"그 따위 운명…… 내가 다 짊어진다고……. 내가…… 나 백동수가 다 짊어질 테니까. 아씨는 살아야 해요. 살아서…… 살아서……."
움켜쥐었는데도 손안에서 지선의 가냘픈 손마디가 자꾸만 빠져나가려 했다. 동수는 어깨를 들썩이며 흐느낌으로 말을 잇지 못해 오열을 토해내면서도 계속해서 지선의 손을 흔들었다. 사랑하는 사람을 잃는 게 가장 무서웠다. 태어나면서 아비와 어미를 잃고, 온전한 사랑을 받지 못했지만 사랑하는 사람들을 스스로 만들어가며 그들을 지키려 노력했다. 까불거리면서 단 한 번도 속내를 드러내지 않았지만, 혼자가 되는 것이 두려워 사랑하는 사람들을 많이 만들려 했던 동수는 그들이 눈앞에서 하나씩 사라지자 극심한 두려움과 자책감에 빠졌다.
흑사모는 말했었다. 동수가 갓난아기 때 어미 젖 한 번 물어보지도 못한 채 사형당할 위기에 빠졌고, 서낭나무 아래서 돌아오지 않는 검선을 기다리며 늑대들에게 둘러싸여 생존의 위협을 당했었기 때문에 그토록 홀로되는 것을 두려워하는 것이라고. 그렇기에 아무리 동수가 투정을 부려도 흑사모는 절대 떠나지 않겠다고.

그런데 동수는 더 많은 것을 욕심냈다. 사랑하는 사람들 모두가 곁에 있길 원했고 그들과 행복한 나날을 보내고 싶은 과욕을 부렸다.

"나 때문이야. 나 때문에……."

동수는 힘없이 떨어지는 지선의 손을 다시금 부여잡으며 하늘을 향해 절규했다.

"으아아아아!"

운명이라는 것이 눈앞에 있다면 당장에 잘라버리고픈 마음만 가득했다.

4장
파열破裂하는 운명

한낮인데도 시야가 암흑으로 뒤덮여 오로지 동수의 처절함만이 여운의 눈에 들어왔다. 복부에서 검을 뽑아낸 뒤, 출혈 때문에 아득해지는 의식 사이로 여운은 고뇌와 고통으로 뒤범벅된 눈물을 흘렸다. 그때 나무들 사이로 나타난 익숙한 기운에 고개를 든 여운은 천天의 비정한 눈빛을 보며 두려움까지 느끼고, 흠칫해서 동수를 바라봤다. 천천히 두 사람을 번갈아 본 천天의 얼굴에 질책이 퍼졌다.

"어리석구나. 정에 휘둘린 것이냐?"

천天이 되돌아오기 전에 동수가 이 자리를 벗어나길 원했었다. 어떻게든 동수를 살리고 싶어 여운은 애원을 담은 시선을 천天에게 올렸지만 오열하던 동수가 천天을 발견하고 벌떡 일어서자 무도리함을 느끼고 아랫입술을 깨물었다.

"당신이야? 당신이 이렇게 만든 거야?"

천天에게 따지듯 외치는 동수에게 제발 직수굿하게 있으라 외치고 싶었지만 입안에 머문 피를 토해낸 여운의 입술에선 아무 소리도 나오지 않았다. 동수는 여운의 바람에도 불구하고 맨손으로 천天에게 달려들었고, 공격을 가볍게 피한 천天은 조소를 흘렸다.

"보아하니 죽이려는 게 아니라, 죽고 싶은 게로구나!"

안 된다고, 절규라도 내지르고 싶었지만 숨 쉬는 것조차 버거워 여운은 흙을 움켜쥐며 가늘한 신음만 토해냈다. 동수는 오로지 악만으로 천天에게 덤벼들었고 점차 빨라지는 동수의 주먹질에 천天이 짜증을 담아 입술을 비틀었다.

"죽는 게 그리 소원이라면, 죽여주마."

그렇지만 공격을 무시하며 검조차 빼들지 않던 천天은 눈에 보이지 않을 정도로 빨라진 동수의 주먹이 옷자락을 치며 지나가자 내심 놀랐는지 눈을 번쩍 떴다. 그리고 죽기 살기로 덤벼드는 동수를 검집으로 후려친 뒤, 낮게 혀를 차며 중얼거렸다.

"그때 그놈이로구나."

8년 전, 장용위의 마당에서와 같은 상황이 벌어졌다.

그때도 지켜보기만 해야 했던 여운은 안타까움을 감추며 늘키지도 못한 채, 자긋자긋한 마음을 뜨거운 눈물과 함께 삼켰다. 천天은 동수를 기억해냈는지 고개를 절레절레 흔들고, 마구잡이로 파고드는 동수의 주먹을 가뿐하게 피했다. 여운은 게슴츠레 뜬 천天의 눈을 보고 식은땀을 흘리며 흙바닥을 기어 앞으로 움직였다. 너무나 안밀한 얼굴이지만 여우별처럼 반짝이다 내리깐 눈꺼풀 아래로 사라진 천天의 살기가 무엇을 뜻하는지 알기에 여운은 고통을 무릅쓰고 온몸을 질질 끌며 조금씩 앞으로 나아갔다. 아니나 다를까 천天이 스르릉 하며 울어대는 검을 뽑아 들고 퉁명스럽게 말했다.

"긴 시간이 흘렀느니라. 만약 내게 보여줄 게 이뿐이라면, 더 이상 널 살려둘 이유가 없다."

여운의 마음은 이미 천天을 부둥켜안고 제발 살려달라고 사정사정하는데 고통으로 내리눌린 몸은 바닥만 헤집었다.

동수는 번득거리는 눈으로 천天을 노려보더니 나분하게 날아가는 제비처럼 땅을 박차고 천天에게로 돌진했다. 어쩌면 주먹이 천天의 가슴을 후려칠 수도 있겠다 싶을 정도로 빠르게 튀어 나간 동수를 지켜보며 여운은 얼굴을 일그러뜨리고 계속해서 천天에게 다가갔다. 천天은 동수가 달려드는데도 여유를 가지고 여운을 흘끔 보더니 동수의 주먹이 가슴에 닿을 때쯤 손을 휘저었다. 휘릭 하고 천天의 검은색 소매가 바람을 일으켰다. 여운은 마치 파리 쫓듯 자연스럽게 허공을 헤집은 천天의 손에 들린 검을 보며 급히 숨을 들이마시고, 아슴아슴한 시야를 바로 하기 위해 두 눈을 곤추떴다.

'설마!'

하지만 검날이 아래로 향한 채 가로로 움직인 것을 확인한 여운은 힘없이 손바닥으로 땅을 받치며 안도했다.

그렇게 검의 칼배가 사정없이 동수의 얼굴을 후려치는가 싶자 목을 길게 뺀 동수의 몸이 허공으로 붕 떠서 날아가 흙바닥 위로 곤두박질쳤다. 동수의 생사를 확인할 여력이 없어 떨리는 손으로 천天의 옷자락을 붙잡은 여운은 곱송그리는 어깨를 내보이며 애원을 눈빛에 담았다.

"생사를…… 함께한 동무입니다. 목숨만…… 목숨만 살려주십시오."

후들거리는 다리를 모아 무릎까지 꿇은 여운은 고개 숙여 눈물을 감추며 간절히 말했다.

"부탁드립니다."

멀리 나동그라진 동수를 돌아본 천天은 동수가 꿈틀하다가 몸을 일으키는 걸 보더니 가느다란 미소를 펼쳤다. 여운은 동수가 전신을 떨며 다시금 달려들자 구걸하는 거지마냥 손마디가 하얗게 변할 정도로 천天의 옷자락을 움켜쥐었다. 천天은 여운을 흘끗 내려다보고 결기를 내지르며 달려드는 동수를 향해 주먹을 뻗었다. 여운의 흐릿한 눈망울에 억울함과 분노로 가득한 동수의 검은 눈동자가 파고드는 것만 같았다. 정확하게 명치를 맞은 동수는 허리를 숙이고 숨이 막히는지 입을 벌려 찢어진 호흡 소리를 토해냈다.

"컥!"

동수가 가슴을 부여안으며 털썩 무릎 꿇자 천天이 여운을 내려다보며 묘한 어조로 입을 열었다.

"너희들의 운명이 어디까지 갈지, 두고 보는 것도 재밌겠구나."

숨 쉬는 것조차 힘든지 침도 못 삼키고 컥컥거리던 동수는 그 와중에도 천天에게 맞섰다.

"웃기지 마……. 운명 따위…… 내가 다 부숴버리겠어."

천天은 가소롭다는 듯 무시하며 주저앉아 있는 동수의 어깨를 발바닥으로 밀어 쓰러뜨렸다. 그냥 툭 친 것 같은 발길질이었지만, 살이 실렸는지 바닥으로 낙장거리하는 동수를 보며 여운은 화급히 고개 들어 천天을 올려다봤다. 그에 천天은 의미심장한 얼굴로 지선에게 턱짓을 해보였다.

"저 여인이냐?"

암묵적으로 동수를 살려주겠다 허락한 걸 깨닫고 여운은 급히 고개 끄덕이며 천天의 옷자락을 놓았다. 동수가 눈빛만으로도 태워 죽일 듯 이글거리는 눈으로 노려보는 것도 아랑곳하지 않고, 천天은 유장한 걸음으로 지선 앞으로 가 칼끝으로 섶이 이어진 옷깃을 건드렸다. 마치 꽃잎이 벌어지듯 부드럽게 잘린 옷깃 사이로 지선의 하얀 살결이 보이자, 빽빽한 문신이 꿈틀거리는 모양으로 옷자락을 비집고 나와 선명히 드러났다.

"백 년의 기다림이 오늘로써 끝을 보는구나."

좀처럼 보기 드문 천天의 목소리에 배인 감동이 발밑으로 낮게 흐트러지자 동수가 부들부들 떨며 한쪽 무릎을 받치고 상체를 일으켰다. 그때 나뭇잎 사이로 진주가 튀어나오며 소리쳤다.

"동수야!"

진주는 오로지 동수만이 보인다는 듯 주변 상황은 생각도 않고 곧장 동수에게 달려가 팔다리를 만지며 온전한지 확인하기 급급해했다. 동수는 온몸을 더듬는 진주에게 신음처럼 소리 질렀다.

"넌 대체 왜 온 거야! 사모에게 알리라니까!"

"그냥…… 난 네가 걱정돼서…… 사모에게는 장미 이모가 전한다고……."

이어 줄줄이 꼬인 동아줄처럼 황진기가 나무 사이에서 튀어나왔다.

"진주야!"

그 뒤로 마도영과 단장이 다급하게 달려오자 천大이 허탈한 웃음을 흘렸다.

"허허, 진기가 아니냐?"

"오랜만이오."

황진기가 쥐어짜듯 인사하자 천大이 조소를 품으며 하늘을 향해 혼잣말을 중얼거렸다.

"거참, 꾸역꾸역 모여드는 걸 보니, 곧 광택이까지 올 모양일세!"

말이 끝나기 무섭게 검선의 묵직한 목소리가 나뭇잎을 흔들고 겨울바람처럼 매서운 살기가 몰아쳤다.

"천수, 네 이놈!"

멀리서 말을 타고 달려오며 내지르는 살기에 5월의 나무가 바싹 말라 비틀어질 것만 같았다. 여운은 처음으로 느끼는 검선의 살기에 눈을 질끈 감았다. 가히 조선제일이라 불릴 만큼 매섭고 단아한 살기는 다른 이들을 제치고 곧장 천大에게로 향했다.

"광택이 아니냐? 이 몸이 요즘 신기가 있는 모양이다!"

흑사모와 함께 말을 타고 달려온 검선은 바람에 날리는 나뭇잎처럼 가볍게 뛰어내리고 여운, 동수, 지선 그리고 세자 이선과 임수웅을 보더니 눈시울을 붉게 물들였다.

"저하……"

검선과 함께 도착한 흑사모는 바닥으로 털썩 주저앉으며 오열을 터뜨렸고, 입술을 바르르 떨며 세자 앞으로 간 검선은 큰절을 올린 뒤, 소리 없이 흐느끼더니 눈물로 얼룩진 눈매를 부릅떴다. 순간, 검선의 주위로 회오리가 치는 것처럼 고고한 살기가 피어오르며 손마디가 툭 불거져 나올 정도로 검을 세게 부여잡은 검선이 조용히 입을 열었다.

"모두 일 보씩만 뒤로 물러서거라."

여운은 그 말뜻을 이해하고 놀람으로 창백해진 입술을 살짝 벌렸다. 한 발자국씩만 물러서면 살기를 피할 수 있다 함은 한 번의 공격으로 천天과의 대매를 겨루겠단 의미였다. 모두가 그에 수긍하며 한 발자국씩 물러섰지만 동수만은 분기를 내뿜으며 당장에라도 천天에게 달려들 기세를 내보였다. 그러자 흑사모가 동수를 붙잡아 뒤로 끌었고, 천天은 바로 곁에서 상처 입어 움직이지 못하는 여운을 흘끗 내려다보더니 스스로 한 발자국 멀어지며 홍연을 터뜨렸다.

"크하하하! 광택이 이놈아! 진짜로구나! 분명 진짜배기렸다!"

눈에 띄게 천天이 여운을 보호하는 게 드러나자 검선의 찢어진 눈매가 여운에게 향했다. 흑사모도 눈치챘는지 놀란 숨을 들이마시며 여운을 돌아보자 여운은 흙바닥을 파고 기어 들어가서라도 몸을 숨기고 싶었다. 여운의 운명을 쥔 천天에게 향한 야트막한 살기가 더해져 검선의 살기등등함이 하늘로 치솟았다.

"허니 자네도 최선을 다해야 할 걸세."

엄지손가락으로 검의 양마兩馬, 칼자루와 칼날 사이에 끼워서 손을 보호하도록 만든 원형의 철물를 쳐서 칼집을 버린 검선과 맞춰 검을 뽑아 든 천天은 기쁜 듯 고개를 주억거렸다.

"암! 그러고 말고. 어디 최선뿐이겠느냐! 이 목숨, 이미 저승에 맡겨 놓고 왔느니라!"

서로를 마주하는 시선이 발광하여 대낮의 햇빛조차 어둡게 느껴질 지경이었다. 천과 안법眼法을 나누던 검선이 오른발을 뒤로 빼는가 싶더니 먹이를 발견한 매처럼 단숨에 앞으로 튀어 나갔다. 동시에 마주 달려온 천天의 검과 부딪친 검선의 얇은 죽장도가 번쩍하고 검광을 흘렸고, 사방으로 쟁쟁하게 퍼지는 철음이 귀를 찢는 듯하여 여운은 두 눈을 감았다.

살기를 뿜어대며 상대의 목으로 파고들려 댕댕하게 맞부딪친 두 자루의 검날은 굉음을 흘리며 한 치의 양보도 하지 않았다. 그때 갑자기 날아온 두 개의 구슬에 의해 팽팽하게 맞서 있던 검이 방향을 틀었다. 검날이 교차된 채 두 자루의 검이 반 바퀴 돌아 검 끝의 방향이 달라졌음에도 물러섬 없이 검을 빼지 않던 두 사람은 지地의 조용한 목소리에 눈길 돌렸다.

"여기까집니다. 그만, 멈추시지요."

여전히 검선과 천天이 검을 거두지 않자 검선에게 부탁조로 말한 지地는 천天에게 시선 주었다.

"두 사람이 검을 맞대면, 필시 두 사람 다 무사하지 못해……. 그만 둬."

그러고선 모여 있는 이들을 훑어보듯 시선을 흘린 지地는 주검이 되어 있는 이선을 안타까운 눈빛으로 바라보다 검선에게 애절함이 담긴 목소리를 냈다.

"너무 많은 피를 흘렸습니다. 오늘은, 서로 한 걸음씩만 물러나시지요."

"미안하네만······. 그리할 수 없네."

천天에게 향한 살기를 조금도 죽이지 않은 채 답하는 검선에게 지地가 원망을 담아 불렀다.

"나으리!"

천天도 느릿한 미소를 지으며 놀리듯 지地를 흘끔 바라봤다.

"허허, 나 또한 마찬가지네. 너는, 광택이 놈의 저런 눈빛을 본 적이 있느냐? 오늘이 지나면 또 언제 다시 보겠느냐?"

그렇게 입맛까지 다시는 천天에게 이를 바드득 간 검선을 지켜보며 지地가 결심한 듯 칼을 뽑더니 스스로의 목에 댔다.

"더 이상은 안 돼."

천天이 날카로운 눈빛을 던지는 반면, 검선의 눈동자에 퍼지는 놀람과 두려움이 살기를 뒤덮었다.

"무슨 짓인가!"

"멈춰주십시오."

여운을 비롯해 모인 이들의 마음이 반으로 갈라졌다. 이 자리에서 검선이 천天을 향한 살기를 거두지 않길 바라는 마음과 혹여나 검선이 부상당할 염려로 대매를 멈추길 바라는 심정을 가슴에 품은 채 그 누구도 앞으로 나서지 못했다. 주저하는 검선에게 지地는 칼날을 목에 바짝 들이대며 결연한 목소리로 위박했다.

"진정, 이 몸이 죽는 걸 보시렵니까?"

여인이 자결을 결심하며 막아서는데 그 어떤 사내도 앞으로 나아갈 수 없는 노릇이었다. 하물며 진정으로 사랑하고 견권지정繾綣之情을 품은 여인이 죽음을 무릅쓰고 말리는데, 어찌 사내가 되어 뜻만 앞세우겠는가. 검선이 파르르 떨리는 눈꼬리를 천天에게 던지며 살기를 거두자 천天이 한탄했다.

4장 파열(破裂)하는 운명 87

"허, 언제 또 이런 날이 오겠느냐. 아쉽구나……."

천天의 검집으로 들어가는 검조차 아쉬움을 털어내지 못하는 듯 신음처럼 철음이 울렸다. 여운은 흑사모에게 붙들려 있던 동수가 몸을 비틀며 내지르는 비명에 섬뜩함을 느끼고 뇌선으로 흔들리는 눈망울을 동수에게 돌렸다.

"안 돼!"

동수는 흑사모의 만류에도 불구하고 이선의 월도를 두 손에 부여잡고 앞으로 나서며 모인 이들을 질타했다.

"안 됩니다! 여기서 물러설 수 없습니다! 저는 절대로 물러설 수 없습니다!"

이어 공기를 가르며 뻗어 나가는 검기에 놀란 이들이 붙잡을 새도 없이 동수가 앞으로 튀어나왔다.

"동수야!"

흑사모의 다급한 부름에도 세찬 바람을 일으키며 월도를 치켜든 동수가 눈 깜짝할 새에 천天의 앞으로 다가섰다. 검집에 넣었던 검을 다시 뽑아 월도를 간신히 막은 천天은 번쩍하고 흥미를 내보이며 흥얼거리듯이 말했다.

"더 보여줄 것이 남아 있던 게냐?"

모두가 동수의 기백에 놀라 만류도 못하는 사이, 또다시 동수의 공격이 시작되었다.

분명 급소를 공격당해 움직이는 것조차 고통스러울 텐데도 동수는 무거운 월도를 힘 있게 휘두르며 천天의 가슴을 향해 파고들었다. 천天은 흥미롭다는 얼굴로 공격을 막아내며 흘끗 여운을 내려다봤다. 마치 넌 알고 있었냐고 질문을 던지는 것 같은 시선에 여운은 고개 숙이며 놀람을 감췄다. 항상 뒤넘스런 짓만 해대던 동수였기에 이토록 실력이 성장했을 거라 상상도 못했었던 여운은 8년 전, 천㤗이 장용위의 연무장에서 했던 말을 떠올렸다.

'이 녀석을 지켜보거라. 언젠가 네 녀석이 넘어서야 할 아이다.'

언제나 같이 있다시피 했는데도 전혀 알지 못한 동수의 실력에 놀란 여운은 집요하다시피 천㤗을 향해 월도를 내지르는 동수를 보며 가슴이 뜨거운 피로 물드는 걸 느꼈다. 그리고 요동치는 심장 때문에 출혈이 더 심해졌기에 바닥으로 풀썩 쓰러지며 안타까움을 지니고 두 사람을 바라봤다. 옆으로 쓰러진 여운의 기울어진 시야 안에서 월도를 막아내기만 하던 천㤗이 마침내 공격을 위해 검을 휘둘렀다. 천㤗이 공격을 결심했다면 동수의 목숨은 제 것이 아니게 될 게 뻔했다.

'제발 동수를……'

눈에 보이지도 않게 뻗어 나간 검을 동수가 미처 피하지 못하는 모습에 여운은 한 줄기 눈물을 흘렸다.

그때, 모든 이들이 함께 움직였다. 동수의 마음을 이해하기에 말리지도 못했던 사람들이 여운의 소망을 들은 듯 천㤗과 동수 사이로 밀려들었다. 두 사람 사이로 검선의 죽장도, 흑사모의 엽도, 지의 구슬이 파고들었고, 진주가 천㤗을 향해 화살을 겨누었다. 동시에 마도영이 흑사모의 목을 향해, 단장이 진주의 팔에 검을 대고 있었다. 천㤗의 검을 막아낸 검선은 동수를 질책하는 눈으로 바라보며 조용히 말했다.

"그만하거라."

"백부님! 하지만…… 하지만 세자 저하는!"

월도를 든 손을 부들부들 떨며 외치는 동수에게서 천㤗이 검을 거두며 느릿하게 말했다.

"기다리마."

황진기는 억지로 동수의 손에서 월도를 빼앗았고 천㤗은 이미 물러서서 피식 웃었다.

"실력을 갖추거든 언제든 오거라. 허나 이 자리에서 더 날뛴다면 가차 없이 죽여주겠다."

그러고서 천天은 단장에게 지선을 가리키며 명령했다.

"저 아이를 챙기거라."

"안 돼! 아씨는 안 돼!"

황진기와 흑사모에게 두 팔이 잡힌 채 발악하는 동수를 돌아보며 천天이 씨익 웃고 빈정거렸다.

"허면 세자의 시신을 가져갈까?"

국본의 주검을 빼앗길 수 없기에 동수가 경악하며 눈을 부릅떴다. 천天은 낮은 풀들이 흩어질 정도로 호탕한 웃음을 터뜨리며 느릿하게 앞장서 걸어갔다. 그 뒤로 지선을 두 팔에 안은 단장이 따랐고 마도영은 제 할 일을 끝냈다는 듯 급히 사라졌다.

멀어지는 지선을 보며 동수는 주먹을 입에 물고 터져 나오는 오열을 삼키더니 바닥으로 털썩 주저앉았다. 여운은 하염없이 눈물 흘리는 동수를 흐릿해진 시야로 바라보며 함께 울었다. 어떻게든 지켜주고 싶었는데 지켜낸 것이 하나도 없어 자책감이 온몸을 내리눌렀다. 그렇게 손가락 하나 까닥이지 못한 채 조용히 눈물만 흘리는 여운을 부축해 일으키며 지地가 검선에게 조용히 약조했다.

"염려 마십시오. 아이는…… 반드시 돌려드리겠습니다."

이대로 보낼 수 없다는 눈빛을 내뿜으며 다시금 월도를 집으려 하는 동수에게 지地는 나지막이 경고했다.

"칼을 놓거라. 마음에 품은 여인조차 지키지 못한 네가, 대체 무얼 더 할 수 있단 말이냐!"

분명 동수에게 한 말이건만 비수처럼 날아온 말이 여운의 가슴을 찔렸다. 동수도 정곡을 찔렸는지 반박조차 못하고 주먹만 부르르 떨었다. 그 모습을 가느다란 실눈으로 주시한 뒤, 지(地)는 툭하니 말을 이었다.
"분하고 억울하면, 강해지면 될 일이다. 잃고 싶지 않다면 강해지거라. 하여 두 번 다시 소중한 사람을 잃지 말거라. 그것이, 네가 그 아이를 위해 할 수 있는 전부다."
"강해지겠어……."
주먹을 입에 문 채 흐느낌과 함께 중얼거리는 동수를 뒤로 하며 여운은 지(地)의 부축을 받아 그들에게서 멀어졌다.
'동수야, 살아남아라. 살아남아서…… 꼭 내게 복수해. 꼭…….'
그것만이 그동안 동수에게 받아온 우정에 대한 보답이라는 생각이 들어 무거워진 여운의 발이 땅을 끌었다.

나무 틈 사이로 작게 새어 들어오는 햇빛이 그토록 고마울 수 없어 초립은 빛을 향해 손을 내밀며 중얼거렸다.
"괜찮아……. 괜찮아……."
스스로를 다독이며 하루가 지나도록 뻗어보지 못한 다리를 더욱 오므리자니 두려움보다 서글픔이 커졌다.
'과연 살 수 있을까? 부모님께선 내가 죽은 것도 모르시겠지.'
어린 날, 장대포를 따라 장용위로 들어설 때 양반이라는 신분조차 버린 초립은 태어나서 처음으로 '불효'라는 단어를 떠올렸다. 어려서부터 유독 손재주가 남달라 이것저것 만들어대는 초립을 보고 아버님은 양반답지 못하다고 꾸지람만 했다. 그게 싫어서 장대포를 따라 장용위로 들어간 날부터 신분의 굴레를 벗어버리고 살아온 날들이 그토록 자유로울 수 없었고, 그 때문에 집을 떠올린 적이 단 한 번도 없었다. 그런데 좁은 뒤주에 갇혀 자유로움을 박탈당하고 보니 새삼 집이 그리워져 초립은 자신을 꾸짖었다.

"잘한다. 사내가 결심을 했으면 끝장을 봐야지. 그냥 죽자. 이 목숨 하나로 대업을 이룰 수 있고, 동수도 살릴 수 있는 거야."

자꾸 혼잣말을 속삭이다보니 메마른 입술에 혀를 대어도 침조차 묻지 않았다. 비라도 내려 빗물에 목이라도 축일 수 있다면 좋으련만 쨍쨍한 햇살이 뒤주 안을 뜨겁게 달구기만 했다.

뒤주 안으로 들어와 얼마나 더 지났는지 헤아릴 수조차 없게 되자 초립은 뇌선을 느끼며 눈을 감았다. 그와 동시에 갑자기 뒤주 뚜껑이 벌컥 열리며 햇살을 등진 인영(人影)이 드러나자 초립은 기겁해서 두 손으로 얼굴을 가렸다.

이 자리에서 세자가 아닌 것이 밝혀지면 한시도 목숨을 부지할 수 없게 되고, 세자의 목숨 또한 위험해지기에 좁은 뒤주 안으로 몸을 쑤셔 박듯 파고드는 초립의 팔을 사내의 억센 손이 잡아당겼다. 초립은 신음 소리 한 번 내지 못하고 사내에게 끌려 뒤주 밖으로 얼굴을 내비쳤다.

"나오너라."

침통함이 가득한 작은 목소리에 눈을 번쩍 뜨고 고개 든 초립은 상길의 처절한 표정을 보고 얼굴을 일그러뜨렸다.

"저하는……"

비틀거리며 일어서는 초립을 도와 뒤주 밖으로 끌어낸 상길은 대답 없이 침통함만 내보였다. 그 곁에 무릎 꿇고 앉은 초립의 눈에 세자 이선의 주검이 보였다. 순간, 복받치는 슬픔과 분노를 소리 내지 않으려 두 손으로 제 입을 틀어막은 초립은 뒤주 안으로 들어가는 이선을 향해 이마를 땅에 박았다. 살고는 싶었으나 결코 세자가 죽기를 원한 적은 단 한 순간도 없었다. 통곡조차 못한 채 상길의 등에 업혀 임수웅의 집무실로 가서 옷을 갈아입은 뒤, 궁을 벗어난 초립은 산을 오르는 내내 악문 이로 소리 한 번 내지 않고 눈물만 흘렸다.

상길이 붙여준 익위사와 함께 장용위로 돌아가자 기다리고 있던 흑사모가 달려와 단단한 팔로 안아주었다.

"이놈아, 얘기 다 들었다. 장한 놈 같으니……."

초췌해진 초립의 볼과 어깨를 매만지며 안도하는 흑사모에게 초립은 걱정스레 물었다.

"동수는요?"

흑사모의 눈에 짙은 근심이 깔리자 뭔가 잘못됐다 싶어 초립이 창백해진 얼굴로 주변을 둘러봤다. 유난히 정적이 감도는 마당이 더욱 가슴이 방망이질 쳤다. 흑사모는 무겁게 한숨 쉬더니 짙은 눈매로 산꼭대기를 아련하게 바라보며 중얼거렸다.

"그놈, 정신이 나가서 대나무 숲에 있느니라."

살아 있다는 안도감이 잠시 들었지만 동수가 정신 나갔다는 소리에 초립은 흑사모의 손을 뿌리치고 휘청거리는 다리로 대나무 숲까지 냅다 달렸다. 힘겹게 대나무 숲으로 간 초립은 여기저기 쓰러져 있는 대나무들을 보고 참았던 신음을 흘렸다. 마구잡이로 베어버린 대나무들이 서로에게 뒤엉켜 쓰러진 가운데 동수가 미친 사람처럼 검을 휘둘렀다.

"동수야……."

정처 없이 떠도는 나그네의 걸음처럼 목적 없이 이리저리 휘둘러지는 동수의 검에 굵은 대나무조차 단번에 넘어가자 놀란 마음도 있었지만, 광기 어린 동수의 검은 눈동자와 산발한 머리, 여기저기 찢어진 옷을 보는 초립의 가슴이 측은함으로 젖어들었다. 대나무를 타고 동수의 중얼거림이 들려오자 그 마음은 더했다.

"강해져야 해……. 강해져야 해……."

그사이 어떤 일이 있었는지 산을 오르며 익위사에게 들은 터라 넋을 잃은 동수를 바라보는 것조차 괴로웠다. 초립은 동수가 인기척도 느끼지 못한 채 미친 듯 대나무만 베자 천천히 입술을 열었다.

"동수야!"

움찔, 동수의 팔이 허공에 멈추고 서서히 돌아보는 검은 눈에 서서히 굵은 눈물이 맺혔다. 하지만 곧 실성한 것을 되찾기라도 한 듯 동수는 악을 지르며 대나무를 베어댔다.

"어째서! 어째서 지켜주지 못한 거야! 내가 강했으면! 그랬으면! 으아아아!"

마치 통곡하는 것처럼 괴성을 내지르며 동수가 검을 뻗자 대나무 두 개가 동시에 뿌리를 잃고 스르르 바닥으로 떨어졌다.

세손 이산은 북받쳐 오르는 오열을 토해내며 정신없이 앞으로 내달렸다. 시민당에 놓인 뒤주가 열리고 세자 이선의 시신이 햇빛 아래 드러나자 모든 이들의 얼굴이 슬픔으로 일그러졌고, 그 모습을 지켜보는 영조의 눈빛이 후회와 스스로에 대한 책망으로 열없어졌다.

"아바마마!"

어린 이산의 통곡 담긴 절규가 구름을 가를 듯 거세게 튀어나와 세자의 시신을 수습하던 이들이 움찔했다. 이산은 상길과 익위사들이 만류하자 발버둥 치며 애타게 부르짖었다.

"아바마마! 아바마마!"

이산이 걸음마를 시작하고 말을 떼기 시작하면서부터 세자 이선은 가슴에 품은 대업을 시시때때로 이야기해주었다. 선대왕의 만망을 이어받아 언젠가는 북벌의 꿈을 이루겠노라, 그리고 이 나라 조선을 바로 세워 이산이 올바른 정치를 할 수 있는 토대를 만들어주겠노라 약조하며 웃던 아버지를 떠올리고 이산은 하염없이 상차했다.

'한데 어찌하여 이리 허무히 가셨습니까! 아바마마!'

산처럼 쌓여가는 억울함과 원망으로 얼룩진 눈을 드는 이산에게 홍대주가 만연한 미소를 보냈다. 이산은 번들거리는 홍대주의 눈을 노려보며 자릿자릿한 가슴을 펴고 주먹을 불끈 쥐었다. 아직 어리다 하여 상황을 파악하지 못하는 게 아닌지라 이산은 분기를 감추지 않고 눈에 불꽃을 피웠다. 그때 상길이 나지막하게 속삭였다.

"저하, 감추셔야 하옵니다."

그 뜻을 깨닫고 얼른 시선을 내리깐 이산은 어깨를 들썩이며 늘키고 상길의 부축을 받아 시민당을 벗어났다. 몇 번이고 돌아보고픈 마음을 억누르며 걷는 이산의 귀에 상길의 처절한 목소리가 흘러들었다.

"이겨내셔야 하옵니다. 앞날을 위하여 지금은, 참아내셔야 하옵니다."

"고맙구나."

상길은 아버지의 마지막 선물과도 같았다. 곁에 있음으로 그나마 두려움이 줄어드는 상길에게 진심 어린 감사를 하자 상길이 눈물을 삼키며 고개 숙였다.

'이겨내야 한다. 참아내야 한다. 어리석을 정도로 참고, 미련스러울 만큼 노력하여 살아남아야 한다. 하여, 아바마마의 원망과 만망을 내 손으로 풀어야 한다.'

그리고 영조가 이선의 위호(位號)를 복구하고 '사도(思悼)'라는 시호를 하사해주자 이산은 결심을 다졌다. 그렇기에 사가로 내쫓기면서도 아무런 군말도 내비치지 않았고, 되도록 홍대주나 외가의 시선을 받지 않도록 조용히 살아갔다. 사도세자가 죽기까지 침묵과 무관심으로 일관했던 어머니 혜경궁 홍씨조차 믿을 수 없어 어머니 앞에서조차 가슴 안에 고이 간직한 분노를 내색하지 않았다.

그러던 어느 날, 상길이 언급한 검선에 대한 호기심으로 상길의 눈을 피해 몰래 저잣거리로 나간 이산은 머리를 풀어 헤친 사내를 보며 의아함에 발길을 멈췄다.

거지도 아니고, 미친 것도 아닌 듯한데 사내는 초점 없는 눈으로 망연히 거리를 바라보며 앉아 있었다. 뭐라고 계속해서 중얼거리며 무언가를 찾는 것처럼 흙바닥을 손으로 더듬는 사내가 봉사인가 싶어 가까이 다가간 이산은, 지나가던 행상이 사내의 다리에 걸려 넘어지며 욕설을 내뿜자 움찔했다.

"이 육시랄 놈이! 예가 네 집 안방이냐!"

그러자 사내가 눈을 번쩍이며 번개처럼 빠르게 일어서 행상을 향해 주먹을 내질렀다. 정확하게 턱을 가격당한 행상은 공중으로 붕 떠오르더니 바닥으로 곤두박질치고선 정신이 혼미한지 계속해서 도리질했다. 이산은 사내가 다시금 털썩 앉아 멍하니 하늘을 바라보는 모습을 주시하며 내심 감탄했다. 상길의 무예 연습을 보아왔던 터라 사내의 주먹질이 예사롭지 않음을 단번에 알아본 이산은 더더욱 사내에게 관심이 생겨 한발 더 다가섰다. 하지만 연신 고개 흔들던 행상이 바닥에 흩뿌려진 떡을 내려다보며 울상을 짓고 고함지르자 또다시 멈칫했다.

"이놈이! 내 떡! 내 떡……. 오냐, 내가 당장 관가에 가서……."

"값이 얼마더냐?"

저도 모르게 사내 편을 들며 나선 이산은 행상의 시선이 위아래로 훑끔거리자 주섬주섬 옷 품을 뒤졌다. 이산의 비단 도포와 단정한 머리를 훑어본 행상은 바닥에 침을 퉤 뱉으며 시비조로 말했다.

"양반댁 도령께서 대신 값을 치르시겠다? 뭐, 그러시던가. 두 냥만 내시우."

고개 끄덕이며 싼 값이라 생각해 계속해서 품을 뒤졌지만 손에 걸리는 게 없었다. 이산은 난처한 표정으로 행상을 보며 선웃음 지었다.
"뭐여? 없는 게요?"
"급히 출타하는 바람에 미처 챙기질 못하였네. 내 금방 다녀올 터이니 에서 잠시만 기다리게."
당장에 뛰어갈 모습을 하는 이산에게 행상이 곁에 있던 몽둥이를 집어 들고선 어이없다는 투로 빈정거렸다.
"그 말을 믿으란 게요? 아무리 양반이라도 끼어들었으면 책임을 지셔야지."
행상의 협박에 어깨를 움찔한 이산이 주춤거리며 뒤로 물러설 때였다.
갑자기 바닥에 널브러져 있던 사내가 언제 몸을 일으켰는지 바람처럼 곁으로 달려와 굵직한 팔뚝을 앞으로 뻗었다. 깜짝 놀란 이산은 고개를 돌리지도 못하고 눈을 질끈 감았고, 행상의 시비에 구경하던 이들이 놀란 외침을 내질렀다. 사내가 미친 게 분명하다 생각했다. 그러지 않고서야 도와주려는 사람에게 주먹을 날릴 리 없다고, 나선 것을 후회하던 이산은 얼굴에 아무런 충격이 가해지지 않자 천천히 눈을 떴다.
커다랗게 떠진 이산의 눈동자에 날카로운 화살촉이 보였다. 이산의 눈앞에서 멈춰 있는 화살을 붙잡은 사내는 부리부리한 눈으로 지붕 위를 바라보았다.
"저하!"
늦은 감이 있지만 사람들을 밀어젖히며 상길과 대홍, 마장이 달려왔다. 뭔일인가 싶어 구경하던 이들은 세 사람이 이산을 둘러싼 뒤, 검을 뽑아 들며 외치자 와르르 무너지는 기왓장처럼 바닥으로 무릎 꿇었다.
"세손 저하시다! 당장 무릎을 꿇어라!"
무릎 꿇은 사람들 사이로 나이 지긋한 남자가 다가왔다. 그는 화살을 움켜쥔 채 지붕 위를 노려보고 있는 사내와 이산을 번갈아 보더니 낮게 한숨 쉬었다. 의아해하는 이산에게 상길이 조용히 보고했다.

"검선이옵니다."

사도세자를 따랐던 인물이라 꼭 만나보고 싶었던 참이라 이산이 환해진 얼굴로 고개를 끄덕이자 검선이 사내의 손에 잡혀 있는 화살을 흘끔 보며 물었다.

"세손 저하, 어찌 홀로 나오셨습니까."

바닥에 고개 박은 이들 중, 행상이 어깨를 덜덜 떨며 이마를 땅바닥에 비비는 것이 보이자 이산은 싱긋 미소 짓고는 상길에게 명했다.

"혹 엽전이 있더냐?"

무슨 일인가 하면서도 허리춤을 젖혀 엽전을 꺼내 내미는 상길에게 고마움을 보이고, 그중 두 냥을 빼내 행상 앞으로 간 이산은 부드럽게 말했다.

"두 냥을 달라 하였느냐?"

"네…… 네, 저하."

이산은 두 냥을 손바닥에 놓고 가만히 내밀었다. 행상은 어안이 벙벙해져서 바들바들 떨리는 손을 뻗어 손바닥을 펼쳤고, 이산은 갑자기 주먹 쥐어 엽전을 감추며 말했다.

"헌데 날 믿지 못하였고 무례히 굴었으니, 이 두 냥은 거지에게 주어야겠구나."

그러고선 여전히 지붕을 뚫어지게 노려보는 사내에게 다가간 이산은 두 냥을 내밀었다.

"받거라. 내 목숨을 구해주었으니 더 후한 값을 쳐주어도 모자라나……."

이산은 익위사들이 동시에 헉하고 숨을 들이키는 소리에 눈을 껌벅이며 말을 멈추고, 애써 웃음을 참고 있는 상길을 돌아보았다. 그러자 상길이 눈매를 반달형으로 한 채 고개 숙이며 고했다.

"저하, 그자가 백동수이옵니다."

검선 다음으로 많이 들은 이름이 백동수였다. 이산이 화들짝 놀라 동수를 다시 바라보자 계속해서 지붕 위를 주시하던 동수가 이산의 손바닥으로 시선을 내리더니 진짜로 거지처럼 냉큼 두 냥을 집어 갔다.

마냥 풀어진 눈동자라 생각했건만 가까이서 보니 두 냥을 집어 들고 유심히 바라보는 동수의 눈빛이 맹수보다 더 사나웠다. 어째서 그 많은 사람 중에 이산의 눈길을 끌었는지, 풀어 헤친 머리를 보고도 미친 자라 생각 안 했는지 눈빛을 마주하고서 알게 되었다. 번득거리는 눈빛이 광기가 아니라 분기였기 때문에 이산은 동수를 미친 사람으로 볼 수 없던 것이었다. 한참 동안 묘한 표정으로 엽전을 보던 동수는 전혀 의미를 알 수 없는 시선으로 이산을 뚫어지게 바라보더니 툭하니 혼잣말하고 비틀거리는 걸음으로 멀어져갔다.

"또, 두 냥이네……."

몸을 돌리기 전, 동수의 눈에 가득한 눈물이 무엇을 뜻하는지 알 수 없지만 갑자기 이산의 가슴이 먹먹해졌다.

그렇게 어렵사리 만남을 가졌는데 이산은 그들과 친분을 쌓기도 전에 다시 부름을 받아 궁으로 들어갔다. 물론 이산은 음모가 있음을 알면서도 여전히 침묵을 지키며 명에 따랐다.

달포가 지나도록 동수는 광기 어린 분기를 모두 토해내지 못한 채 미친 사람처럼 검을 휘두르고 곡기도 제대로 하지 않았다. 진주는 날이 갈수록 뼈마디가 드러나는 동수를 지켜보며 마른 침만 삼켰다.

"가슴이 참 아프다, 그치?"

언제부터 옆에 있었는지 기척도 없던 초립이 묻자 진주는 펄쩍 뛰며 놀란 숨을 들이마셨다.

"깜짝이야."

초립은 측은한 눈빛으로 풀을 향해 검을 휘두르는 동수를 바라보며 낮게 혀 찼다.

"하긴, 그 사미니를 여간 좋아했어야지. 시도 때도 없이 절간에 들락거릴 정도로 좋아했는데 제 손으로 죽였으니 제정신이겠냐? 거기다 형제처럼 자란 운이가 완전히 뒤통수 때렸는데. 분은 솟아오르지, 어디 풀어낼 데는 없지. 마냥 칼만 휘두를 수밖에. 그런다고 사랑하던 마음이 사라지나……."

동수가 반 미친 사람처럼 검만 휘두르는 걸 설명하는 듯했지만 가만히 듣다보니 속이 부글 끓어올라 진주는 초립을 흘겨보며 날카롭게 물었다.

"지금 나 약 올리니?"

아니라는 듯 두 손을 헤저어 보이는 초립이었지만 이미 삐뚤어진 심성은 한쪽으로만 기울어져 진주의 입술만 삐죽거렸다. 인정하긴 싫지만 동수가 지선을 좋아했던 사실을 받아들여야 할 것 같았다. 그렇다고 동수를 향한 일편단심이 줄어들 기미도 안 보였다. 진주는 머리를 산발한 채 달빛 아래 망나니의 검무처럼 검을 휘두르는 동수를 노려보다가 성큼성큼 앞으로 나갔다.

"어? 진주야! 잘못하다간 동수 검에……."

초립이 말을 끝내기도 전에 날아온 검기가 진주의 옷자락을 스쳤다. 진주는 소매가 떨어져 나가는 것도 무시하며 계속해서 앞으로 걸어가 멍한 눈으로 검을 내리는 동수 앞에 섰다. 그리고 온 힘을 다해 손바닥으로 동수의 볼을 후려쳤다.

"백동수! 정신 차려!"

꼬리 내린 강아지처럼 아무런 말도 없이 고개만 돌리고 있는 동수를 씩씩거리며 바라보던 진주는 동수의 멱살을 잡아끌었다. 그리고 저항 없는 동수를 판자촌으로 끌고 간 진주는 발을 동동 구르며 쫓아오는 초립을 무시하고 불꽃이 이글거리는 횃불을 앞으로 내밀었다. 금방이라도 판잣집을 태워버릴 듯 넘실거리는 불꽃에 다가서지도 못한 채 초립은 기겁해서 소리 질렀다.

"진주야! 너 대체 뭐 하려는 건데?"

"넌 나가서 망이나 봐! 내가 되돌려 놓을 거야!"

어리둥절해하며 초립은 넋이 나가 있는 동수를 흘끔 보곤 어쩔 수 없다는 듯 도리질하며 밖으로 나갔다. 판잣집 안에 단 둘이 남게 되자 진주는 초점 풀린 동수의 눈을 보며 단호히 말했다.

"기억나? 우리 어릴 때, 불속에 갇힌 날 네가 구해줬잖아. 이거 보여? 조금이라도 정신이 있음, 다시 한 번 구해줘. 난 걱정 안 해. 널 믿으니까."

이어 조금은 서글픈 어조로 동수의 흐릿한 눈을 주시하며 말을 이었다.

"죽은 그 여자가 소중했다는 거 알아. 하지만 너에겐 아직 소중한 사람들이, 지켜야 할 사람들이 있어. 백동수, 이제 눈을 떠. 이제는 지켜야 할 사람들을 똑바로 봐!"

진주의 손을 벗어난 횃불이 화르륵 타오르며 판잣집으로 달려들었다. 불길 속에서 망연히 서 있는 동수의 몸에 금방이라도 불이 붙을 것만 같아, 불을 지르고 금세 후회하며 진주는 눈물을 글썽였다. 최후의 수단이라 생각해서 선택했는데 '이대로 동수와 함께 불에 타 죽겠구나' 하는 생각에 털썩 주저앉은 진주는 판잣집 밖에서 들리는 초립의 외침에 눈을 질끈 감았다.

"진주야! 동수야!"

매캐한 연기가 가슴으로 밀려들어와 숨이 답답해지고 열기가 온몸을 뒤덮었다. 뭉뭉한 연기로 인해 아득해지는 정신을 바로 잡으려 진주는 눈을 떴다가 눈물만 주르륵 흘리고 다시 눈을 감았다.
"뭐, 내가 소중하지 않다면 별수 없고……."
말하고 보니 서글퍼서 눈물이 더욱 차오르자 진주는 고개 떨구며 바닥으로 뚝뚝 눈물방울만 흘렸다. 두 손으로 바닥을 받치고 앉아 있던 진주는 연기로 숨이 가빠지고 의식이 흐려지자 손바닥으로 바닥을 헤집으며 그대로 쓰러졌다.
그렇게 가물거리며 멀어지는 의식 사이로 마침내 동수의 손길이 느껴졌다. 이어 허공으로 붕 떠오르는 느낌이 나는가 싶자 동수의 단단한 가슴이 볼에 닿았다.
"황진주, 너 정말 대책 없구나. 이건 뭐, 말이 되는 소릴 해야지……."
의식이 완전히 사라지기 전에 동수가 안아준 것이 고마워 진주는 희미하게 미소 지으며 판잣집 문을 발로 차 부수는 동수의 가슴에 얼굴을 완전히 묻었다.
"제 여식입니다!"
누구의 말인지, 누구에게 하는 말인지 알 수 없지만 여인의 절절함이 묘하게 마음을 들쑤셨다. 진주는 의식을 잃으며 어떻게든 그 여인을 보고 싶어 눈을 뜨려 했지만, 흐릿한 인영만 시야에 들어올 뿐이었다. 그렇게 정신을 잃은 진주가 다시 깨어났을 때, 진주는 동수부터 찾았다. 그런 진주에게 황진기는 타박하며 연신 눈물을 훔쳤다.
"이놈아, 남의 정신 차리게 해주겠다고 제 목숨 내놓는 사람이 어디 있더냐!"
"다행이다……. 정신 차렸구나……."
게다가 자신이 동수에게 소중한 사람이라는 확인을 받은 것 같아 어쩐지 히죽 웃음이 새어 나왔다.

'물론 사랑하는 사람이라면 더 좋겠지만 의적에게 과욕은 금물이지.'
고개까지 조악거리며 즐거워하는 진주에게 황진기는 힘없이 말했다.
"아무리 그래도 그렇지. 하마터면 불에 타 죽을 뻔했으니……."
상상만으로도 서글픈지 울먹거리는 황진기에게 배시시 웃어 보인 진주는 문득 의식을 잃기 전, 어렴풋 보았던 여인을 떠올리고 눈썹을 찌푸렸다. 제대로 볼 수는 없었지만 또렷하게 기억나는 목소리와 인영을 생각하다보니 달포 전, 숲 속에서 동수를 꾸짖던 지(地)라는 걸 깨달았다.
"나, 그 아줌마 봤어."
여전히 눈물을 글썽이며 진주가 무슨 말을 하는 건가 어리둥절한 표정을 짓던 황진기의 얼굴은 이어지는 진주의 질문에 딱딱하게 굳어졌다.
"그런데…… 누가 그 아줌마 여식이야?"
갑자기 황진기의 눈가에서 눈물이 바짝 말랐다. 어쩐지 온몸을 긴장시키는 낌새가 이상해 황진기를 주시하던 진주는 서서히 눈을 휘둥그레 떴다.
"설마 그 아줌마가 여식이라고 한 게…… 나야?"
대답 없이 고개 돌리는 황진기의 얼굴을 보고 확신을 얻은 진주는 허탈한 웃음을 흘리며 멍하니 천장을 올려다봤다. 동수의 정신을 돌려놓고자 했던 게 되레 자신의 정신을 쏙 빼놓게 생겼다. 이십 년이 지나 엄마의 존재를 알게 되었는데도 이상하게 원망이나 반가움이 생기지 않고 고개 숙인 황진기에 대한 마음만 애틋해졌다. 아득하다. 뭐라 형언할 수 없는 감정들로 진주는 헛웃음을 흘리면서도 계속해서 눈물을 흘렸다.

5장
작열灼熱하는 인연

 여운은 내색하지 않으려 애썼지만 아직은 거동이 불편한 지선을 돌아보며 저도 모르게 걱정을 내비쳤다. 힘겹게 걸어오던 지선은 벽에 손을 대며 잠시 숨 돌리며 멈췄고, 여운의 시선을 느꼈는지 고개 들다 말고 살짝 시선을 외면했다. 지선은 흑사채로 와서 정신을 차린 후부터 몸이 회복되는 두 달 동안 계속 그랬다. 여운을 똑바로 바라보지 않고 고집스럽다시피 여운의 시선을 외면하고 단 한 마디도 먼저 건네지 않았다. 당연한 거라고 생각하면서도 여운은 이따금 답답함을 느껴 지선을 붙들고 차라리 원망하라고 외치고 싶은 충동을 느꼈다. 지금까지 이토록 격렬한 감정을 느낀 건, 어머니가 아버지의 손에 돌아가셨다는 이야기를 들은 후 처음이었다.
 "제가 원망스럽지 않으십니까?"
 결국 먼저 질문을 던진 뒤 자책하는 마음에 여운은 아랫입술을 지그시 깨물었다. 지선은 계속해서 시선을 외면한 채 다소곳하게 답했다.
 "아닙니다. 누굴 원망한다고 지나간 시간을 되돌릴 수 있겠습니까."

차라리 원망한다 하면 이토록 괴롭고 미안하지 않을 것만 같아 여운은 흔들리는 눈동자를 지선에게서 멀리하고 최대한의 배려를 내보였다.

"곧 청국으로 떠날 것입니다. 떠나시기 전에 남길 말씀이 있으시면……."

"없습니다."

매정하다 싶을 정도로 단호히 말하는 지선을 놀란 눈으로 돌아본 여운은 지선이 흑사채에 온 뒤, 처음으로 시선을 마주하자 더욱 놀랐다. 지선은 변함없이 흔들림 없는 눈빛으로 그 어느 여인보다 풍아하게 말을 이었다.

"나으리, 저는 이미…… 이 세상엔 없는 사람입니다."

아득한 현기증이 밀려왔지만 여운은 가늘게 뜬 눈으로 재차 확인했다.

"혹 동수에게라도……."

"저는 이미 이 세상 사람이 아닙니다."

강조하듯 또박또박 말하는 지선의 강인한 눈빛에서 여운은 품은 뜻을 헤아렸다. 행여나 살아 있는 것을 안 동수가 목숨을 아끼지 않고 구하러 올까 걱정하는 마음이 한 마디 한 마디에서 소연히 드러났다. 여운은 주먹 쥐며 돌개바람처럼 몰아치는 감정들을 애써 억눌렀다. 바닥으로 꺼져 들어가는 가슴을 추스르지도 못한 채 지선을 방으로 데려다준 뒤, 천天의 부름에 곧장 집무실로 향했다. 한낮임에도 수많은 촛불들이 불을 밝히고 있는 집무실 가운데 앉아 있던 천天은 여운이 들어서자 실내에 있던 여인을 소개했다.

"청국까지 동행할 동무니 서로 인사나 나누거라."

"구향이라 하옵니다."

코를 찌르는 여인에게서 풍겨오는 향내, 부풀린 머리와 화려한 치마 저고리로 기생임을 알 수 있었다.

"청국에서 의술을 배워 청국지리에 밝은 아이다. 일을 마무리하는 대로 이 아이를 따라 견문을 쌓도록 해라."

천天은 게슴츠레한 눈으로 명령하더니 구향을 보고 넌지시 물었다.

"달포면 되겠느냐?"

구향이 대답 없이 고개를 끄덕이자 의미가 불분명한 시선으로 두 사람을 지그시 바라보던 천天이 갑작스레 몸을 일으켰다.

"운이는 나를 따르거라."

조용히 천天을 따라가는 여운의 등으로 구향의 시선이 끝까지 달라붙었다. 넓은 연무실로 들어가자 익숙한 창검들이 시야에 들어와 여운은 눈썹을 살짝 모으며 천天의 명령을 기다렸다. 하지만 무기들 앞에 선 천天은 명령이 아닌 설명을 하며 회한에 젖은 눈매를 보였다.

"이 몸이 일군 것이다. 손끝 하나 발끝 하나, 이 몸의 피와 살이 이 창검에 녹아 있다."

천天이 상대한 고수들의 무기를 모아놓은 사실은 익히 알고 있던 바였다. 여운은 유난히 눈에 띄는 빈자리로 시선을 주며 천天의 말에 귀 기울였다.

"그 빈자리가…… 이 몸이 아직 이루지 못한 마지막 꿈이다."

"검선이옵니까."

천天은 나직한 웃음을 흘리며 만족스런 시선을 던졌다.

"내 남은 생은…… 그 꿈을 이루기 위해 살 것이다."

무슨 말인가 싶어 서둘러 고개 돌려 바라보자 천天이 나릿한 시선으로 미소 지었다.

"대궐에 앉아 있는 높으신 양반들도, 시전을 주름잡는 재력가도, 이 몸 앞에서는 추풍낙엽처럼 쓰러져갔다. 내가, 바로 내가 이 조선을 움직인 실질이며 역사인 게지!"

설마하는 마음에 여운의 동공이 점차 짙은 색을 띠며 커져갔다. 그 눈동자에 비수를 박듯 천天은 느릿한 어조로 말을 이었다.
"이제, 네가 이 세상의 주인이 될 차례다."
여운은 강해질 수만 있다면, 최고가 될 수 있다면 운명에서 벗어날 수도 있다는 생각으로 손가락에 짜릿함이 밀려들어 주먹을 불끈 쥐었다.
"그리하겠느냐? 하면 내가 가진 모든 걸 네게 물려줄 게다."
여운은 오로지 한 생각만으로 털썩 무릎 꿇었다.
"천주의 뜻에 따르겠사옵니다. 다만 오직 하나, 청이 있사옵니다."
좀처럼 보기 드문 다정함이 흐르는 천天의 눈을 보자 어쩌면 소망이 이뤄질지 모른다는 생각이 들어 여운은 용기 내어 간절히 호소했다.
"지선 아씨 목숨을…… 살려주십시오."
"네가 그 아이에게 마음이 있음을 모르지 않는다."
스스로 들이켜 훅 하고 들어오는 호흡을 멈춘 여운은 애원을 담아 천天을 올려다봤다. 천天의 명령으로 가장 소중한 사람을 죽여야 했다. 살수의 길을 택했기에 지선에게 흐르는 마음도 꽁꽁 동여매어 드러나지 않도록 노력해야 했다. 행여나 천天이 안다면 지선을 죽이라 명령할까 두려워 애서 감추려 했던 여운은 불안감에 흔들리는 눈빛으로 천天의 말을 기다렸다.
"허나 북벌지계만큼은 반드시 청 황제의 손에 인계해야 한다. 오직 하나, 너의 그 청만큼은 들어줄 수 없구나."
"하오나!"
여운이 안타까움과 애절함을 섞어 입을 열자 천天이 천천히 손을 뻗었다.
"명심하거라. 만에 하나 실패할 경우."
이어 천天의 손에서 빠져나간 칼이 무기들 사이의 빈자리로 날아가 마치 제집처럼 들어 박혔다.

"저 빈자리는, 광택이 놈이 아닌 운이 네 차지가 될 게며, 네 동무와 북벌지계를 몸에 지닌 그 아이 또한 필시 목숨을 잃게 될 게다."

너무나 평온한 말투였지만 그 속에 담긴 진심이 여운의 어깨를 내리눌렀다. 여운은 파르르 떨리는 눈빛을 내리깔며 이를 악물었다. 운명을 벗어던지고 싶지만, 운명을 주무르는 자의 손길을 벗어날 수가 없어 자신의 나약함만이 원통할 뿐이었다. 그런 여운을 뒤로하며 천天은 어쩐지 공허감이 느껴지는 목소리를 흘렸다.

"살수에겐 마음이 죽음과도 같다. 마음을 품으면, 그것이 적의 무기가 될 수도 있느니라."

그렇다고 이미 갖게 된 마음을 잘라버릴 수도 없어 여운은 아슥한 가슴만 움켜쥐었다.

다음 날 새벽에 노량진으로 출발하기 위해 준비하던 여운은 지선을 깨우기 위해 조용히 방으로 들어갔다. 하지만 새벽빛이 어스름하게 들어오는 방 안에 곧게 누워 있는 지선을 보자 다가서지도 못하고 고개만 돌리는 여운에게 지선이 조용하게 말을 걸었다.

"마음이 아픕니다."

"깨어 계셨습니까?"

지선은 차분하게 상체를 일으키더니 어둠 속에서 물끄러미 여운을 바라보며 물었다.

"그립지 않으십니까? 함께했던 시절이……."

천 번 만 번 그리워했지만 여운은 시선을 외면하며 답했다.

"그립지 않습니다. 돌아가고 싶은 마음도 없습니다."

가만히 앉아 무언의 질문을 던지는 지선에게 여운은 곧은 시선을 보내며 말을 이었다.

"한때는 희망이 보인 적도 있었습니다. 허나 운명은 거부할 수 없습니다."

"나으리 눈빛은 운명을 받아들인 눈빛이 아닙니다."

여운은 고집스럽게 눈을 굳히며 지선의 말을 부정했다.

"아니오. 저는 이미 숙명을 받아들였습니다. 하여 아씨를 잡지 않는 겁니다."

"아닙니다. 지금도 울고 계시지 않습니까. 제 심장에까지 들립니다."

여운은 무너지려는 가슴과 무릎을 다잡으며 아스라한 눈빛으로 지선과 시선을 마주했다. 어째서 지선에게 마음이 흔들렸는지, 동수가 좋아하고 있음을 알면서도 흐르는 마음을 매정히 잘라낼 수 없었는지, 어둠을 등진 새벽 어스름 속에서 여운은 깨달았다. 단 한 번도 여운의 마음을 헤아리고 다독여준 이는 없었다. 물론 천(天)의 따스한 손길과 동수의 툴툴거림이 그것과 비슷했지만 이토록 여운의 내면을 들여다보며 이해해주는 사람은 단 한 명도 없었다.

그렇기에 이따금씩 꿰뚫어보는 듯한 시선을 던지는 지선에게서 숨고 싶은 마음만큼 다가서서 속내를 더 내보이고 싶은 마음이 컸다. 마치 지선이라면 여운이 살수라는 것을 알아챌 거라 기대하면서, 더 늦기 전에 따끔한 질책을 해주지 않을까 희망하면서.

여운은 미칠 정도로 지선을 살리고 싶어졌다.

"아씨야말로 살고 싶지 않으십니까. 살고 싶다면, 살고 싶다 한 마디만 하십시오. 허면 제가……."

"세상에 죽고 싶은 사람이 어딨겠습니까. 허나 나으리, 그 마음만은 고맙게 받겠습니다."

너무나 곧은 의지를 내보이는 지선에게 여운은 눈을 가늘게 떴다. 이토록 강경히 주장할 일이 아니었기에 뭔가 내막이 있지 않을까 싶어 한참 동안 주시했건만, 지선은 그 어떤 기색도 내비치지 않았다. 여운은 지선이 옷을 입고 준비할 수 있도록 방을 나서며 설마하는 마음을 지울 수 없었다.
 '천주께서 내게 동수와 아씨의 목숨을 놓고 명했으니, 아씨에게 안 그랬을 리가 없어.'
 그렇지 않고서야 죽고 싶지 않다고 하면서도 도망가지 않으려는 지선을 도무지 이해할 수가 없었다.

 오후 햇살이 늘어져 어둠이 깔리기 시작할 때, 나루터가 보이는 객점으로 들어서며 지선은 빠르고 얕은 숨을 들키지 않으려 장의의 깃을 더욱 모았다. 여운이 살고 싶냐고 물었을 때 보였던 눈빛은 진정 지선을 아끼고 지켜주려 하는 자의 것이었다. 그렇기에 더더욱 지선은 고통을 내보일 수도, 살고 싶은 의지를 드러낼 수도 없었다. 행여나 그런 마음이 드러나면 여운이 도와줄 것이 분명했고, 그렇게 된다면 천天에게 여운과 동수의 목숨을 약속받은 것이 무용지물 된다는 생각에 지선은 걸을 때마다 더해지는 고통을 애써 숨겼다.
 사도세자를 따라 죽지 못한 것을 원망하고 또 원망했다. 그랬더라면 여운이 자유로워질 수 있었을 거라 생각하며 운명을 탓했다.
 지선은 반듯한 여운의 등을 바라보며 그 뒤를 따랐다. 객점으로 들어서자 동행한 구향으로 인해 사내들의 시선이 물먹은 화선지마냥 날아와 달라붙었다. 여운과 단장, 지선과 구향이 사신이 있는 방 안으로 들어가자 닫히는 문 뒤로 사내들의 아쉬운 한숨이 들려왔다. 방 안에 앉아 있던 사신은 여운이 예를 갖춰 인사하자 눈썹을 꿈틀해보였다.
 "네 녀석은 누구냐?"
 "흑사채의 인주 여운이라 합니다."

뭔가 불만스럽다는 듯 입술을 틀어 올린 사신은 장의로 얼굴을 뒤덮다시피 하고 있는 지선을 흘끔 보더니 물었다.

"이 여인이냐?"

"예."

여운이 답하자 사신은 흥미는 내보이며 지선의 머리부터 발끝까지 끈적거리는 시선을 던졌다.

"내 눈으로 직접 확인할 것이다. 옷을 벗거라."

놀란 지선이 고개를 퍼뜩 들자 여운이 단단히 굳은 눈매로 사신을 노려봤다. 그럼에도 사신은 입술을 비틀더니 얄망궂게 명령했다.

"어서 벗지 않고 뭣하느냐!"

그에 맞춰 한쪽에 서 있던 포도대장이 검을 뽑아 지선의 목에 댔고, 지선은 여운이 손을 바르르 떨며 검으로 가져가는 것을 보며 조용히 입을 열었다.

"대인, 소녀는 황제 폐하께 진헌될 몸이옵니다. 어찌 대인께서 먼저 제 몸을 열어보신단 말씀입니까. 이는 분명 신하의 예가 아닐 것입니다."

나직한 비웃음이 사신의 비뚤어진 입술에서 튀어나왔다.

"진위 여부를 파악하는 것 또한 신하의 예가 아니더냐! 어서 벗어라!"

기어코 여운의 손이 검을 부여잡자 사신의 시선이 뾰죽 날아들었다.

"네놈이 감히 내 앞에서 칼을 잡은 것이냐!"

지선은 여운의 눈망울이 분노로 흔들리는 것을 보며 얼른 나섰다.

"거두십시오."

여운은 용납할 수 없다는 표정으로 지선을 돌아봤지만, 지선은 몸을 돌려 장의를 벗었다. 지선의 어깨를 타고 흘러내린 장의가 주인의 심정과 같이 발밑에 떨어져 처처하게 구겨지자 지선은 눈을 질끈 감으며 옷고름에 손을 댔다. 순간, 등 뒤로 검이 검집에서 빠져나오는 소리가 들리는가 싶자 다시 착검하는 소리가 이어졌다.
"무슨 짓이냐!"
깜짝 놀라 소리치는 사신에게 여운이 검에 베어 벌어진 지선의 저고리 뒤를 살짝 들췄다 놓으며 말했다.
"대인, 이 정도로 진위 여부는 확인할 수 있을 것입니다."
환한 햇살에 선명하게 드러났다 사라지는 문신을 확인한 사신은 눈가를 떨며 이를 갈더니 애꿎은 포도대장에게 호통쳤다.
"배는 준비되었느냐!"
"예."
기분 상했다는 듯 바람을 일으키며 사신이 방을 나가자 여운이 조심스럽게 장의를 들어 지선의 어깨에 덮어주었다. 지선은 무표정한 여운을 올려다보며 진심을 담아 감사했다.
"고맙습니다."
대답 없이 객점을 나가는 여운의 뒤를 따라 나가는 지선의 등 뒤로 구향이 계속해서 시선을 던졌다. 동궁전에서 만났던 구향이 함께 청국으로 동행한다는 말을 들었을 때 지선은 아무런 감정을 내비치지 않았다. 가까스로 억누르고 있는 감정들을 한 번 내보이기 시작하면 미친 사람이 되어 사도세자의 죽음에 관여한 이들 모두에게 원망을 퍼부으며 덤벼들 것만 같았다. 하지만 지선은 남아 있는 이들을 지키기 위해 터져 나오려는 분노와 원망을 억누르고 저승길에 스스로 발을 디디기로 결심했다.
그렇게 나루터에 도착해 망연히 강을 바라보던 지선은 갑자기 누군가 등 뒤에서 목을 조이며 붙잡자 크게 뜬 눈으로 여운을 바라봤다. 여운의 검은 눈동자가 놀람을 비추는가 하더니 곧 분노로 이글거림을 내뿜었다. 지선은 자신을 붙들고 검을 들이댄 자가 단장이라는 것을 목소리를 듣고

서야 알게 되었다.

"칼을 버리거라!"

지선이 말릴 새도 없이 여운이 한쪽 무릎을 굽히며 천천히 바닥에 검을 내려놓았다. 지선의 목에 닿아 있는 단장의 검을 노려보며 억지로 손에서 검을 놓는 여운의 눈에서 뻗어 나오는 살기에, 단장은 흠칫하더니 사신에게 조롱을 던지고 살수들이 준비해준 흑마로 다가갔다.

"대인, 유감스럽지만 북벌지계는 소인이 가져가겠소."

그렇게 지선을 밀어 말에 올라타도록 재촉하던 단장의 등으로 어디선가 비도飛刀가 날아들었다. 지선은 '컥!' 하며 뒤로 자빠지는 단장에게서 벗어나 황급히 몸을 추슬렀다. 지선이 단장에게서 멀어지자 바람처럼 달려온 여운이 곁을 지키며 검을 뽑아 들었고, 흥청망청 술에 취한 사람처럼 흔들거리며 인人이 나타나 단장 앞에 섰다.

"크크크, 네 녀석 역할은 요기까지니라!"

"당신이 어찌!"

단장은 말을 끝내지 못하고 인人의 검에 피를 뿜으며 바닥으로 쓰러졌다. 인人은 사신을 위박하고 있는 살수들에게 흐느적거리며 걸어가 명령했다.

"물러서거라."

인주의 직함에서 물러났다 해도 명을 어기지 못한 살수들은 단장과 인人을 번갈아 보더니 조용히 물러서 인人에게 예를 갖췄다. 인人은 기묘한 웃음을 흘리더니 사신에게 의미심장한 눈빛을 던졌다.

"어떻습니까, 대인. 제가 말씀드린 그대로가 아닙니까? 흑사초롱의 천주가 북벌지계를 빼돌리려 했음이 자명해진 이때, 이제 대인께서 저를 도우실 차례입니다만……."

"알겠네. 청국에 당도하는 대로, 자네의 뜻을 황제 폐하께 전하지."

인ㅅ의 말에 놀란 지선이 여운을 올려다보았지만 여운의 표정에서 그 어떤 감정도 느낄 수가 없었다. 분명 여운도 놀랐을 텐데 전혀 기색을 내비치지 않는 여운이 되레 안쓰러웠다. 인ㅅ은 여운을 흘끔 보더니 고개를 휙 돌려 무시하며 살수들에게 또다시 명령했다.

"뭣들 하느냐! 어서 대인을 뫼시거라!"

동시에 나루터로 이어진 흙길을 짓밟는 말발굽 소리가 거세게 울려댔다. 고개 돌린 지선의 까만 눈망울이 놀람과 기쁨, 동시에 슬픔을 담으며 파르르하고 얇게 떨렸다.

하늘거리는 바람이 볼을 스치고 지나가자 아련히 추억이 뒤따라왔다. 산채로 돌아가는 진주에게 정신 차리게 해줘서 고맙다는 말을 한 뒤, 장용위로 돌아가던 길에서 동수는 무심결에 뒤를 돌아봤다. 마치 여운이 보일 듯 말 듯한 미소를 지으며 휑하니 동수를 스쳐지나갈 것만 같았다. 지지 않으려 이를 악물고 달려도 여운의 앞으로 나갈 수 없었던 기억이 바람과 함께 쓸려오더니 금방 저만치 멀어져갔다.

"왜 그랬냐? 바보같이……."

여운을 생각하면 분함보다 가슴을 찌르는 아픔이 더했다. 오랜 시간을 함께했으면서도 전혀 눈치채지 못한 자신의 어리석음을 탓하는 마음도 컸다. 동수는 터벅거리며 산속의 장용위로 돌아가는 내내 여운의 얄궂은 미소를 머리에서 지우려 애썼다. 제 머리를 쥐어박기까지 하면서 여운을 잊으려 하며 마당에 들어선 동수는 두런거리는 말소리가 들리는 집무실 쪽으로 발을 옮기다 멈칫했다.

"예? 지선이, 그 아이가 살아 있단 말이요?"

"정말 지선 아씨가 살아 있는 겁니까?"

갑자기 두 다리가 후들거리며 떨려와 앞으로 더 나아가지 못한 채 동수는 검선의 목소리를 들었다.

"나도 간밤에나 알았느니라. 다만, 사실을 말하는 것이 과연 누구에게 도움이 되는 겐지, 고민할 시간이 필요했느니라."

"설마 가만히 앉아만 있을 생각이시우? 구해야 할 거 아니요! 세자 저하께서 어찌 가셨는지 벌써 잊으셨소! 형님이 움직이지 않으시면 저라도 갈 겁니다. 내, 흑사초롱이 어딨는지 모르겠으나, 어디로 가면 여운이 그놈을 만날 수 있는지는 알고 있수다!"

여운의 이야기까지 나오자 어깨까지 떨림이 이어졌다. 동수는 석상처럼 굳은 몸을 부르르 떨며 집무실 문을 노려봤다.

"네가 어찌 안단 말이냐?"

"참 나, 청국 사신 놈이 내일 떠난다지 않소! 제물포에서 청국으로 가는 상선을 탈 터인데, 육로보다야 노량진에서 배를 타고 가는 게 낫지 않겠소?"

동수는 사방이 빙글빙글 돌자 눈을 감으며 신음을 삼키고 불끈 주먹 쥐었다. 안에는 동수를 제외한 모든 이들이 있는지 상각의 목소리까지 들려왔다.

"대장님께서 나서시면, 저희 또한 뒤따를 것입니다."

기백이 팽배하여 방문이 떨어져 나갈 것처럼 상각과 태용이 동의를 표하자 검선이 조용히 다스렸다.

"서두르지 말거라. 우선은 동수가 모르게 해야 한다. 이 일은 사모와 내가 알아서 할 터이니, 너희들은 모른 척 지내거라."

"일리가 있소. 몸도 성치 않은 놈이 날뛰는 꼴을 보느니……."

모두가 자신을 위하는 마음이야 충분히 이해하지만 지선이 살아 있음을 안 이상, 이대로 모른 체하고 있을 수만은 없었다. 동수가 전신을 부들부들 떨며 어릿간의 말에 올라 장용위를 떠나자 말발굽 소리에 놀란 이

들이 집무실에서 후다닥 뛰쳐나왔다. 흑사모의 애타는 부름에도 동수는 말을 멈추지 않고 산길로 접어들며, 뜨거워지는 눈을 주먹으로 비볐다.
 '감사합니다. 살아계셔서…… 감사합니다.'
 노량진으로 향하는 내내 늦지 않았기를 소망하며 힘들어하는 말에게 연신 채찍질을 한 동수는 드디어 나루터가 보이고, 노을 속에서 한 폭의 그림처럼 서 있는 지선이 눈에 들어오자 더욱 거칠게 박차를 가했다. 꿈이 아닐까 싶게 다소곳이 서 있는 지선의 모습을 두 눈에 넣고도 믿기지가 않았다. 동수는 가까이에서 확인하고 싶은 간절함으로 달려 나가며 관군이 지선의 등을 밀며 배로 향하게 하자 있는 힘껏 소리쳤다.
 "멈춰!"
 모두가 놀라 쳐다보는 가운데 뒤늦게 지선의 곁에 있는 여운이 보이자 동수는 목 밑으로 차고 올라온 감정이 숨을 막는 듯한 느낌을 받았다. 가슴을 강하게 조였다 놓는 여운의 눈망울이 점차 가까워지는 만큼 애써 돌아온 정신이 또다시 사라질 것만 같았다. 동수가 말에서 풀쩍 뛰어내려 굵은 눈매 끝을 꿈틀대며 걸어가자 관군들이 주변을 둘러쌌다.
 동수는 아무런 표정 변화 없는 여운을 물끄러미 주시하다가 지선을 보고 큰 숨을 들이마신 뒤, 애달픈 마음을 움켜쥐며 간절하게 소리쳤다.
 "가서는 안 됩니다!"
 지선의 동그란 눈가로 이슬 같은 눈물이 고여 들어 마치 이슬을 품은 한 떨기 꽃과 같았다. 그럼에도 지선은 고집스럽게 고개 저으며 동수를 만류했다.
 "가야 합니다. 잊어주십시오. 저는, 이미 죽은 사람입니다. 이것이 저의 운명입니다……."
 순간, 여운의 찌푸린 시선이 지선에게 흘렀다. 동수는 여운이 뭔가 생각에 잠긴 듯 지선을 바라보자 한 발 앞으로 나서며 분통을 터뜨렸다.

"틀렸어! 그 따위 운명! 떨쳐버리면 그만입니다! 내가! 나 백동수가 지켜준다 했잖습니까!"

붉은 입술을 떨며 눈물 맺힌 눈으로 바라보는 지선에게 동수는 애절하게 말했다.

"날…… 믿어주십시오."

가슴을 열어 진심을 내보일 수만 있다면 수만 번도 더 가슴을 헤집을 용의가 있었다. 기어코 지선의 눈가에서 눈물이 옥구슬처럼 굴러 떨어졌다.

"운명도 바뀔 수 있습니까? 나으리를 믿어도 되는 겁니까?"

"한 걸음. 한 걸음이면 됩니다."

두 손을 내밀고 말하는 동수에게 지선이 두 볼로 흘러내리는 눈물을 닦지도 않은 채 치맛자락 사이로 발을 내밀었다. 동수는 고개 끄덕이며 지선에게 용기를 주려 했고, 여운은 다급하게 등 뒤로 지선을 붙잡으려는 관군들을 막아섰다. 지선의 치맛자락이 펄럭이며 가녀린 어깨가 동수의 품 안으로 들어오자 볼을 부르르 떨던 사신이 역정 내며 관군들에게 명했다.

"뭣들 하느냐! 당장 저놈을 쳐라!"

지선을 보호하며 급히 검을 뽑아 든 동수는 여운의 날카로운 외침에 눈을 부릅떴다.

"물러서라!"

사신의 곁에 있던 인ㅅ이 흥미롭다는 얼굴로 입술을 삐죽하자 허리 숙여 예를 취한 여운은 공손하게 말했다.

"대인, 저에게 맡겨주십시오."

인을 흘끔 쳐다본 사신이 불허함을 내비치려 했지만, 여운은 애당초 허락을 받으려 한 게 아니라는 듯 사신을 무시하며 동수 앞으로 걸어왔다.

"다행이다. 살아 있어서……."

울렁이는 마음은 여운을 덥썩 끌어안고 기뻐하고 싶은데 검을 틀어쥐는 손만 제멋대로 움직였다. 여운은 동수의 손을 흘끔 보더니 야릇한 미소를 지으며 조용히 답했다.

"그래······."

너무나 익숙한, 씁쓸한 듯 어쩌면 쓸쓸한 듯 얄궂하게 비틀어진 미소를 짓는 여운을 바라보며 동수는 등 뒤에 있는 지선에게 말했다.

"가요. 뒤돌아보지 말고 달려요."

지선이 움찔하자 동수는 온몸을 팽팽하게 잡아당기고 있는 긴장을 터뜨리며 외쳤다.

"가요! 지금!"

두 사람이 동시에 반대쪽으로 달렸다. 지선이 나무터 외곽으로 달림과 같이 동수는 여운을 향해 달려들었고 무지막지한 힘으로 내리치는 동수의 검을 막아낸 여운은 조용히 말했다.

"돌아가."

동수는 대답 대신 또다시 검을 휘둘렀다. 지금까지 여운과 대련하면서 힘으로 밀어붙이는 게 전부가 아님을 알고 있음에도 동수는 언제나와 같이 온 힘을 다해 격법(格法)으로 검을 내리쳤다. 동수의 공격을 피하고 막아내면서 여운은 눈곱만치의 살기도 펴내지 않았다. 어린 시절, 여운에게 덤비다보면 이따금 진짜 죽는 게 아닐까 싶을 정도로 매서운 살기를 느낄 때가 있었다. 그럼에도 여운은 단 한 번도 검끝을 동수의 몸에 흘리지 않았고, 동수도 진심을 담아 검을 휘두를 수가 없었다. 아마도 그래서 더 오기가 생겼는지도 몰랐다. 여운과 검을 마주하면 봐주는 듯한 느낌이 들어 패배감이 더 컸고, 언젠가는 여운이 제 실력으로 상대해줄 거라 생각해왔다.

동수는 장작 패듯 검을 내리치며 악에 받친 외침을 토해냈다.

"알아! 난 너보다 약해! 근데! 적어도 너처럼 썩은 운명 따위에 무릎 꿇진 않아!"

여운을 믿기에 그토록 덤벼들 수 있었다. 아무리 진한 살기를 품었다 해도 여운은 결코 동수를 죽일 수 없다는 믿음이 있기에 수도 없이 덤벼들고 싸움을 걸었었다. 맞부딪치는 검의 횟수만큼 나눈 정情도 깊어져 동수는 지금까지 단 한 번도 진지하게 여운과 대결을 해본 적이 없었다.

"운명이 뭔데! 네 운명을 쥐고 있는 게 뭔데! 만약에 누군가 네 운명을 쥐고 있다면, 이기면 되잖아! 이겨서 네 운명을 되찾으라고!"

악을 질러대며 대나무 숲에서처럼 마구잡이로 검을 휘두르는 동수에게 여운이 충격받은 얼굴을 보이더니 여운답지 않게 잠시 멈칫했다. 동수는 날아드는 검을 피하지 않고 멈춘 여운을 보며 경악으로 굳어진 얼굴로 검을 회수하려 했지만 이미 힘을 싣고 뻗어 나간 검은 되돌릴 수가 없었다.

'안 돼!'

자신의 검에게 소리 없는 절규를 내뿜으며 팔을 멈추려 하던 동수는 강한 철음이 울리며 검이 멈추자 숨을 삼키고 검선을 바라봤다. 언제 나타났는지 검선이 동수의 검을 막고 매서운 기운을 펼치며 말했다.

"멈춰라."

그 기운만으로도 모여 있는 이들을 압도한 검선은 동수가 검을 내리자 사람들을 두루 돌아보더니 천천히 인ㅅ에게 다가갔다.

"살아 있었더냐."

"검선께서 어찌 여길!"

인ㅅ의 입술이 바들바들 떨리며 숨을 곳을 찾는지 주변을 두리번거렸다. 그러더니 눈을 번쩍하고 덜덜 떨리는 손가락을 세워 나루터 밖을 가리켰다.

"검선, 저짝을 좀 보시구려."

인ㅅ의 손가락을 따라 시선을 돌린 동수는 다시금 검을 부여잡으며 외쳤다.

"지선 아씨!"

목에 칼을 대고 있는 두 명의 살수에게 붙잡혀 꼼작도 못하고 있는 지선의 눈에 죄책감이 보이자 동수는 몸을 부르르 떨었다. 인ㅅ은 어깨를 들썩이며 웃고 검선에게 조소를 날렸다.

"보이시오? 크크크, 좀 더 일찍 오시지 그랬소. 검선……."

그 말이 끝나기도 전에 공기를 뚫은 화살이 지선을 위협하고 있는 살수 한 명의 가슴으로 파고들었다. 나머지 한 명도 단말마를 내지르며 바닥으로 풀썩 쓰러졌고, 동수는 살수를 제압하고 지선을 보호하는 초립에게 무한히 감사했다. 활을 들고 멀리서 가볍게 뛰어오는 진주가 보이자 가슴이 안도감으로 넘쳐흘렀다.

"이젠 어찌할 셈이냐?"

검선의 나긋한 질문에 벌벌 떨며 뒤로 물러선 인ㅅ을 삐죽한 시선으로 본 사신은 배에 오르며 포도대장에게 불평을 했다.

"청국으로 가기가 이리 어려워서야! 이 많은 관군은 폼으로 달고 다니시오?"

동수는 포도대장의 입에서 명령이 떨어지기 전, 지선을 향해 냅다 뛰었다. 지선이 조선에 남아 있으려면 단 한 방법밖에 없기에 가슴이 쓰려도 과감히 결정 내려야 한다고 생각했다. 관군들이 검선을 둘러싸고 서로 눈치 보고 있는 사이, 횃불을 들고 지선에게 달려간 동수는 또렷하지만 아픔을 담은 눈으로 질문했다.

"이래선 아무것도 해결되지 않습니다. 운명에 맞서고 싶으십니까?"

횃불과 동수의 눈을 번갈아 보던 지선은 결심한 듯 고개 끄덕였다. 동수는 확답을 받았음에도 눈물을 머금고 재차 말했다.

"고통스러울 겁니다. 죽고 싶을 만큼 고통스러울 겁니다."

지선은 말간 눈물을 흘리면서도 연신 고개 끄덕이더니, 댕기머리를 어깨 앞으로 모아 가지런히 늘어뜨리며 등을 돌렸다. 동수는 횃불을 바닥이 비벼 불꽃을 줄인 뒤, 사람들을 향해 외쳤다.

"다들 똑똑히 보십시오!"

만목이 쏠리자 여운을 노려보며 동수는 슬픔이 철철 넘치는 목소리로 소리쳤다.

"운이 너! 거기 서서, 두 눈 부릅뜨고 지켜봐! 운명 따위 버리면 그만이란 걸!"

여운의 눈동자가 동수의 뜻을 이해하고 서서히 경악으로 물들어갔다. 동수는 눈물로 흐릿해진 눈가를 소매로 훔쳐 닦고 등을 보인 채 눈을 감는 지선을 향해 횃불을 서서히 가져갔다.

"동수야!"

곁에 있던 초립이 화들짝 놀라 동수를 말리려 했지만 진주가 팔을 붙잡자 안타까운 얼굴로 지선을 바라봤다. 천에 불이 붙고 이어 살이 타는 냄새가 나루터를 따라 강으로 이어졌다. 모두가 믿을 수 없다는 얼굴로 바라보는 가운데, 인ㅅ이 배로 뛰어올라 사공들을 재촉했다. 얼떨떨해 있던 사공들이 배를 출발시킬 때까지 사람들은 지선의 등을 바라보며 망연자실한 표정을 지었다.

눈을 질끈 감은 채 화기를 견뎌내고, 신음조차 흘리지 않는 지선을 바라보는 동수의 가슴이 찢어지다 못해 문드러졌다. 이제는 충분하다 싶어 동수가 서둘러 횃불을 던지고 윗옷을 벗어 지선의 옷에 붙은 불을 끄자 지선이 꺾인 꽃처럼 힘없이 동수의 품 안으로 쓰러졌다.

"지선 아씨! 지선 아씨!"

혼절한 지선을 애타게 부르고 급히 등에 업으려던 동수는 지선의 팔을 붙드는 여운을 보고 눈을 부라렸다. 여운은 아무 말 없이 지선의 허리를 붙잡더니 동수의 등에 업혀주었다.

흑사모와 검선이 멀어지는 배를 돌아보고 곧장 달려왔고, 의식 잃은 지선을 들쳐 업고 달린 동수가 객점으로 뛰어 들어가자 여운이 다급히 방을 요구했다. 객점 밖으로 고개 기웃거리며 상황을 다 지켜본 주인은 서둘러 방을 안내했고, 신발을 걷어차고 방으로 들어간 동수는 무릎을 굽혀 지선을 내리려 했다. 그때, 눈앞으로 사락거리며 나타난 치맛자락에 동수는 고개 들었다. 화려한 가체를 머리에 장식한 여인은 상체를 비틀어 기생처럼 앉더니 구겨진 침상을 바로 펴주었다.

"소첩이 돌보게 해주시지요."

동수가 지선을 등에 업고 쭈그리고 앉아 있자 단조로운 투로 말한 여인은 방 안으로 모여든 이들에게 말했다.

"깨끗한 천, 차가운 물과 산오이풀 즙을 구해주십시오."

말이 끝나기도 전에 동수와 여운, 초립, 흑사모, 진주가 방을 뛰쳐나갔다. 동수는 객점 밖에서 포도대장을 저지하는 검선을 돌아보고 안도한 뒤, 급히 객점의 주인에게 물그릇을 얻어냈다. 우물로 달려가 물을 떠서 흘리지 않도록 두 손으로 단단히 부여잡고 방 앞으로 돌아가니, 초립이 웬 사내와 함께 깨끗한 천을 여인에게 내밀고 있었다.

"이쪽은 유명한 화백이신데 마침 깨끗한 천이 있다 하셔서……."

초립이 소개시켜준 사내에게 고마움을 담아 동수는 허리 숙여 인사했다.

"감사합니다."

사내는 어쩔 줄 몰라 하더니 산오이풀을 즙 내어 들어오는 진주를 보고 슬쩍 방에서 나갔다.

동수는 물그릇을 지선 곁에 내려놓으며 우르르 몰려가는 관군들을 문밖으로 내다봤다. 맨 마지막에 떨떠름한 표정으로 있는 포도대장과 야릇한 미소를 짓고 있는 검선이 보이자, 다시금 지선에게 시선을 돌린 동수는 여인이 장도를 뽑아 들자 화들짝 놀랐다.

"뭣하시는 겁니까!"

여인은 동수가 기겁해 소리 지르자 타다 만 지선의 뒷저고리를 잘라내고 흘끔 남자들을 올려다보았다. 그러자 무슨 뜻인가 싶어 멀뚱거리는 동수의 뒷덜미를 잡아끌며 흑사모가 방 밖으로 나섰다.

"우린 밖에 있자구나."

그렇게 객점을 나와 한숨만 푹푹 내쉬던 흑사모는 검선에게 투덜거렸다.

"어이구. 불쌍한 것 같으니……. 참으로 지랄 맞은 인생 아니요?"

그러고선 한쪽에 그림자처럼 서 있는 여운을 보더니 단숨에 달려들어 멱살을 움켜쥐었다.

"이놈아, 네놈이 어찌 살수가 되었더냐! 내가 너를 그리 가르쳤더냐! 어쩌다가…… 대체 어쩌다가!"

동수가 하고픈 말을 쏟아내며 흑사모는 여운의 담담한 얼굴에 더 분통이 터졌는지 주먹을 불끈 쥐었고, 그런 흑사모를 저지하며 검선이 조용히 물었다.

"살수의 길로 들어선 것이…… 언제부터였느냐?"

시선을 피하는 여운을 보고 동수는 충격받은 얼굴로 멍하니 입을 벌렸다. 설마하는 생각에 확신을 주듯 검선은 흔들리는 눈빛을 보이더니 뒤로 한 걸음 물러섰다.

"가거라."

"예? 형님! 운이 이놈을 그냥 보냈다간 두 번 다시 되돌아 올 수 없습니다! 아, 흑사초롱이 어떤 곳인지 형님도 잘 아시지 않소!"

흑사모가 발을 구르며 외쳐대도 검선은 여운을 빤히 바라보며 찬찬히 입을 열었다.
"운이, 너도 보지 않았느냐. 운명은 스스로 개척하는 것이다."
여운의 고운 눈매가 고통을 내보이며 가늘하게 흔들렸다. 어쩌면 여운이 떠나지 않을 것 같아 마음 졸이며 지켜보던 동수는, 객점과 동수를 번갈아 본 뒤 말에 오르는 여운에게 절망을 담아 경고했다.
"마지막이야."
고삐를 잡으며 돌아보는 여운에게 동수는 붉어진 눈시울을 보이지 않으려 있는 힘껏 눈에 힘주며 말했다.
"내가 너한테 지는 거. 오늘이 마지막이야."
자조적으로 피식 웃은 여운은 눈웃음 지으며 수긍했다.
"그래, 그럴지도 모르겠다."
금방이라도 떠날 것 같아 동수는 저도 모르게 고삐를 붙잡으며 애원을 섞어 물었다.
"돌아올 수 없는 거냐."
여운의 야릇한 미소가 어둠을 젖히며 다가오자 동수의 가슴이 뭉클해졌다. 이대로 보내면 안 될 것 같기에, 절대로 보낼 수 없기에 고삐를 움켜쥔 손을 풀지 못하면서 동수는 뜨거워진 눈으로 올려다봤다. 하지만 여운의 낮게 깔린 절망을 읽은 동수는 간신히 손을 놓으며 말했다.
"기다릴 거다. 네가 원하던 원치 않던, 기다리고 있을 거야."
여운은 억지로 쥐어짜듯 심하게 갈라진 목소리로 답하고 고개를 돌렸다.
"고맙다……."
이어 달려 나가는 말을 바라보며 동수는 가슴을 움켜쥐며 이를 악물었다. 말발굽이 차고 지나는 자리마다 여운의 눈물이 떨어지는 것만 같았다. 옥죄어오는 마음을 펼 수조차 없어 동수는 땅을 치며 악을 내질러

분을 풀어내고 싶었다. 그런 동수의 어깨를 두드리며 검선은 확고한 믿음을 던져주었다.
"돌아올 게다. 너도 알잖느냐."
분명히 돌아올 거라고, 예전처럼 함께 웃으며 즐거운 나날을 보낼 수 있을 거라고 고개 끄덕이면서도 여운의 등 뒤로 깔리던 소조함이 시야에서 사라지지 않아 한없이 불안해졌다.

6장
운명의 행로行路

영화관의 드높은 기생들 웃음소리 사이로 홍대주의 굵고 야비한 눈매가 사납게 꿈틀댔다.
"북벌지계를 태워버렸다?"
거세게 조여오는 가슴이 답답해 술잔을 벌컥 들이킨 홍대주는 눈에 힘주며 빈 술잔을 움켜쥐었다.
"곧 죽어도 범의 새끼라는 건가……."
술잔을 쥔 손이 부르르 떨리고 눈가가 또다시 경련을 일으키며 꿈틀대자 홍대주는 내리치듯 술잔을 상 위로 내려놓으며 포도대장에게 명령했다.
"실성을 했다 하여 내버려두었다만, 아무래도 살려둬서는 안 될 아이로구나."
"허면 지금 당장이라도……."
던적스럽게 끼어드는 부관을 흘겨본 홍대주는 곰곰이 생각하다가 슬며시 미소 지었다.

"허나 만사에 다 때가 있는 법이니라."

섣불리 나섰다가 되레 화를 입을 수도 있으니 차근차근 하나씩 처리해야 한다는 생각에 눈썹을 모으던 홍대주는 문득 함께 청국으로 떠나기로 했던 구향을 떠올리고 입에 담았다.

"헌데 어찌 구향이라는 계집은 보이지 않는 게냐?"

홍대주의 예리한 눈이 곁에 앉은 기생에게 향하자 당황해하는 기색이 역력히 드러났다. 포도대장의 말에 의하면 구향이 지선의 상처를 돌봤다 했는데 행여나 배신한 것이 아닌가 싶어 홍대주의 눈이 더욱 매섭게 굳어졌다.

"소녀를 찾으시옵니까?"

갑작스레 문밖에서 들려오는 단아한 목소리에 눈길 돌리니 문이 열리고 화려한 차림의 구향이 들어섰다. 돌다리도 두드려보고 건너라는 속담처럼 그래도 여전히 미심쩍음을 떨쳐버리지 못한 홍대주는 요염하게 앉아 인사하는 구향에게 대뜸 물었다.

"상처를 돌봤다 하던데, 어떠더냐?"

"행여 문신이 남아 있나 보았건데 생명에는 지장 없으나, 문신은 알아볼 수 없게 되었사옵니다."

대답에 만족한 홍대주는 '흠' 하는 헛기침을 내고 수염을 쓸었다. 그러자 농염함이 짙은 눈매를 들며 구향이 은밀히 말했다.

"하온데, 흑사초롱의 천주께서 흑사채를 떠나셨습니다."

"뭐라? 천주가…… 흑사초롱을 떠났다?"

"예, 대감. 전국 팔도의 무인들을 찾아 떠나셨습니다."

홍대주는 무예에 광적인 집착을 보이던 천天을 떠올리며 입술을 비틀었다.

"허면 이제 누가 흑사초롱을 움직인단 말이냐?"

깐깐한 지地를 떠올리고 홍대주는 부채를 활짝 펼쳐 빠르게 흔들었다. 물론 천天을 움직이는 게 쉽지는 않았지만 변심이 죽 끓듯 하는 여인을 꽉 붙잡는 건 만만하지가 않을 터였다. 난감함으로 부채질만 연신 해대던 홍대주는 가만히 들려오는 대답에 팔락거리던 부채를 멈췄다.
"인주이옵니다."
"인주? 인주라면…… 청국으로 떠난 그 망나니를 말함은 아닐 테고……."
흑사초롱에 또 다른 인재가 있었나 생각하며 눈썹을 모으는 홍대주에게 구향은 여색이 풀풀 풍기는 미소를 흘리며 붉은 입술을 열었다.
"지금, 이곳 영화관에 계십니다."
어떤 인물인지 파악해야겠기에 만남을 재촉한 홍대주는 잠시 후, 문을 열고 들어오는 여운을 보고 입을 쩍 벌리다가 호탕한 웃음을 토해냈다. 여운이라면 이미 한편으로 만들어놨고, 어리기 때문에 수족처럼 부리기 쉬웠다. 서둘러 여운의 자리를 마련하고 술잔을 나누며 홍대주는 계속해서 회심의 미소를 지었다.
"무예가 뛰어나 내, 눈여겨보았다만…… 그새 흑사초롱의 주인이 되었더냐?"
조용하지만 힘 있게 술잔을 내려놓은 여운은 부드러운 눈매를 들어 홍대주를 마주하며 보일 듯 말 듯한 미소를 입가에 걸쳤다.
"대감."
너무나 부드러운 목소리이기에 듣는 이의 마음이 나긋나긋해져 홍대주는 다정한 눈길을 여운에게 던졌다. 그러자 여전히 부드러운 미소를 지은 채 여운이 조용히 말했다.
"말을 삼가주시지요."
잘못 들은 건가 싶어 귀를 파고 싶어 손가락이 절로 귀 쪽으로 가는 걸 막으며 홍대주는 떨리는 입술로 되물었다.
"뭐라? 지금…… 뭐라 했더냐?"
"말을 삼가해달라 말씀드렸습니다."
너무 놀라 펼친 부채를 접지도 못하고 있는 홍대주에게 여운은 술잔을 들어 보이며 곱게 눈웃음까지 지었다.
"흑사초롱의 인주입니다. 제 나이가 어리다 하여, 손에 놓고 흔들 수 있다 생각하십니까?"
"네놈이…… 눈에 뵈는 게 없는 거냐. 아님, 죽고 싶은 것이냐!"
말이 터져 나오자마자 방 안에 있는 줄도 모르게 서 있던 마도영의 칼이 여운의 목에 닿았다. 여운은 태연히 술잔을 입에 대어 한 모금 마시더니 술로 촉촉해진 입술을 비틀었다.
"언젠가 대감께서 말씀하셨지요."
무슨 말을 했던가 기억을 더듬는 홍대주에게 여운은 술잔을 가만히 내려놓고 의미심장하게 말했다.
"저는, 태산이 될 것입니다."
그제야 여운에게 했던 말이 떠올라 홍대주의 눈썹이 파도처럼 요동쳤다.
'강자 앞에서는 불길에라도 뛰어들어 거짓 충성을 보이고, 약자 앞에서는 넘어설 수 없는 태산이 돼야 한다.'
홍대주는 사도세자를 죽이기 전, 집무실로 여운을 불러 분명히 그렇게 말했었다.
'하면 이미 그때! 강자였던 내게 거짓 충성을 보였고, 이제는 태산이 되어 나를 약자로 만들겠다는 뜻이더냐!'
부채를 쥔 홍대주의 손이 풀잎처럼 부르르 떨리자 여운은 아름다울 정도로 환한 미소를 짓고 일어섰다. 여전히 마도영의 칼이 목에 닿아 있음에도 홍대주에게 예를 취한 뒤 여운은 슬쩍 마도영을 바라봤다. 순간,

살기에선 그 누구에게도 뒤지지 않는 마도영이 흠칫했고 여운은 검지로 마도영의 칼을 밀어낸 뒤 물 흐르듯 방을 나갔다. 홍대주는 문이 닫히자 부채를 접으며 볼을 씰룩거렸다. 그러다 문득, 술상 위를 보고 한겨울의 서리 맞은 것처럼 등줄기가 서늘해짐을 느꼈다. 여운이 아주 조용하게 내려놓았던 술잔이 소리 없이 깨져 잘게 세열되어 있었기 때문이었다.

 지선의 상처가 제대로 아물고 있는지 확인할 방도가 없어 수차례 괜찮냐고 묻는 동수에게 지선은 미소 지으며 괜찮다고만 할 뿐이었다. 얼마나 고통스러울지 상상조차 되지 않는 동수는 멋쩍게 웃으며 돌아섰다 금방 후회하길 반복했다. 그렇기에 오랜만에 초립이 술을 권하자 얼씨구나 하고 술상을 가운데 둔 동수는 유난히 어두워 보이는 초립을 보며 불쑥 물었다.
 "왜? 무슨 일 있어?"
 입술을 툭 내밀고 꽉 찬 술잔을 손에 대지도 않던 초립은 혼잣말처럼 중얼거렸다.
 "동수야, 나는 왜 여기 있는 걸까?"
 "뭐야, 그게 무슨 말이야?"
 갑자기 초립의 얼굴에 자조감과 무력감이 떠오르더니 토해내듯 한 번에 말을 이었다.
 "칼도 제대로 못 쓰고, 활도 못 쏘고, 암기도 못 던지고, 게다가 뜀박질도 느리잖아. 내 식견으로…… 난 무인 체질은 아닌가봐."
 "무슨 뚱딴지같은 소릴……. 야! 그거야 이 천재 백동수님 옆에 붙어 있으니까 네가 빛을 못 보는 거지. 사실 너 정도만 돼도……."
 "운이는?"
 여운을 생각만 해도 가슴이 턱 막혀오는 이유도 있었지만, 반박할 말이 없어 동수는 흠칫하며 곁눈질로 초립을 훔쳐보고 대답을 흐렸다.
 "운이야 뭐, 원래 센 놈이고……."
 "동수 너야 좋은 핏줄을 타고난 덕에 정신만 차리면 금방 늘 거고……. 또 검선께서 무예를 가르쳐주시면……."
 더 이상 듣고 있을 수가 없어 동수는 버럭 화를 내며 초립의 말을 잘랐다.
 "뭔데! 왜 그러는 건데?"
 그러자 한껏 풀이 죽은 초립이 청천벽력 같은 소리를 했다.
 "나…… 집에 돌아갈까 봐."
 "뭐?"
 벌떡 일어서 놀람을 표시하는 동수에게 초립은 처량한 눈길을 들어 보이며 심정을 토로했다.
 "세자 저하께서 승하하실 때, 그 뒤주 속에 갇혀 있을 땐, 그냥 이 목숨 하나면 된다 생각했는데……. 아니야. 틀린 생각이야. 목숨만 가지고는 아무것도 할 수 없어."
 동수는 부정하지 못해 가만히 주먹만 쥐었다. 충분히 공감하는 말이기에 반박할 말이 한 단어도 떠오르지 않았다. 초립은 술잔을 벌컥 들이키더니 '탁!' 소리가 나도록 내려놓으며 결연한 표정을 지었다.
 "나도, 내가 잘할 수 있는 일을 하고 싶다."
 동수는 슬그머니 다시 앉으며 조심스럽게 물었다.
 "그게 뭔데."
 "공부."
 또다시 벌떡 일어서며 동수는 어이없다는 듯 소리쳤다.
 "공부?"
 "이래 봬도 내가 머리 하나는 똑똑하거든."

생각해보니 무리 중에 초립만큼 비상한 머리를 가진 이가 없어 동수는 고개를 주억거리며 다시 털썩 앉았다.
"그래, 요상한 것도 잘 만들고……. 어릴 때부터 그랬지."
초립은 예상외의 반응에 조그만 눈을 동그랗게 뜨며 물었다.
"진짜?"
"어, 우리 중엔 제일 똑똑한 거 맞아."
피식 웃으며 동수의 팔을 친 초립에게 술잔을 채워주며 동수는 헤죽 웃었다. 봉수대에서 함께 웃고 떠들던 때가 엊그제 같은데 기억을 헤집자니 아득하게만 느껴졌다. 여운의 빈자리가 하염없이 허전한 마당에 초립마저 집으로 돌아간다 하니 아쉬움이 컸지만, 뜻을 위해 돌아가겠다는 초립을 붙잡을 수도 없었다. 마지막이라 생각하니 나누는 술조차 아쉬워 술잔 하나를 들이키는 데만도 한참이 걸렸다. 동수가 뒷머리를 털며 욕심을 버리려 할 때, 문이 열리며 검선이 빠른 걸음으로 들어왔다.
"다녀오셨습니까?"
벌떡 일어서 인사하자 다가온 검선이 하뭇한 미소를 던지며 술상 앞에 앉았다.
"한결 의젓해진 모습이 보기 좋구나."
깍듯하게 예를 취하며 곁에 앉은 동수는 머쓱함에 피식피식 웃고 얼른 검선의 술잔을 채웠다. 나루터에서 돌아온 후 검선 앞에 무릎 꿇고 앉아 제자로 받아달라 청했던 동수는 그날부터 검선에게 깍듯하게 스승님이라 부르며 따랐다. 술잔을 입에 대며 물끄러미 동수를 바라보던 검선은 부드럽게 질문을 던졌다.
"동수야, 나와 떠나겠느냐?"
"네?"
동수와 초립이 얼떨떨해서 바라보자 검선이 자근자근한 눈빛으로 재차 물었다.

"나와 함께 수련을 떠나겠느냐?"

동수가 서서히 피어오르는 입술을 활짝 벌리며 대답하려는 찰나, 지나가던 흑사모가 술상 앞으로 덤벼들며 물었다.

"예? 갑자기 뭔 소리요? 세손 저하를 만난다면서 나갔다 오더니, 갑자기 떠난다니요!"

검선은 술잔을 내려놓더니 깊은 우물처럼 어두운 걱정을 담은 눈빛을 동수에게 던졌다.

"홍대주 대감이 동수를 눈여겨보고 있다."

사도세자의 죽음에 깊이 관여해 있는 홍대주가 눈여겨보고 있다면 좋은 일은 아닐 게 분명해 동수는 당장이라도 떠날 기세를 보였다.

'그자가 날 노린다면 빨리 떠나야 해. 나 때문에 이곳에 있는 사람들이 위험해질지도 몰라.'

더 이상은 소중한 사람을 잃기 싫어 엉덩이를 들썩이는 동수를 보며 검선은 잔즐거렸다.

"어차피 사제의 연을 맺었으니, 내 동수를 단단히 연마시켜 돌아오마."

흑사모는 한숨을 푹 쉬며 동수의 손을 꼭 잡았다. 어딜 가든, 무엇을 하든 동수 걱정만 하는 흑사모이기에 그 마음을 충분히 이해해 동수는 씩씩하게 웃으며 흑사모의 어깨를 툭툭 쳤다.

"걱정 마, 걱정 마. 설마 스승님께서 날 죽이기라도 하시겠어?"

"이놈아, 그게 제일 걱정이다. 왜 형님이 수옹이 이후에 제자를 두지 않으셨겠느냐? 다 죽어나갔으니 제자가 있을 리 있겠냐."

설마하며 검선을 본 동수는 수긍하는 눈빛에 입을 쩍 벌렸다. 그렇다고 안 따라가겠다고 할 수도 없는 노릇이라 커다란 눈을 꿈벅이는 동수에게 초립이 불쌍하다는 듯 낮게 혀를 찼다. 동수는 검선과 흑사모, 초립을 둘러보며 입을 툭 내밀다가 지선을 떠올리고 벌떡 일어섰다. 지선을 이곳에 남겨두는 것도, 함께 가는 것도 불안하기 짝이 없었다. 서둘러 지선을 찾아 대문을 박차고 나가는 동수 뒤로 흑사모가 조용히 말했다.
"저놈이, 진짜 작정했나보네. 협박도 안 먹히는 걸 보니⋯⋯."
그리고 반 시진 뒤, 동수는 함께 가자는 제의를 다소곳하게 거절하는 지선과 마주했다.
"나으리, 그리 말씀해주어 고맙습니다. 하오나⋯⋯ 저는 이곳에 남아 해야 할 일이 있습니다."
동수가 아무 말 못하고 가만히 서 있자 지선이 곧은 의지를 입 밖으로 내었다.
"운명 말입니다. 지금부턴, 저 혼자 개척해볼 생각입니다. 허니 나으리께서는, 꼭 훌륭한 무인이 되시어 돌아오십시오."
"허면 기다려주시겠습니까? 제가 돌아올 때까지 무탈히 기다려주신다 약조하십시오."
지선의 붉고 초롬한 입술이 개화하듯 서서히 밀려올라가고 부드러운 눈웃음이 고운 눈매를 초승달처럼 밝게 만들었다.
"예, 기다리겠습니다. 이 자리에서, 나으리를 기다리고 있겠습니다."
기다림의 언약이 보래 구름처럼 흘러 동수는 암연을 느끼고 저도 모르게 지선의 볼을 향해 한 손을 들어 살며시 감쌌다. 보드라운 피부에 손을 펼쳐 가만히 대니 지선이 깜작 놀란 듯 눈을 크게 뜨다가 얼굴을 수홍색으로 물들였다. 그 얼굴을 오래오래 간직하고 싶어서, 지선이 부끄러움으로 눈을 내리깔았는데도 동수는 계속해서 손을 내리지 않았다. 한 줄기 바람이 몰려와 두 사람을 감고 돌아도, 멀리서 산새가 지저귀며 놀려대도 동수는 손바닥에 닿은 지선의 볼을 기억하려 한참 동안이나 그렇게 마주보고 섰다.

진주에게 엄마임을 밝힌 지地는 한결 편안해진 얼굴이 되어 떠나는 검선에게 처음이자 마지막으로 밥상을 지어 올렸다. 방 안으로 밥상을 직접 들고 들어오는 지地를 보며 검선은 깜짝 놀라 바라봤고, 지地는 마치 안사람처럼 다소곳하게 밥상을 내려놓고 수저를 정리해주었다. 잠시 동안 지地를 바라본 검선은 묵묵히 수저를 들어 사랑하는 여인이 차려준 밥을 입에 넣었다.

참으로 안타까운 인연이랴, 소복하게 쌓인 쌀알조차 서러움과 아쉬움이 가득했다. 처음에 진주가 지地의 여식이란 사실을 알았을 때 내심 자신의 아이가 아닌가 싶었지만, 서글프게 부정하는 지地를 보며 검선은 가슴이 무너져 내림을 느꼈다.

'하면, 진주의 아비는 누군가?'

입 밖으로 내어 물어보고 싶어도 돌아올 대답이 두려워 차마 묻지 못한 채 두 달이 지나갔다. 검선은 마주 앉은 지地가 수저를 들지 않는 것을 보며 조용히 물었다.

"자네는 들지 않는가?"

"드십시오. 입맛에 맞을지 모르겠습니다."

그 어느 여인이 차려준 밥상보다 맛있고 감미 돌아 입에 착착 맞는다고 다정히 말할 수도 있지만, 검선은 묵묵히 밥과 반찬을 하나하나 맛있게 먹을 뿐이었다. 지地는 마치 검선의 마음을 알아챈 사람처럼 살며시 미소 지으며 검선을 지켜봤다. 검선이 음미하듯 음식을 먹는 것과 같은 이치로 기억에 새기듯 그 모습을 하나도 놓치지 않던 지地는 검선이 수저를 내려놓으며 힘겹게 입을 열자 눈가에 팽그르르 눈물을 담았다.

"고맙네."

함께 가자고 했지만 진주 곁에 있겠다며 거절한 지(地)의 마음을 모르는 게 아니라 검선은 애원할 수도 없었다. 수저를 내려놓고도 한참 동안 서로를 응시하던 두 사람은 방 밖에서 조용히 부르는 동수의 목소리에 얼른 서로의 시선에서 벗어났다.

"스승님."

봇짐을 챙겨 내어주는 지(地)에게 눈빛으로 고마움을 표시하고 등에 맨 뒤 방을 나서자 많은 이들이 기다리고 서 있다가 허리 숙였다.

"형님, 이 잡것 좀 잘 보살펴주시우."

댓돌 위로 내려서는 검선에게 부탁한 흑사모는 용진하는 말처럼 씩씩하게 서서 어깨를 우쭐하는 동수의 등을 두드렸다.

"네놈은 딴짓 말고 형님 말씀만 따르고!"

"쳇! 별 걱정 다 하시네."

동수는 툴툴거리더니 흑사모가 눈물을 글썽이자 뒷머리를 털다가 지선에게 다짐을 확인했다.

"기다려주신다 하였습니다."

"예, 다녀오십시오."

이어 초립과 동무들을 돌아본 동수는 검선이 앞장서자 힘차게 뒤따랐다.

"간다!"

그렇게 장용위를 떠나 산길을 가던 검선은 뒤에서 달려오며 부르는 진주의 목소리에 걸음을 멈추고 돌아봤다.

"동수야!"

멈춰 서서 기다리니 헐레벌떡 달려온 진주가 대뜸 보따리를 내밀며 말했다.

"주먹밥이야. 가면서 먹어."

"어……. 고맙다."

동수를 향한 진주의 마음을 알기에 검선은 아련한 눈빛으로 도망치듯 멀어지는 진주를 바라봤다.
"그럼, 잘 가라!"
씩씩한 척, 아무렇지 않은 척하며 달려가는 진주의 어깨가 어쩐지 가만히 들썩이는 것만 같아 검선은 어리벙벙해하는 동수를 흘끔 노려봤다. 진주의 아비가 누구건 사랑하는 여인의 여식인 만큼 그 마음을 아프게 하는 동수를 한 대 쥐어박고 싶었지만, 그 마음을 꾹꾹 눌러 담았다가 수련에서 풀 요량으로 검선은 떠나는 발걸음을 재촉했다.
그렇게 몇 날 며칠을 걸어 검선의 고향에 있는 오래된 집에 도착하자, 힘들어 죽겠다는 듯 봇짐을 내던지는 동수에게 검선은 목검을 던졌다. 허공을 헤집고 날아가 동수의 발치로 툭 떨어진 목검과 검선을 끔벅이는 눈으로 바라본 동수는 이마의 땀을 닦으며 목검을 집어 들었다.
검선이 동수를 마음에 들어 하는 건 까불대는 성격 뒤로 보이는 과묵함 때문이었다. 함부로 재잘거리는 것처럼 보여도 진심이 아닌 이야기는 입에 담지 않고, 촐랑대는 것처럼 보여도 자신보다 남을 배려하는 행동이 몸에 배어 있는 동수이기에 검선은 제자로 받아들였다. 물론 백사굉의 기골을 타고 난 점과 기백, 웬만한 장사보다 더한 힘을 가진 동수에게서 가능성도 충분히 보았다.
검선은 천천히 봇짐을 풀고 동수에게 빙긋 웃어 보였다.
그러자 땀에 흥건히 젖은 채로 흐트러진 머리카락을 입바람으로 훅 불어 넘긴 동수가 번쩍이는 눈을 내보이며 검선에게 달려들었다.

한 해가 지나고, 또 계절이 바뀌어 초가을의 선선함이 살몃살몃 편전으로 숨어드는 가운데 홍대주는 목소리를 높여 강경하게 주장을 펼쳤다.
"승하하신 사도세자 저하의 익위사들이 어찌 세손 저하의 호위를 담당한단 말입니까. 이는 엄연히 국법에 어긋난 일이옵니다."
 뒤를 이어 김한구가 홍대주의 주장에 힘을 실어주었다.
 "전하, 그들을 파직시키어 국법을 바로 세우소서!"
 "국법을 바로 세우소서, 전하!"
 허리 굽혀 고하는 대신들에게 영조가 노쇠한 얼굴을 부르르 떨더니 위엄 있는 목소리로 되물었다.
 "파직이라 하였느냐?"
 "예, 전하."
 김한구가 대표로 답하자 영조가 눈을 가늘게 뜨며 말했다.
 "좋다."
 홍대주는 그럴 줄 알았다는 표정으로 회심의 미소를 고개 숙여 감췄다. 어린 세손 이산이 지금은 조용히 지내고 있지만 만의 하나, 왕위를 잇게 되었을 경우 아비를 죽음으로 몰고간 노론에게 화살을 던질 게 분명했다. 애당초 그 싹을 없애기 위해서는 사도세자에게 했던 것처럼 주변 정리를 먼저 해야 한다고 주장하는 홍대주의 말에 노론 대신들이 선뜻 동의한 순간부터 정해진 일이었다.
 '익위사들을 모두 없애고 나면 세손 주위에 남는 이는 잔챙이뿐이렸다.'
 검선조차 백사괭의 아들을 미끼로 멀리 보냈으니 한양에서 세손을 지키려 검을 드는 자는 손에 꼽을 만큼밖에 되지 않았다. 그렇다고 익위사들을 없애자마자 세손을 처리한다면 영조의 노기에 불붙이는 격이 되어 화를 당할 수도 있으니 세손의 목숨은 조금 더 연장해줄 계획이었다.
 "익위사들은 금일부로 파직시킬 것이다. 허나 그 대신, 서유대 장군을 복직시킬 것이다!"
 노론 대신들이 한꺼번에 숨을 멈추며 놀란 얼굴을 들자 그중에 김한구가 가장 먼저 정신 차려 크게 외쳤다.
 "아니되옵니다, 전하! 서유대 장군은 저하와 함께 역모를……."
 김한구의 성급함이 오히려 영조의 화를 돋워 이글거리는 눈빛이 터져 나오도록 했다. 모두가 쉬쉬하고 있지만 사도세자가 죽은 날, 영조가 가슴을 치며 통곡했다는 사실은 궐 안에서 모르는 이가 없었다.
 "과인의 곡해로 옥사에 갇힌 자다! 역모의 증험이 없는데 어찌 옥사에 가두어둔단 말이냐. 이 또한 국법을 바로 세우는 일이니, 그대들 또한 기쁘게 여길 것이 분명할 터!"
 잠시 숨 돌린 영조는 노기를 활활 태우며 김한구에게 시선을 내리꽂았다.
 "좌상, 과인의 말이 틀렸느냐?"
 진정 틀렸다 한들 끽소리 하나 내지 못할 지경인데, 바른 말에 내놓을 말은 더더욱 없었다.
 "옥사에 갇힌 서유대 장군을 복직시키며, 종2품 수군통제사에 임명한다!"
 "전하!"
 노론 대신들이 반기를 담아 외침에도 영조는 단단히 굳은 얼굴로 뜻을 굽히지 않았다. 홍대주는 노쇠한 영조를 흘끔 올려다보고 이를 빠드득 갈며 볼을 씰룩거렸다. 머리가 허옇게 센 영조가 죽을 날이 얼마 남지 않았지만 그날을 기다리는 게 무척이나 지루할 듯했다.
 결국 옥사에서 서유대를 풀어주며 홍대주는 불만을 감추지 않았다.
 "서 장군, 이번엔 운이 좋았소이다!"
 서유대는 능청스럽게 웃더니 고개를 조악거리며 빈정거렸다.
 "내, 여생을 봉수대에 처박혀 있을 줄 알았더니 대감 덕택에 남해바다 구경도 하는구려! 허허허!"

홍대주가 세게 주먹을 움켜쥐자 살집이 두툼함에도 그 마디마디가 하얗게 불거져 나왔고, 서유대는 조롱 섞인 눈길을 던지더니 경치 감상하는 이처럼 느긋한 걸음으로 멀어져갔다. 홍대주는 눈가에 바짝 힘을 줘 단단하게 모으며 낮게 혼잣말했다.

"살쾡이 내치려다 범을 불러들인 꼴이구나."

당분간은 조용히, 다음 수를 계획하며 기다려야겠다는 생각으로 홍대주의 음흉한 눈빛이 서유대의 등으로 날아가 박혔다.

가을이 무르익어 붉게 물든 산 위로 흐르는 구름이 한층 더 고고해졌다. 여운은 구향의 보고에 깜짝 놀라며 수련용 검을 내려놓았다.

"털모자? 아씨께서 털모자를 찾는 연유가 무엇이냐?"

"이유까지는 알 수 없사옵니다. 다만, 제가 아는 한 양털모자는 청국에서 쉬이 구할 수 있으나, 양을 키우지 않는 조선에서는 구하기 힘든 물건이옵니다."

가을이 절정에 무르익었으니 지선이 겨울을 대비하는 것일 수도 있으나 너무 이른 감이 없지 않아 있었다. 여운은 우수에 젖은 눈으로 붉은 산을 바라보며 지선을 떠올리고 권련眷戀하는 마음을 가만히 내리눌렀다. 그 어떤 이유건 간에 지선이 애먹게 하고 싶지 않아 수련용 검을 다시 손에 들며 구향이 불쾌하지 않게 나긋한 목소리로 명령했다.

"털모자 하나를 구해 상인에게 주고, 아씨가 찾아오면 그냥 주라 하여라."

여색이 가을빛을 받아 더욱 농염해진 미소를 지으며 구향은 여운의 마음을 이미 꿰뚫어 보았다는 시선을 던졌다.

아련한 시선으로 지선과 동수의 기억을 헤집으며 검을 휘두르는 여운의 주위로 갈색으로 제 빛을 잃은 낙엽들이 휘몰아쳤다. 구향은 여운이

다시 수련을 시작하자 조용히 예를 취하고 연무장을 빠져나갔다. 여인의 향내가 남은 연무장을 베어버릴 듯 빠르게 공기를 가르던 여운은 검선의 말을 떠올리며 이를 악물었다.

'운명은 스스로 개척하는 것이다.'

등을 불로 지저 북벌지계를 태워버린 지선과 팔다리가 뒤틀러 태어났음에도 무예에 대한 욕심을 버리지 않고 무인의 길로 들어선 동수를 생각하는 여운의 눈에서 애잔함을 담은 슬픔이 흘러나왔다.

'동수야, 미안하다……. 이제는 돌아갈 수도 없게 되었다.'

누군가를 지킨다는 게 이토록 어려운 일인지 몰랐다. 단 한 번도 타인을 지키기 위해 희생해본 적 없고, 그럴 필요도 느껴본 적이 없는 삶을 살아왔다. 여운이 흑사초롱에 들어와 배운 것은 스스로를 지키기 위해서 타인을 죽이는 것뿐이었는데, 타인을 지키기 위해 살아온 동수와 함께 지낸 시간이 길어서인지 누군가를 지키고자 하는 욕구가 자연스럽게 가슴속에 뿌리내렸다. 여운은 가만히 가슴을 움켜쥐며 아득한 눈길을 하늘로 올렸다.

이틀 뒤, 흑사초롱의 살수 하나가 손바닥에 은제 떨잠을 올려 내밀자 여운은 의아함을 담아 물었다.

"무엇이냐?"

"아씨께서 털모자 값으로 치르고 가신 것입니다."

그제야 항상 지선의 머리에 꽂혀 있던 나비 모양의 떨잠과 같다는 걸 깨달은 여운은 가늘게 떨리는 손으로 받아 들었다. 마치 제집을 잃은 새처럼 가녀스러워 보이는 떨잠이 손바닥 안에서 빛을 내자 여운은 주먹 쥐어 감추며, 날갯날갯하게 스며드는 그리움에 얼굴을 일그러뜨렸다. 하루빨리 돌려줘야만 가슴으로 밀려드는 그리움을 지워낼 수 있다 싶었지만 쉽게 돌려줄 방법이 떠오르지 않았다.

지선은 여운이 구해준 털모자를 계기로 상단을 꾸리기 시작했고 시간이 지남에도 여운은 계속해서 떨잠을 돌려주지 못한 채 하루하루를 보냈다.

그러던 어느 날, 홍대주의 밀서를 받고 찾아간 여운은 홍대주의 꿈틀거리는 입술을 보며 군시러운 느낌을 감추려 얄긋한 미소를 지었다. 그런 여운을 흘겨본 홍대주는 한쪽 눈썹을 치키더니 갑작스레 지선을 언급했다.

"북벌지계를 몸에 지닌 그 여인이 상단을 꾸리고 있음을 내 모르지 않네."

홍대주의 저의를 눈치챈 여운은 잔잔한 미소를 지으며 침묵을 지켰다.

"허나 자네는 아는지 모르겠구만. 이 조선 땅에서는, 내 말 한마디가 상단의 운명을 좌지우지한다는 사실을! 물론, 목숨까지 말일세."

단숨에 굳어지는 얼굴을 도무지 펼 수가 없어 여운은 가늘어진 눈으로 홍대주를 노려봤다. 마음을 품으면 상대의 무기가 될 수 있다던 천天의 말이 날카롭게 뇌리로 파고들었다. 사방에 안목이 있기에 숨기려 애썼건만 홍대주의 눈길을 피할 수는 없었던 모양이었다. 홍대주는 비릿한 미소를 흘리며 사뭇 다정한 투로 입을 열었다.

"오늘 밤, 자네가 처리해줘야 할 일이 하나 있는데……. 어찌하시겠나?"

절대 거절할 수 없음을 알면서 묻는 홍대주였기에 낮게 피어오르는 증오심을 드러내지 않으려 여운은 슬쩍 미소 짓고 고개 끄덕였다.

그리고 밤이 깊어 홍대주의 저택에서 잠복하고 있던 여운은 어둠 속으로 나타나는 상길을 보고 어깨를 굳혔다. 그제야 오늘 밤에 처리해야 할 자가 상길이라는 걸 깨달은 여운의 눈동자가 고뇌로 흔들렸지만 지선을 생각하면 돌아설 수도 없었다. 상길이 조심스럽게 홍대주의 방문을 열자 태평하게 난을 그리고 있던 홍대주가 쳐다보지도 않고 말했다.

"허허, 그래. 그리해야 충견이라 할 수 있지. 네놈 목을 거둘 수밖에 없는 게 사뭇 아쉽구나."

이를 바드득 간 상길은 발부터 증오와 분노를 끌어 모아 외치며 검을 뽑아 들었다.

"병판 대감!"

매섭게 달려드는 상길의 검을 피할 생각도 않고 홍대주가 입술을 비틀어 미소 짓는 찰나, 여운의 검이 상길의 검을 막아서며 앞으로 뻗었다. 상길은 휘리릭 몸을 돌려 여운의 검을 피하고 등불 아래 선명히 드러나는 여운을 보며 눈을 화등짝만 하게 떴다.

"네놈이 어찌!"

여운은 비색悲色이 가득한 얼굴로 상길을 향해 검을 내뻗었고, 급히 막은 상길은 주르륵 밀려 방 밖으로 나갔다. 날카로운 검날 너머 상길의 눈동자에 경악이 서리며 당황하는 표정이 순식간에 번졌다. 여운은 소조한 눈빛으로 상길의 검을 밀어내고, 물러서는 대신 앞으로 나아가며 세법으로 검을 휘둘렀다. 가로로 밀려드는 여운의 검을 간신히 막아낸 상길은 두 눈에 결기를 내보이며 방문을 걷어찼다. 부서진 문짝을 넘어 홍대주를 겨냥하고 여운의 곁을 지나려 한 상길을 향해 또다시 매서운 검날이 파고들었다. 순간, 여운은 검을 쥔 손에 느껴지는 감각에 눈을 치켜떴다. 여운의 검끝이 살을 베고 지나 붉은 피를 묻힌 채 허공에 멈춰 있었다.

치켜뜬 눈으로 상길을 바라보는 여운의 눈동자가 파르르 떨렸다. 그렇게 여운의 검을 피하지도, 물러서지 않은 채 옆구리를 내어준 상길이 곧장 홍대주를 향해 달려들었다. 죽음을 각오하고 덤비는 상길의 혈혈한 눈빛에 흠칫한 홍대주는 여운이 재빠르게 상길을 뒤쫓자, 만연한 미소를 지으며 뒷짐 진 채 여유를 부렸다. 여운은 홍대주가 상길을 기다리며 했던 말을 떠올렸다.

'이 기회에 내 목숨을 어찌해보려 했다간 그 여인도 무사하지 못할 걸세.'
 곤댓질하던 홍대주의 목을 그 자리에서 그어버리고 싶은 마음을 참아낸 것도 그 때문이었다. 그렇기에 상길에 대한 안타까움을 지니고서 여운은 상길의 등을 향해 비정함이 담긴 검날을 내뻗을 수밖에 없었다. 홍대주의 코앞까지 검을 내뻗었던 상길은 가슴으로 여운의 검이 빠져나오자 덜덜 떨며 이를 악물었다. 홍대주는 손으로 상길의 검을 밀어내며 낮게 콧방귀 뀌었다.
 "잘 가시게."
 여운이 검을 뽑아내자 사방으로 시뻘건 선혈이 흩뿌려졌다. 마치 승천하는 용처럼 꿈틀대며 솟아오른 선혈 사이로 털썩 무릎 꿇은 상길이 들릴 듯 말 듯 속삭였다.
 "용서하시옵소서, 저하……."
 이어 고개를 푹 숙인 상길을 내려다보는 여운의 시선이 차갑다 못해 흑구슬과도 같았다.
 '검선 나리, 언젠가 칼을 쓸 때는, 명분에 자신이 있어야 한다고 말씀하셨지요. 소중한 사람을 지키는 것, 그것이 제 명분입니다.'
 착검하는 여운의 눈동자가 낙목한천落木寒天과도 같았다.

7장
세월의 처처한 흔적

　매서운 바람이 한차례 지나가자 지선은 발갛게 곱아든 손가락에 입김을 불고는 마당에 쌓인 털모자와 장부를 꼼꼼히 비교했다. 겨울이 시작되자 지선의 예상대로 털모자를 찾는 사람들이 부쩍 늘었고 청국에서 수입해오는 물량도 점차 많아졌다. 지선은 털모자를 세며 그 종류와 모양을 기입하고 정리하다 대문 밖에서 무언가 치는 소리에 깜짝 놀라 허리를 폈다. 무슨 소린가 싶어 살짝 열린 대문 쪽으로 고개 돌린 지선은 여운과 눈이 마주치자 저도 모르게 낮게 탄성을 토해내고 화급히 문으로 달렸다.
　서둘러 달려갔는데도 활짝 열어젖힌 대문 밖엔 바닥에 쓰러져 있는 두 명의 왈패들만 있었다. 지선은 주위를 두리번거리며 여운을 찾다가 그 어디에도 보이지 않자 슬픔을 담아 산을 바라보고 고개 숙이며 마당으로 돌아갔다.
　'소녀는 자유를 얻었는데, 나으리께선 아직이십니까…….'
　특별히 여운에게 마음이 있는 것은 아니지만 이상하리만치 여운의 처지가 가슴을 막막하게 했다. 처음 만났을 때부터 너무 짙은 슬픔이 드러나는 눈빛이 마음에 걸렸고, 동수와 웃으며 있을 때조차 보였던 아픔과 괴로움이 의아했다. 그래서 여운이 흑사초롱의 살수였다는 사실을 알게 되었을 때, 지선은 동수나 사도세자와 같은 배신감을 느끼지 못했었다. 단지 안타깝고 운명이 원망스러웠을 뿐.

흑사모가 돌아오자마자 여운이 왔다 간 사실을 알린 지선은 펄쩍 뛰며 되묻는 흑사모에게 고개 끄덕였다.

"정말…… 운이였단 말이냐?"

지선과 마찬가지로 가슴이 답답해졌는지 가슴을 두드리며 한숨을 푹푹 내쉬던 흑사모는 마당에 쌓인 털모자를 보며 말했다.

"큰일 날 뻔했구나. 역시 여인 혼자서 상단을 운영하는 데는 무리가 있는 게다. 아직은 규모가 작아 왈패 놈들이나 떡고물 노리고 달려들지만, 규모가 커지면 도적놈들이 파리 떼처럼 달려들……."

양쪽에서 화살처럼 날카로운 시선을 던지는 진주와 황진기를 보며 흑사모가 입을 다물자 진주가 눈에 쌍심지를 켜고 따졌다.

"도적이라고 다 나쁜 건 아니거든요?"

"흠흠! 아니 뭐, 말이 그렇다는 거지. 말이……."

그러자 황진기가 덩치와 어울리지 않는 부드러운 미소를 지으며 나섰다.

"일리 있는 말씀입니다. 산채 식구들을 상단 호위 무사로 고용하는 건 어떻겠습니까? 정식으로 무예를 배운 건 아니지만, 허수아비들은 아닙니다."

"그리해준다면야 좋고말고, 안 그러냐?"

지선은 눈웃음 지으며 수긍했다.

"예, 허면 어르신께서 상단 운영에 참여하시는 건 어떻겠습니까? 저 혼자 하기에는 부족함이 많습니다."

흑사모와 황진기가 동의하며 고개 끄덕이자 진주가 혼잣말처럼 중얼거렸다.
"도적질도 슬슬 질리던 차에 잘됐네."
그러고선 고개를 갸우뚱하더니 불에 올라선 듯 펄쩍 뛰었다.
"뭐야! 그럼 난? 나도 상단에 끼는 거야?"
아연실색하는 진주에게 웃어 보이며 황진기가 농을 던졌다.
"이놈아, 너라고 별수 있겠느냐?"
멍한 얼굴로 서 있던 진주가 점점 울상 되더니 잡아먹을 것처럼 지선을 노려보고는 한숨을 푹 내쉬었다. 지선이 등에 화상을 입어 사경을 헤맬 때, 한시도 곁을 떠나지 않고 돌봐주던 진주였건만 이상하리만치 가까워질 수가 없었다. 나이 때도 비슷하여 동무가 될 수 있지 않을까 싶어 말이라도 걸면 찬바람이 쌩쌩 부는 표정으로 대답조차 하지 않는 진주를 보며 지선은 고개를 갸웃했다.
동수가 떠난 뒤로는 어색함마저 더해져 도무지 가까이할 수가 없었다.
문득 동수를 떠올린 지선은 가슴으로 파고드는 애잔함에 시선을 내리며 손가락에 옷고름을 감았다.
'나으리, 잘 지내고 계십니까······.'
자유를 준 사람이기에, 입술을 빼앗긴 사내이기에 그리워하는 게 아니었다. 사는 게 죽음과도 같았던 지선에게 기다림을 알게 해준 남자이기에 지선은 매 시간마다 동수를 마음에 품었다.

한겨울이 지나 봄이 시작되자 사방에서 물 흐르는 소리가 들려왔다. 흙이 모두 파헤쳐진 밭 한가운데서 열심히 호미질을 하던 동수는 군말 없이 시키는 일 다 하며 보낸 겨울을 생각하며 구시렁거렸다.
"밥하고, 빨래하고, 청소하고, 장작 패고······. 내가 무예를 배우러 왔지. 살림하러 왔냐고! 이래가지고 언제 검술을 익히고 무예를 쌓아? 겨울 내내 한 게 없잖아, 한 게."

그나마 결과를 이룬 거라곤 겨울 내내 의술 공부를 하여 침술이 의원 못지않게 뛰어나졌다는 것이었다. 검선의 집에 도착한 첫날, 검선과 목검을 부딪친 동수는 보기 좋게 날아가는 자신의 목검을 보며 발끈해했다. 냉큼 집어 다시 덤비려는데 검선이 목검을 발로 밟으며 말했다.

"너는 아직, 검을 잡을 때가 아니다."

"예?"

쥐고 있던 목검을 던지는 검선을 보고 동수는 목검으로 향하던 손을 슬그머니 모아 닿겼다.

"창이든 칼이든. 모두 손의 연장선에 불과한 것이다."

검선은 오른팔을 내밀어 손가락을 까닥하며 명령했다.

"오너라."

오기가 생겨 맨손으로 검선에게 달려든 동수는 검선이 피하며 다리를 걸자 내뻗은 주먹의 속도에 맞춰 그대로 앞으로 기울어졌다. 순식간에 바닥으로 뒹굴고 낙장거리한 동수의 머리맡에 선 검선은 눈을 가늘게 떴다.

"또한, 보법은 모든 무예의 토대가 되며, 보법이 완성되지 못하면 그 어떤 무예도 사상누각이나 마찬가지니라. 동수 넌, 보법의 기초부터 다시 다지거라."

그렇게 해서 한겨울 내내 눈 맞으면서 양손에 물이 든 항아리를 들고 바닥에 줄지어 있는 항아리를 밟으며 수련해왔다.

"그러니까! 내가 보법을 배우고 있는 건지, 묘기를 배우는 건지 어떻게 아냐고!"

한없이 투덜대면서도 호미를 놓지 않는 동수를 그늘에 앉아 바라보고 있던 검선은 대뜸 소리 질러 동수를 불렀다.

"동수야! 따라오너라!"

행여나 무예를 가르쳐주려나 싶어 호미를 던지고 달려간 동수는 잠시 후, 주물되지 않은 쇳덩어리를 앞에 놓고 입을 쩍 벌렸다. 검선은 빙그레 웃더니 쇳덩어리를 막대기로 툭툭 건드렸다.

"이 참쇠정철精鐵를 갈고 두들겨 칼을 만들어보거라."

야장 기술을 배우러 온 것도 아닌데 칼을 만들라니 어이가 없어 코웃음조차 안 나왔다. 동수는 기가 막힌다는 표정으로 검선과 쇳덩어리를 번갈아 보다가 뒷머리를 털며 '에이!' 하고는 낑낑대며 쇳덩어리를 들어 올렸다. 시키면 일 모두 하겠다고 약조했으니 군말 없이 칼을 만들어야 했지만, 방법을 모르니 난감할 수밖에 없었다. 동수는 쇠를 부엌에 놓고 이리저리 둘러보며 쭈그리고 앉아 있다, 검선이 낮게 혀를 차자 처량한 표정으로 돌아봤다.

"쯧쯧, 아궁이에서 깜을 잡으려메질과 담금질로 기물의 형태 잡는 것 하더냐? 들고 따라오너라."

쇳덩어리를 들쳐 매고 검선을 따라 산길을 오르던 동수는 어깨를 짓누르는 무게로 다리가 천근만근으로 무거워지자 앞서가는 검선에게 사정했다.

"스승님. 잠시, 잠시만 쉬었다 가면 안 될까요? 허리가, 윽! 허리가……."

엄살까지 피웠는데 검선은 뒤도 돌아보지 않고 산을 올랐다. 동수는 입술을 삐죽 내밀고 땀이 좔좔 흐르는 이마를 소매로 닦은 뒤, 다시금 검선의 뒤를 따랐다. 한참을 올라가자 다 쓰러져가는 초가와 초라한 대장간이 있는 대문 앞에 선 검선은, 동수가 비틀거리다가 쇳덩어리를 던지듯 바닥에 내려놓고 벌렁 누워버리자 잔잔한 미소를 지었다.

그날부터 검의 종류와 제조법을 배우며 동수는 자신만의 검을 만들어

보겠다는 일념으로 메질과 담금질에 몰두했다. 푸릇푸릇한 산등성이를 타고 매일같이 동수의 망치질 소리가 울려 메아리쳤고, 마치 그 소리가 음악인양 검선은 눈을 감고 감상했다.

산을 타고 이어진 그 소리가 한양까지 닿았을까.

지선은 산을 오르다 말고 아련한 눈빛으로 먼 산을 바라봤다. 앞서가던 진주는 의아한 듯 뒤돌아보며 입술을 삐죽하더니 황진기를 따라 부리나케 달려 올라갔다. 지선은 가슴을 울리는 두근거림에 새싹이 솟아나는 나무들로 시선 주며 잠시 서 있다가 다시 산을 올랐다. 장용위에 도착해 집무실에서 흑사모와 마주 앉아 짐을 풀자 탁자 위로 금, 은, 엽전이 화려한 빛을 토해내며 쏟아졌다.

"아니! 이게 다 뭐냐? 이게 다…… 거, 털모자 팔아서 만든 돈이냐?"

"네."

둥그렇게 휘어진 눈웃음과 함께 지선이 답하자 흑사모가 환하게 웃으며 고개 끄덕였다.

"지선이 네가 아주 용한 재주가 있었구나!"

그러고선 황진기를 보며 농을 던졌다.

"이제 보니 자네가 아주 봉을 잡았구만!"

흥분해서 탁자 위로 시선을 넘실대며 바라보던 흑사모는 지선에게 대뜸 물었다.

"그래, 앞으로 어찌할 생각이냐?"

"털모자는 여전히 인기가 좋아서 꾸준히 수입할 것입니다. 그리고……"

"그리고?"

뒷말을 흐리는 지선에게 재촉하며 흑사모가 흥미를 보이자 지선은 조심스레 계획하던 일을 입에 담았다.

"인삼 무역을 할까 싶습니다."

"인삼?"

흑사모뿐 아니라 황진기와 진주도 놀랐는지 눈을 휘둥그레 뜨자 지선은 단아한 고갯짓으로 확신을 담아 말했다.

"예, 조선의 인삼은 품질이 좋아 청국에서도 귀한 값에 팔립니다."

"그건 내, 들어 알고 있다만…… 이미 경쟁이 치열하지 않으냐?"

지선은 살며시 미소 지으며 흑사모를 똑바로 바라봤다.

"하오나 대부분은 인삼을 청국에 수출하는 것이 전부지요."

지선의 속뜻을 이해 못한 흑사모가 눈썹을 모으며 의아해했다.

"허면 다른 방법도 있느냐?"

"근자에 왜와 청국이 외교 문제로 교역을 중단한 상태라 조선이 교두보 역할을 할 수 있게 되었습니다. 한데, 청국은 모든 조세를 은으로 결제하고, 왜국은 조선의 인삼을 사기 위해 순도 높은 은을 제조하고 있지요."

일리가 짙고 타당하여 고개 끄덕이는 흑사모에게 빙긋 웃은 지선은 탁자 위를 내려다봤다.

"하여, 인삼을 청국에 팔아 털모자를 수입하고, 털모자를 다시 왜국에 넘겨 금은으로 바꿀 것입니다. 이를테면, 왜국과 청국을 좌우에 둔 삼각무역입니다."

모두의 입이 쩍 벌어진 가운데 환히 미소 짓는 지선의 눈망울이 총명함으로 반짝였다.

산을 울리는 망치질 소리를 가만히 듣고 있던 검선이 갑자기 벌떡 일어서더니 동수를 불렀다.

"동수야, 검을 잡아보겠느냐?"

동수가 손에 들린 망치와 메질하던 철을 내려다보다 씩 웃고서 부리나케 달려가니 검선이 만족스런 미소를 지으며 열이 식지 않은 철을 슬쩍 눈짓했다.
"내 먼저 내려가 있을 테니 담금질을 마저 하고 오너라."
"예! 스승님!"
시원스레 답하고 다시 망치질하는 동수를 뒤로한 검선은 바람처럼 획 사라졌다. 기분이 좋아진 동수의 망치질 소리가 더욱 요란하게 산으로 퍼져 나가 굴속에 있던 여우조차 놀라 펄쩍 뛰었다. 서둘러 담금질한 뒤 동수는 날아가는 기분으로 산을 내려왔다. 동수가 검선의 집으로 뛰어 들어가자마자 기다란 언월도偃月刀를 들고 있는 검선과 그 앞에 서 있는 통나무 하나가 보였다.

동수가 다가가자 말없이 언월도를 내준 검선은 눈짓으로 통나무를 가리켰고, 씨익 웃은 동수는 기본자세를 잡고 통나무와의 거리를 가늠해서 한 발 뒤로 물러선 뒤 있는 힘껏 언월도를 치켜들었다. 그냥 내리치는 것쯤이야 문제없다고 생각해서 통나무를 베려던 찰나, 검선이 언월도를 저지하며 말했다.

"자세히 보거라."
"예? 무얼 말입니까?"

어리둥절한 동수가 검선과 통나무를 번갈아 보다가 한 발 앞으로 나가 상체를 숙이니 통나무 위에 콩알 하나가 놓여 있는 게 보였다. 순식간에 시퍼렇게 변한 얼굴로 고개를 번쩍 든 동수는 황당함을 담아 소리쳤다.

"스승님! 설마 이 언월도로 저 콩알을 베라는 말씀은 아니시죠?"
"왜 아니겠느냐?"

잔잔하게 웃는 검선의 능청스러움이 구렁이보다 더해 동수는 어깨를 부르르 떨고 어이없다는 듯 콩알과 검선을 번갈아 보다가 한숨을 푹 내

쉬었다. '에라, 모르겠다' 싶어 다시 한 발 뒤로 물러서서 심호흡을 한 뒤, 허리 굽혀 콩을 주시하며 언월도를 살짝 들어 통나무 위에 내려놓자 칼날에 튕긴 콩알이 제비처럼 마당으로 날아갔다. 동수는 울상이 되어 부랴부랴 다시 콩알을 주워와 통나무 위에 올려놓고 언월도를 다시 붙잡았다. 조금 전보다는 훨씬 칼날에 가깝게 자루를 두 손으로 단단히 쥐고 통나무 위의 콩알을 주시하며 톡 내리치자, 이번에는 콩알이 납작하게 문드러졌다.

"스승님!"

답답함에 소리치자 마루에 앉아 먼 산을 바라보던 검선이 태연하게 물었다.

"왜? 콩알을 더 주랴? 부엌에 가봐라."

차라리 쇠를 두드려대는 게 성질에 맞을 거 같았지만, 오기가 생겨 동수는 부엌에서 콩 한줌을 쥐고 나와 한 개를 통나무 위에 올려놓았다. 크게 심호흡하고 언월도를 바로 잡은 동수는 정자세로 서서 치켜들었다가 바로 내리쳤다.

'쩌억!'

장작 쪼개지듯 통나무가 갈라지며 콩알은 어디로 날아갔는지 온데간데없었다. 다시금 검선을 바라보자 시선도 주지 않은 채 검선이 느릿하게 노래하듯 말했다.

"나무는 뒤뜰에 많으니라."

해가 기울어갈 때쯤 수북이 쌓인 쪼개진 통나무와 바닥에 널린 콩알 사이에서 동수는 씩씩대며 콩알을 노려봤다. 검선은 붉게 변하는 하늘을 올려다보더니 또다시 얄밉게 말했다.

"해가 지는구나. 콩알 주워서 밥이나 하거라."

"예? 이걸 다 주우라고요?"

검선의 눈썹이 차근하게 올라갔다.
"그럼 버리더냐?"
별수 없이 동수는 쪼그리고 앉아 사방으로 흩어진 콩알을 주워 모으기 시작했다. 궁상맞게 앉아 뭉개지고 흙 묻은 콩을 줍는 동수를 바라보며 검선은 빙그레 웃기만 했다. 그날부터 몇 날 며칠을 콩만 먹으며 동수는 콩을 바라보는 것조차 지겨워지면 산으로 올라가 철에 메질을 해댔다. 밤이 되면 항아리를 밟으며 보법을 연습하고, 아침이 되면 콩알 쪼개고, 오후가 되면 메질을 하는 나날을 보내던 어느 날, 검선이 코를 막고 방에서 나오며 말했다.
"동수야, 빨래 좀 해야겠다."
안 그래도 방 안에 퀘퀘하게 베인 묵은내 때문에 슬슬 빨래할 때가 되었다고 생각하던 참이었다. 동수는 바닥에 널린 콩알을 모아 한쪽에 쌓아놓고 방으로 들어가 빨래거리를 모두 모아들고 집을 나섰다. 그 뒤를 어슬렁거리며 따라오는 검선에게 헤죽 웃으며 동수는 혹시나 하는 마음에 물었다.
"빨래하는 거 도와주시게요?"
"도와주고 싶지만 한 팔로는 무리구나. 내, 옆에서 낚시나 하마."
도와줄 마음이 눈곱만치도 없다는 소리를 한 것보다 더 얄미워 동수는 가자미눈을 하고 검선을 흘겨본 뒤, 성큼성큼 앞으로 나아갔다.
'말이 되는 소리를 해야지. 빨래하는데 옆에서 낚시가 돼? 그리고 강도 아닌데 물고기를 어찌 잡냐고!'
속으로 투덜대던 동수는 냇가에 앉아 빨래방망이를 두드리다 눈을 휘둥그레 떴다.
유유자적하게 낚싯대를 드리우고 있던 검선이 잡아채듯 물고기를 들어 올리는 게 신기하다 못해 기이했다. 그렇게 두 마리를 낚은 검선은 할 일 없는 한량처럼 하늘을 보고 있더니 탐스럽게 익은 호박 하나를 보고 눈을 반짝했고, 있는 힘껏 빨래방망이를 두드리던 동수는 검선이 허리춤에서 엽전을 꺼내는 걸 곁눈질로 보면서 '대체 뭐하려나' 호기심을 흘렸다. 검선은 냇가 건너편에서 둥그런 호박을 향해 손가락을 세우더니 그대로 엽전을 던졌다. 빨래방망이를 허공에 든 채 동수는 멍한 표정으로 호박의 한가운데로 날아가 박힌 엽전을 바라보다가 벌떡 일어섰다. 힘이라면 남부럽지 않기에 그 정도는 할 수 있겠다는 자신감이 생겨 냇물을 지려 밟고 건너간 동수는 호박에서 엽전을 빼내 다시 냇물을 건너왔다.

검선의 옆에 서서 호박을 노려보며 있는 힘껏 엽전을 던진 동수는 힘차게 날아간 엽전이 호박에 맞아 튕기며 날아가자 '어? 어?' 하며 부리나케 앞으로 달려갔다. 냇물을 헤치고 엽전이 날아간 방향을 뒤지는 동수의 뒤통수로 검선의 느긋한 목소리가 울렸다.

"한 냥짜리니라. 못 찾아오면 오늘 밥은 없느니라."

수풀을 헤치는 동수의 눈이 호랑이처럼 빛나며 바닥을 헤집었다.

초여름이 시작되자 여기저기에서 풀벌레들이 요란하게 울어댔다. 그보다 더 떠들썩하게 웃어대며 술잔을 기울이는 흑사모와 황진기, 상각, 태용, 용결 사이에 앉아 있던 진주는 흑사모가 상각의 등을 두드리며 하는 말에 귀를 쏘셨다.

"이놈들아, 내 단박에 합격할 줄은 알았다만, 암튼 축하하느니라!"

벌써 몇 번째인지 알 수가 없을 정도로 같은 말을 해대던 흑사모는 넘치는 기쁨을 주체하지 못하는 모양이었다. 지난 해, 사도세자가 승하한 뒤 흑사모는 산에 남은 장용위의 아이들이 하산해 내려오자 곧장 무관시험을 준비시켰다. 사도세자를 모시던 익위사들이 세손 곁에서 오래 버티지 못할 거라는 예상으로 빠르게 준비했지만, 장용위 아이들은 상길을 비롯한 세손의 익위사들이 파직되고도 6개월이 지나서야 무관시험에 합격했다. 그럼에도 마냥 기쁜지 흑사모는 코가 붉어질 때까지 술잔을 놓지 않았다.

진주는 집으로 돌아간 초립을 떠올리고 조심스레 물었다.

"그런데 초립이는 어떻게 됐어?"

동무들과 마찬가지로 문관시험을 준비한다고 들었기에 그 결과가 궁금한 진주를 흘끔 보며 상각이 뒷머리를 긁적거렸다.

"칼 잡던 손으로 붓을 잡으니…… 시간 좀 걸리겠지."

모두가 고개 끄덕일 때, 부지런히 술상을 내오던 장미가 싸리문 너머 소리쳤다.

"오늘은 손님 안 받수다! 어?"

무심결에 문 쪽으로 고개 돌린 진주는 무색하여 서 있는 지地를 보고 활짝 웃으며 달려갔다.

"엄마!"

진주가 두 손을 잡아끌어 주막 안으로 들어오게 하자 자리를 내주는 흑사모 옆에 앉으며 지地가 조용히 물었다.

"무슨 좋은 일이라도 있는 모양이지?"

마냥 흐뭇한 얼굴에 취기까지 더해져 벌어진 입이 귀에 걸쳐진 모양으로 흑사모가 크게 웃었다.

"우리 애들이 식년시에 급제를 한 게야. 이놈들 몽땅!"

그때, 장미조차 손님이 들어온 것도 모를 정도로 조용히 들어와 곁에 선 김홍도를 보고 진주가 깜짝 놀랐다.

"어? 당신은?"

나루터에서 깨끗한 천을 빌려줬던 화백임을 단번에 알아챈 건 진주가 눈썰미나 기억력이 좋아서가 아니었다. 그 동안 몇 번 스치듯 만났던 김홍도의 애매모호한 시선 때문에 유난히 기억이 남았던 진주가 화들짝 놀라 일어서자 흑사모가 고개를 갸웃했다. 진주는 손가락으로 김홍도를 가리키며 답답하다는 듯 흑사모에게 말했다.

"거, 있잖아요. 나루터에서, 초립이한테 깨끗한 천 빌려줬던……."

"아! 이런 인연이 있나! 이리 앉으시게!"

술기운이 알딸딸해서인지 흑사모가 대뜸 자리를 가리키며 권하자 김홍도가 살짝 웃으며 합석했다.

"김홍도라 합니다."

스스로를 소개하는 김홍도에게 흑사모는 게슴츠레한 눈으로 되물었다.

"김홍도?"

"예, 식년시 잡과에 합격하여 오늘부로 화원이 되었습니다."

합격이란 말에 마냥 흐뭇한 얼굴이 되어 흑사모는 술병을 집어 들었다.

"오, 그래? 이거 좋은 자리가 되었네. 자네도 한잔 들게."

진주는 김홍도가 술잔을 들자 얼른 흑사모가 든 술병 입구를 손으로 막으며 물었다.

"이보슈. 화원이 되든 말든, 여긴 왜 끼는 겁니까?"

그러자 김홍도가 진주의 손목을 잡아 밀며 술병 입구에 술잔을 대고 나긋나긋하게 말했다.

"저야, 여러분께 좋은 정보를 하나 드릴까 해서 왔습니다."

순간, 술에 취해 벌건 흑사모의 눈빛이 날카롭게 변했고 함께한 이들의 어깨가 단단히 굳었다. 행여 흑사초롱이나 홍대주에 관여한 인간인가 싶어 잔뜩 경계하는 사람들을 둘러보고 김홍도는 여전히 빈 술잔을 내밀며 은밀히 목소리를 낮췄다.

"그 양초립이라는 친구 말입니다. 그 친구도 식년시 문과에 당당히 합격했습니다."

놀란 흑사모의 팔이 떨리며 술병이 기울어지고 곡주가 새자 김홍도가 술을 따라서 술잔을 움직여 받았다. 모두가 놀라 입을 쩍 벌리고 있는데 흘린 술을 받아 마신 김홍도는 태연하게 술잔을 내려놓고 사람 좋은 미소를 보였다.

"어르신, 그 친구 본명이 홍국영 아닙니까? 홍낙춘 어른 댁의……."

"아니, 자네가 그걸 어찌?"

더욱 놀라 술병이 출렁이자 서둘러 내려놓는 흑사모에게 상각이 눈을 크게 뜨며 소리 질렀다.

"예? 하면 초립이가 양반가 자제였다, 이 말씀입니까?"

"근데 왜 지금껏 숨기고 있었습니까?"

용걸이 따지듯 문자 흑사모가 낮게 혀를 찼다.

"이놈들아, 장용위에 모인 네놈들 중 양반가 자식이 누가 있더냐? 행여나 네놈들이 초립일 따돌릴까 가명을 만들어줬던 게지."

멍한 얼굴로 흑사모를 바라보던 아이들이 멋쩍은 듯 뒷머릴 긁으며 고개 끄덕였다. 진주는 자신을 빤히 바라보고 있는 김홍도의 시선을 마주하며 입술을 삐죽하곤 시선을 외면했다. 밤벌레들의 울음소리가 유난히 귀에 거슬렸다.

세손 이산은 새로운 익위사 상각, 태용, 용걸을 내려다보며 조용히 물었다.

"나의 수족이 되겠느냐?"

세 명은 한 치의 망설임 없이 동시에 답했다.

"예! 저하!"

목소리에서 뿜어져 나오는 충심과 의기가 대단하여 이산은 만족스러움으로 미소 짓고 계단을 내려서며 명령했다.

"장서각으로 가자."

앞장서는 익위사들을 따라 장서각으로 간 이산은 서책을 정리하다가 급히 맞아들인 홍국영을 보고 넌지시 물었다.

"자네가 홍국영인가?"

"예, 저하."

제법 총기가 보이는 모습이 마음에 들어 빙긋 웃은 이산은 서각을 둘러보다 홍국영이 묻자 반색하고 답했다.

"저하, 찾으시는 서책이 무엇이옵니까?"

"시전오경 중 하나인 시경의 주해서이 있으면 보여주게."

홍국영은 단번에 책을 찾아 구석으로 가더니 잠시 무언가를 뒤적거리고선 이산에게 돌아와 가만히 내밀었다. 고마움으로 고개 끄덕이고 장서각을 나온 이산은 동궁전으로 향하다 말고 멈칫했다. 애써 피하고 숨어왔건만 이렇게 쉽게 맞닥뜨릴 거라 생각 못한 홍대주 일가가 보이자 이산은 돌처럼 굳어 다가오는 그들을 바라보기만 했다. 해가 지남에 더욱 능글맞아진 홍대주는 이산의 손에 들린 서책을 흘끔 보더니 넌지시 물었다.

"장서각을 다녀오시는지요."

"예, 읽을 만한 서책이 있나 살펴보았습니다."

홍대주는 눈썹을 꿈틀하더니 이상하리만치 이산의 손에 있는 서책을 유심히 보고선 천천히 음흉한 미소를 띠우며 입을 열었다.

"저하의 독서가 밤낮을 가리지 않으니, 필시 전하의 뒤를 잇는 현명한 군주가 되실 것이옵니다."

"칭찬으로 듣겠습니다."

더 이상 있다가는 반감이 고대로 드러날까 싶어 이산은 서둘러 그 자리를 피했다. 등 뒤로 홍대주가 "시전이라……"하며 나지막이 중얼거리는 소리가 들렸지만, 이산은 한시라도 빨리 홍대주의 시야에서 벗어나고자 하는 생각만으로 도망치듯 동궁전으로 향했다. 익위사들은 이산의 마음을 헤아린 것처럼 아무 말 없이 따랐고, 그들의 묵묵함이 내심 고마운 만큼 이산은 상길이 그리워 저릿한 마음만 모아 쥐었다.

그렇게 휘몰아치는 마음의 번뇌를 잊기 위해서 서책에 몰두하던 이산은 갑작스런 영조의 부름에 어리둥절했지만, 급히 준비하고 강녕전으로 향했다.

인삼차를 마시고 있던 영조와 정순 왕후는 이산이 들어서자 다정한 미소를 보냈다.

"그래, 요 며칠 고뿔앓이를 하더니, 이제 완쾌되었느냐?"

"예, 할바마마께서 내려주신 인삼차를 마신 후, 곧장 쾌차하였습니다."

영조는 하뭇한 미소를 지으며 찻잔을 들었다.

"그래, 학식을 넓히는 것도 좋으나 건강이 최우선임을 항상 명심하거라."

"예, 할바마마."

이산은 영조의 만족스런 얼굴을 보니 아버지인 사도세자처럼 허무하게 죽지 않으려 숨죽인 듯 서책에만 몰두하고 살아온 보람이 있어 안도감이 밀려들었다. 그런 이산에게 정순 왕후가 눈썹을 치키더니 표정과 달리 따뜻한 어조로 말을 걸었다.

"세손, 근자에 읽고 있는 서책이 무엇입니까?"

"시경을 읽고 있습니다."

조용히 답하는 이산에게 정순 왕후가 깜짝 놀란 얼굴을 해 보였고, 영조의 눈에 파리한 빛이 서렸다.

"허면 시전을 읽는다는 소문이 사실입니까?"

등줄기로 벌레가 기어가는 듯 소름이 돋아 오르는 느낌에 큰 숨을 들이쉰 이산은 영조의 눈치를 살피며 조심히 답했다.

"예, 사실이옵니다."

대답이 끝나기도 전에 영조는 불꽃같은 분노를 토해내며 찻상을 내리쳤다.

"시전이라니! 과인이 금한 서책이 아니더냐!"

이마로 맺히는 식은땀을 닦지도 못하고 술수에 걸린 것을 후회하던 이산은 영조가 상선에게 명하자 눈을 질끈 감았다.

"동궁전에 가서 서책을 가져오너라!"

상선이 책을 가져오는 동안에 이산은 정순 왕후의 만족스런 시선을 받으며 산득거리는 느낌에 고개만 떨구고 있었다. 마침내 상선이 서책을 내밀자 영조는 두 눈 가득 노기를 띤 채 서책을 넘겨보기 시작했다. 어째서 영조가 그리 노성하는지 알기에 그동안 조용히 지낸 것이 무용지물 될 거란 생각에 허무함마저 느껴졌다. 그런데 책을 내려놓은 영조는 갑자기 빙그레 미소 지으며 하뭇한 마음을 담아 칭찬했다.

"기특하구나."

놀란 얼굴을 보이지 않으려 고개 들지 않는 이산에게 영조는 서책을 펼쳐 내보였다.

"과인이 시전을 금서로 지정한 것은 이 요아편_{시경의 주해 중 부모의 은혜와 사랑을 다룬 부분} 때문이다."

고개 들어 보니 영조가 펼친 장에 백지가 덧대어져 있었다. 고개를 끄덕이며 부드러운 눈길로 이산을 바라보는 영조의 얼굴이 뿌듯함으로 가득했다.

"약관도 이르지 않은 네가 이미 과인의 마음을 헤아리니, 과연 군주의 자질을 지녔음이다."

"망극하옵니다, 할바마마."

7장 세월의 처처한 흔적

왕후의 찢어진 눈이 이산을 찢어죽일 듯 날카로워 강녕전을 나서며 이산은 저도 모르게 안도의 한숨을 푹 내쉬었다. 곧장 홍국영을 동궁전으로 부른 이산은 무릎 꿇고 앉은 홍국영에게 감사를 표했다.

"홍국영이라 했는가? 너의 지혜가 나를 구하였구나."

이마를 내리며 충심을 보이는 홍국영을 바라보는 익위사들의 시선이 남달랐다. 이산은 그들의 표정을 보고 인연이 깊은 이들이란 생각에 또다시 궐을 떠난 상길을 떠올렸다. 이제는 누구를 믿고 누구를 불신해야 할지 판단조차 서지 않아 푸른 하늘 아래 있음에도 가슴이 어두웠다.

대문을 연 흑사모는 멀끔하게 차려입은 상각과 태용, 용걸을 보고 반가움에 활짝 얼굴을 피며 끌어안으려다가 뒤늦게 이산을 발견하고 쩔쩔매며 허리 굽혔다. 급히 집무실로 안내하는 흑사모의 뒤를 따르며 이산의 시선이 마당 한쪽에서 인삼을 재배하고 있는 지선을 향해 날아가다 흑사모가 문을 여는 소리에 고개 돌려 집무실로 들어섰다.

흑사모는 제법 성장한 이산을 보며 불현듯 사도세자를 떠올리고 그리움에 눈시울을 적셨다.

"내, 이리 온 것은 검선을 만나보고 상의할 일이 있어서네."

의젓한 말투와 모습과 달리 불안함이 보이는 이산의 눈동자를 마주하며 흑사모는 깜짝 놀랐다.

"예? 검선 형님이요?"

이산이 고개 끄덕이자 흑사모는 난감함에 뒷머리를 긁적댔다. 검선은 3년이 다 되어가도록 소식도 없었고, 흑사모도 검선이 곁에 있는 한 동수를 걱정하지 않아 먼저 기별을 날리지도 않았다. 흑사모는 대답을 기다리고 있는 이산에게 조심스레 입을 열었다.

"형님의 거처는 소신이 알고 있습니다만……."

"허면 알려주게. 내 꼭 검선을 뵙고 드릴 말씀이 있네."

어쩐지 간절함마저 느껴지는 목소리에 흑사모는 이산이 걱정되어 곁을 지키는 상각과 태용, 용걸을 흘끔 바라봤다.

"저하께서 가시기엔 길이 좀 험하니, 시일 안에 소신이 연통을 넣어보겠습니다."

"고맙네."

바로 일어서는 이산을 배웅하며 흑사모는 또다시 이산이 지선에게 시선을 던졌고, 기척을 느낀 지선이 고개 돌리자 이산에게 얼른 소개했다.

"인사 드리거라. 세손 저하시다."

지선이 깜짝 놀란 듯 일어서서 예를 취해 허리 굽히자 이산이 뭔가를 생각하는 듯 인상을 찌푸리더니 살짝 고개 끄덕이고 흑사모에게 말했다.

"허면 내 기다리겠네."

"예, 저하."

대문 밖에서 이산을 배웅하고 멀어지는 모습을 한참이나 서서 지켜보던 흑사모는 무거운 한숨을 토해내며 고개를 절레절레 흔들었다. 어린 나이에 부친의 죽음을 눈앞에서 봤고, 그 죽음을 명령한 조부의 손에서 커가는 이산의 마음이 얼마나 조마조마할지 안 봐도 훤했다. 게다가 온갖 술수를 써대며 영조를 손에 넣고 주무르려 하는 대감들과 왕후의 시선을 피해 죽은 듯 살고 있는 이산의 삶이 온전하지 않음은 분명했다. 연이어 한숨을 쉰 흑사모는 대문 안으로 들어서다 말고 멍하니 서 있는 지선을 보고 또다시 안타까운 마음이 들어 미간을 좁혔다. 사도세자와 연분이 깊었던 지선이 이산을 보고 싱숭생숭해진 마음을 다잡기가 쉽지 않음이었다. 흑사모는 혼이 빠져나간 듯 서 있는 지선에게 다가가 슬쩍 물었다.

"아니……. 이게, 다 무어냐?"

흑사모가 말을 걸자 갑자기 제정신을 차린 듯 지선이 고운 미소를 지으며 답했다.

"인삼 종자이옵니다."

"인삼?"

흑사모가 들춰보려 하자 지선이 얼른 막으며 조용히 설명했다.

"예, 인삼의 종류나 특기, 맛과 향. 직접 재배를 하여 각각의 장단을 알아야 좋은 물건을 구할 수 있지 않겠습니까?"

하나부터 열까지 지선이 하는 말은 모두 일리 있었다.

"아예 인삼밭을 메는 게 빠르지 않겠느냐?"

"그도 생각지 않은 건 아니나, 한양의 기후나 토양이 인삼 재배에 수월치 않고, 관의 허가도 있어야 해서 쉽지가 않습니다."

흑사모는 아쉬움을 담아 햇빛이 들지 않게 막아놓은 인삼을 내려다보며 중얼거렸다.

"그래? 거, 안타깝구만."

"대신, 다른 걸 연구 중이지요."

"다른 거?"

잠시 후, 흑사모는 집무실에서 지선이 작은 함을 들고 들어오자 호기심에 고개를 쭉 뺐다. 마주 앉은 지선은 조심스레 함을 열어 묘한 빛을 내는 삼을 내보였다.

"이게 무어냐?"

"수삼을 쪄서 말린 것인데. 빛깔이 붉어 홍삼이라 이름 붙였습니다."

"홍, 삼? 어디……."

저도 모르게 끄트머리를 뜯어 입에 넣어본 흑사모는 가만히 지켜보는 지선에게 싱긋 웃었다.

"음, 맛은 그런대로…… 쓰구나. 대체 이런 건 어디서 배웠느냐?"

쓴맛이 남아 입을 쩝쩝거리는 흑사모에게 미소 지으며 지선은 권하듯 홍삼을 앞으로 내밀었다.

"고려도경高麗圖經에 전하는 숙삼을 재현해본 것인데, 오래 숙성할수록 맛과 향이 진해집니다."

흑사모는 지선이 내민 홍삼을 마지 못한다는 듯 손에 들고 중얼거렸다.

"허면 오래될수록 몸에 좋은 게로고."

씹을수록 쓴맛이 몸에 좋은 게 확실했다. 흑사모는 연신 침을 삼키면서도 내어준 홍삼을 다 먹어치웠다.

하나의 덩어리였던 철이 점점 형태를 만들어갔고, 메질을 하면서 동수는 자신이 만든 검에 애정과 간절함을 담았다. 벌써 몇 번째인지 알 수 없을 만큼 완성한 검을 부러뜨리거나 검술을 시전하면서 부러지길 반복했기에 동수는 이번만큼은 제대로 된 검을 만들어보고자 열망을 담아 메질했다.

시뻘겋게 달아오른 철을 두드리는 동수의 근육이 단단한 전신에 땀방울이 새록새록 피어올랐다. 상오 내내 쉬지도 않고 메질 하던 동수는 머리 꼭대기로 올라선 태양을 올려다보고 담금질한 뒤 산을 내려왔다. 이제는 시키지 않아도 때가 되면 검선을 위해 밥상 차리고, 빨래하고, 청소하는 게 몸에 베여 땀으로 흥건한 몸으로 부엌으로 향하니 그늘에 있던 검선이 웃었다.

"덥지 않느냐? 냇가에 가서 등목이나 하고 오자꾸나."

늦여름의 더위로 땀을 뻐질뻐질 흘리던 동수는 고마움에 냇가로 달려가 상의만 훌렁 벗고 그대로 물속으로 첨벙거리며 들어갔다. 땀으로 미끈거리는 가슴에 물을 대니 소름이 돋을 만큼 시원해 동수는 저도 모르게 외쳤다.

"아! 시원하다! 이제 좀 살 거 같네!"

느긋하게 따라온 검선은 그 모습에 냇물에 발을 담그고 앉더니 언제나 그렇듯이 주섬거리며 엽전을 꺼냈다. 동수는 세수하다 말고 검선이 엽전을 건너편에 있는 호박에 던지는 걸 보고 씨익 웃고는 냇물을 헤치고 건너갔다. 엽전을 뽑아 들고 검선 옆으로 가서 호박을 겨냥해 엽전을 던진 동수는 힘 있게 날아가 호박의 중앙을 파고드는 것을 보고 의기양양해져 두 손을 허리에 얹었다. 그러자 검선이 주머니에서 덜 익은 대추 하나를 꺼내 말없이 건넸고 출출하던 참에 잘됐다 싶어 냉큼 받아 입으로 가져가던 동수는 검선이 돌멩이를 던지자 왼손으로 잽싸게 받아냈다. 그 모습을 마냥 하뭇한 표정으로 바라보며 검선이 말했다.

"먹으라고 준 게 아니다."

"예?"

대추를 다시 입에 넣으려던 동수는 입맛을 쩝쩝 다시며 건너편을 턱으로 가리키는 검선을 내려다봤다.

"호박 위에 올려놓고 맞춰보거라."

엽전보다 작은 대추를 맞추라 하니 기가 막혔지만, 동수는 고개를 절레절레 흔들며 냇가를 건너 호박에 박혀 있는 엽전을 빼내고 조심스럽게 호박 위에 대추를 올려놓았다. 다시 검선 옆으로 돌아온 동수는 넓은 화선지 위에 붓으로 콕 점 찍은 것처럼 보이는 대추를 노려보다가 있는 힘껏 엽전을 날렸다. 물 찬 제비처럼 공기를 가르며 날아간 엽전은 작은 대추의 껍질을 파고들며 씨에 부딪쳐서 그대로 멈췄고, 잠시 흔들리던 대추는 제자리를 찾아 호박 위에서 그 모양을 뽐냈다.

"어? 어? 스승님!"

자기가 해놓고도 신기해 펄쩍 뛰는 동수를 올려다보며 검선이 만족스런 미소를 흘렸다. 넘치는 힘을 주체 못해 정확도가 떨어지던 동수는 수련을 시작한 지 2년이 되자 통나무 위에 있던 콩알을 월도로 가를 수 있게 되었다. 반쪽으로 갈라져 통나무 위에서 쓰러지는 콩알을 주우며 동수는 뿌듯함에 어깨를 쫙 펼쳤고 그런 동수가 대견해 검선의 입에선 미소가 떠나지 않았다.

구름이 높아지고 온통 초록으로 뒤덮였던 산이 서서히 노랗게 물들어가기 시작했다.

그만큼 동수의 검술도 나날이 무르익어갔다.

8장
그리움을 담은 귀로歸路

 흑사채의 나무문이 떨어져 나가며 요란한 소리가 사방으로 뻗어 나갔다. 이미 보고를 받은 뒤라 여운은 문을 부수고 들어온 인ㅅ을 맞이하러 나가며 기괴한 웃음소리에 눈썹을 모았다.
 "크크, 천수, 네 이놈! 당장 무릎 꿇고 머리를 조아리거라!"
 3년 전과 똑같이 비열하고 야비해 보이는 얼굴로 큰소리치는 인ㅅ에게 다가간 여운은 조용히 물었다.
 "어쩐 일이십니까?"
 "천수 놈은 어딜 가고 네놈이 나서는 게냐!"
 여운은 비스듬한 미소를 보이며 인ㅅ의 뒤에 있는 청국 무사에게 흘끗 시선 던졌다.
 "천주께서는 이미 오래전에 떠나셨습니다."
 "크크, 천수가 없으니 네놈이 주인 노릇을 하는 구나."
 말과는 달리 여운이 뿜어내는 기운에 흠칫한 인ㅅ은 괴이한 웃음을 흘리고, 여운에게 살짝 상체를 가까이 한 채 어울리지 않게 은밀한 목소리를 냈다.

"기운을 보니 그동안 무예 실력이 좀 나아진 듯하지만, 네놈이 그럴 자격이 있다 생각하느냐? 흑사초롱의 살수는 가장 사랑하는 사람을 죽여야만 하거늘······."

인人의 손가락이 여운의 가슴을 꾹꾹 찌르며 파고들었다.

"이 가슴 안에 고이 품고서 진정한 살수가 되었다 할 수 있더냐? 내, 너를 도와 자비를 베풀어 대신 죽여주랴?"

여운의 눈동자가 파르르 떨리며 인人을 노려보자 기쁜 듯 웃음을 토해낸 인人은 손을 저으며 한 걸음 물러났다.

"크크, 흑사초롱의 주인 노릇하는 놈이 이 모양이니, 이리도 썩은 내가 진동을 하는구나!"

낄낄거리며 어깨를 들썩이고 뭐가 그리 웃긴지 한참을 웃어댄 인人은 갑자기 주변을 두리번거리더니 호들갑 떨었다.

"가옥이는? 가옥이는 어딨느냐?"

"나를 찾느냐."

때맞춰 지地가 나타나 여운의 곁에 서자 인人이 깝죽거리며 능글맞은 웃음을 지닌 채 다가왔다.

"카! 가옥이 아니냐. 보고 싶었느니라."

마치 오래된 연인처럼 지地의 볼에 손을 대며 인人은 음흉한 시선을 던졌다.

"그간 어찌 지냈느냐."

"무슨 짓이냐!"

지地가 냉랭하게 소리치며 인人의 손을 쳐내자 헤벌쭉 벌어졌던 인人의 입이 닫히며 삐죽거렸다. 그러고는 주변을 둘러보더니 바짝 긴장해서 바라보고 있는 살수들에게 못마땅한 시선을 던지고 품에서 무언가를 뒤적거렸다.
"내, 천수 놈이 발악하는 꼴을 봐야 속이 시원할 터이나, 없다니 하는 수 없지."

그러더니 족자를 펼쳐 내보이며 곤댓질하며 한껏 들뜬 목소리로 외쳤다.

"황제 폐하의 친서니라! 여기 계신 장량 님이 앞으로 이 흑사초롱을 이끄실 천주님이시다! 예를 갖추거라!"

어느 정도 예상하던 바였지만 상황에 직접 마주치니 놀라지 않을 수 없었다.

지地는 장량을 노려보며 주먹을 불끈 쥐었고, 여운은 놀람을 감춘 채 가만히 장량을 바라봤다. 기골이 성대하고 예사롭지 않은 눈빛을 지닌 장량은 여운과 지地를 보며 무시하듯 눈을 내리깔았다. 흑사초롱의 일원으로 청 황제의 명을 따르는 것이 당연하지만, 여운에게 있어 모든 명령의 중심은 천天이었다. 애당초 흑사초롱으로 들어온 것도, 살수의 길로 들어선 것도 천天 때문이었고 세상에서 두려운 존재도 오로지 천天뿐이었기에, 여운이 인人의 명령을 들을 이유는 조금도 없었다.

"뭣하고 있느냐? 어서 천주님에게 예를 갖추거라!"

인人은 예를 취하지 않는 지地와 여운을 보며 다시금 소리치더니 여운을 향해 손가락을 까닥거렸다.

"네놈이 끝까지 주인 노릇 하고 싶다면, 크크크, 내 인심을 후하게 써서 기회를 주마. 마지막 시험을 다시 치르거라!"

가장 사랑하는 사람을 죽이거나 무릎을 꿇으라는 협박을 토해내며 인人이 비열한 웃음을 짓자 여운은 어쩔 수 없이 서서히 무릎 꿇었다. 흑사초롱을 갖고자 하는 마음도 없을뿐더러 동수나 지선을 죽일 마음은 더더욱 없었다. 두 무릎을 땅에 대고 고개 숙이는 여운의 눈동자가 분노와 격정으로 파리하게 빛나며 떨렸지만, 입 밖으로 나온 목소리는 평안하다 못해 듣는 이의 마음까지 편안하게 했다.
"천주님을 뵈옵니다."
여운의 뒤로 무릎 꿇은 흑사초롱의 살수들이 동시에 소리쳤다.
"천주님을 뵈옵니다!"
인人은 자신이 천주가 된 듯 으스대며 집무실로 앞장서 걸어 들어갔고, 장량은 느릿하게 그 뒤를 따랐다. 스쳐지나가는 장량의 옷자락이 살짝 닿자 여운은 눈을 가늘게 뜨며 파고드는 살기를 이겨냈다. 겉으로 보기엔 평범한 무인처럼 보이지만 흑사초롱의 천주로 임명받아 청국에서 온 자인 만큼 감춰진 무공이 높을 거라 생각한 여운은 매섭게 인人의 등을 노려보는 지地의 곁에 덤덤한 얼굴로 섰다.
"결국 살아 돌아왔구나."
지地가 짜증 섞인 목소리로 조용히 말하고 집무실로 먼저 들어갔다. 충분히 지地의 심정을 이해해 여운은 한쪽 눈을 찡그린 뒤, 집무실로 들어가며 얼굴에서 표정을 지웠다. 장량은 제집처럼 편안히 앉아 쉬는 것처럼 눈을 감고 있었고 인人은 한쪽밖에 없는 손으로 이것저것 훑으며 감개무량함을 토했다.
"오랜만이구나, 오랜만이야. 캬! 이 냄새……."
그러고선 집무실로 들어온 지地와 여운을 돌아보며 또다시 키득거리며 인人이 물었다.
"천수 놈이 혹, 내가 만든 족자를 가져가지 않았더냐?"
지地가 상당히 놀랐는지 살짝 눈을 크게 떴고, 그 모습에 인人은 키득거리며 조소를 날렸다.
"생각해보거라. 내가 그 족자를 왜 만들었겠느냐?"
지地의 얼굴에 설마하는 표정이 떠올랐고 인人은 한쪽 어깨를 들썩이며 입술을 샐쭉거렸다.

"그 족자에 이름을 올린 놈들은, 하나같이 천수 그놈의 목을 노리는 놈들이다…… 이 말씀이지!"

결국 인ㅅ의 잔꾀에 넘어가 천ㅈ은 전국을 돌며 고수들을 찾아 방랑하고 있고 인ㅅ은 그 틈에 청국에 가서 황제의 명을 받아 새로운 천주를 모셔왔다는 뜻이었다. 의외의 수를 썼다는 점에 놀람이 있었지만 여운은 여전히 표정을 감추고 덤덤한 눈길로 인ㅅ을 바라봤다.

줄줄이 포박한 도적들을 끌고 포도청으로 들어가는 사내의 뒷모습을 나른하게 바라보던 천ㅈ은 잠시 후, 사내가 나오자 느릿한 걸음으로 뒤따랐다.

장태산. 전국 팔도를 누비며 수배범들을 쏙쏙 잡아다 포도청으로 끌고 가는 현상금 사냥꾼으로 유명한 자로 육중한 몸에 어울리는 커다란 쌍수도를 사용했다. 장태산을 따라 주막으로 들어간 천ㅈ은 홀로 자리 잡고 앉아 술을 마시는 장태산의 술병을 들어 빈 잔을 채워줬다. 갑자기 나타나 술을 따르는 천ㅈ을 올려다본 장태산은 눈을 부리부리하게 떴고, 천ㅈ은 술병을 내려놓으며 슬쩍 미소 지었다.

"술동무나 합시다."

"뉘시오?"

천ㅈ의 칼로 시선을 주며 묻는 장태산이 술잔을 내려놓고 쌍수도를 손에 쥐자마자 두 사람의 검이 허공에서 부딪쳤다. 갑작스런 칼부림에 놀란 사람들이 놀라 우르르 몰려 한쪽으로 서자 장태산은 마주친 검 사이로 다시금 입을 열었다.

"뉘시냐 물었소이다."

천ㅈ은 낮게 웃으며 난감함을 내보였다.

"허허, 거참 대답하기가 좀 애매하구려."

자기소개 대신 검을 휘두르는 천天에게 마주 공격하며 장태산이 두 눈을 부릅떴다. 주막에 한바탕 소란이 일고 사람 중 일개는 도망가고, 일개는 한쪽에서 쭈그리고 앉아 덜덜 떨며 구경하는 가운데 천天과 장태산의 검이 요란하게 맞부딪치길 반복했다.

그렇게 백중지세伯仲之勢로 부딪치던 두 검 중 한쪽이 시간이 지나자 서서히 밀리기 시작했고, 주막 한쪽으로 몰려 도망친 사람들의 침 넘어가는 소리가 동시에 흘러나왔다.

천天은 제법 자신의 공격을 막아내고 되레 공격까지 하는 장태산의 부리부리한 눈을 바라보며 오랜만에 칼싸움하는 묘미를 느끼고 즐거워했다. 두 명을 합친 듯한 육중한 몸을 보고 힘이 보통이 아닐 거라 예상했지만 속도까지 빠를 줄은 몰랐기에 검을 부딪칠 때마다 천天의 마음에 기쁨이 새싹 피어나듯 올라왔다. 지난 3년간 상대해왔던 이들 모두 고수들이었지만 장태산은 검을 부딪치는 맛이 느껴지는 사내였다. 그 맛을 한참 동안 음미하고 싶지만 천天은 덜덜 떨며 바라보는 이들의 시선이 마음에 안 차 결국 장태산의 검을 쳐내고 그대로 상대의 목을 향해 검날을 들이밀었다.

서슬 어린 칼날이 목으로 파고들자 장태산이 죽음을 각오한 눈빛을 두꺼운 눈꺼풀 아래로 감췄다. 천天은 매섭게 날아가던 검을 살갗 바로 앞에서 멈추고 지긋한 눈으로 장태산을 바라본 뒤 흥미를 잃었다는 듯 검을 회수했다. 검이 매끄럽게 검집으로 들어가는 소리에 눈을 뜬 장태산은 평상에 앉아 술잔을 들이키고 다시 술을 따라 내미는 천天을 보며 의아한 표정을 지었다.

"좀 앉으시구려."

권유에 조심스레 마주보고 앉은 장태산에게 술잔을 건네주고 천天은 품에서 두루마리를 펼쳐 뻘건 김칫국물을 손가락에 묻혀 장태산의 이름에 줄을 그었다. 수많은 사람들의 이름이 적힌 두루마리에는 황진기, 전홍문, 김광택을 제외한 모든 이름에 줄이 그어져 있었고, 술잔을 내려놓으며 넘성거리던 장태산은 뜬금없이 말했다.

"그건 잘못되었소."

천天이 나릿한 시선으로 바라보자 장태산이 설명을 더했다.

"나와 황진기의 무위가 같다 표시하였는데, 그렇지 않소이다."

"황진기를 아시오?"

관심을 내보이자 방금 전까지 서로의 목을 겨누던 일을 잊은 양 너털웃음을 뱉으며 장태산이 되물었다.

"현상금 사냥꾼이 천하의 역적 황진기를 모를 리 있겠소?"

"내 그렇지 않아도 궁금하던 차에 잘되었구려. 황진기 목에 오천 냥이라는 거금의 현상금이 걸렸는데, 어찌 그냥 두었소?"

"그냥 두었을 리 있겠소?"

되묻는 말이 천天의 호기심을 자극해서 거뒀던 살기가 다시 피어오르자 장태산이 서둘러 말했다.

"오래전, 황진기를 쫓아 검을 겨눈 적이 있었소. 한데 이 몸이 고전 끝에 황진기에게 목을 내어줄 판에 우연찮게 사내아이가 지켜보고 있었지 뭐요. 아이를 발견한 황진기는 내 목을 치지 않고 검을 숨기더니 아이를 부모에게 돌려보내더이다. 그 후로 황진기 그자는 내 수배 목록에서 제외시켰소."

천天은 나른한 시선을 하늘로 향한 채 쓸데없는 잡감정이라 생각했다. 하지만 이야기를 듣고 보니 황진기와 겨뤄보고픈 욕구가 태풍처럼 강해졌다. 방금 전, 장태산의 무위는 생각보다 강했는데 그보다 더 하다니 황진기와의 대련을 뒤로 미룰 이유가 없어졌다. 하물며 오래된 인연이 아니던가.

"변한 게 없구나."

천天은 나직이 웃으며 게슴츠레한 눈으로 장태산을 돌아보았다.

"그자의 무위가 어느 정도였소?"

장태산은 진지하게 천天을 바라보더니 조심히, 몸을 뒤로 빼며 답했다.

"당신과 견주어 비등할 것이오."

천天은 오랜만에 놀란 눈을 번쩍이다가 슬며시 웃었다. 이토록 재미있는 걸 왜 나중으로 미뤘을까 후회도 되었다.

"어디 물어나 봅시다. 어딜 가면 황진기, 그자를 만날 수 있겠소?"

장태산이 '뭐, 이딴 놈이 있나?' 하는 것과 '난 살았구나' 하는 두 가지 표정을 동시에 짓자 천天의 웃음이 더욱 넓게 퍼졌다. 이어 장태산이 의식하기도 전에 검을 뽑아 든 천天은 그대로 장태산의 목을 그었다. 패배를 부끄러워하지 않는 자는 살려둘 가치가 없었다.

몇 번이고 만들었지만 제대로 된 검이 완성되지 않자 동수는 절망감에 두 손으로 머리를 감싸 쥐었다. 3년의 시간동안 부서진 검이 몇 자루인지 헤아릴 수조차 없었고, 얼마나 많은 철을 두드렸는지 손꼽을 수도 없었다. 매일같이 메질과 담금질을 했건만, 그나마 쓸 만하다 싶은 검은 동수가 있는 힘껏 내리치면 그 힘을 감당 못해 부러지기 일쑤였다. 동수의 검술이 나아진 만큼 강해진 검을 만들어낼 수 없다는 게 문제였다. 동수가 절망적인 모습으로 앉아 있자 산으로 올라온 검선이 바닥에 널브러져 흉하게 반쪽이 갈라진 검을 내려다보고 툭하니 녹슨 검을 앞으로 던졌다.

"집어라."

녹 냄새가 물큰 풍겨오는 검은 손잡이조차 낡아 금방이라도 바스라질 것만 같았다. 동수는 검을 집어 들고 의아함에 고개를 갸웃하다가 검선이 통나무 하나를 내려놓자 알겠다는 듯 씩 웃었다. 검선은 바닥에 통나무를 세워놓고 한 발자국 뒤로 물러섰고, 동수는 통나무를 향해 검을 내리치려다 멈칫했다.

"스승님, 칼이…… 좀…… 약해 보입니다."

날도 군데군데 이가 빠져 이미 검이라고 부르기엔 무색한 형태의 검을 가리키며 말하자 검선이 희미하게 미소 지었다.

"동수야, 검은 마음으로 잡고, 간절한 마음만이 검을 움직이니라."

귀에 딱지처럼 내려앉은 말을 또다시 하는 검선에게 동수는 한숨만 푹푹 쉬었다. 칼날이 무디면 힘으로 내리쳐서 자르면 그만이라는 생각이 든 순간, 동수는 퍼뜩하고 든 깨달음에 눈을 커다랗게 뜨며 검선을 돌아봤다.

'그랬던 거야? 내가 지금까지 검을 잘못 쥐고, 틀리게 사용한 거야?'

생각해보면 검선이 훌륭하다고 했던 검조차 동수 손에 몇 번 휘둘러지면 바로 부러지곤 했다. 검을 도구로만 생각했던 마음가짐이 아까운 검을 계속해서 버리게 한 게 아닌가 싶어 동수의 마음에 뒤늦은 후회가 밀려왔다. 동수는 통나무를 내려다보고 마음을 다스리고 낡고 녹슨 검을 소중히 쥔 채 간절함을 담아 아래로 내리쳤다.

날이 무딘 검은 굵은 통나무를 호박 자르듯 쉽게 자르고 의기양양함을 뽐내며 허공으로 올라왔다. 그 모습에 고개 끄덕인 검선은 또다시 명령했다.

"따라오너라."

검선을 따라 산길을 걸어가며 동수는 검선에게 주저하며 물었다.

"스승님, 어딜 가시는 겁니까?"

"다 왔느니라."

깊은 산속, 고목들이 줄지어 있는 가운데 유난히 통이 두꺼운 고목이 눈에 띄었다. 동수는 열댓 명이 서로 손을 잡고 뱅 둘러서야 통을 다 둘러쌀 것처럼 줄기가 굵은 고목을 바라보다 가운데 박혀 있는 검을 보고 의아함에 검선을 돌아봤다.

"베거라."

오랫동안 나무에 박혀 있었던 듯 가로로 눕혀 있는 검의 윗날에 흙먼지가 앉아 있었다. 동수는 검선에게 예를 갖추고 검을 뽑아 들어 손가락으로 날을 다듬으며 마음을 다잡았다.

'간절한 마음만이, 검을 움직이는 거다.'

눈을 감고 크게 심호흡을 한 뒤, 동수는 번쩍 눈을 떠 나무를 향해 검을 휘둘렀다. 햇살이 나뭇잎 사이로 비집고 들어와 마른벼락과도 같은 검광이 흐르는가 싶자 힘차게 나무를 치고 들어간 검은 원래 있던 자리에 멈췄다. 동수는 검선이 검을 박았던 자리와 똑같은 자리에 박힌 검을 믿기지 않는다는 바라보다가 검선이 다가와 어깨에 손을 올리자 동그랗게 뜬 눈으로 돌아봤다.

검선은 더 이상 가르쳐줄 게 없다는 듯 만족감이 가득한 눈으로 고개 끄덕였고, 동수는 감사함에 절로 무릎 꿇고 고개 숙였다.

다음 날, 3년 동안 머물었던 검선의 집을 떠나며 동수는 두 손을 세게 주먹 쥐었다. 여운을 보내던 날부터 손바닥에 남아 있던 절망감과 무력감을 움켜쥐며 동수는 절대로 여운을 포기하지 않을 거라 스스로에게 맹세했다. 아울러 지선을 다시 만날 수 있다는 생각에 기분이 붕 떠 동수는 계속해서 문 안팎을 들락거리며 검선을 재촉했다. 하지만 검선은 여유가 가득해 신발을 신는 데도 한참이 걸리더니 갑자기 뜬금없이 다정한 미소를 보냈다.

"동수야."

"예, 스승님."

나볏하게 답하는 동수를 마냥 흐뭇한 눈길로 바라보던 검선은 너무나 다정해 눈물이 날 정도로 포근한 어투로 말했다.
"검은 누군가를 죽이기 위함이 아니라, 누군가를 지키기 위해 사용해야 하느니라. 살생검이 되어서는 절대 아니 된다."
동수는 눈을 멀뚱거리다가 깊이 허리 숙였다.
"예, 스승님."
"또한 검은 마음으로 잡아야 하는 만큼 마음가짐이 중요하다. 네 마음이 어떠한가에 따라 검도 함께 흐르는 법이니라."
검선이 왜 갑자기 일장 연설을 하나 싶어 눈을 껌벅이며 바라보는 동수에게 검선은 온화하게 웃으며 신발 신은 발을 댓돌에 비비듯 천천히 일어섰다.
"동수야, 먼저 한양으로 올라가거라. 난 잠시 볼일이 있으니 나중에 올라가도록 하마."
"하면, 스승님 곁에 남아 일을 돕겠습니다."
"아니다. 넌 이 서간을 가지고 먼저 출발하거라. 그리고 한양에 도착하면 입궐하여 세손 저하께 전해드리거라."
동수는 두 손으로 공손히 서간을 받아 품에 넣고 잠시 머뭇거리며 검선을 바라봤다. 어쩐지 느낌이 안 좋아 선뜻 발을 떼지 못하고 주저하는 동수의 등을 밀며 검선은 빨리 가라 손짓했다. 예를 취해 인사하고 돌아서서 가면서도 동수는 문 앞에 서서 손을 흔드는 검선을 돌아보며 되돌아갈까 싶은 마음을 다잡았다. 어쩐지 즐거웠던 귀향길이 한없이 무거워지는 기분이 들었다.

동수가 시야에서 완전히 사라지자 검선은 얕은 한숨을 쉬고 아득한 하늘을 올려다보며 중얼거렸다.

"하늘이 참으로 맑구나."

그러자 나무 뒤에서 천天이 어슬렁거리며 나타나 느릿하게 미소 지었다.

"광택이, 이놈아. 3년간 예서 숨어 있었던 거냐?"

"그래, 어쩐 일이냐?"

검선이 비스듬한 시선을 던지자 천天이 뚱한 표정으로 머리를 긁적였다.

"황진기를 찾아 한양으로 가던 중에 네놈이 있다는 말에 한번 들려봤다."

"황진기?"

검선은 진주 아비인 황진기를 떠올리며 눈을 매섭게 치켜떴고 검선은 허리에 손가락을 걸친 채 너털 웃음을 토해냈다.

"가는 길목 족족 그놈 이름이 나오니, 만나봐야겠다 싶지 않겠느냐?"

오랫동안 봐온 천天의 성격으로 황진기와 겨뤄본 뒤, 목숨을 살려주지도 않을 것 같고 설령 살려준다 하더라도 팔다리 한쪽은 없앨 게 분명했다. 검선은 더 이상 지켜볼 수가 없어 파르르 떨리는 눈가에 힘주며 조용히 검을 뽑아 들었다.

"천주, 검을 뽑게나."

순간 천天이 놀란 듯 눈을 반짝하더니 매우 즐거운지 호탕하게 웃고는 검을 뽑았다.

"광택이! 오늘에야 제대로 된 검을 들었구나! 내 이런 날이 다시 올 줄 몰랐건만, 오늘은 운수가 좋은 날이로구나!"

3년 전, 사도세자의 주검을 앞에 놓고 치밀어 올랐던 분노와 살기가 다시금 피어올라 검선은 매섭게 천天을 노려봤다. 얼마나 원통했던가. 동수에게 살생검이 되지 말라 하면서 스스로도 얼마나 다짐했던가. 그럼에도 눈앞에 있는 천天에게 향하는 살기를 거둘 수 없어 검선은 낮게 이를 갈았다.

"오늘은, 자네와 나의 악연을 끊는 날일세."

검선의 차분한 어조에 천天은 몸을 비스듬히 기울이며 씨익 웃었다.

"내, 원하지는 않지만 기대하는 바일세. 광택이, 준비되었는가?"

이어 천天의 검이 공기를 가르며 매섭게 앞으로 튀어나왔고, 검선은 힘껏 밀려드는 천天의 검을 비켜내며 가볍게 쳐냈다. 두 사람 주위로 바람이 일고 서로를 향한 살기가 부딪쳐 하늘로 치솟아 올랐다. 쟁쟁하게 맞부딪친 검은 서로를 가르려 살벌한 기운을 펼쳤고, 검기와 마찬가지로 두 사람의 눈에서 뿜어져 나오는 날카로운 기운이 허공에서 서로를 헤집으려 요동쳤다.

검을 부딪친 채 안법을 나눈 두 사람은 천天이 눈가를 씰룩하고 검을 풀어내며 뒤로 물러서자 서로에게서 성큼 멀어졌다.

"광택이, 여전하구만."

손이 저린지 검을 쥔 손가락을 폈다 접었다 하며 천天이 칭찬하자 검선은 희미하게 웃으면서도 두 눈에 가득한 살기를 풀지 않았다. 몇 번이고 인人을 살려주고 매번 후회했던 일을 떠올리며 이 자리에서 천天을 막지 못한다면 진심으로 후회할 일이 생길지도 모른다는 막연한 불안감이 검선으로 하여금 살기를 벗어던질 수 없게 했다. 그때처럼, 사도세자가 죽었을 때처럼 땅을 치며 후회하게 될지도 모른다는 생각이 들자 검선의 두 눈이 안광을 번쩍이며 고고한 살기를 펼쳤다.

천天은 검선의 살기가 더해지자 만족스러운 듯 고개 끄덕이고 다시 검을 바로잡았다.

"오늘 광택이 칼 맛, 제대로 보는 구나!"

진짜로 신이 나서 달려드는 천天을 상대하며 검선은 이를 악물었다. 검선의 실력이 향상된 만큼 천天의 무예도 걷잡을 수 없이 늘어났는지 손이 저릿한 건 천天뿐만이 아니었다. 마주치는 검이 울어대는 소리가 클수록 그 기운이 손목으로 이어져서 자칫 검을 놓칠 것 같아 검선은 오로지 손에 온 신경을 집중했다. 그렇지만 문득 마음이 흐트러져 지地를 떠올린 검선은 미간에 깊은 골을 만들며 급히 뒤로 물러났다.

"왜 그러느냐?"

갑자기 검선의 살기가 줄어든 것을 눈치챈 천天은 콧잔등에 주름을 잡으며 불만을 내보였고 검선은 호흡을 가다듬으며 갈등에 빠졌다.

"가옥이 때문이더냐?"

심중을 꿰뚫는 말에 검선의 눈빛이 더욱 흔들렸다. 천天은 대답을 들었다는 듯 입술을 비틀어 웃더니 관자놀이에 경련을 일으키며 비웃음을 토했다.

"아느냐? 이십여 년 전에 내, 가옥이를 품었었다. 네놈이 팔 한짝을 잃고 떠났을 때, 마냥 침통해하는 가옥이를 보니 이 가슴이!"

천天이 가슴을 탕탕 두드리며 말을 멈추자 휘청하며 검선의 무릎이 꺾였고 두 눈에 증오가 피어올랐다.

"하여, 억지로 품었건만 그 마음은 가질 수 없어 놓아주었다."

검선이 부르르 떨리는 입술을 앙다물고 노려보자 천天은 피식 웃으며 검을 바로 세웠다.

"광택이 이놈, 검은 누군가를 해하려드는 게 아니라 지키려든다 하였느냐?"

사정없이 귀로 파고드는 천天의 조소가 검선의 모든 혈관을 타고 흘러 부릅뜬 두 눈에 뜨거운 분노가 피어올랐고, 천天은 삐딱하게 웃으며 계속해서 검선을 조롱했다.

"하면, 네놈은 지켰느냐? 그리 장담할 수 있더냐?"

그대로 튀어 나간 검선의 검을 막아내는 천天의 눈빛이 만족감으로 번들거렸다.

이제 제대로 맞붙을 수 있다 생각했는지 천天은 한껏 가벼워진 검놀림을 보였고, 반면에 짙은 살기와 스스로에 대한 원망으로 인해 검선의 검은 한층 무거워졌다. 지地를 범했다 하는 천天의 눈빛에 조롱은 있을지언정 거짓은 눈곱만치도 없었기에 검선의 목 아래에 굵은 감정이 뭉쳐 가슴만 답답해졌다. 천天과 두 마리의 나비와도 같이 너울거리며 검을 나누면서 검선은 갈라지는 감정과 오롯한 마음으로 심란함을 내보였다. 천天을 죽이고 싶고, 지地와 함부로 살생하지 않기로 한 약조를 지키고 싶고, 지地에게 돌아가 용서를 빌고 싶은 마음이 천天과 부딪치는 검에 망설임을 안겨주었다.

"광택이. 이놈아. 정신 차리거라!"

어지러이 흔들리는 검선의 눈동자를 노려보며 천天이 허공으로 붕 떠올라 위에서부터 거칠게 내리쳤다. 한 팔로 막아내기엔 역부족이었지만 검선은 부들부들 떨면서 천天의 검을 막아 되치며 크게 한 걸음 물러섰다.

"네놈은 인생에서 남기고 싶은 것이 있더냐?"

갑작스런 검선의 질문에 천天이 눈을 껌벅거렸다.

"남기고 싶은 것이라……. 후계자를 남겨서 흑사초롱을 이어가게 하고 싶은 것뿐이로구나."

검선의 눈빛이 파리하게 빛났다. 여초상의 무덤에서 여운을 지키겠다 했건만 그 약조마저 지키지 못했다.

"생각해보니, 자네 말이 맞네."

천天이 눈썹을 휙 올리자 검선은 자세를 바로 하고 자조적으로 말했다.

"난 지키지 못했네. 지키고자 했던 이들을 지키지 못했으니, 참으로 후회스럽네. 한데 천주, 자네는 남기지 못하는 것을 나는 남길 수 있지 않겠나?"

"그게 무언가?"

비뚤어진 고개를 한 채 나릿한 목소리로 묻는 천天에게 검선이 희미하게 웃었다.
"나를 기억해주는 사람들 말일세."
천天은 뭐가 그리 웃긴지 하늘을 향해 목젖을 내밀며 웃어대더니 살벌한 기운을 펼치며 검을 뻗으며 앞으로 파고 들어왔다. 검선의 옷자락이 살짝 찢어지고 천天의 염주가 허공으로 튀어 올라 사방으로 흩어졌다. 떨어지는 구슬들 사이로 두 사람의 검이 철음을 토해내며 맞부딪쳤다.
높고 드넓은 파란 하늘이 두 사람 머리 위에서 호젓이 구름만 띄우고 있었다.

인人은 경상도에서 올라온 흑사초롱의 살수가 보고를 끝내자 낮게 웃었다.
"천수 놈이 황진기를 찾아간다……. 알겠느니라."
인人의 중얼거림에 지와 여운이 가만히 바라보자 인人은 비웃음을 담아 비틀어진 입으로 말했다.
"천수 놈 목을 따는 데 불만이 있다면 지금 말하거라."
지地는 대답 없이 인人의 지꺼분한 눈을 노려보기만 했고, 표정 변화 없는 여운을 흘끗 본 인人은 눈가를 꿈틀하고 못마땅함을 드러냈다.
'이놈, 속을 당최 모르겠단 말이지. 그 계집의 목숨을 언급했으니 함부로 날뛰지는 못하겠지만 꿍꿍이가 궁금해 죽겠단 말이야.'
두뇌 회전이 재빠르고 속내를 도통 드러내지 않는 여운이기에 목을 콱 틀어쥐고 마음대로 할 수 없는 게 답답했지만, 천天과 지地를 없애는 게 우선인지라 키득거리며 웃던 인人은 지地의 경멸 어린 시선을 받으며 비꼼을 던졌다.
"암, 없을 테지. 천수 놈을 폐하라는 황명이 있고, 또한 대대로 흑사초롱의 천주는 후대의 천주에게 목을 내주는 법이니까. 자네 부친도 그랬지 않나."

사뭇 다정하게 말하는 인人에게 지地의 눈빛에 서린 경멸이 더욱 짙어졌다.

"뭐, 기분은 안 좋겠지만, 사실은 사실이니."

지에게 빈정거림은 거침없이 쏟아내던 인人은 의자에서 일어나며 기분 좋게 말했다.

"그럼, 천수 놈 모가지나 따보러 가볼까?"

그러자 지地가 벌떡 일어서 인人을 막아섰고 여운은 감정 없는 눈동자로 두 사람을 주시했다. 인人은 지가 한 팔로 막아서며 묻자 의아함에 고개를 기울였다.

"가는 건 반대 않겠다만, 불가능하지 않겠느냐? 천주의 무예를 모르지 않을 텐데?"

은근히 협박하는 말투에 인人은 한쪽 어깨를 들썩이며 웃다가 지地에게 다정히 답했다.

"가옥아, 내 이 흑사채에서 쫓겨난 뒤로 다짐한 게 하나 있느니라. 뭔지 아느냐?"

짙은 경멸과 혐오가 적나라하게 드러나는 지地의 눈동자를 똑바로 바라보며 인人은 뜨거운 숨결을 불고 발을 내딛으며 말했다.

"질 만한 싸움은 애초에 벌이지 않는다는 게지. 보거라. 내가 천수 놈을 어찌 처리하는지. 크크크, 운이 너도 따라오너라."

등 뒤로 따라오던 여운이 지地를 돌아보는 모습에 눈가를 꿈틀거린 인人은 천天을 제거한 뒤 여운도 없애야겠다고 생각했다. 이어 곧장 홍대주가 있는 영화관의 방으로 쳐들어간 인人은 살짝 당황해하는 홍대주를 마주하고 앉으며 기분 좋게 웃어댔다. 놀람의 빛이 섬광처럼 지나간 홍대주의 얼굴에 음흉한 미소가 퍼지자 구향을 제외한 기생들이 알아서 물러났다. 방문이 닫히고 여운이 곁에 앉자 인ㅅ은 바로 본론을 이야기했다.

"대감, 내 황진기의 목을 쳐야겠으니 관군을 내주시지요."

"황진기? 그 역적 놈은 이미 죽었다 들었는데……."

문득 사실을 깨달은 홍대주가 지地에 대한 배신감으로 얼굴 가득 노기를 띠더니, 부채를 펼쳐 땀을 식히며 혼잣말했다.

"어허, 흑사초롱의 지주께서 분명 목숨을 거뒀다 했거늘!"

"그게 문제지요."

인ㅅ의 알 듯 모를 듯한 말에 홍대주가 눈살을 접자 인ㅅ이 키득거렸다.

"그 황진기 놈이 유일하게 연을 가진 이가 바로 가옥이, 대감께서 말하시는 바로 그 지주요."

마치 지렁이가 마른 땅위에서 꿈틀거리는 것처럼 굵은 눈썹을 움찔한 홍대주는 분기를 감추며 각진 눈매를 인ㅅ에게 향했다.

"해서, 황진기 목을 치는데 관군을 내어달라?"

"황진기 목에 걸린 현상금만 일만 냥이외다. 게다가 돈을 떠나 대역적 놈인 그자를 잡는다면 대감의 위세가 한층 더 높아지지 않겠소?"

주둥아리 하나 갖고 3년 동안 청국의 사신을 꽉 움켜쥐고 편안한 생활을 해온 인ㅅ이었다. 오로지 광기만으로 살아왔던 인ㅅ은 죽다 살아난 뒤로 상대의 약점은 거머쥐고, 강점을 살살 부추겨 제 손에 넣고 주무르는 법을 터득했다. 홍대주는 인ㅅ의 속셈을 다 간파한 듯하면서도 못 이기는 척 물었다.

"그래, 얼마나 지원하면 되겠소?"

인ㅅ은 회심의 미소를 지으며 나긋하게 답했다.

"일천이오."

가만히 있던 여운조차 놀랐는지 고개를 번쩍 들자 홍대주가 두 눈을 크게 뜨며 되물었다.

"일천? 천 명이라?"

"그렇소이다!"

하뭇 놀란 듯했던 홍대주는 인ㅅ의 시원한 대답에 큰 소리로 웃으며 빈정거렸다.

"자금성에 몇 년 머물더니 그새 간이라도 커진 게요?"

"간이 커진 게 아니라, 그릇이 커진 게지요."

홍대주의 눈동자에 비웃음이 서렸지만 내색하지 않고 짐짓 고민하는 투로 말했다.

"일천이라…… 포청의 관군으로는 어림도 없는 숫자고, 적어도 도성 수비를 담당하고 있는 수어청 정도는 움직여줘야 할 터인데, 뒷감당을 할 수 있겠소이까?"

"염려 놓으시지요. 만에 하나 실패하더라도 대감께 폐를 끼치진 않을 게요."

만족스러운 듯 홍대주는 고개 끄덕이더니 그때까지 얌전히 앉아 있는 구향에게 대뜸 명령했다.

"뭐하느냐? 술이라도 한 잔 따르거라."

침묵으로 답하고 요염한 손놀림으로 술을 따르는 구향을 바라보던 인ㅅ은 홍대주가 은밀히 묻자 기괴한 웃음을 흘렸다.

"헌데, 그 신출귀몰한 황진기 놈이 어딨는지는 어찌 아시오?"

"크크크, 대감께서 아시는지 모르겠다만, 이 몸의 혜안이 제갈공명에 견주어도 모자람이 없소이다."

홍대주 특유의 얕보는 시선이 날아오자 인ㅅ은 술잔을 입에 대며 혼잣말처럼 중얼거렸다.

"내, 가옥이에게 슬쩍 정보를 흘렸으니, 아마 제 발로 황진기를 찾아갈 게요."

곁에 있던 여운이 눈을 번쩍하자 인人은 간특한 미소를 지으며 술잔을 여운에게 내밀었다. 가만히 있으라는 무언의 압력에 묘연한 눈동자를 띠는 여운을 주시하던 홍대주가 깊은 흥미를 내보였지만, 인人은 무시하고 게걸스럽게 고기를 뜯어먹었다. 그러면서 문득 생각났다는 듯, 갑작스레 물었다.

"아! 등짝에 불을 지른 그 여인은 어찌 되었소? 크크크, 제법 인물이 반반했는데 등짝이 그래서야……."

여운의 눈동자가 단박에 살기를 띠고 날아왔다. 홍대주는 북벌지계를 잃은 것을 약 올리는 거라 생각했는지, 불쾌함을 담아 입술을 삐죽 올리며 인人을 흘겨보았지만 인人은 못 본 척 말을 이었다.

"내, 대감께 청 하나 드려도 되겠소이까?"

홍대주가 대답 없자 기름 묻은 손가락을 혀로 핥으며 인人은 씨익 웃었다.

"행여나 운이, 이놈이 내 목숨을 노린다면…… 그 계집의 목을 좀 쳐주시겠소?"

여운의 가느다란 눈매가 파르르 떨리자 모든 걸 꿰뚫어봤다는 듯 홍대주가 박장대소를 했다. 그리고 친히 인人에게 술잔을 채워주며 고개를 주억거렸다.

"그럽시다. 제갈공명이라……. 하하하하!"

뭐가 그리 즐거운지 홍대주는 웃음을 멈추지 못했고, 이로써 여운이 자신을 향해 칼을 휘두르지는 않을 거란 생각에 인人도 함께 웃었다. 여운이 내비치는 살기에 술조차도 얼어붙을 기세였다.

밤짐승들이 뭐가 그리 불안한지 산 곳곳에서 울어댔다. 갑자기 지地가 산채로 찾아온 것까지는 좋았는데 묘하게 무거운 분위기가 마음에 걸려 진주는 문밖에서 귀를 기울이며 한 마디도 놓치지 않으려 집중했다.
"예? 인주가 들이닥친다니요? 이 산채를 어찌 알고……."
황진기가 놀라 외치는 소리에 이어 지地의 차분한 목소리가 들렸다.
"천주께서 널 찾아 이곳에 올 것이다."
"예? 성님은 또 무슨 이유로 저를 찾습니까?"
"천주께서는 지금 전국 팔도의 고수들을 찾아 무예를 겨루고 있고, 너 또한 그중 일 명이다."

동수를 향해 검을 뽑던 천天의 취기 어린 눈동자를 떠올리며 진주는 주먹을 불끈 쥐었다. 분명 원망하고 미워해야 하는 적인데도 묘하게 사람을 끌어당기는 시선을 떠올리면 적으로만 생각할 수 없고, 황진기도 천天에 대해 악감정을 품지 않는 것 같으니 드러내놓고 적대시할 이유도 없었다. 진주는 문에 더욱 바짝 붙어 두 사람의 이야기에 신경을 쏟았다.

"천주께 원한을 품은 인주가 관군과 합세하여 이곳을 찾을 게다. 지체할 여유가 없다. 어서 진주와 함께 몸을 피하거라."
"아씨, 딸린 식구가 몇인데 저 혼자 몸을 피하겠습니까?"
그러자 모성애가 담뿍한 목소리로 지가 다그쳤다.
"진주부터 챙겨야 하지 않겠느냐? 네가 안 된다면, 내가 진주를 데리고 가겠다."

진주가 눈을 깜박이며 어머니에 대한 애틋함으로 가슴이 뭉클해지려는 찰나, 싸리문 바깥에서 천天의 목소리가 울렸다.
"진기야! 안에 있느냐?"

진주는 서둘러 몸을 피해 의적들을 모으기 위해 달렸다. 이미 놀라서 달려오는 의적들과 합세하는 진주의 눈에 뻐딱하게 서서 엄지를 칼띠에 걸친 천天이 보였다.

"진기 이놈아! 안에 있느냐 물었다."

진주는 의적들을 데리고 천天 앞에 섰다. 황진기가 아닌 진주가 나서자 천天의 게슴츠레한 눈이 반달 모양을 만들며 기울어졌다. 어색한 침묵에 딱히 뭐라 할 말이 없어 장난꾸러기같이 씨익 웃던 진주는 황진기가 집에서 나오자 얼른 달려갔다. 황진기는 진주를 뒤로 빼며 천天에게 친근한 어조로 인사했다.

"성님, 오셨습니까."

그러고선 드물게 엄한 표정으로 진주를 돌아보며 말했다.

"너는 안에 들어가 있거라."

"어……."

흘끔 천天을 본 진주는 엉덩이 끄는 강아지마냥 억지로 집으로 향했고, 등 뒤로 따끔거리는 천天의 시선을 받았다. 황진기는 진주를 계속해서 주시하는 천天의 관심을 돌리기 위해 조심히 입을 열었다.

"먼 걸음 하셨습니다."

"내 웬만하면 네놈만큼은 비켜갈 생각이었다만, 개나 소나 다 네 녀석을 거론하니 가만히 있을 수가 있어야 말이지."

"송구합니다."

허리 굽혀 사과하는 황진기에게 천天이 사내다운 웃음을 흘렸다.

"헛걸음만 아니면 된다. 잡거라."

진주는 걱정되는 마음에 머뭇거리다 황진기가 돌아보자 얼른 집 안으로 들어갔다. 문을 닫자마자 두 사람의 검이 부딪치는 소리가 울려 닫히던 문이 들썩거렸다. 문 앞에서 기다리고 있던 지地는 진주의 손목을 붙잡아 안으로 끌어당기더니 살짝 문을 열고 내다봤다. 지地의 어깨 너머로 흘끔거리며 문틈을 바라보던 진주는 천天의 검에 밀려 황진기의 모습이 위태위태해 보이자 저도 모르게 앞으로 튀어 나가려 했다. 그런 진주

8장 그리움을 담은 귀로(歸路) 189

를 밀어내고 문을 벌컥 열고 나간 지地는 천天의 검을 향해 흑구슬을 던졌다. 어둠을 뚫고 날아온 흑구슬에 멈칫한 천天은 서서히 뒤돌아보며 물었다.

"네가 여긴 어쩐 일이냐?"

"그만둬."

나직한 지地의 말에 천天이 가는 웃음을 흘리더니 갑자기 귀를 팠다.

"광택이 놈도 말렸지만, 그럴 수 없다."

천天이 검선을 언급하자 지地가 눈빛을 살짝 떨더니 시선을 바로 하며 나직하게 말했다.

"청국에서 대웅이와 장량이라는 자가 왔어. 당신을 노리고 이곳으로 들이닥칠 거야."

"장량?"

의아함을 담은 천天의 질문에 지地가 걱정과 번뇌를 드러냈다.

"황제의 호위를 담당하는 금위군의 무관이야. 오로지 당신과 겨루기 위해 무관의 직책을 버리고 조선 땅까지 왔대."

"금위군이라……. 해서, 대웅이와 그자가 나를 찾고 있다? 허면, 내 발품을 줄여줬으니 고맙다 인사라도 해야겠구나."

지地는 두 눈에 답답한 마음을 고스란히 담으며 분노 어린 목소리로 말했다.

"곧 이곳에 들이 닥칠 거야. 당신은 몰라도……."

"가옥아."

지地의 이름이 가옥이라는 걸 처음 안 진주는 생모의 본명을 가슴에 안았다. 천天은 나릿한 시선을 던지며 황진기를 향해 다시금 검을 들었다.

"그만 돌아가거라. 이 몸이 여기까지 왔을 땐, 그냥 돌아갈 마음 또한 없는 것이다."

진주는 다급히 황진기를 바라봤고 다시 자세를 잡으며 황진기가 슬픈 미소를 지었다.
"진주야, 행여나 이 애비가 잘못되더라도…… 절대 복수 따윈 생각 말거라, 알겠느냐?"
절대 그럴 수 없다. 황진기가 천天의 검에 죽는다면 천天이 죽는 날까지 복수심을 떨쳐버릴 자신이 없어 진주는 세차게 고개를 가로저었다. 어둠이 짙게 깔린 산채로 또다시 검이 맞부딪치는 소리가 요란하게 울렸다.

어둠뿐인 산길을 초행길임에도 장량이 익숙하게 걸어 올라가자 여운은 살짝 눈을 가늘게 떴다. 산채로 향하며 인入과 장량을 따르는 여운은 계속해서 무거운 마음을 떨쳐낼 수가 없었다. 거기다 장량이 쉽게 볼 인물이 아니라는 점에서 진주를 빼돌릴 방법이 묘연해지기만 했다. 곁을 걸어가던 인入은 여운을 흘끗 보더니 이상하다는 듯 고개를 갸웃하곤 물었다.
"천수 놈을 만난다니 신경 쓰이느냐?"
여운은 나릿한 시선을 던지고선 속내를 감추며 답했다.
"아닙니다."
천天을 걱정할 이유가 없다. 아무리 장량의 무예가 뛰어나다 하더라도 여운에게 있어 천天은 말 그대로 하늘이었다. 인入은 여운의 속을 다 안다는 듯 숨넘어갈 듯 웃더니 대뜸 명령했다.
"황진기 놈을 잡으면, 네놈이 목숨을 끊어놓거라."
또다시 피할 수 없는 상황에 놓이자 여운은 칼날 같은 시선을 인入에게 던졌다. 인入은 아무 상관없다는 듯 뒤틀어진 미소를 지으며 앞장서 올라갔고, 뒤를 따르며 여운은 주먹 쥔 손을 부르르 떨었다. 동수와 함께했던 시간 동안 맺어온 인연을 자신의 검으로 스스로 잘라버려야 하는 운명이 원망스러웠지만, 여운은 아련한 시선으로 산을 올려다보며 간절히 기원했다.

'제발 피할 수만 있다면······.'

기어코 불빛이 어지러이 흔들리는 산채에 도착하자 쩡쩡거리며 맞부딪치는 검날 소리가 귀를 울렸다. 여운은 익숙한 기운에 서로에게 부딪치는 검들 중 하나가 천天의 것이라는 사실을 알고 아랫입술을 지그시 깨물었다. 어둠 속에서도 환하게 빛나는 고운 얼굴에 가득한 수심은 눈빛을 타고 두 마리의 맹수처럼 부딪쳤다 멀어지는 천天과 황진기에게 향했다. 이어 흑사초롱의 살수들이 도착하자 인人이 손가락을 까딱해 보였고, 천天과 황진기를 둘러싼 산채의 의적들과 지地, 진주를 향해 수십의 화살이 날아갔다.

갑작스레 바람을 가르며 날아온 화살을 피하지 못한 의적들은 그대로 바닥으로 쓰러지며 피를 뿜어댔고, 천天과 황진기, 지地는 재빠르게 화살을 쳐냈다. 한순간에 난장판이 된 산채를 지켜보며 인人은 키득거리며 명령했다.

"화살받이가 되고 싶은 놈들이다! 계속 쏘거라!"

여운은 앞으로 뛰어 나가고픈 마음을 움켜쥐며 떨리는 눈빛을 진주에게 향했다. 갑작스레 소나기처럼 날아가는 화살을 쳐내던 황진기가 천天의 검에 팔이 베이고 주춤하자 진주가 소리 지르며 달려들었다.

"아버지!"

그때, 진주를 향해 화살 하나가 날아들었고 여운은 상체를 앞으로 내밀며 숨을 멈췄다. 동시에 황진기가 진주를 다급하게 불렀고, 진주를 붙잡은 지地가 화살을 향해 등을 보이며 진주를 가슴에 안았다. 여운은 지地의 등을 쑤시고 들어가는 화살에 시선을 내리깔아 안타까움을 감췄다.

"진주야······ 괜찮으냐?"

바닥으로 떨어진 수많은 횃불에 지地의 얼굴이 흔들거렸다. 진주는 지

地의 등을 더듬다 화살이 잡히자 새파랗게 질린 얼굴로 소리쳤다.
"엄마? 엄마! 엄마!"
지地가 진주 품에서 쓰러지자 쏟아지는 화살 속에서도 오로지 황진기를 향해 검을 휘두르던 천天이 멈칫했고, 진주의 외침을 들은 인人이 눈썹을 높이 쳐들며 중얼거렸다.
"엄마? 이건 또 무슨 문풍지 찢어지는 소린감?"
그러자 가만히 지켜만 보던 장량이 느릿하고 어색한 말투로 물었다.
"저자가 선대 천주라는 자냐?"
인人은 샐샐거리는 웃음으로 장량을 돌아보며 답했다.
"예, 어떻습니까? 눈빛이 아주 살벌한 것이, 꼭 아귀 같지 않습니까?"
재미있다는 듯 장량이 나직하게 웃고는 곁에 있던 살수에게서 화살 하나를 뺏어 손가락으로 자루를 부러뜨리더니 화살촉만을 들고 천天에게 걸어갔다. 분명 장량의 살기를 느꼈을 텐데도 천天은 아랑곳없이 지地의 등에 박힌 화살을 뽑고 술을 붓더니 묘연한 눈길로 진주를 바라봤다.
"엄마! 괜찮아요? 엄마!"
그렇게 거의 울먹거리듯 외치는 진주를 바라보는 천天의 등을 향해 장량이 화살촉을 던졌고, 파리한 빛을 토해내며 날아간 촉은 천天의 살을 파고들었다. 여운은 급히 숨을 들이마시며 앞으로 달려 나가려 했지만 인人이 거칠게 팔을 잡자 멈칫했다. 친부인 여초상이 죽을 때와 같았다. 가슴을 가득 채운 애증으로 미워할 수도 온전히 사랑할 수도 없지만 죽는 모습을 보고 싶지는 않았다. 아버지와 같은 천天이 다치는 걸 가만히 보고만 있을 수 없어 인人의 손을 뿌리치려고 한 여운은 천天이 마치 아무런 공격을 받지 않은 양 진주에게 묻자 움직임을 멈췄다.
"아가야, 지금…… 엄마라 불렀느냐?"
고요한 말투였지만 등 뒤로 뿜어져 나오는 살기는 진주와 대화하는 데

끼어들지 말라고 협박하는 것과도 같아 장량과 인人이 놀란 듯 눈을 꿈쩍했다. 진주가 어리벙벙한 표정으로 멍하니 있자 천天이 다시금 물었다.

"이 여인을 보고 엄마라 불렀느냐, 물었느니라."

사방으로 뻗어 나가는 낮은 위압감에 여운은 머리가 무거워지는 느낌이었다. 여운은 장량이 화살 한 개를 더 빼앗아 드는 걸 보며 눈썹을 모았다. 화살을 또다시 부러뜨린 장량은 작은 눈으로 매섭게 천天을 노려보며 또다시 천天을 향해 화살촉을 날렸다. 순간, 진주를 주시하고 있던 천天이 돌아보지도 않은 채 날아오는 화살촉을 손으로 낚아채고는 고개를 끄덕거렸다.

"엄마라……. 그럼 네가 가옥이 딸이란 얘긴데……. 황진기가 아비에, 가옥이가 엄마라, 거참."

그러고선 난감하다는 듯 황진기에게 시선을 돌린 천天은 명령했다.

"안으로 들이거라."

재빠르게 황진기와 진주가 지地를 부축해 안으로 들어가자 몸을 돌린 천天은 손에 쥔 화살촉으로 머리를 긁적거리더니 장량을 슬쩍 보고 인人에게 팔이 잡혀 있는 여운에게 말을 걸었다.

"그사이 진짜 살수가 되었구나."

그리운 목소리와 정다움이 가득한 말투, 게슴츠레한 눈빛을 받으며 여운은 잠시 떨리는 눈빛으로 마주하다가 고개 숙였다.

"천주님의 가르침 덕분입니다."

여운에게 있어 천天은 유일한 천주이고 스승이며 거부할 수 없는 운명이었다. 밤공기를 타고 천天의 웃음이 안개처럼 퍼졌다.

"그래, 그래야지."

그러고선 인人을 향해 무거운 돌을 내려놓는 것처럼 묵직하게 말을 던졌다.

"대웅이, 이놈아. 너는 어쩌다가 이리 썩어버렸느냐?"

"그러는 너는? 어째서 나를 죽이려 들었느냐?"

연신 고개를 끄덕이며 천ㅈ이 진심인 듯 말했다.

"미안하게 되었구나. 한 번 죽기도 힘든데, 너는 두 번이나 죽겠으니 참으로 미안하다."

여운의 팔을 놓으며 인ㅅ이 입을 비틀며 발끈하는 성질을 고대로 드러냈다.

"죽긴 누가 죽는단 말이냐! 천수 네놈 모가지를 따는데 설마하니, 나 혼자 왔겠느냐? 크크크, 저기 횃불이 보이느냐? 지금, 수어청 일천 군사가 이 산채를 포위하고 있느니라."

산을 밝히는 횃불들을 내려다보며 천ㅈ이 피식 웃자 인ㅅ이 입술을 바들바들 떨었다.

"웃어? 아니, 그렇게도 감이 없으신가? 네놈이 살아나갈 구멍이 없다는 게야!"

"칼을 뽑거라."

감로처럼 차분하게 가라앉은 천ㅈ의 목소리가 무엇을 의미하는지 알기에 여운은 내심 안도했다. 적어도 천ㅈ은 진주를 해할 마음이 없어 보였고, 천ㅈ이 이토록 무거운 살기를 드러낼 때는 그 앞을 막을 수 있는 자가 몇 없음이다. 오랫동안 함께했던 인ㅅ도 그 사실을 알기에 급격히 당황하며 장량에게 애원 섞인 외침을 내질렀다.

"혀, 형님!"

장량이 칼을 뽑아 들자 천ㅈ은 피식 웃으며 눈썹을 치켜세웠다.

"황제를 호위하는 무관이라. 어디 실력 좀 보실까?"

두 사람의 검이 부딪치며 마치 두 마리의 나비가 춤을 추듯 어둠 속에서 넘실거렸다. 서로의 목을 향해 검을 휘두르던 두 사람은 천ㅈ이 바닥을 발로 훑으며 자갈들이 날아가자 장량이 산채 안으로 들어감으로 시야에서 사라졌다. 인人은 온몸을 바들바들 떨며 흥분하더니 살수들에게 황진기와 지地, 진주가 들어간 집을 향해 눈짓했다. 명을 받은 살수들은 날렵하게 집 안으로 들어갔지만 얼마 안가 문이 부서지며 우르르 밖으로 튕겨 나왔다. 이어 황진기가 굳은 얼굴로 나오자 인人이 주춤거리는 살수들을 흘끔 보고는 여운에게 명령했다.

"네가 나서거라."

여운이 좀처럼 움직이지 않자 인人이 고조된 목소리로 바들바들 떨며 말했다.

"뭣 하느냐? 네놈이 흑사초롱의 진정한 살수라는 걸 증명해라!"

천天의 경고가 다시금 뇌리에 날아와 박혔다. 여운의 마음을 쥐고 무기처럼 부리는 인人을 원망할 수조차 없었다. 여운은 상대에게 무기를 내어준 것이 얼마나 치명적인지 뼛속 깊이 깨달으며 어쩔 수 없이 황진기 앞으로 걸어갔다. 여운이 흔들리는 불빛 아래로 나오자 황진기가 놀란 듯 숨을 멈추더니 한 번에 토해내며 격정적으로 말을 쏟았다.

"네놈이 진정 악귀가 되었구나!"

여운은 처처한 눈빛을 감춰주는 어둠에 감사하며 검을 뽑아 들었다.

"각자 소중한 것을 지키면, 그것으로 충분합니다."

황진기가 알아들었다는 듯 살짝 고개 끄덕이더니 여운의 검을 쳐냈다. 서로 간에 암묵적인 합의로 인해 지지부진한 싸움을 하면서 황진기는 흑사초롱의 살수들이 진주와 지地가 있는 집으로 들어가자 잔뜩 어깨를 굳혔다. 그 마음을 충분히 알기에 잠시 놓아줄까 싶었던 여운은, 지地가 힘겹게 살수들을 막아내자 천天이 달려가는 모습을 보고 황진기를 향해 검을 뻗었다. 황진기는 천天이 도와줌에도 불안한지 계속해서 싸움에 몰두하지 못하다가, 지地의 명령에 진주가 억지로 도망치는 모습을 보며 조급함을 담아 여운의 검을 쳐냈다. 진심으로 맞부딪친 검으로 팔 근육이 급히 긴장하고 손가락이 저릿할 정도로 강한 힘이 느껴져 여운은 숨을 고르며 잠시 뒤로 물러섰다.

그렇게 진주의 뒤로 살수들이 뒤쫓자 황진기가 원망 어린 눈으로 여운을 힐끔 바라봤다. 동시에 지地가 간절함을 담아 말하는 소리가 들렸다.

"구해줘······. 당신 딸이야······."

천天이 놀란 만큼 여운과 황진기가 번개 맞은 얼굴로 멍하니 지地를 돌아봤다. 천天은 도망가고 있는 진주를 보더니 지地에게 다정스럽게 말했다.

"죽지 말거라. 네가 죽으면······ 내가 어떻게 살아가겠느냐."

그리고 날아가듯 천天이 진주를 따라 숲으로 달려가자 지地가 힘겹게 몸을 일으켰다. 상대를 잃은 장량은 허무하다는 듯 고개를 절레절레 흔들고는 검을 쥔 채 손가락을 폈다 쥐었다 하며 천天을 삼켜버린 어둠을 한참 동안 바라봤다. 여운은 급해진 황진기가 진심으로 검을 휘두르자 대충 상대할 게 아니라고 생각해서 진지한 싸움을 시작했다. 왼팔이 천天으로부터 부상을 당해서인지 황진기는 생각보다 부족한 검술을 펼쳤고 여운은 황진기를 놓아주고 싶은 마음을 뿌리치지 못해 전력을 다할 수 없었다. 그 마음을 읽었는지 여운과 검을 마주하고 있던 황진기 앞으로 인人이 달려들었다. 여운과 검을 맞대고 있던 상태라 인人의 검을 피하지 못한 황진기의 어깨로 칼날이 파고들었고, 놀란 여운이 미처 말릴 새도 없이 인人은 그대로 황진기에게 검을 박은 채 앞으로 밀고나갔다.

흙바닥이 깊이 파이며 황진기의 몸이 뒤로 밀려나가 벽에 부딪치자 인人은 악문 이빨 사이로 말했다.

"안타깝다만 너는 굳이 살아 있을 이유가 없다. 크크크, 팔도에 악명을 떨치던 네놈도 이리 가는구나."

이어 관군들이 들이닥치자 황진기의 어깨에 검을 박은 채 인人은 여운을 향해 명령했다.

"죽이거라."

바닥으로 쓰러지면서도 두 무릎을 꿇지 않는 황진기를 내려다보며 여운은 안타까움으로 가만히 검만 움켜쥐었다. 관군들이 지(地)를 포박하고 여운의 뒤로 둘러싸는 바람에 굽도 젖도 할 수 없는 상황에 어쩔 수 없이 황진기의 목으로 검을 들이댄 여운은 진심을 담아 입을 열었다.

"저를 원망 마십시오."

서슬 어린 칼날을 들이대는 여운에게 등 뒤로 지(地)가 기겁하며 외쳤다.

"무슨 짓이냐!"

인(人)은 키득거리며 혀를 차고선 지(地)에게 조롱을 던졌다.

"어허, 가옥이 너는 웬만하면 모른 척 있거라."

지(地)의 매서운 눈길이 날아가자 인(人)이 움찔하며 어깨를 모으더니 과장된 어투로 너스레를 떨었다.

"거참, 무섭게 왜 그러시나. 뭣하느냐! 어서 숨통을 끊거라!"

마치 화풀이하듯 명령하는 인(人)과 체념한 모습의 진기를 번갈아 본 여운은 눈을 질끈 감았다 뜨고 검을 치켜들었다. 그때, 등 뒤로 너무나 익숙한 목소리가 울렸다.

"운아! 하지 마!"

3년 동안 과거를 헤집으며 떠올리려 애썼던 동수의 목소리가 환청처럼 들리자 놀란 여운이 서서히 고개 돌렸다. 빽빽한 관군들 사이로 밀치고 들어오며 동수는 변함없이 장난꾸러기 같은 얼굴로 말했다.

"실례 좀 하겠습니다. 고생 많으십니다. 조금 비켜주시지요. 아이쿠! 발 밟아 죄송합니다."

관군들의 어깨를 툭툭 치며 그 사이로 비집고 나타난 동수를 모두가 어이없다는 얼굴로 바라봤다. 여운만이 동수의 그런 모습이 당연한 듯,

희미하게 미소를 펼쳤지만 눈은 슬픔을 담아 금방이라도 울 것만 같았다. 사람들 앞에 나선 동수가 곧장 여운에게 향하자 인ㅅ이 손가락을 부들부들 떨며 중얼거렸다.
"네놈은…… 백동수가 아니냐?"
행여나 검선이 함께한 게 아닐까 잔뜩 두려워하며 인ㅅ이 주변을 둘러보자 동수가 태연히 답했다.
"기억하십니까? 예, 맞습니다. 백. 동. 수."
검선이 뒤따르지 않자 눈에 띄게 여유를 되찾은 인ㅅ은 입술을 비틀며 빈정거렸다.
"정신이 돌아온 줄 알았더니, 아닌 게냐?"
"에이, 대체 언제 적 얘길 하고 그러십니까?"
능청스럽게 손사레까지 치며 말한 동수는 여운을 보고 차분하게 말했다.
"운아, 그 칼 치우는 게 어때?"
여운이 아무 말도 못 한 채 가만히 서 있자 황진기의 목을 향해 있는 여운의 검을 손가락으로 밀어내며 동수가 씩 웃었다. 마음 같아서는 덥석 끌어안고 반가움을 표현하고 싶은데, 동수의 손가락에 밀린 검이 차르릉 하며 울자 놀람으로 여운은 자신의 검을 내려다볼 뿐이었다. 인ㅅ은 사람들을 휘젓고 있는 동수를 보며 장량에게 부탁했다.
"보아하니 실성한 게 분명하구나. 형님, 단칼에 저승으로 보내주시지요."
장량의 검이 거침없이 동수의 목을 향해 날아들었다. 여운이 급히 막으려 했지만 동수는 싱긋 웃고는 부드럽게 검을 피하더니 멈추지도 않은 검날을 손으로 붙잡았다. 그러고서 여운을 보며 중얼거렸다.
"누가 그럽디다. 검은, 손이 아닌 마음으로 잡는다고."
여운은 놀람으로 가늣하게 떨리는 눈동자로 동수를 주시했다. 마주

보며 동수는 조용히 타이르듯 말을 이었다.
"또한 간절한 마음만이 검을 움직인다고."
어느새 장량의 검이 동수의 손에 들려 있었다.

9장
중적重積한 비밀

동수에게 칼을 빼앗기고도 장량은 흔들림 없이 목석 같은 얼굴에 비웃음을 펼쳤다.
"무예가 뛰어나긴 하나, 아직 어리구나. 이리 겁을 준다 하여, 이 몸이 꼬랑지 내리고 도망이라도 칠 성 싶으냐?"
동수는 장량이 뭐라 하든 귀에 들어오지 않았다. 돌처럼 굳어 있는 여운의 얼굴과 처처하게 떨리는 눈동자만이 동수의 온 관심을 빼앗았다. 얼마나 그립던 동무인가. 함께 웃고 떠들고 먹고 자며 온 마음을 나누었다 생각했던 여운이기에 오늘만큼은 동무를 되찾고만 싶었다. 그렇기에 장량에게 칼을 돌려주며 동수는 피식 웃었다.
"관심 없수다."
건방진 말투에 감정이 상한 듯 실눈을 매섭게 뜨던 장량은 여운에게 못 박힌 동수의 시선을 보더니 나직하게 웃고는 칼을 받았다.
"그래, 짚신도 짝이 있다 했지."
그러자 인人이 다급하게 장량을 향해 외쳤다.

"형님!"
"말하지 않았더냐. 내 상대는 오직 그놈뿐이다."
 장량의 모습이 이미 어둠 속으로 묻히자 인ㅅ은 시뻘겋게 충혈된 눈으로 여운을 향해 악을 질렀다.
"죽여라! 네놈이 죽이거라!"
 여운의 떨리는 눈동자가 인ㅅ에서 동수로 향하더니 오랜 벗을 반기는 목소리로 말했다.
"실력이…… 제법 늘었구나."
 동수의 서글서글한 미소가 여운의 차가운 눈동자에 파고들었다.
"앞으로 이런 말을 듣게 될 거야."
 그리고 동수는 여운을 날카롭게 노려보며 강조하듯 한 마디 한 마디를 잘라 말했다.
"조선제일검. 백. 동. 수."
 최고가 되어 여운을 묶고 있는 운명을 가차 없이 잘라내버리고야 말겠다는 다짐을 담은 동수의 말에 여운이 아청한 눈망울에 애달픔을 담았다.
"조선제일검이라……."
 여운의 검이 가볍지만 예리한 놀림으로 동수에게로 밀려들어왔다. 동수는 새로운 사실에 스스로 놀라며 가볍게 여운의 검을 막아냈다. 어린 날부터 수도 없이 대련을 해왔던 여운이었고, 그때마다 속수무책으로 여운의 공격을 막아내지 못했던 동수였는데 신기하게도 이제는 여운의 공격이 예상되고 그 흐름이 보여 쉽게 막을 수 있었다. 동수가 방어뿐이 아니라 제법 매서운 공격까지 하자 여운의 눈동자에 놀람이 언뜻 스쳐지나갔다. 서로에게 검을 겨누며 동수는 마치 예전으로 돌아간 듯한 착각에 빠지며 여운과 맞부딪치는 검에서 즐거움도 느꼈다. 예전처럼 동무가 되어 함께 수련하고 웃으며 우정을 나눌 수 있다는 희망도 느껴졌다. 하지만 서로 검을 부딪친 지 얼마 되지 않아 여운이 소조한 눈빛을 흘리며 슬쩍 검을 비켰고, 저도 모르게 그 틈을 노려 여운의 목에 검날을 댄 동수는 각진 눈을 부릅뜨고 부르르 떨었다.

'운이, 너!'

일부러 약점을 내보인 여운은 아무런 표정 없는 얼굴로 슬쩍 인入을 보았고, 아직은 때가 아님을 안 동수는 아쉬움과 슬픔이 섞인 미소를 지었다. 결국 두 사람은 동시에 검을 내렸고 인入은 윗입술을 바들 떨더니 피를 토할 것처럼 악을 질렀다.

"어찌 칼을 거두는 게냐!"

여운은 애절함이 뚝뚝 떨어지는 눈빛과 달리 얄긋한 미소를 입에 걸친 채 인入에게 조용히 물었다.

"애초에 천주의 목을 베는 것이 이곳에 온 목적이 아니었습니까?"

"뭐라?"

기절할 것처럼 경련 일으키며 소리 지르는 인入을 외면하고 동수를 흘끔 본 여운은 잔잔함이 넘쳐 오히려 태풍이 몰려올 듯한 목소리를 냈다.

"게다가, 이런 곳에서 지기의 목을 베고 싶은 마음은 없습니다."

"네, 네놈이 어찌!"

그것만으로 충분했다. 아직은 동무로 생각하고 있다는 여운의 속내를 안 것만으로도 동수는 고뇌가 찬연한 여운의 눈을 보며 더 이상 화를 내지 않아도 되었다. 동수가 황진기에게로 다가가 어깨에 박혀 있는 칼을 뽑고 인入을 향해 던지니 날아간 칼은 기겁하는 인入의 발치에 칼날을 세우며 박혔다. 인入은 얼굴을 붉으락푸르락하더니 땅에 박혀 울고 있는 칼을 뽑아 들었고, 동수는 황진기의 상처를 유심히 살피며 조용히 말했다.

"상처가 깊습니다."

"나는 괜찮다."

황진기의 시선을 따라 지地를 바라본 동수가 성큼성큼 걸어가자 지地를 둘러싼 흑사초롱의 살수들이 슬그머니 길을 텄고, 동수는 태연히 그 사이로 들어가 포승줄을 자르고 예의 바르게 물었다.

"괜찮으십니까?"

지地가 끄덕이며 일어나자 인人이 내민 칼을 사시나무 떨듯 떨며 소리쳤다.

"이, 이놈들. 니들이 아무리 발악해봐야 소용없느니라! 보이느냐! 이 산채에 수어청 일천 군사가 포진해 있단 말이다! 네놈들이 아무리 날고 기어도 살아서 이 산을 내려가진 못할 게야!"

동수가 밤하늘을 향해 휘파람을 불며 고갯짓하자 뒤돌아본 인人의 눈에 경악이 서렸다. 어느새 썰물 빠져나가듯 관군들이 모두 산을 내려가고 있었다. 배신감으로 눈이 회까닥 뒤집어진 인人은 몇 안 되는 흑사초롱의 살수들을 향해 소리치며 뒤로 슬금슬금 엉덩이부터 뺐다.

"쳐라!"

"비키거라. 너희들을 죽이고 싶지 않다."

지地를 보고 머뭇거리던 살수들은 지地가 조용히 말하고, 인人이 재빠르게 도망치자 예를 갖추어 지地에게 인사한 뒤 빠르게 사방으로 흩어져 사라졌다.

동수는 살수들과 함께 어둠으로 스며드는 여운의 등에 대고 다급히 외쳤다.

"가지 마!"

여운의 가느다란 어깨가 떨리는 것처럼 보였다. 동수는 여운의 등을 바라보며 간절히 말했다.

"이제 충분하잖냐. 그만하면 됐어."

여운은 뒤돌아보지 않은 채 조용히 답하고 바람처럼 어둠 속으로 사라졌다.

"미안하다."

한참 동안 여운이 사라진 숲을 노려보던 동수는 지地가 피를 토하자 얼른 제정신 차리고 지地의 등에 박혀 있던 화살촉을 살폈다.

"독입니다."

깜짝 놀라 바라보는 황진기와 지地의 시선을 받으며 동수는 품에서 죽통을 꺼내 내밀었다.

"도움이 되실 겁니다."

검선이 만든 해독제이기에 효과가 있을 거라 확신해 건네주었건만 지地는 망설이는 듯 죽통을 열지 않았다. 행여나 진주가 화살에 맞지 않았을까 걱정하는 지地에게 황진기가 조용히 말했다.

"아씨께서 쾌차하셔야 진주를 찾지 않겠습니까?"

그제야 진주가 안 보이는 것을 깨달은 동수는 깜짝 놀라 물었다.

"그러고 보니 진주는 어딨습니까?"

지地와 황진기가 잠시 서로를 바라보더니 동수가 눈썹을 모으자 지地가 힘겹게 말했다.

"잠시 심부름을 보냈느니라. 염려할 필요 없다."

행여 무슨 봉변을 당한 게 아닌가 싶어 한껏 오므라졌던 가슴을 활짝 펴고 동수는 진심으로 안도했다.

"다행입니다."

황진기는 상처 입은 의적들을 안타깝게 바라보다가 지地에게 빠른 어조로 입을 열었다.

"아씨, 산채가 발각되었으니 이곳은 위험합니다. 서둘러 피하시지요."

그리고 살아남은 의적들에게 명령한 황진기는 지地를 부축해 일으켰다.

"니들은 산채를 비우거라! 남김 없이, 절대 흔적을 남겨서는 안 된다! 알겠느냐?"

"예!"

서로를 부축하며 바삐 움직이는 사람들을 뒤로하고 지地를 부축해 산을 내려오는 내내 동수는 몇 번이고 터져 나오려는 한숨을 삼켰다. 한양에 거의 도착하여 신이 나서 달리던 동수가 산을 타고 오르는 관군들의 횃불을 발견한 건 행운이었다. 진주의 산채가 있는 방향이라 무시할 수도 없어 행여나 하고 산을 오른 동수는 한눈에 들어오는 상황에 가슴이 철렁했었다. 동수의 등장으로 황진기가 목숨을 구했고, 관군들이 물러갔으니 다행이라 생각하고 마음을 놓아야 하는데 산을 내려가는 내내 동수의 걸음이 점차 무거워졌다. 그렇게 3년만의 귀향이라 신이 나고 붕붕 떴던 가슴이 여운과 진주, 지地와 황진기의 처지를 생각하니 물 빠진 독처럼 공허함만 남았다.

천天이 아무리 베어도 그 수가 줄어들지 않자 살수들과 관군들을 따돌리고 천天과 함께 도망치던 진주는 산채 쪽을 보더니 갑자기 몸을 틀었다. 천天은 그런 진주를 붙잡아 돌아가지 못하도록 복부를 가격했다.

"헉!"

놀람과 의아함, 배신감으로 커다랗게 떠진 눈을 들어 천天을 바라보던 진주가 스르르 쓰러지자 천天은 진주를 어깨에 둘러메고 숲길을 달렸다. 지금 산채로 돌아가는 것이 무의미할뿐더러 위험하기에 우선은 진주를 숨겨야겠다는 생각으로 천天은 지地를 걱정하면서도 어둠 속을 헤치며 달렸다.

마침내 움막으로 피신한 천天은 기절한 진주를 눕히고 어둠 속으로 밀려드는 달빛에 비치는 진주를 한참이나 바라봤다. 처음 보았을 때부터

지地와 닮은 구석이 있다 싶어 이상하게 관심이 흘렀기에 지地의 여식이라는 점에서는 그다지 충격을 받지 않았다.

'구해줘. 당신 딸이야…….'

생각지도 못했던 지地의 말에 가슴이 뭉클한 게 아픈 것 같기도 하고, 서글픈 것 같기도 하고, 기쁜 듯해 천天이 술병을 입에 대니 복잡한 마음만 더해져서, 털어내보려 깊은 한숨을 내쉬자 암흑 같은 어둠만이 더 진해졌다. 천天은 관군들에게서 도망칠 때 진주가 넘어졌던 것을 떠올리고 진주의 발목을 살펴봤다. 다행히 외상은 없어 보였지만 혹시 몰라 붕대로 고정시키고 몸을 일으키던 천天은 휘청거림에 잠시 눈을 감았다. 화살을 맞았던 어깨를 만져보니 독기로 살갗이 퉁퉁 부어 있었다. 우선은 독을 빼내야겠다는 생각에 달빛 아래로 나간 천天은 상의를 벗고 부어오른 상처를 단검으로 찢어 피를 뽑아냈다. 팔을 타고 흐르는 게 붉은 피인지 가슴에서 흘러나온 눈물인지 달빛 아래 홀로 앉은 천天의 눈빛에 소조함이 베어 나왔다.

천天은 피를 빼낸 후 발목에 감겨 있는 붕대로 감고 상의를 입었다. 비록 검선에게 빈정거림으로 실토했지만 지난 20년 내내 가슴 한구석에 죄책감으로 남아 있던 일이었다. 그런데 진주가 자신의 핏줄이라 생각하니 죄책감이 커진 만큼 기쁨이 몰려와 스스로가 난감해 천天은 손바닥에 얼굴을 묻었다. 검선을 죽이고 나서야 검선이 그토록 고집하던 '누군가를 지키기 위한 검'을 알게 되었으니 심란함은 이루 말할 수도 없었.

'광택이 이놈아, 왜 그리 죽었느냐.'

검선이 질 거라 생각한 적은 단 한 번도 없었기에 검선의 복부에 검을 박았을 때 천天 또한 무척이나 놀랐었다. 검선이 눈을 감기 전, 피를 토해내며 했던 말이 저주처럼 천天의 가슴을 움켜쥐었다.

"자네가…… 누군가를 지키는…… 검 맛을 알게 된다면…… 천주……

9장 중적(重積)한 비밀

가옥이를 부탁하네……."

그럴 일은 없지만, 가옥이는 지키겠다 약속했던 천天이었건만, 진주를 지키기 위해 천天은 검을 휘둘렀다. 천天은 마음을 갖는 것이 살수에게 얼마나 위험한지 뼈저리게 알기에 절대 누군가를 온전히 마음에 담지 않겠다 스스로에게 맹세하고 또 맹세해왔다. 그럼에도 핏줄이라는 이유만으로 진주는 너무 쉽게 천天의 마음을 차지했다. 검선을 묻어주고 오는 길 내내 인생무상을 느낀 천天은 유난히 어둠이 짙은 밤이라 허무함이 더하다고 생각했다. 그렇기에 검선이 지키려 했던 황진기를 고집스럽게 찾아 검을 겨누었던 것인데 후회까지 밀려드니 가슴이 번뇌로 출렁거렸다.

천天은 힘겹게 일어나 느릿한 걸음으로 방에 돌아가 진주가 아직 깨어나지 않은 걸 확인했다. 텅 빈 움막 안에 누워 있는 진주를 바라보는 천天의 시선이 칠흑처럼 어두웠다.

'내 여식이라…….'

어쩐지 헛웃음조차 안 나왔다.

상념에 빠져 산을 내려온 천天은 저잣거리에서 먹을거리를 사서 돌아가던 중 여인들이 모여 있는 상점을 지나다 걸음을 멈췄다. 천天이 느릿느릿하게 다가가자 기척을 느끼고 돌아보던 여인들이 기겁하더니 후다닥 도망쳤다. 천天은 상인이 슬금슬금 눈치 보며 서 있자 물건들을 눈으로 훑어보고는 술 취한 듯 천천히 입을 열었다.

"아직 시집을 가지 않은 여인이다. 몇 개 골라보거라."

"예? 아, 예. 이건 어떻습니까요?"

고운 비단신을 받아 들고 손가락으로 쓸며 천天은 부정父情을 느끼곤 희미하게 미소 지었다. 분명 웃는데도 살기가 퍼져 나왔는지 상인은 화급히 다른 물건들을 내밀었다. 상인이 권한 물건들을 모두 사든 천天은 관군들의 흘끔거리는 시선을 느꼈지만 무시하고 움막으로 돌아간 뒤, 계속해서 의식을 못 찾은 진주 곁에 짐을 내려놓고 부엌으로 들어갔다. 마른 나무 몇 개를 베어 불을 지피니 매캐한 연기가 눈과 코로 파고들어 천天은 연신 기침을 해대며 불꽃을 쑤셨다.

"콜록! 흠흠, 이것 참……."

양념 없이 야채들을 볶았더니 축 늘어지는 게 죽보다 못해 보였지만 바닥에 뒹굴며 먼지가 보얗게 내려앉은 그릇을 주워 음식을 담은 천天은 흐뭇한 미소를 지으며 진주가 있는 방으로 들어갔다. 그러자 아직까지 자고 있는 줄 알았던 진주가 빠르게 칼을 뽑아 들며 소리쳤다.

"비, 비켜!"

"흠흠, 거 움직일 수 있겠느냐?"

진주는 움찔하더니 칼을 더 앞으로 내밀며 말을 더듬었다.

"보, 보면 몰라?"

두 사람 사이에 미묘하게 흐르는 어색함 때문인지 천天도 자신도 모르게 같이 말을 더듬었다.

"그, 그게 말이다. 흠……."

결국 할 말이 없던 천天은 대뜸 죽사발을 내밀었다.

"우선 끼니나 좀 채우거라."

진주가 영문을 모르겠다는 듯 어리둥절한 표정으로 바라보기만 하자 천天은 사나운 개한테 밥 주듯 멀찌감치에서 슬그머니 그릇을 내려놓았다.

"나가 있을 테니…… 먹거라."

"보, 보시오! 대체 지금 뭐 하자는 거요?"

천天이 돌아보자 진주가 침을 꿀꺽 삼키더니 조심스레 말했다.

"이딴 거 필요 없으니까, 비켜줘요."

"지금은 좀 위험해서 안 된다. 하루만 묵고 가거라."

"아, 아부지한테 돌아가야 된다고! 안 비키면 강제로라도……."

소리를 꽥 지르고 절룩거리며 다가오다 비틀거리는 진주에게 천天은 다정하지만 엄격한 목소리로 말을 흘렸다.
"그 발목으로 일각이나 걸어갈 수 있겠느냐?"
진주는 발목을 내려다보더니 붕대가 감긴 것을 보고 더욱 진한 의아함을 담아 시선 들었다.
"제게 대체 왜 이러시는 거예요! 도움 주신 건 고맙지만, 이건 좀 아니거든요?"
"그놈 참 버르장머리하곤……. 황진기가 그리 가르치더냐?"
황진기를 거론하자 순식간에 진주의 눈매가 위로 찢겨 올라갔다.
"어어? 지금, 우리 아부지 흉보는 거예요? 그 말 당장 취소해요. 내가 다 참아도 우리 아부지 흉보는 건 절대 못 참거든요?"
피를 나눈 부녀지간이라는 사실을 알게 된 지 얼마 지나지 않았기에 욕심이라고 생각하면서도 황진기 편을 들어대는 진주를 보니 천天은 묘하게 시샘이 났다.
"아버지라……."
하다못해 지地가 검선을 선택했을 때조차도 시샘이 아닌 타오르는 질투를 느꼈을 뿐, 은근히 속이 긁히는 이런 기분을 느껴본 적은 없었기에 천天은 진주를 주시하며 사실을 털어놓았다.
"네 애미가 그러더구나."
진주가 또렷한 눈으로 바라보자 선뜻 입 밖으로 말이 안 나와 천天은 몇 번이고 입을 열었다 닫기를 반복하다 힘겹게 말을 이었다.
"네가, 내 여식이라고……."
진주의 얼굴이 새하얗게 변하더니 화르륵 붉게 타올랐다.
"거짓말 말아요……."
인정하고 싶지 않다고 온몸으로 드러내는 진주를 등 뒤로 하며 천天은 나직하게 말했다.

"예서 기다리면 자연히 알게 될 게다. 배나 채우고 기다리거라."

대답조차 못하는 진주를 홀로 두고 방을 나선 천天은 갑작스레 몰려드는 두선에 이마를 손으로 받치다가 의식을 잃고 바닥으로 쓰러졌다. 심란한 마음만큼 정신이 뱅뱅 맴돌더니 아득한 어둠 속으로 사라졌다. 가마득해지는 의식 너머 진주의 높게 치켜 올라간 목소리가 귀를 파고들었다.

"아저씨! 이봐요! 정신 좀 차려요!"

자식을 갖게 되리라 생각조차 해본 적 없던 터라 걱정이 가득한 그 목소리가 살며시 천天의 마음으로 파고들었다.

그리움과 반가움을 담아 대문을 밀자 흑사모가 반색하며 다가왔다.

"동수야!"

새끼를 찾은 어미처럼 눈물까지 글썽이며 다가오던 흑사모는 뒤따라 들어오는 지地와 황진기를 보며 눈을 휘둥그레 떴다.

"아니! 어찌 된 일이냐?"

어쩔 줄 몰라 하며 지地를 붙잡는 흑사모에게 동수는 심각한 표정으로 조용히 말했다.

"독화살을 맞은 듯합니다."

"독화살? 아니, 어쩌다……. 어서 안으로 들게."

흑사모가 놀람에서 벗어나 얼른 안내하자 황진기와 동수는 지地를 부축해 숙소 안으로 들어갔다. 흑사모가 급히 이불을 깔아주자 황진기와 동수가 조심스럽게 지地를 눕혔다.

"대체 이게 어찌 된 일이냐?"

"흑사초롱이 관군들과 함께 산채를 기습했습니다."

생각지도 못했는지 흑사모가 요란스럽게 놀라며 급히 물었다.

"뭐야? 허면 진주는? 진주는 어딨는 게야?"

또다시 지地와 시선을 교환하는 황진기를 보며 동수는 뭔가 낌새가 이상하다 느꼈지만, 내색하지 않았다.

"어저께 개성으로 심부름을 보냈습니다."

"그래? 거참, 다행이구만."

흑사모도 다행이라는 듯 고개 끄덕이고 여전히 찌푸린 얼굴을 황진기에게 향했다.

"산채 식구들도 모두 피한 것이냐?"

"예……. 송구합니다만, 잠시 몸을 의탁할 수 있겠습니까?"

흑사모는 손을 휘휘 내저으며 그런 말이 어딨냐는 표정을 지었다.

"어허, 송구는 무슨 송구. 푹 쉬게. 푹 셔. 장미와 미소는 가서 의원 좀 모셔 오거라."

대답 대신 훌쩍 방을 나간 미소의 뒤를 이어 흑사모와 장미가 방을 나가자 동수는 지地와 황진기에게 인사하고 흑사모를 따랐다. 그리고 여전히 근심을 버리지 못한 얼굴이면서도 반가움을 담아 바라보는 흑사모에게 넙죽 절하고 일어서서 나볏한 모습으로 인사했다.

"대장님, 그간 무탈하셨습니까?"

흑사모와 장미가 동시에 턱이 땅에 닿을 만큼 입을 쩍 벌리자 동수는 즐거운 듯 미소 지었다. 흑사모는 손가락으로 귀를 파고, 눈을 비비더니 펄쩍 뛰며 소리쳤다.

"뭐? 무, 무탈? 허허! 이놈 보게! 아니, 형님이 대체 어찌하셨기에 이 망나니 같은 놈이 이리 철이 들었냐? 허! 그러고 보니 형님은?"

"볼일이 있으시다 하며 저에게 먼저 한양으로 올라가라 하셨습니다."

단정한 말투에 흑사모의 입이 더욱 크게 벌어졌고 장미는 아예 기절할 것처럼 허옇게 뜬 얼굴로 멍하니 서 있다가 대문 밖에서 미소가 불러

대자 넋이 빠진 사람처럼 걸어갔다.

"거참. 세상 오래 살고 볼 노릇이구만. 그래, 많이 배웠느냐?"

"예, 성심을 다해 배우고 익혔습니다."

흑사모는 할 말은 많지만 입에서 떨어지지 않는다는 듯 입맛을 다시더니 애정 어린 눈길로 동수를 바라봤다.

"허허, 고놈 참. 이제야 사내대장부 같네. 그래, 그래. 어여 앉거라."

흑사모가 집무실 안으로 들어가 내어준 의자에 앉으며 동수는 의젓하게 침묵을 지켰다. 어울리지 않게 침묵을 지키고 있는 동수가 믿기지 않는다는 얼굴로 또다시 동수를 바라본 흑사모는 입에서 침이 흐를 만큼 한껏 올라간 입술을 다물지 못했다. 보기만 해도 마냥 흐뭇한지 한 번 보고 웃고, 다시 시선 돌렸다가 또다시 바라보며 웃는 흑사모에게 동수는 싱긋 미소 지으며 조용히 물었다.

"그간 별일 없으셨습니까?"

"뭐, 네놈의 잡것이 없으니 별일 있을 게 있겠냐? 상각이, 태용이, 용걸이 세 놈은 세손 저하의 익위사가 되었고, 초립이도 문과에 급제하여 궐로 들어갔느니라."

"초립이요?"

동수가 놀라 높은 어조로 묻자 흑사모가 고개를 끄덕였다.

"그래. 그놈이 영특하긴 하드만. 그 어렵다던 문과시험에 한 번에 척 하니 붙었느니라."

동수는 마지막으로 보았던 초립이를 떠올리며 입술 끝을 슬그머니 올렸다. 잘할 수 있는 일을 하고 싶다던 초립이가 진짜로 제 길을 찾은 듯해 다행이라는 생각도 들고, 자신만이 성장한 게 아니라는 사실에 더 노력해야겠다는 다짐도 생겼다.

"그래 무예는 많이 발전했느냐?"

"직접 보시겠습니까?"

주고받는 동수와 흑사모의 눈길이 짓궂음을 담아 번쩍 빛났다. 흑사모는 오랜만에 몸을 풀어볼 요량으로 신이 나서 엽도를 꺼내 들었고, 봉을 선택한 동수는 그동안 흑사모에게 수없이 머리통을 맞아댔던 걸 떠올리며 회심의 미소를 지었다. 그렇다고 흑사모의 머리로 봉을 후려칠 수는 없는 노릇이라 거칠게 파고드는 흑사모의 엽도를 봉으로 쳐낸 동수는 그 힘에 밀려 엽도를 놓친 흑사모가 눈을 휘둥그레 뜨자 그걸로 만족했다.

동수가 예를 취해 인사하자 흑사모가 허공으로 날아가 땅바닥에 박힌 엽도를 돌아보며 어이없다는 듯 눈을 껌벅거리더니 머쓱해졌는지 뒷머리를 긁적거렸다.

"흠흠, 주구장창 고깃덩이 써느라 몸이 좀 무거워졌나. 흠흠! 그래, 대충 소싯적 내 실력 정도는 되겠구나."

곧 죽어도 동수에게 패배한 것을 인정 못한다는 뜻을 보이는 흑사모에게 미소 짓고 봉을 내려놓던 동수는 마당 한쪽에 있는 화분을 발견하고 고개를 기울였다.

"저건 못 보던 건데, 무엇입니까?"

"아, 지선이가 키우는 인삼이니라."

이름만 들어도 심장이 살갗을 뚫고 튀어나올 듯 요동치자 동수는 숨을 들이마시며 조용히 물었다.

"지선…… 아씨요?"

"왜? 보고 싶으냐? 보고 싶었구나?"

짓궂게 웃으며 놀리는 흑사모를 동수가 살짝 흘겨보자 흑사모가 갑자기 하늘을 올려다보며 태양의 위치를 확인했다.

"기다려보거라. 장에 나갔는데, 곧 돌아올 시간이다."

햇볕이 들지 않게 막아놓은 인삼이 꼭 지선의 마음과도 같았다. 기다리겠다는 언약을 지키며 다른 이가 들어오지 않도록 꼭꼭 막아놓은 것처럼 느껴져 동수는 쭈그리고 앉아 화분 앞에서 떠날 줄 몰랐다. 흑사모는 다 안다는 눈빛을 나누고는 집무실 안으로 들어갔고, 동수는 홀로 앉아 인삼 화분을 기웃거리며 지선을 기다렸다. 의원이 다녀간 뒤에도 동수는 한떨기 들꽃처럼 자리에서 벗어나지 못했다. 어떻게 변했을까, 얼마나 힘들게 운명을 개척해나가고 있을까 생각하며 인삼 화분을 덮은 검은 덮개를 손가락으로 살짝 건드릴 때였다. 대문이 열리고 고운 비단천이 쓸리는 소리가 들려왔다.

기척만으로도 지선이 돌아온 것을 알았지만 동수는 얼어붙은 것처럼 손가락 하나 움직이지 못한 채 앉아 눈을 질끈 감았다. 보고 싶고, 가까이하고 싶고, 대화를 나누고 싶은데 설레는 마음이 너무 강해 되레 아무것도 할 수 없었다. 인삼 앞에 있는 동수의 뒷모습을 발견한 지선은 살금살금 걷더니 대뜸 말했다.

"다 자라려면 2년은 더 기다려야 하는 인삼이니, 지금 뽑아 가셔도 가치가 없습니다."

인삼을 바라보며 꼼짝도 않던 동수의 입가가 슬며시 곡선을 그리며 올라갔다. 지선은 활시위를 당기며 강경한 어조로 위박했다.

"정이 뽑아 가시겠다면, 먼저 그 손등을 향해 활을 놓을 것이며, 다음엔 가슴을 향해 활을 놓을 것입니다."

기다렸던 재회가 기뻐서, 지선이 스스로를 지키는 모습이 대견스러워서 동수는 미소 짓는 입술을 파르르 떨고 눈웃음을 피우며 일어나 서서히 몸을 돌렸다.

"진정 그리하실 수 있으십니까?"

지선의 얼굴을 보기도 전에 날아오는 화살촉이 시야를 가득 채웠다. 너무 놀라 시위를 푼 지선은 날아가는 화살에 더 놀란 듯 당황했고 동수는 가볍게 화살을 받아낸 뒤, 지선의 멍한 얼굴을 보며 미소 지으며 인사했다.

"그간 잘 지내셨습니까? 아씨."

"나으리……."

잔잔한 바람이 두 사람 사이로 흘러 지나간 시간을 데리고 갔다. 동수는 그립던 지선을 바라보며 가까이하지도 못하고 목석처럼 서 있었고, 지선은 흔들리는 눈동자로 동수를 하염없이 바라봤다. 얼마나 고생 많았냐고, 힘들지는 않았냐고 묻고 싶었지만 입술이 달라붙어 떨어지지도 않았다. 한참 동안 서로를 주시하던 두 사람은 누가 먼저라 할 수 없을 만큼 동시에 발을 앞으로 내딛었다. 한층 가까워진 거리에 동수가 손을 내밀자 가만히 다가온 지선은 그리움을 담아 동수를 올려다봤다.

동수는 인삼 화분을 흘끗 보며 조심히 물었다.

"인삼 종자를 노리는 놈들이 많은가 봅니다."

"아닙니다. 황진기 어른의 도움을 받고 있어, 지금은 많이 나아졌습니다."

순간 산채에서의 일이 떠올라 동수의 눈빛이 어두워지자 지선이 호기심을 담아 물었다.

"어찌 그러십니까?"

"아, 아닙니다. 한데, 아씨께서 상단을 꾸린다는 게 사실입니까?"

지선이 고운 미소로 답하자 뭐라 할 말이 없는 동수의 머쓱한 웃음이 지나자 또다시 어색한 침묵이 흘렀다. 동수는 떠오르는 말이 없어 인삼만 열심히 들여다봤고 살며시 미소 지으며 지선은 다정하게 입을 열었다.

"제 운명에 맞서는데 도움을 주는 것들입니다. 한번 보시겠습니까?"

당연히 봐야 하는 것들이기에 고개 끄덕인 동수는 지선을 따라 창고로 향했다. 창고 문이 열리자 어두컴컴한 실내로 밝은 햇살이 밀려들어

수북이 쌓인 물건들이 눈에 들어왔다.

"이게 다 무엇입니까?"

"청국에서 들여온 물건들입니다."

청국이라는 말에 화들짝 놀란 동수는 물건들과 지선을 번갈아 봤다. 지선은 단아한 미소를 펼치며 설명했다.

"이 모두가 나으리 덕분입니다."

의아해하는 동수에게 지선은 올곧은 눈매를 똑바로 향하며 눈이 부실 정도로 환한 미소를 지었다.

"운명은 스스로 개척하는 것이라, 나으리께서 가르쳐주시지 않았습니까?"

너무나 마음이 뿌듯해서 눈빛마저 따사롭게 흐르자 지선이 조금은 부끄러운 듯 열없는 미소와 함께 시선을 내리깔았다. 어두운 창고에서 벗어나 지선을 도와 창고 문을 닫던 동수는 두 사람의 모습을 보고 의심을 담아 묻는 흑사모를 돌아봤다.

"왜 둘이 게서 나오는 게냐? 어두컴컴한 데서 뭐하고?"

얄밉다는 듯 흑사모를 흘겨보던 동수는 문득 생각나 말했다.

"참! 스승님께서 세손 저하께 전하라 하신 서신이 있습니다."

"그래? 그럼 어서 다녀오너라."

동수는 지선을 돌아보며 좀 더 함께 이야기 나누고 싶은 마음을 다잡으며 살짝 고개 숙인 뒤 흑사모에게 허리 굽혀 인사했다.

"하면 다녀오겠습니다."

"그놈 참……"

흑사모의 어이없다는 표정을 뒤로하고 동수는 궐로 향했다. 3년의 시간이 아득하게 느껴져 익숙한 길이 한편으론 무척이나 낯설었다. 길마다 피어 있는 들꽃처럼 발자국 하나하나 기억과 추억이 아로새겨져 궐까지

가는 길이 길고도 어둡게 느껴졌다. 두터운 성문을 바라보자 3년 전, 그 문을 마지막으로 지났을 때 사도세자를 살리고자 했던 간절함이 또다시 샘솟았다.

'이미 지난 일이다. 생각하지 말자.'

여운이 어떤 이유로 배신했는지, 사도세자의 주검 앞에서 느꼈던 울분이 얼마나 컸는지, 여운을 막은 지선이 자신의 검에 생사의 기로에 섰을 때 얼마나 절망했는지 모두 잊어야 내일을 맞이할 수 있을 것 같았다. 그때를 돌이키면 다시 미친 사람처럼 검을 휘두르게 될 것 같아 동수는 고뇌로 가득한 눈을 똑바로 들지 못한 채 성문을 지났다.

곧장 동궁전으로 향하던 동수는 갑자기 복면한 무관 세 명이 덤벼들자 반사적으로 검을 뽑아 공격을 막았다. 삼방에서 동시에 넘벼드는 무관들은 서로 호흡이 잘 맞아 피하고 내지르기를 교묘하게 번갈아가며 했지만 동수는 그들의 공격을 쉽게 막아내며 의아함을 느꼈다. 대낮에 궁에서, 무관이 갑작스레 공격할 일이 없었고 그들 모두 살기를 지니지 않았기에 함부로 공격하기도 어려웠다. 동수는 번쩍거리는 눈만 내놓은 채 공격하는 그들을 보며 설마하는 마음을 가졌다.

"멈추거라!"

세 명의 무관은 이산의 명령에 즉각 반응해 그대로 검을 회수한 뒤, 복면을 벗고 장난스런 미소를 지었다. 놀란 얼굴로 검을 검집에 넣지도 못하는 동수의 어깨 뒤로 이산이 먼저 인사했다.

"궐에 들었다는 소식을 듣고 기다리던 참이었다."

얼떨결에 예를 취해 마주 인사한 동수는 입술을 삐죽거리며 웃음을 참고 있는 상각, 태용, 용걸에게 으르렁거리듯 말했다.

"니들!"

그러자 상각이 씨익 웃고서 검을 바로 차며 놀리는 투로 동수를 불렀다.

"야! 백동수! 실력이 좀 나아졌구나?"

서로 얼싸안으며 반가움을 한껏 분출하는 그들을 미소 지으며 바라보던 이산은 조용히 말했다.

"검선께선 함께 오시지 않았느냐?"

"일이 있어서 아직 사가에 머물고 계십니다. 하고, 서신을 저하께 전해달라 하셨기에 이리 찾아뵙게 되었사옵니다."

이산은 고개 끄덕이고 어린 나이임에도 의젓함을 보이며 앞장서 동궁전으로 향했다. 이산의 뒤를 따라 동궁전으로 들어간 동수는 가만히 무릎 꿇고 품에서 꺼낸 서찰을 앞으로 내밀었다. 상각이 바닥에 놓인 서찰을 집어 이산에게 건네자 펼쳐 읽던 이산의 눈이 점차 커졌다.

"검선께서 너를 내 스승으로 추천하셨구나."

퍼뜩 놀란 동수가 고개를 번쩍 드니 이산이 부드럽게 미소 지었다.

"나 또한 그러하고 싶구나. 처음 만났을 때를 기억하느냐?"

넋이 빠져 있던 3년 전 만남이 온전히 기억날 리가 없어 동수는 뒷머리를 긁적거리기만 했다.

"기억 안 나는 모양이로구나. 그럼 그때 말했던 두 냥이 무슨 의미인지 말해줄 수도 없겠느냐?"

두 냥이 왜 입 밖으로 나왔는지 그 상황조차 기억나지 않던 동수는 아련한 기억 속, 동냥 바구니 안으로 들어왔던 두 냥을 떠올리고 두 눈을 크게 떴다. 그 두 냥 때문에 우연찮게 이선을 구했던 그날이 떠오르자 가슴이 먹먹해지고 쉽게 입이 떨어지지 않아 동수는 한참 만에 힘겹게 답했다.

"실은 오래전, 소인이 어렸을 적 세자 저하께 두 냥을 받고 구해드린 적이 있사옵니다."

이산은 몹시 놀란 듯 숨을 멈추더니 한 번에 토해내며 억울하게 죽어간 아버지에 대한 원통함으로 눈빛을 떨었다.
"그러한 일이 있었느냐······."
고개를 끄덕이면서도 이산은 금방 울 것처럼 깊은 슬픔을 내보였다. 동수는 이마를 바닥에 박으며 이산의 아픔을 함께하고자 했다.
"소인, 세자 저하께 이 한 목숨 바쳐 충성할 것을 맹세했었사옵니다. 저하, 소인을 받아주신다면 하찮은 이 목숨, 저하께 바치겠나이다."
이산의 눈에 감동이 서려 아득한 눈길로 창밖을 바라봤다.
"아바마마께서 참으로 좋은 인연을 많이 남겨주셨구나."
오랫동안 회상에 잠겨 이선을 기억하던 이산은 자리에서 일어나며 과거를 털어버리듯 단호히 말했다.
"할바마마를 뵈러 가자. 내 손수 차를 올려드리며 겸신의 서찰을 전해드려야겠구나."
동수는 황송함을 담아 허리 숙였고 이산은 하뭇한 얼굴로 생과방으로 향했다. 방금 전까지 동수의 어깨를 끌어안으며 난리치던 세 동무는 갑자기 이산이 움직이자 언제 아이처럼 날뛰었던가 싶을 정도로 듬직한 모습으로 재빠르게 이산을 따랐다. 그 모습을 보며 동수는 피식피식 새어 나오는 웃음을 참으며 그들을 따라 걸어갔다.
세월이 지났다고 모두가 말해주는 것과 같았다. 마냥 어린아이 같던 동무들이 성장하여 의젓함을 보이고 각자 맡은 일에 충실히 하는 모습이 동수에게 완전히 낯설지만은 않았다.

10장
계책의 엄습掩襲

영조와 마주한 이산은 차를 마시는 정순 왕후에게 잠시 시선을 두었다가 거두며 노쇠함이 짙게 깔려 흔들림까지 있는 영조의 목소리에 귀 기울였다.

"세손 네가 손수 차를 올리니 향이 더 깊고 진하구나."

이산이 기쁨을 주체 못해 활짝 펴지는 얼굴을 숙이자 영조가 서신을 다시 펼쳤다.

"검선의 제자를 세손의 스승으로 받아달라……."

영조는 주름이 자글자글한 눈가에 웃음을 피우며 다정히 물었다.

"세손, 너는 어떠하냐?"

"할바마마의 뜻에 따르겠나이다."

영조가 고개 끄덕이곤 눈이 흐릿한지 손가락으로 눈가를 비비며 찻잔을 들었다. 언제나 영조와 정순 왕후 앞에만 있으면 한껏 숨을 들이쉴 수조차 없을 만큼 압박감이 밀려들어 이산은 찻잔에 손도 대지 못한 채 가만히 앉아 있었다. 사도세자가 죽고 난 다음, 살아보겠다고 숨죽이고 있는 자신이 구차하고 비열하게도 느껴지지만 생사조차 알 수 없게 된 상길이 신신당부했던 말을 잊지 않았기에 이산은 매사에 조심하였고, 하다못해 상길의 행적을 쫓지도 않았다.

'지금은 살아남으셔야 합니다.'

상길과 함께했던 시간은 얼마 되지 않으나 부친의 죽음을 이겨낼 수 있도록 곁에서 지켜준 자이기에 이산은 상길을 잊을 수도, 고마움을 버릴 수도 없었다. 그래서 막연하게 어디선가 상길이 잘 살고 있을 거라 믿으며 그리움을 가슴속에 고이 간직한 채 살아갔다. 이산은 상길이 조심하라 했던 정순 왕후의 눈치를 보다 차를 마시던 정순 왕후가 찻잔을 내려놓자마자 갑자기 바닥으로 쓰러지자 깜짝 놀랐다. 다과상 옆으로 고목이 쓰러지듯 단숨에 고꾸라진 왕후를 본 영조와 이산은 도대체 무슨 일인가 몇 번 눈을 깜빡이다 동시에 소리쳤다.

"중전!"

"할마마마!"

영조와 이산은 깜짝 놀라 혼절한 왕후에게 급히 다가갔고, 영조는 정순 왕후가 의식이 없자 다급히 외쳤다.

"의원을 부르거라!"

문밖에서 다급히 움직이는 발소리가 이어지고 문이 열리며 상궁들이 왕후 앞에 있는 다과상을 치우자 이산은 눈을 꿈틀하며 방 밖으로 나가는 다과상을 봤지만 너무나 혼잡해 상궁을 제지할 수 없었다. 왕후가 혼절하는 바람에 영조는 정신없는 듯했고, 손수 올린 차를 마신 뒤 왕후가 쓰러졌기 때문에 이산도 다과상을 신경 쓸 여력이 없었다. 더군다나 소동이 일어난 지 얼마 되지 않아 본청어의 의원이 들어오자 이산은 걱정으로 다과상을 잊고 잔뜩 굳은 얼굴을 펴지 못했다.

의원은 급히 왕후에게 침을 놓고 영조가 다급히 묻자 머리 조아리며 답했다.

"그래, 병인이 무엇이냐?"

"기혈이 닫혀 혼절하신 듯하온데……. 송구하옵니다만, 아직 병인을 찾지 못하였사옵니다."

"흠……."

영조가 걱정스런 눈길로 의식을 잃은 왕후의 손을 보듬을 때 문밖에서 요란하게 옷자락이 쓸리는 소리가 나더니 김한구가 잰걸음으로 들어왔다.

"마마! 이게 어찌 된 일이옵니까? 정신 좀 차리십시오! 마마!"

영조는 사색이 되어 소리치는 김한구를 조용히 달랬다.

"잠시 혼절한 것뿐이다."

"전하, 마마께서 인삼차를 드시고 혼절하였다 들었습니다. 사실이옵니까, 전하?"

왕후의 곁을 지키던 이산이 흠칫하자 김한구의 매서운 눈길이 이산에게 향했다. 이산은 애써 태연한 척 앉아 있었지만 도포 안으로 숨긴 손이 떨려오는 것을 막을 수는 없었다. 삽시간에 이산이 손수 올린 인삼차를 마시고 왕후가 쓰러졌다는 말이 퍼질 테고, 미끼를 보며 달려드는 물고기 떼와 같이 노론 대신들이 득달할 것이 자명하여 이산의 앞날이 암흑과도 같았다.

8년을 함께했던 동무들과 재회했는데도 동수는 어색함을 느껴 멍하니 하늘만 보며 기쁨을 표출하지 못했다. 동무들의 의복 때문인지, 의젓한 모습 때문인지 한참 동안 대화도 안 나누고 밖에서 기다리던 동수가 묘하게 어색한 기운에 히죽 웃자 마주한 상각이 갑자기 동수의 어깨를 덥썩 끌어안았다.

"그간 어찌 지냈냐?"

동수는 상각이 등을 두드리고 놓아주자 더욱 환하게 웃었다.

"뭐, 그럭저럭. 근데 초립이는 어딨어?"

"초립이가 아니라 승문원 부정자 홍국영 나리시다."

초립이가 어떻게 개명까지 했나 싶어 고개를 기울이며 동수는 눈을 꿈벅거렸다.

"무슨 소리야?"

그때 갑자기 문이 열리며 사람들이 우르르 몰려나오자 반사적으로 얼굴을 굳힌 세 명은 바짝 긴장한 모습으로 동수를 홀로 남겨두고 안으로 뛰어 들어갔다. 무슨 일인가 싶었지만 함부로 나설 수도 없어 잠시 밖에서 머뭇거리던 동수는 조심스럽게 사람들 사이로 파고들며 안으로 들어가다 상궁이 다과상을 들고 급히 나오는 것을 보며 그 앞을 막아섰다.

"무슨 일입니까?"

상궁은 동수의 환도와 행색을 흘끔 보더니 빠른 어조로 답하고 동수를 비켜가려 했다.

"중전마마께서 차를 마시다 혼절하셨소."

동수는 상궁의 손에 들린 다과상을 내려다보며 눈썹을 모았다. 분명 이산이 손수 차를 올리겠다 했는데 그 차를 마시고 왕후가 쓰러졌다면 책임이 이산에게 가기 십중팔구였다.

"다과상은 왜 치우는 것입니까?"

"의원께서 오실 거라 자리를 마련하느라……. 한데 댁은 누구시오?"

동수는 씩 웃으며 상궁의 손에 들린 다과상을 붙잡았다.

"백동수라 합니다."

상궁은 마치 동수가 다과상을 빼앗기라도 하는 듯 호들갑을 떨며 두 손에 힘을 바짝 줬다.

"뭐, 뭣하는 짓이오!"

덕분에 사람들의 이목을 끈 동수는 다과상을 놓지 않으며 바라보는 이들에게 들으라는 듯 말했다.

"이걸 급히 치우는 연유가 있지 않나 싶어 이러는 겁니다."

"연, 연유가 있다니! 무슨 말씀을 하시는 게요!"

마침 의원이 바삐 지나가자 상궁들이 허리 숙여 예를 취하는 바람에 동수는 쉽게 다과상을 빼앗아 들 수 있었다. 상궁에게서 다과상을 빼앗은 동수는 다과상을 바닥에 내려놓고 그 옆에 무릎 꿇고 앉아 단단히 굳은 얼굴로 상궁을 올려다봤다.

"중전마마께서 아무런 병세가 없음을 확인하기 전까지 이 상은 치우지 못합니다."

상궁들의 웅성거림에 다가온 상각과 태용, 용걸이 상황을 눈치채고 합세해 상을 지키자 그 어느 누구도 다과상 곁으로 다가설 수 없었다. 동수는 가까이 있는 상궁을 향해 곁으로 오게 한 뒤, 조용히 말했다.

"행여 소인이 무슨 수작을 부릴까 염려된다면 두 눈으로 이 몸을 똑바로 감시하십시오."

이어 김한구가 잰걸음으로 지나가고 잠시 후, 다과상을 다시 가져오라는 명령이 떨어지자 동수는 직접 다과상을 들고 안으로 들어갔다.

"독이 분명하옵니다! 전하! 마마께 앙심을 품은 자가 인삼차에 독을 탄 것이옵니다!"

들어가자마자 김한구의 노기 어린 목소리가 쩌렁쩌렁 울려 귓속으로 파고들자 동수는 상을 내려놓고 문 앞에 무릎 꿇어 앉았다.

"인삼차를 올린 자가 누구더냐!"

김한구의 다그침에 그 누구도 입을 열지 못했다. 서로를 바라보며 이산에게 시선을 주지 못하는 이들 사이로 이산이 조심스레 입을 열었다.

"제가 올렸습니다."

"세손 저하, 지금 무어라……."

김한구가 놀라서 말을 맺지 못하자 이산이 덤덤한 어조로 사실을 고백했다.

"손수 차를 다리진 않았으나, 마마께 차를 올린 사람은 바로 저, 이산입니다."

"저, 전하! 당장 이 독이 든 인삼차를 조사하시어 진상을 밝히시옵소서!"

김한구의 벌벌 떨리는 손이 찻잔으로 향하자 영조와 이산의 얼굴에 짙은 근심이 내리깔렸다. 동수는 이 자리에서 나서야 될지, 말아야 될지 잠시 고민하다가 부리부리한 눈을 굳히며 조심스럽게 입을 열었다.

"독이 아니옵니다."

모두의 시선이 입구에 앉아 있는 동수에게로 향했다. 김한구는 초라한 행색을 한 동수를 보고 기겁하며 소리쳤다.

"웬 놈이냐?"

화살같이 쏟아지는 의심 어린 시선을 받아내던 이산은 조용히 말했다.

"검선의 제자입니다."

이산의 대답에 펄쩍 뛰며 김한구가 찢어진 눈을 하며 입술을 얇게 떨었다.

"검선은 고향에 내려가 촌부가 되었다 들었는데……."

"세손의 스승이 되라 과인이 불렀느니라."

"예?"

김한구는 어이없다는 얼굴로 이산과 영조를 번갈아 보더니 날카로운 눈초리를 동수에게 보냈다.

"한데 독이 아니라니? 무슨 근거라도 있단 말이냐?"

동수는 무릎을 꿇은 채 앞으로 나아가 왕후의 찻잔을 들었다. 동수가 무엇을 하려는지 눈치챈 이들은 두 눈을 동그랗게 뜨며 침을 꿀꺽 삼켰고, 동수는 상체를 돌려 조심스럽게 찻잔을 입에 대고 남은 차를 한입에 다 마셨다. 그렇게 찻잔을 비우고도 말짱한 모습을 보이며 동수는 이마를 바닥에 대며 영조에게 고했다.

"전하, 중전마마의 차를 입에 댄 소인의 결례를 용서하시옵소서. 하고, 이 찻잔은 중전마마께서 드시던 그 찻잔이 분명하오며 바꿔치기한 것이 아니옵니다. 소인, 정신이 온전하고 몸에 이상이 없으니 차에 독이 든 것이 아님을 확신하옵니다."

등 뒤에 있던 상궁들 모두가 수긍하는 눈치에 영조와 이산이 안도하는 눈치를 보였고, 김한구는 눈을 가늘게 뜨며 동수를 죽일 듯 노려봤다.

그렇게 동수 덕분에 독에 대한 의심을 모두 걷은 채 사랑채를 나서면서도 이산은 여전히 근심이 가득한 눈으로 동수를 돌아봤다.

"차에 독이 없음을 어찌 확신하였느냐?"

"세손 저하께서 손수 올리신 차입니다. 어찌 독이 있을 수 있겠사옵니까? 행여 누군가의 모함으로 독이 들었다 하더라도, 소인은 독을 잘 이겨내는 몸이라 그 자리에서 쓰러지지 않을 자신이 있었사옵니다."

동수의 나볏한 대답에 이산은 감탄이 가득한 얼굴로 뚫어져라 동수를 바라봤다.

"덕분에 위기를 모면했다. 정말 고맙구나."

동수를 바라보는 상각와 태용, 용걸의 눈에도 동무의 기지에 뿌듯함이 가득했다.

집무실 문을 박차고 들어오자마자 쏟아지는 김한구의 말에 홍대주가 보기 드물게 놀랐다.

"예? 대감. 지금 무어라 하셨습니까? 마마께서 혼절하셨다니요?"

"세손이 올린 인삼차를 드신 직후 혼절하셨네."

홍대주는 인삼차라는 말에서 뜨끔했지만 전혀 내색 없이 걱정스러움만 내보였다.

"환후는 어떠신지요?"

"아직 의식조차 없으시네."

참으로 난감하여 뭐라 할 말이 없어 홍대주는 굳어지는 표정에 걱정을 담았다. 이산이 올린 인삼차로 인해 왕후가 쓰러졌다면 이산이 그 책임을 추궁당할 게 분명한지라 기회로 삼을 수 있는 일이었건만, 그 인삼차에 홍대주가 관여하고 있다는 게 문제였다. 속으로 끙끙 앓던 홍대주는 눈치도 없이 부관이 끼어들자 눈을 부릅떴다.

"대감, 마마께서 혼절하신 일이야 하늘이 무너져 내린 것과 같으나, 기실 이번 사안은 세손을 쳐낼 절호의 기회가 아니겠습니까?"

그 기회를 제 손으로 버려야 함이 답답하고 행여나 김한구가 눈치챌까 싶어 홍대주는 버럭 화를 냈다.

"어허! 마마께서 의식도 없으신 마당에 어찌 그런 불경스런 말을 입에 담는 게냐!"

부관이 자신의 잘못을 인지 못하고 여전히 멀뚱거리는 눈으로 바라보자 홍대주는 눈가를 꿈틀했다.

"마마께서 쾌차하시는 게 우선이고, 세손을 치는 건 그다음이다. 그렇지 않습니까? 대감."

김한구는 홍대주가 지나치게 왕후를 걱정하는 게 의심쩍은지 눈을 가늘게 떴다.

"한데, 검선이 돌아왔나 보네."

"예?"

하필이면 이런 시기에 검선이 돌아왔다는 게 불길하기 그지없는 마당에 이어지는 김한구의 말엔 홍대주의 뒷목이 서늘해지기까지 했다.

"게다가 혹을 하나 달고 왔는데, 이름이 백동수라 하네."

백사굉의 아들이라 사도세자의 곁을 맴돌 때부터 꺼림칙했는데 이젠 세손 주위로 다시 다가서는 게 불길하다 못해 오싹하기까지 했다.

'진즉에 그놈을 죽였어야 했어!'

굳게 입술을 오므리는 홍대주에게 김한구 역시 동수가 마음에 들지 않는다는 듯 입술을 삐죽거렸다.

"첫눈에 봐도 보통내기가 아니었네. 자네가 살펴보시게."

"그리합지요."

시키지 않아도 그럴 생각이었기에 다짐하듯 답하는 홍대주를 여전히 의심 어린 눈으로 바라보며 김한구가 확인하듯 얼음장 같은 목소리를 냈다.

"병판, 난 자네가 궐에 들인 인삼을 받으라 사옹원(임금의 식사 및 대궐 안 음식물의 공급 등을 맡던 관청) 도제조에게 말했네. 행여 이번 사안이 세손이 아닌 인삼에 문제가 있는 것이라면, 내 기필코 자네의 명줄을 끊고도 남을 게야."

정곡을 찌르는 김한구에게 정색하며 홍대주는 분을 섞어 말했다.

"말을 삼가시지요, 대감. 궁에 들어오는 인삼에 어찌 문제가 있을 수 있겠습니까?"

"그래야지. 틀림없이 그래야 할 걸세! 흠……."

다시 한번 홍대주를 흘겨보고 헛기침한 김한구는 일어서며 슬쩍 부관을 보았다.

"곧 편전회의가 시작될 걸세. 늦지 마시게."

김한구를 내보낸 홍대주는 부글부글 끓어오르는 속을 가라앉히지 못하고 칼을 뽑아 부관의 목에 댔다.

"이런 멍청한 놈!"

"대, 대감?"

기겁해서 물러서지도 못하는 부관을 홍대주는 시퍼런 눈길로 노려봤다.

"네놈이 진정 제정신이란 말이냐!"

"예? 무, 무얼 말입니까요?"

당장에 부관의 목을 베어도 시원찮을 심정이지만 가까스로 충동을 억누르며 홍대주는 이빨을 바드득 갈았다.

"궐에 들어온 인삼의 5할이 조삼더덕, 도라지, 제니 따위로 만든 가짜 인삼이다."

부관은 뒤늦게 사실을 깨닫고 입술을 덜덜 떨었다.

"대, 대감……. 까, 깜박했습니다요. 제발…… 살, 살려주십시오!"

"만에 하나 내게 불똥이 튄다면, 내 손수 네놈의 목을 벨 것이다, 알겠느냐!"

"예, 예."

홍대주는 부관의 꼴도 보기 싫어 칼을 탁자에 내리찍고 노기 띤 목소리로 명령했다.

"당장 사용원을 찾아 궐에 들어온 조삼을 몽땅 태워 없애거라!"

"아, 알겠습니다요!"

부관이 꽁지에 불붙은 강아지처럼 부리나케 뛰어나가자 홍대주는 조용히 숨죽이고 있는 포도대장에게 시선을 돌렸다.

"너는 지금 당장 상궁을 잡아들이거라."

"예!"

부관이 당한 일을 그 자리에서 지켜봤기 때문에 포도대장은 군말 없이 뛰쳐나갔고, 편전회의를 알리는 종소리가 두 번 울리자 홍대주는 느릿한 걸음으로 편전으로 향했다. 검선과 동수가 때맞춰 나타난 것이 계속해서 마음에 걸렸지만, 이 기회에 두 사람을 죽일 기회를 노려야겠다는 생각을 다지며 홍대주는 회의에 참석했다. 그리고 마치 자신과는 관계없다는 듯 태연함을 연기하던 홍대주는 김한구가 피를 토할 것처럼 절절히 간청하자 볼을 씰룩했다.

"하오나 전하. 독이 아니라 하여도 이번 사안은 간과할 수는 없는 일이옵니다. 사옹원에서 관리하는 모든 식재료는 물론이며, 수라간과 생과방을 전면 조사하여 진상을 밝히시옵소서!"

노론 대신들이 이 기회에 세손을 쳐내려 달려들 듯 뒤를 이어 외쳤다.

"밝히시옵소서!"

빠르게 부관과 포도대장에게 명령내린 것에 그나마 위안을 갖고 홍대주가 회의를 끝내고 나오자 부관이 쪼르르 달려왔다.

"어찌 됐느냐?"

"다행히 한발 빨랐습니다요."

홍대주는 상궁을 죽이라 명령하려다 잠시 멈칫하며 부관에게 작은 소리로 물었다.

"차를 끓이고 남은 찌꺼기는 어찌했다더냐?"

부관이 움찔하며 침을 삼키자 홍대주가 곧 죽일 듯 부관을 노려봤다.

"어서 가서 처리하라 시키거라!"

또다시 부리나케 달려가는 부관의 뒷모습을 보며 홍대주는 권력을 잡은 이래 처음으로 위기를 느꼈다.

동궁전에 도착하자마자 쓰러지듯 앉은 이산은 절망적인 표정으로 한탄하듯 혼잣말했다.

"이를 어쩌면 좋은가? 내가 손수 대접한 차가 아닌가. 노론 대신들은 이를 빌미 삼아 분명 내게 책임을 물을 것이다."

동수도 그 점을 우려했지만 현재로선 빠져나갈 방도가 전혀 없어 보였다. 그때 밖에서 내관의 목소리가 들려왔다.
"저하, 승문원 부정자 홍국영 나리십니다."
"들라."

동수는 잔잔한 얼굴로 들어오는 홍국영을 바라봤고, 고개 숙여 들어와 이산에게 예를 취한 홍국영은 뒤늦게 동수를 발견하고 흠칫 놀랐다. 이어 눈동자에 반가움을 포함한 많은 질문들이 떠올랐지만 홍국영은 침착하게 고개 숙였다.

동수도 예를 취해 홍국영에게 허리 숙여 인사했다.
"그간 잘 지내셨습니까? 홍국영 나리."

그러자 의젓한 모습을 보이던 홍국영이 깨진 항아리처럼 감정을 주체 못해 눈물을 글썽이며 동수를 덥석 끌어안았다.
"동수야……"

서로의 등을 두드리던 두 사람은 가만히 지켜보는 이산의 시선을 느끼고 무색함에 어정쩡한 모습으로 서로를 놓아주었다. 이산은 이해한다는 눈빛으로 고개 끄덕이고 홍국영에게 의자를 권했다.
"앉거라. 네가 이리 급히 온 걸 보니 소식을 들은 모양이구나. 그래, 뭔가 알아낸 것이 있더냐?"

홍국영의 또렷한 눈동자가 이산을 향하며 걱정을 담았다.
"인삼차에는 아무 이상 없었음이 분명합니다. 한데, 독이 아닌 다른 점이 의심되어 조사를 할까 합니다."
"그것이 무엇이냐?"

모두가 홍국영의 입을 주시하자 큰 숨을 들이마신 그는 조심히 입술을 열었다.
"근간에 궁으로 들어오는 인삼에 조삼이 섞여 있다는 풍문을 들은 적이 있사옵니다. 하여, 생과방에 가서 직접 금일 사용한 인삼을 가져와 조사를 할 참입니다."

 동수는 마당에 있던 인삼을 떠올리고 지선이라면 이 일을 밝혀낼 수도 있다는 생각에 고개 끄덕였다.

 "저하, 소신의 지인 중 인삼에 관해 해박한 지식을 지닌 여인이 있사오니, 부족하고 미천하나 소인이 홍국영 나리를 도울 수 있게 해주시옵소서."

 이산은 다행이라는 듯 고개 끄덕이며 청을 수락했다.

 "알겠다. 내, 할바마마께 청하여 네가 사헌부 소유로 임시 직책을 얻도록 해주마."

 "망극하옵니다."

 동궁전을 나선 동수와 홍국영은 서로 바라보다가 어깨를 끌어안고 환한 얼굴로 재회를 기뻐했다. 하지만 곧 할 일을 떠올리고 홍국영이 또렷한 눈으로 동수의 어깨를 부여잡으며 의지를 불태웠다.

 "생과방에 가보도록 하자."

 동수와 홍국영은 장난꾸러기 같은 웃음을 나누며 급히 생과방으로 향했다.

 "금일 전하께 올린 인삼차는 누가 만들었는가?"

 그러자 다과를 차리고 있던 나인이 허리 숙여 답했다.

 "인삼차는 대전 상궁께서 직접 만들어 올리십니다."

 "대전 상궁이라?"

 그때 대전 상궁이 들어서며 약간은 고조된 목소리로 물었다.

 "어찌 저를 찾으십니까?"

 상궁의 이마에 송골송골 맺혀 있는 땀방울을 주시하며 동수는 뭔가 미심쩍음을 느꼈다. 날이 그다지 덥지 않은데도 이마를 덮은 땀방울을 닦지도 않은 채 서 있던 상궁은 홍국영의 말에 안색까지 허옇게 떴다.

"금일 전하께 올린 인삼차에 쓰고 남은 인삼은 어디 두었는가?"

동수가 가만히 지켜보자 동수를 흘끔거린 상궁은 종종걸음으로 걸어가 항아리들 중 하나를 꺼내 들고 돌아왔다. 홍국영은 항아리를 열어 인삼을 확인한 뒤, 몸을 돌렸고 동수는 상궁이 가만히 한숨 쉬는 모습을 지켜봤다. 그 모습이 마음에 걸려 홍국영을 따라 밖으로 나간 동수는 앞서 걸어가는 홍국영을 향해 낮게 휘파람을 불어 세우고 손가락을 까닥했다. 홍국영이 의아한 얼굴로 돌아와 곁에 서자 동수는 눈만 빼꼼히 내밀어 상궁을 감시했다. 두 사람이 나가자 바쁘게 항아리를 뒤진 상궁은 작은 항아리 하나를 들고 급히 뒷문으로 향했고 후다닥 안으로 들어간 홍국영은 상궁을 불러 세웠다.

"이보게."

품에 항아리를 안고 걸어가던 상궁의 어깨가 흠칫하고 놀라 급히 몸을 돌리다 항아리가 떨어져 상궁의 치맛자락 앞에서 산산조각 났다. 바닥에 쏟아진 인삼 찌꺼기와 홍국영을 번갈아 보는 상궁의 얼굴이 순식간에 사색이 되었고, 동수는 그 앞으로 성큼성큼 걸어가 깨진 조각 사이에 있는 인삼 찌꺼기를 만져보며 홍국영에게 씨익 웃었다. 홍국영도 눈웃음을 지으며 고개 끄덕이고 나인으로 하여금 새 항아리를 가져오도록 시켰다. 오랫동안 호흡을 맞춰온 동무이기에 말을 안 해도 척척 손발이 맞는 게 3년의 시간이 무색함을 확인했다.

흔들리는 촛불이 더욱 음산하게 빛나는 집무실 안으로 3년 전 새로 임명된 단장이 미끄러지듯 들어와 보고하자 여운은 인사에게 흘끗 눈길 줬다.

"병판 대감께서 찾으십니다."

인사은 산채에서 홍대주에게 배신당한 것이 여전히 분한 듯 이를 갈며 눈을 흘겼다.

"병판……. 망할 영감 같으니!"

그러고선 여운을 향해 귀찮다는 듯 손목을 까닥해보였다.

"네놈이 가보거라!"

여운은 피어오르는 조소를 감추며 흑사채를 나와 홍대주가 기다리는 영화관으로 향했다. 인人이 흑사채로 돌아온 뒤부터 흑사초롱에서 여운의 위치가 애매해졌고, 살수들도 누구를 인주로 모셔야 할지 갈피 잡지 못해 당황하는 눈치였다. 여운은 3년 전, 지地가 동수에게 했던 말을 떠올리며 눈을 가늘게 떴다.

"잃고 싶지 않다면 강해지거라. 하여 두 번 다시 소중한 사람을 잃지 말거라."

동수에게 한 말이지만 여운의 가슴에도 깊이 박혀 3년이 지난 지금까지 매 순간, 여운은 강해지고자 하는 일념을 키워왔다. 비록 인人의 귀환으로 그 힘을 숨기고 있다 해도 언젠가는 그 누구도 여운이 소중히 생각하는 사람을 감히 넘볼 수 없을 만큼 강해지겠다는 다짐이 가슴 아래에 짙게 고여 있었다. 그렇기에 모진 눈을 한 채 말을 타고 달리는 여운의 머리카락이 달빛을 받아 반짝거리며 넘실거렸다. 모진 눈을 한 채 말 달리는 여운의 머리카락이 단단한 눈매와 어울리지 않게 달빛을 받아 아름답게 반짝이며 넘실거렸다.

빠르게 말을 몰아 영화관에 도착한 여운은 태연히 거덜에게 말을 맡기고 홍대주의 방으로 들어갔다. 분명 여운이 나타남에 당황스러웠을 텐데도 홍대주는 능구렁이처럼 속내를 감추고 반기는 얼굴로 차를 권하기까지 했다. 무표정한 얼굴로 자리 잡고 앉은 여운은 구향이 따라주는 찻잔을 들어 가만히 입술에 대었다.

"내 급한 마음에 이리 불렀소."

여운이 차를 입에 담기도 전에 서둘러 말하는 걸 보니 진짜로 급한 모양이었다. 여운이 살짝 입술 끝을 올리고 입에 머금은 차를 목구멍으로 넘기자 홍대주는 눈을 치켜뜨며 상체를 앞으로 내밀었다.

"궐에 들여온 조삼이 내 발목을 잡게 생겼네."

여운은 살짝 눈썹을 올리고 나직이 웃은 다음 찻잔을 내려놓았다.

"조삼이라면, 저희 흑사채와 대감께서 정당한 대가로 거래한 물품이며, 궐에 납품하고 안 하고는 전적으로 대감께서 벌인 일이옵니다."

"그렇다하여, 흑사초롱이 이번 사건에서 발을 뺄 수 있다 보시는가? 그리 가벼운 사안이 아닐세."

혀까지 차대며 말하는 홍대주에게 여운이 가는 눈매를 보이자 홍대주가 조바심에 엉덩이를 들썩이기까지 했다.

"중전마마께서 자네들이 제조한 그 조삼차를 드신 후 혼절하셨단 말일세!"

항상 여유 만만한 홍대주가 이리도 가년스럽게 구는 것을 보고 대충 예상하던 바였지만 중전이 쓰러졌다는 말에는 여운도 놀랐다. 하지만 눈을 내리깔아 놀람을 감춘 여운은 찻잔을 손가락으로 쓰다듬으며 태연함을 가장했다.

"하여도, 어쩔 수 없는 일이지요."

"뭐라?"

벌컥 언성 높이는 홍대주에게 여운은 찻잔을 손가락으로 톡 치고 막 피어오르기 시작한 꽃봉오리처럼 보일락 말락 한 미소를 지었다.

"저를 부르신 연유가 그것이 전부라면, 이만 물러나겠습니다."

단숨에 몸을 일으킨 여운은 홍대주가 볼을 부르르 떨며 악문 잇새로 나직이 말하자 문을 향해 가다 말고 멈칫했다.

"백동수, 그놈이 돌아와 금일 입궐하였네."

여운이 돌아보자 최대한 여유를 내보이며 홍대주가 차를 마셨다.
"자네, 소싯적 지기 아니던가? 백동수, 그 아이 말일세!"
이미 알고 있던 지라 전혀 충격받지 않는 여운을 보며 홍대주가 제 분에 쓰러질 기세였다. 딴에는 무기랍시고 꺼낸 모양이지만 여운은 동수와 검을 부딪쳐봤고 그 실력이 월등해졌음에 동수를 걱정할 이유가 전혀 없었다. 여운에게서 원하던 반응을 얻어내지 못하자 주먹을 불끈 쥔 홍대주는 구차해 보일 정도로 떨리는 목소리로 부탁했다.
"양반이든, 상인이든, 여인이든, 아이든 간에. 조삼과 관련된 자들은 모조리 죽여주시게."
여운은 대답 대신 얄궂은 미소를 짓고 가차 없이 방을 나왔다.
동수와 검선이 지선의 곁에 있다면 앞으로 당분간은 그 누구도 여운을 쥐고 흔들 수 없었다. 조선에서 날고 긴다는 무사를 자객으로 고용한다 해도 동수와 검선을 이겨낼 자는 없기 때문이었다. 여운은 말을 타고 달려 흑사채로 돌아가며 동수의 무술이 일취월장한 것에 무한히 감사했다.
'고맙다, 동수야. 계속 날 붙잡아주고, 기다려줘서.'
하지만 동수를 생각하며 조금은 따뜻해졌던 가슴이 조삼과 관련된 자들을 모조리 죽여달라고 한 홍대주의 의뢰를 떠올리자 막막함으로 차갑게 얼어붙었다. 그래서 흑사채에 도착하자마자 술부터 찾은 여운은 인ㅅ이 비틀거리며 들어오자 조용히 술잔을 내렸다.
"그래, 그 잘나신 병판 대감께서 무슨 일로 찾은 게야?"
"흑사채에서 납품한 조삼이 문제가 된 모양입니다."
인ㅅ의 입술이 더욱 비틀어지며 한쪽 눈썹이 정수리까지 닿지 않을까 싶을 정도로 치켜 올라갔다.
"조삼? 중전이 의식을 잃고 누웠다더만, 조삼 때문이구만."
혀를 차며 중얼거리던 인ㅅ은 의자에 털썩 앉으며 여운이 마시던 술병을 가로챘다.

"해서, 조삼과 관련된 자를 모조리 죽여달라?"

뻔하다는 듯 말하는 인ㅅ에게 뭐라 둘러댈 수도 없어 여운은 고개를 끄덕이기만 했다.

"그리하거라. 내 뒤통수를 맞은 게 지금도 얼얼하다만, 아직은 홍대주 대감의 손을 잡고 있어야 할 때이니라."

여운은 시선을 내리깔며 밀려오는 죄책감을 감췄다. 인ㅅ은 단장에게 손목을 까닥하며 상인들 목록을 가져오라 시켰고, 잠시 후에 단장은 제법 두터운 책자를 갖고 와 내밀었다.

"조삼을 사간 상인들의 목록입니다."

"모두 몇이냐?"

"소매상은 수백이오나, 흑사채에서 직접 조삼을 받아간 상인들은 시전 상인이 일곱, 개시무역_{청국과 일본을 상대로 하는 정부 공인 무역상} 다섯이 전부입니다."

목록을 휘릭 넘기며 시큰둥하게 대답을 듣던 인ㅅ은 한 장을 북 찢더니 여운 앞에 내던졌다.

"이놈들은 네가 처리하거라."

명령을 거부할 이유가 없어 밤이 깊어지기도 전에 여운은 목록에 있는 상인을 찾아 목을 베었다. 적어도 고통은 덜어주려 단숨에 명을 끊고, 여운은 시신을 내려다보며 안타까움을 두 눈에 담아 눈동자를 가늘게 떨었다.

"시신은 고이 돌려보내거라."

"예."

단장이 살수들에게 눈짓으로 명령하자 시신을 끌고 가는 살수들 뒤로 핏물이 흙바닥에 붓선처럼 길게 늘어졌다. 여운은 그 모습을 차마 바라볼 수 없어 고개 돌리며 오래전, 지선이 했던 말을 떠올리고 괴로움에 가슴을 움켜쥐었다.

'목숨은 누구에게나 소중한 법입니다.'

지선이 이 사실을 안다면 그때와 같이 질책하는 눈빛으로 차갑게 바라볼 것이 분명했기에 더더욱 가슴이 뒤틀어졌다. 처처한 달빛 아래서 피 묻은 손을 내려다보며 눈을 내리깐 여운은 문득 지선이 상단을 꾸리고 있음을 떠올리고 고개를 번쩍 들었다. 급히 품 안에서 목록이 적힌 종이를 꺼내 훑어본 여운은 곁을 지키고 있는 단장에게 물었다.

"상인 목록에, 혹 유지선이라는 이름이 있었더냐?"

"유지선이면……. 개시상단을 꾸리는 여인을 말함이옵니까?"

잠시 생각하는 듯하다 곧장 떠올리고 답하는 단장을 마주한 여운의 등줄기로 서늘한 기운이 훑고 지나갔다.

"있었단 말이냐?"

"예, 주 거래처는 아니었으나, 근자에 조삼을 사간 적이 있사옵니다."

여운은 충격받은 눈동자를 어둠으로 향하며 급히 달려 나갔다. 뒤에서 단장이 놀라 따라오다가 여운의 빠른 속도를 이겨내지 못하고 결국 포기하며 돌아갔고, 달빛 아래를 달려 나가며 여운은 간절함을 담아 속으로 외쳤다.

'안 돼!'

오늘 동수가 입궐했었다면 지금 지선 곁에 검선이 있다는 보장이 없었다. 어둠을 노려보는 여운의 고운 눈매에 애절한 눈물이 실처럼 내리깔렸다.

지선은 갑자기 방으로 쳐들어온 인人으로 인해 화들짝 놀란 장미와 미소를 등 뒤로 세우며 나직하게 물었다.

"어쩐 일이십니까?"

"어쩐 일? 크크크, 네 목숨을 거두러 왔느니라."

인ㅅ이 청국에서 돌아온 것도 모르고 있었기에 내심 놀랐지만 지선은 단아한 몸짓으로 장미와 미소를 막아선 채 부탁했다.

"허면, 여기 두 분은 보내주시지요."

인ㅅ은 지선의 어깨 뒤에 있는 두 여자를 쓱 훑어보더니 입술을 비틀며 명령했다.

"가거라."

등 뒤로 머뭇거림이 느껴져 지선은 살짝 고개 돌려 곧은 목소리를 냈다.

"괜찮습니다. 걱정 말고 나가십시오."

그러자 나갈 줄 알았던 두 사람이 갑자기 지선 앞으로 나서며 인ㅅ을 향해 큰소리쳤다.

"이보시우!"

"어림도 없거든요?"

인ㅅ은 두 여자를 보고 허공에 감탄사를 내뱉으며 빈정거렸다.

"카, 이거 감동의 물결이 요동치는구만. 하나 어찌할꼬? 죽일 수밖에 없는 것을!"

요란스럽게 떠들어대며 칼을 들어 내밀려던 인ㅅ의 목에 뒤에서부터 조용히 밀려온 검날이 살기를 뿜으며 닿았다. 지선은 인ㅅ의 뒤에서 검을 내뻗고 있는 복면의 사내를 보며 눈을 깜박거렸다. 사내의 눈매가 완전히 낯설지만도 않았고 그 눈빛은 더욱이 그랬다. 상단을 꾸리며 많은 이들을 만나봤지만 저토록 비색이 가득하면서 살기 어린 눈을 가진 자는 지금까지 단 한 명밖에 본 적이 없었다. 지선과 시선이 마주친 여운이 얼른 눈길을 돌리고 검날을 뒤로하자, 서서히 맞춰서 방에서 나간 인ㅅ은 마당에서 힘을 못 쓰고 비틀거리며 일어나는 살수들을 보며 급히 입을 열었다.

"웬, 웬 놈이냐? 이러고도 살아날 성 싶으냐?"

아직 제 정신을 다 찾지 못한지 살수들은 인人의 목에 검을 대고 있는 여운을 향해 공격조차 못하고 있었지만, 그렇다고 여운이 쉽게 인人을 데리고 빠져나갈 상황도 안 되었다. 지선이 여운을 도와줄 요량으로 황급히 활을 찾아들고 마당으로 나간 뒤 살수 한 명을 향해 시위를 겨누는 찰나, 싸리문 너머에서 흑사모의 목소리가 흘러들어왔다.

"어허, 예서 뭣들 하는 게요?"

흑사모는 뒤늦게 어둠 속에서 인人을 발견하고는 일말의 여지도 없이 엽도를 뽑아 들며 여운을 알아보지 못하고 소리쳤다.

"아니, 네놈은! 오냐, 거 뭔 일인지 모르지만, 그 인간은 죽어 마땅한 놈이니 단칼에 죽이쇼!"

인人은 흑사모의 등장으로 위기를 느꼈는지 여운을 단순 자객으로 생각하고 애원하기 시작했다.

"여보시오, 살려주시게⋯⋯. 하면 내 반드시 보답할게요. 이 몸이 또 은혜를 아는 놈이라⋯⋯."

복면 위로 여운의 눈이 갈등으로 흔들리자 흑사모가 엽도를 앞으로 내밀며 성큼 다가섰다.

"자네가 못하겠다면, 내가 하지."

그러자 여운이 인人을 발로 차더니 인人이 바닥으로 쓰러짐과 동시에 가볍게 담장을 넘어 어둠 속으로 사라졌다. 인人은 얼른 일어서려다 흑사모가 손을 발로 세게 짓누르자 길게 찢어지는 신음 소리를 흘렸다. 그때 정신을 차린 살수들이 인人을 보더니 동시에 덤벼들었고 흑사모가 '아차!' 하는 얼굴로 엽도를 움켜쥐며 발을 빼자, 틈을 노려 벌떡 일어선 인人이 흑사모의 목으로 검을 휘두르려 했다. 지선은 인人의 손을 향해 활시위를 놓았고 동시에 문을 열고 들어온 동수가 인ㅅ에게 파고들 듯 달려 빠르게 곳곳에 침을 놓았다. 둘의 합공으로 인ㅅ은 털썩 무릎 꿇더니 마치 전신에서 힘이 빠진 사람처럼 바닥으로 머리를 박으며 쓰러졌고, 갑작스레 동수가 나타나자 살수들은 서로 눈치 보더니 어둠 속으로 날아 도망쳤다.

잠시 후, 인ㅅ을 포박한 흑사모는 가만히 있지 못하고 뒷짐 진 채 왔다 갔다 하더니 대뜸 말했다.

"그냥 단칼에 베어버리는 게 어떠냐?"

그러자 장미가 눈을 가리고 고개 돌리며 외쳤다.

"아유! 눈앞에서 사람을 어찌 죽인답니까? 그냥 관에 넘기시우."

인ㅅ은 구명줄이라도 되는 듯 말끝을 따라 잡으며 호응했다.

"맞소! 진정 옳은 생각이오!"

"관은 개뿔! 관에 넘긴다고 이놈이 옥에 갇힐 성 싶어? 어림도 없지! 내 이놈을 당장!"

엽도를 확 쳐들던 흑사모는 동수가 가만히 말하자 움찔하며 허공에 팔을 든 채 고개 돌렸다.

"그냥 보내주시지요."

모두의 시선이 동수에게 향하자 동수는 인ㅅ에게 다가서 포승줄을 풀어주며 설명했다.

"어차피, 두 번 다시 칼을 잡을 수 없을 것입니다. 가십시오."

인ㅅ은 살았다는 표정으로 벌떡 일어서려 했지만 무슨 연유인지 다시금 바닥으로 풀썩 주저앉더니 제 몸을 주체 못하고 마른땅에서 허우적거렸다.

"어, 어찌 된 일이냐!"

공포로 가득한 인ㅅ의 눈동자를 주시하며 동수는 차분하게 답했다.

"혈도에 침을 찔러 넣었습니다."

"치, 침? 침이 어딨더냐?"

당황해서 팔을 걷어 살피고 목을 만지며 급히 묻는 인人에게 동수는 한숨을 푹 쉬었다.

"몸 안으로 사라졌으니 육안으로는 보이지 않을뿐더러, 몸 밖으로 빼낼 수도 없습니다. 허니, 그 몸으로는 두 번 다시 칼을 잡을 수 없을 겁니다."

"어, 어찌……. 네놈이 어찌!"

지선의 화살이 박혔던 상처에서 인人의 덜덜 떨리는 손가락을 타고 붉은 피가 뚝뚝 떨어졌다.

"인과응보라 여기시고 참회하며 사십시오. 무예를 사용할 수는 없으나, 시간이 지나면 일상생활에는 큰 지장이 없을 겁니다."

지선은 목숨을 함부로 앗지 않으며 적을 무능하게 만드는 동수에게 감탄했다. 3년의 시간이 지나며 동수가 외향만이 아니라 내적으로 성숙했음이 느껴져 그를 향한 가슴이 자꾸만 두근거렸다.

11장
성장의 비상飛翔

궐에서 있던 일을 보고하는 동수를 멍한 얼굴로 바라보던 흑사모와 지선, 장미, 미소는 동수가 심각한 어조로 말을 맺자 모두 백일몽을 꾼 사람들처럼 눈을 깜박거렸다.

"스승님의 부재가 참으로 아쉽지만, 저의 힘으로 세손 저하께 닥친 위기를 모면해드리고 싶습니다. 하여 지선 아씨, 도와주시겠습니까?"

지선은 곡미를 휘며 부드럽게 눈웃음 지었다.

"예, 그러하지요."

흑사모는 두 사람을 번갈아 보다가 입을 쩝쩝거리더니 허공에 대고 따지듯 외쳤다.

"아니, 형님! 대체 이 잡것에게 뭘 먹이신 게요! 내, 형님이 돌아오시면 단단히 물어봐야겠수다!"

그러자 장미가 입술을 샐쭉거리며 흑사모 옆에 엉덩이를 밀어 앉으며 잔소리하는 여편네처럼 말했다.

"애가 번듯해져서 돌아왔는데, 따질 걸 따져야죠. 동수야, 먹고 싶은 거 없니?"

장미가 동수에게 다정히 묻자 쑥스러워진 동수는 뒷머리를 긁적이며 시선을 어디다 둘지 몰라 이리저리 방황했다. 그래서 갑자기 홍국영의 목소리가 들려오자 동수는 과장되게 반기며 벌떡 일어섰다.

"안에 계십니까?"

"홍국영 나리!"

예를 갖춘 호칭과 달리 펄쩍펄쩍 뛰어 달려가 덥석 안은 동수는 홍국영이 눈짓으로 뒤를 가리키자 어둠 속에 서 있는 이산과 익위사들을 보고 슬그머니 팔을 풀었다.

"제가 방해가 되지 않았나 모르겠습니다."

모두가 서둘러 바닥에 머리를 조아리자 싸리문 안으로 들어온 이산은 가채를 한 장미에게 청했다.

"술 한잔 할 수 있겠소?"

"여부가 있겠습니까!"

장미는 미소의 팔을 잡아당기며 부엌으로 쏜살같이 사라졌고 평상에 자리 잡고 앉은 이산은 한쪽에 조용히 서 있는 지선을 보더니 눈을 반짝했다.

"그대는 혹……."

"유지선이라 하옵니다."

고개 끄덕인 이산은 홍국영에게 손짓했고, 재빠르게 앞으로 나선 홍국영은 손에 든 항아리 두 개를 내밀었다. 흑사모는 항아리를 받으며 홍국영에게 물었다.

"내, 동수에게 사정을 들었다만……. 이것이 생과방에서 가져온 것이더냐?"

"예."

흑사모는 항아리를 지선이 쪽으로 내밀며 조용히 불렀다.
"지선아, 한번 살펴보거라."
동수는 지선이 항아리를 받아 뚜껑을 열고 요리조리 살피고 향을 맡은 후 다소곳한 모습으로 항아리를 내려놓자 뿌듯함에 가슴을 활짝 폈다. 운명을 따라야 한다고 철석같이 믿고 북벌지계만을 지키려 애쓰며 살아왔던 지선이 스스로의 인생을 만들어가는 모습이 너무나 보기 좋았다.
'운아, 부탁이다. 이제는 그만 운명을 잘라버려라. 너 혼자 힘들다면 내가 도와줄 테니까, 제발!'
여운만 운명에서 빠져나오면 걱정할 일이 하나도 없을 것만 같았다. 동수는 흐려진 눈으로 항아리를 내려다보며 지선의 목소리를 들었다.
"질감이 묽고 향도 사라져 확답을 드리긴 어려우나, 이쪽은 나삼이 맞는 듯하옵니다."
"나삼? 나삼이 무어냐?"
흑사모가 고개를 갸웃거리며 묻자 지선의 부드러운 눈웃음을 지었다.
"경주에서 나는 인삼으로, 주상 전하께옵서 즐기시는 인삼입니다."
"허면, 이쪽은 나삼이 아니란 말이냐?"
이산이 다른 쪽 항아리를 가리키자 지선은 고개 끄덕이고 살며시 항아리를 앞으로 더 밀었다.
"예, 이쪽은 조삼이옵니다."
"조삼?"
"가짜 인삼을 말함이옵니다."
지선의 설명에 모두가 말이 안 된다는 표정을 짓자 지선이 조용히 웃더니 예를 취해 잠시 기다려달라 하고 방에서 함을 가지고 나왔다. 장미는 부랴부랴 술상을 차려갖고 나오다 지선이 평상에 함을 내려놓자, 멈칫하며 마루 위에 상을 내려놓았다. 지선은 함을 열어 다섯 개의 인삼을 내보였다.

"살펴보십시오. 이 중 두 개는 진삼, 세 개는 조삼이옵니다."

동수는 사람들 어깨너머로 줄지어 있는 인삼 다섯 개를 보며 도무지 뭐가 가짜인지 찾아낼 수가 없어 고개만 기우뚱했다. 그건 가까이서 확인한 흑사모와 이산도 마찬가지였다.

"구분할 수가 없구나."

흑사모의 중얼거림에 이산도 동의했고 지선은 함으로 손을 뻗어 인삼을 나누었다.

"조삼은 심을 넣거나 껍질을 덧붙이기도 하고, 조각난 인삼을 아교로 붙여 만들기도 합니다. 이것은 사삼더덕으로 만든 조삼이며, 이것은 제니모시대, 이것은 질경도라지로 만든 것입니다."

지선이 나누어 한쪽에 따로 모은 세 개의 조삼을 각각 설명하자 이산이 신기한 듯 손가락으로 어루만졌다.

"사삼과 제니는 속이 비고 심이 없는 대신 맛은 담백하며, 질경은 속이 차 단단하지만 대신 쓴맛이 강합니다. 하여, 단단하면서도 입에 남는 향과 오래 지속되는 인삼과는 구별되지만, 인삼을 진상하는 공계인들조차 구분할 수 없을 정도로 그 만드는 방법이 정교하지요."

모두가 감탄하여 할 말을 잃은 채 있자 지선은 살짝 눈썹을 찌푸리며 말을 이었다.

"하오나, 이상한 점이 있습니다. 조삼이 비록 가짜 인삼이긴 하나, 독이 되지는 않습니다."

"금일, 할마마마께서 드신 인삼차는 내가 올린 것입니다."

침울한 어조로 입을 연 이산에게 모두의 시선이 쏠렸다.

"하니, 늘 나의 종통을 문제 삼고 있는 노론 대신들이 이를 빌미 삼아 분명 내게 책임을 물어올 테지요."

그에 뒷받침하듯 홍국영이 심각한 어투로 말을 받았다.
"옳으신 말씀입니다. 만에 하나 진상을 밝혀내지 못할 시, 이 사건의 모든 책임이 세손 저하께 쏠릴 것입니다."
동수는 가만히 지켜보다가 주먹을 불끈 쥐고 허리 숙이며 이산에게 청했다.
"저하, 소인이 이번 사건의 진상을 파헤쳐보겠나이다."
이산은 희망으로 가늘게 떨리는 눈빛을 던지며 물었다.
"할 수 있겠느냐?"
동수는 입술을 둥글게 말아 시원스런 미소를 지으며 눈빛을 번쩍했다.
"맡겨만 주시옵소서, 저하!"
동수의 자신감 가득한 눈과 목소리에 이산이 고마움을 담아 고개 끄덕였다.

주막 밖에서 모든 상황을 지켜본 여운은 동수의 의젓한 모습을 가슴에 담으며 희미하게 미소 지었다.
'많이 성장했구나.'
마냥 어린애같이 죽을 때까지 철부지로 남을 것만 같던 동수였는데, 진지한 표정을 짓는 것이 낯선 만큼 여운의 마음이 흡족해졌다. 반면에 다시는 예전으로 돌아갈 수 없을 것만 같아 불안함도 들었다. 여운은 애잔한 눈으로 주막을 한 번 더 돌아본 뒤, 흑사채를 향해 걸어갔다. 어둠에 동화되듯 그림자 사이로 걸어가던 여운은 멀리서 경기 일으키는 것처럼 떨며 걸어가는 홍사해를 보고 한쪽 눈썹을 치켰다. 복면을 벗고 홍사해의 뒤를 밟아 홍대주의 집 앞까지 간 여운이 닫히는 대문 사이로 발을 끼워 넣자 노비가 깜짝 놀라 바라봤다.
"대감을 뵈러 왔다."

몇 번 안면이 있는지라 노비가 순순히 문을 열어주자 안으로 들어간 여운은 고무신을 제대로 신지도 않고 마당을 달려가는 홍대주를 조용히 불렀다.

"대감."

흠칫하며 돌아본 홍대주는 여운을 확인하더니 그답지 않게 몹시도 당황했다.

"어쩐 일이시오?"

"우연히 지나던 길에 뵈었는데, 자제분에게 변고가 생긴 것이 아닐까 싶어 따라왔습니다."

굵은 눈에 의심을 보이면서도 고개를 끄덕인 홍대주는 급히 홍사해의 방으로 걸어갔다.

방 안에서 홍사해는 한파 속에 내몰린 자처럼 이불을 뒤집어쓴 채 덜덜 떨고 있었고, 여운은 그런 홍사해를 버선발로 다가가 안쓰럽다는 듯 쓰다듬는 홍대주를 바라봤다.

"몸은 어떠하냐?"

"많이 나아졌습니다……. 송구합니다, 아버님."

이빨까지 덜덜 떨며 답하는 홍사해가 진짜로 충격받아 그러는 건지, 홍대주의 반응이 두려워 그러는 건지 분간할 수 없어 여운은 비웃음을 담아 고운 입술을 비틀었다. 홍대주는 연신 홍사해의 어깨를 쓰다듬다가 손마디가 하얗게 변할 정도로 어깨를 움켜쥐며 두터운 눈매를 굳혔다.

"흠……. 어찌 된 일인지 소상히 말해보거라."

홍사해는 쭈뼛쭈뼛하며 홍대주의 눈치를 보더니 심하게 떨리는 입술을 열었다.

"안흥 앞바다를 나아가던 중…… 갑자기 배가 암초에 걸려 파선되었습니다."

"뭐라? 조삼을 싣고 오던 군선이 반파됐단 말이냐?"
 여운은 나직이 나오려는 한숨을 삼키며 까만 눈망울로 홍대주를 주시했고, 당황한 홍대주는 표정을 감추지도 못하고 분기를 내보였다.
 "아느냐? 중전마마께옵서 궐에 들인 조삼을 드신 후 쓰러지셨느니라!"
 홍대주의 말에 홍사해는 사색이 되어 안 그래도 시퍼런 입술에서 핏기가 모두 사라졌다.
 "예?"
 "급히 사옹원 식고食庫의 조삼을 태워 없애긴 하였다만 사안이 마무리되진 않은 터다. 만약, 군선을 불법적으로 이용한 것도 모자라 그 안에 조삼이 가득한 걸 조정에서 알게 되는 날엔 너나 나나 목을 내놔야 할 세다! 아니, 목을 내놓는 것으로 끝나지 않을 게다."
 벌벌 떠는 홍사해는 아무 말 못했고 홍대주는 아들을 굵은 눈으로 똑바로 바라보며 엄포 놓았다.
 "아래위로 삼족, 좌우로 삼족, 삼족멸문지화를 면치 못할 게야!"
 상상만으로도 곧 죽을 듯 허옇게 흰자위를 내보이며 기절할 것 같은 홍사해의 어깨를 세게 움켜쥐며 홍대주는 등 뒤에 있는 여운에게 들으라는 듯 말했다.
 "궐에 들인 조삼은 흑사초롱에서 생산한 것이며, 중전께옵서 그 조삼을 드시고 쓰러지셨다. 하니, 이 사안은 비단 나뿐 아니라, 흑사초롱의 존폐 여부와도 직결된 문제일 터!"
 고개를 비스듬히 해서 돌아본 홍대주는 여운에게 눈길을 박으며 확답을 얻고자 했다.
 "그렇지 않은가?"
 여운은 얄궂한 미소를 흘리며 고운 눈매에 살긋거리는 웃음까지 담았다.

"아십니까? 군선에 실어놓은 조삼이 무려 천 근이며, 생평포와 세중포포목의 일종가 각각 오백 필이라, 흑사초롱이 감내하기 힘들 만큼의 금전적 손해를 입었습니다."

부정할 수 없기에 홍대주가 떨떠름한 얼굴로 고개 끄덕이자 여운은 나긋나긋한 목소리로 말을 이었다.

"또한 이번 일로 중전마마께서 혼절까지 하셨으니, 이 문제가 불거질 시 흑사초롱은 더없는 타격을 입게 되겠지요."

부드러운 여운의 목소리와 표정에 홍대주는 여운이 같은 배를 탔다 인정하는 거라 판단해 몸을 돌려 앉으며 답답하다는 듯 물었다.

"허니, 묻지 않는가? 어찌할 셈이냐?"

여운은 안밀한 미소를 입가에 펼치며 오롯하게 생긴 눈매를 가늘게 휘었다. 아름다울 정도로 초롬한 속눈썹이 등불을 받아 더욱 짙어 보이고, 마치 여인의 것이 아닌가 싶을 정도로 고운 눈매에서 시선을 떼지 못하던 홍대주는 얼굴과 달리 매정한 목소리가 여운의 입에서 나오자 화들짝 놀랐다.

"흑사초롱은 발을 뺄 것입니다."

"뭐라?"

여운은 서서히 웃음을 거두며 냉기가 가득한 눈망울로 홍대주를 똑바로 마주했다.

"애초에 본인이 벌인 일도 아닐뿐더러, 군선이 파선됐으니 응당 관에서 처리할 일입니다. 또한, 잃어버린 인삼과 삼베가 아깝긴 하나, 어차피 찾을 수 없는 물건이 아닙니까?"

홍대주의 얼굴이 점차 화선지 구겨지듯 일그러졌다. 여운은 의견에 쐐기를 박듯 냉랭함이 뚝뚝 떨어지는 목소리로 조용히 물었다.

"제 말에 한 치라도 틀림이 있으면 말씀하십시오."

"흠!"

당연히 할 말이 없는 바, 홍대주는 입술을 앙다물며 신음 같은 헛기침만 토해냈다. 여운이 아직까지도 덜덜 떨고 있는 홍사해에게 살기 어린 시선을 던지자 홍사해가 움찔하며 엉덩이를 뒤로 밀며 멀어졌다. 여운은 한쪽 입술을 살짝 올려 비웃음을 내보이며 말했다.

"더불어 이미 죽었어야 할 목숨이나, 대감의 위신을 보아 한 번은 살려두는 것입니다."

"지, 지금 뭐라 했느냐!"

살기에 겁먹고 도망치듯 엉덩이를 뒤로 밀어대던 홍사해는 발끈한 성질을 참지 못해 이불을 걷어내며 상체를 앞으로 내밀었고, 여운의 살기를 느낀 홍대주는 부채를 쥔 손을 뻗어 홍사해를 급히 막았다.

"어허! 어찌 경거망동하느냐?"

홍사해가 분을 떨쳐내지 못해 주먹 쥔 손을 부들부들 떨자, 바닥으로 깔리는 살기를 감춘 나긋한 눈길로 바라본 여운은 어울리지 않는 조소를 흘렸다.

"허면 이만 물러가겠습니다."

몸을 돌리던 여운은 등 뒤로 터져 나오는 혀 차는 소리에 살짝 고개 돌려 홍대주를 바라봤다.

"이왕이면 자네가 해결해주는 게 좋긴 하네만, 어쩔 수 없지. 금은보화라면 물불 가리지 않는 친구가 있잖은가."

은근히 지선을 두고 협박함과 동시에 흑사초롱에서 인ㅅ이 더 지위가 높다는 의미를 품은 말에 여운은 인ㅅ이 비틀거리며 주막을 나와 걸어가던 뒷모습을 떠올리고, 비뚤어진 미소를 펼치며 아주 다정한 투로 빈정거렸다.

"그 분은 몸이 상하여 더 이상 칼을 잡을 수 없게 되었습니다."

홍대주의 놀란 얼굴에 서서히 불신이 피어오르자 여운은 자연스럽게 허리 숙여 예를 취하며 말했다.

"허니, 미련 두지 마십시오. 그럼."

 방문을 열고 나가는 여운의 등 뒤로 홍대주가 격분을 담아 주먹으로 탁자를 내리치는 소리가 들렸다. 이 기회를 잘만 이용하면 홍대주가 더 이상 날뛰지 못하게 할 수도 있겠다 싶어 하늘을 올려다보는 여운의 눈동자가 기쁨으로 출렁였다. 인入은 무시해도 될 인물이 되었고, 홍대주도 운이 좋다면 더 이상 여운을 쥐고 흔들 수 없고, 장량은 천天에 의해 목숨을 잃을 게 확실했다. 천天만 놓아주면 자유를 얻을 수 있다는 생각에 속눈썹 아래로 아청을 띤 여운의 눈망울이 아련해졌다.

 진주는 잠깐 눈 붙이려다 그만 깊이 잠들어버린 걸 후회하며 벌떡 상체를 일으켰다. 새벽의 어스름이 밀려오는 움막에는 아무도 없었고 깊은 정적만이 사방을 감쌌다. 진주는 시큰한 통증이 느껴지는 발목을 손으로 주무르며 지난밤을 떠올리고 흙이 내려앉은 벽을 물끄러미 바라봤다.

 천天이 쓰러지고 난 뒤, 그냥 놔두고 산채로 돌아갈까 싶었던 진주는 천天이 발목에 묶어준 붕대와 죽처럼 문드러진 야채를 번갈아 보다가 결국 절룩거리며 저잣거리로 나가 약재상을 찾아갔다. 천天의 어깨가 붕대로 감겨 있는 걸로 봐서 부상을 당한 거라 생각해 진주는 상처에 도움이 될 만한 약재와 자신의 발목을 빨리 낫게 할 수 있는 약재를 구입하고 부리나케 다시 움막으로 돌아왔다. 그렇게 절룩거리며 뛰던 진주는 등 뒤에서 놀리는 듯, 충고하는 듯 애매한 말투로 말하며 손목을 붙잡는 김홍도의 목소리에 화들짝 놀라 돌아봤다.

"그리 뛰면 상처가 덧난다 하지 않습니까?"

"여긴 또 웬일이슈? 아! 내가 바빠서 지금은 놀아드릴 시간이 없거든요?"

 김홍도의 손을 뿌리치고 한시가 급해 절룩거리는 걸음으로 열심히 움막으로 돌아온 진주는 그때까지 방 앞에 쓰러져 있는 천天을 보고 '아차!' 하며 제 머리를 쥐어박았다. 나가기 전에 방 안에 옮겨 눕혔어야 했는데 그대로 놔두고 나갔던 게 어쩐지 미안해져 진주는 약재를 마루에 올려놓고 낑낑대며 천天의 어깨를 잡아 방 안으로 들였다. 그리고 머리를 짚단으로 받쳐준 다음 서둘러 약재를 달여 먼지가 보얗게 앉은 그릇을 닦아 정성스레 달인 물을 담았다.

 절룩거리며 방으로 들어간 진주는 여전히 죽은 듯 누워 있는 천天의 곁에 앉아 다린 약을 내려놓고 낮게 헛기침했다.

 "흠흠, 이거 좀 먹어야 되거든요?"

 떠지지 않을 것처럼 굳게 감겨 있던 천天의 두 눈이 게슴츠레하게 살짝 열렸다.

 "내 발목을 치료해준 대가로……. 흠흠, 은혜는 곱절로 갚는 거라고 우리 아. 부. 지가! 귀에 딱지가 지도록 말했거든요."

 몸은 제대로 가누지 못해도 의식은 온전히 돌아왔는지 천天은 희미하게 미소 지으며 말했다.

 "고맙구나."

 진주는 눈도 제대로 뜨지 못하면서 기쁜 듯 입가를 올리고 있는 천天을 노려보며 가슴속을 헤집는 폭풍을 이겨내지 못하고 주저하며 물었다.

 "근데…… 정말 내가 아저씨 딸이에요?"

 분명 천天이 눈을 감고 있는데도 천天의 그윽한 눈길이 느껴지는 것만 같았다.

 "네 애미를 마음에 두었느니라. 지금도 이 심장 안에는, 가옥이뿐이다."

어쩐지 천天의 목소리에 절절함이 묻어 나와 진주는 더 이상 부정할 수도 없었다. 혼란 속에서 무슨 말을 해야 할지, 어떤 감정으로 대해야 할지 결정내리지 못하고 있던 진주는 천天이 다시금 실눈을 뜨며 말하자 흠칫하고 칼을 뽑아 들었다.

"뒤를 밟혔구나."

절룩거리며 걸어가 문을 벌컥 연 진주는 김홍도가 어깨를 들썩이며 깜짝 놀라더니 바보처럼 헤벌쭉 웃고 뭔가 말하려 하자 얼른 손가락을 뻗어 김홍도의 입술을 덮었다. 놀란 김홍도가 두 눈을 껌벅거리자 진주는 천天을 살피며 빨리 돌아가라는 손짓을 했다. 김홍도는 알겠다는 듯 고개를 끄덕이고 조심조심 뒤꿈치를 들고 도둑처럼 걸어 마당을 벗어났다. 다시 절룩거리며 방으로 돌아가며 진주는 당황한 마음을 들키지 않으려 연신 헛기침을 해댔다.

"아무도 없네요. 흠, 흠."

"그래?"

실눈을 뜨고 있었으면서 다 봤다는 듯 천天이 나직하게 웃자 진주는 발끈 성질을 내며 천天을 노려봤다.

"아! 왜 웃는 거예요?"

"이뻐서 그런다."

예쁘다는 말에 절로 입술 끝이 올라가던 진주는 문득 황진기가 자주 했던 말임을 떠올리고 금세 울상이 되었다.

'이뻐서 그런다, 우리 딸.'

귀에 못이 박히도록 들었던 말이라 그 목소리까지 생생하자 황진기에 대한 그리움이 가슴 밑에서부터 샘솟듯 밀려 올라왔다. 진주는 터져 나오는 한숨을 조금씩 입술 사이로 흘려 내보내고 구석에 앉아 천天의 곁을 지켰다. 진주는 그렇게 앉아 있다가 깜빡 잠이 들었다. 얼마나 오래

잤는지 몰라도 몸도 가누지 못하던 천天이 밖으로 나간 걸 보니 꽤나 오랜 시간이 지난 듯했다.

일어나서 한참 동안 빈방에 홀로 서 있던 진주는 조심스럽게 문고리를 잡다 새삼 신발을 신고 있지 않음을 깨닫고 당황한 진주는 어둠 속을 헤집으며 신발을 찾았다. 그리고 나란히 놓여 있는 비단신이 잡히자 멈칫하고선 방문을 바라봤다. 반항으로 신지 말까 생각도 했지만 천天의 마음이 고스란히 느껴져 내팽개칠 수도 없었다. 진주는 손가락으로 비단신을 보듬다가 조심스럽게 신고 절룩거리며 문을 열었고, 마루 한쪽에 앉아 무언가를 열심히 하던 천天은 진주가 나가자 조용히 물었다.

"상처가 덧나진 않았느냐?"

진주는 천天이 자신의 신발을 손보고 있음을 뒤늦게 알고 복잡한 심정을 추스르며 비단신을 신은 발가락을 꼼지락거렸다. 태어나서 한 번도 신어보지 못했던 비단신인데 마치 원래부터 제 것이었던 듯 발에 꼭 맞는 모양새가 예뻤다. 진주는 황진기에 대한 마음과 생부라 하는 천天에 대한 마음이 갈라져 가슴이 두 갈래로 나뉜 것 같아 괴로운 숨을 토해냈다. 천天은 찢어진 진주의 신발을 다 고쳤는지 팔을 뻗어 내밀며 말했다.

"조심히 다니거라."

황진기와 함께하며 신었던 신발을 천天이 고쳐주었다. 진주는 신발을 모아 쥐며 진정 자신이 누구를 아버지라 생각하는 건지조차 헷갈리기 시작하자 시선을 외면하며 쌀쌀맞다 싶을 정도로 휙 하니 방으로 들어가버렸다. 등 뒤로 느껴지는 천天의 시선이 그토록 잔잔할 수가 없었다.

동수가 신을 신고 마당으로 한 발 내딛는데 마침 흑사모가 지게를 메고 대문을 들어섰다. 동수는 부리나케 달려가 지게 내리는 걸 도왔다.

"이 망할 잡것이, 변해도 너무 변해서 정신이 하나도 없네. 그런데 형님은 대체 언제 오시는 거냐?"

"저도 모르겠습니다. 먼저 출발하라는 말씀만 하셔서⋯⋯."

동수는 지게를 마당 한쪽으로 옮기다 말고 멈칫하며 지선이 장의를 팔에 걸치고 나오는 모습에 시선을 뺏겼다. 한 폭의 그림처럼 풍기는 풍아함이 새벽빛을 더해 동수의 눈빛이 감동으로 출렁거리자 흑사모가 옆구리를 꾹 찌르며 다 안다는 듯 샐쭉 웃었다.

"아씨, 어디 가십니까?"

흑사모를 흘겨보고 동수가 다가오는 지선에게 묻자 고요한 미소를 펼치며 지선이 단아한 목소리를 냈다.

"나으리, 이 사건을 파헤치는 데 제가 도움이 될 것입니다."

지선과 함께 있는 것은 좋지만 위기 상황에 몰리지 않는다는 법이 없어 동수는 되도록 지선을 본부에 남겨두고 싶었다.

"위험합니다."

"거절 마십시오. 한 번은, 나으리께 도움이 되고 싶습니다."

두 사람이 허공에서 얽혀 서로를 헤집고 있자 흑사모가 대뜸 끼어들었다.

"동수야, 그리하거라. 필시 도움이 될 게다. 아씨만큼 인삼에 대해 해박한 지식을 가진 자를 찾기도 어려울 터이니, 함께 가거라."

동수는 얕은 한숨을 쉬고 시선을 흑사모에게 돌렸다.

"허면 약재상을 돌며 인삼을 먼저 살펴보겠습니다."

"나도 함께 가보자꾸나. 세손 저하의 일이니 구경만 할 수는 없지."

결국 동수와 지선, 흑사모는 저잣거리의 약재상을 돌며 인삼을 살폈다. 그러던 중 몇 군데 돌지도 않았는데 지선의 눈빛이 예사스럽지 않게 변하며 인삼 하나를 집어 들고 의원에게 물었다.

"이 인삼은 어디서 들여온 것입니까?"

"거, 귀한 놈을 알아보는 걸 보니, 약재를 좀 볼 줄 아시누만."

지선이 고개 끄덕이자 의원이 동수와 흑사모를 흘끗 보고선 잔뜩 경계하는 모습을 보였다.

"관에서 나온 거 같진 않고……. 뉘시우?"

"궁금하여 여쭙는 것입니다. 염려 마시고 말씀해주시지요."

지선이 함께해서 천만다행이라는 생각이 들 만큼 의원은 지선의 눈웃음에 홀린 듯 바라보며 대답했다.

"흠흠, 시전 상인들만 취급하는 물건이우."

"시전 상인이요? 허나 이 나삼은……."

의원은 아예 지선 쪽으로 상체를 기울여 입가에 손을 대고 비밀 이야기를 술술 풀어놓았다.

"전량 궐에 진상되는 나삼이지."

"허면, 어디서 구할 수 있습니까?"

의원은 동수의 부리부리한 눈을 의식하면서 좀 더 지선에게 다가서고 더욱 작게 속삭였다.

"나루터에 가보슈. 지금쯤 상인들이 줄지어 있을 게요. 보면, 돈 좀 있는 시전 상인들이 드문드문 보이고……."

화사한 미소를 보이며 고맙다고 한 뒤, 지선이 약재상을 나서자 의원이 아쉬운 듯 계속해서 입맛을 쩝쩝 다시다 동수의 살기 어린 눈을 보고 흠칫하며 어깨를 오므렸다. 지선의 덕을 보는 것은 다행스러웠지만 늙은 의원의 시선마저 음흉함이 가득 한 게 마음에 안 들어 동수는 얼굴을 단단히 굳히다 문득 생각했다.

'3년 동안 홀로 상단을 꾸리며 그러한 남정네들을 얼마나 만났을까?'

태연하게 의원의 시선을 받아넘기던 지선에 대한 안타까움이 밀려들어 장의로 가려진 여린 어깨를 바라보는 동수의 눈빛이 애달픔을 품었다. 그때 흑사모가 고개를 갸웃거리더니 입을 열었다.

"동수야, 너는 지선이와 함께 궐로 가서 홍국영을 만나 궐내 남아 있는 인삼을 조사해보거라. 나는 나루터로 가서 배를 기다려보마."

"예."

허리 숙여 답하고 인사한 뒤 동수는 지선과 함께 궐로 향했다. 성문을 지나며 동수가 그러했듯 지선도 과거를 떠올리며 괴로운지 시선을 내리깔고 눈썹을 모은 채 한 발 한 발 조용히 내딛었다. 동수는 지선의 어깨를 두드려서도 위로를 해주고 싶었지만 이목이 많은지라 내색 없이 묵묵히 홍국영을 찾아갔다. 그렇게 홍국영을 만나 의원에게서 들은 이야기를 전한 동수는 멀리서 모락모락 피어오르는 연기를 보며 고개를 갸웃했다.

"저 연기는 뭐지?"

홍국영도 연기를 보더니 뭔가 떠올렸는지 급히 연기가 시작되는 곳으로 달렸다. 동수는 지선이 뒤처지지 않게 속도를 줄여가며 달리면서 설마 인삼을 태우는가 싶었다. 그 설마는 연기에 가까워질수록 확신으로 변했고 관군들이 불쏘시개로 태우던 것을 뒤적거린 다음 사라지자, 동수가 코를 킁킁댔다.

"인삼향 아냐?"

홍국영은 불이 꺼지지도 않은 잿더미 사이를 쑤셔 타다 만 인삼을 꺼내 후후 불고는 답했다.

"인삼이 맞아."

"궐에 들어온 조삼일 것입니다."

지선이 인삼을 받아들며 말하자 홍국영이 난감하다는 듯 눈썹을 찡그렸다.

"여기 있는 게 전부인 듯한데……."

동수는 퍼뜩하고 떠오른 생각에 씨익 웃었다.

"전부는 아닐걸? 수라간과 내국의 인삼들은 아직 남아 있을 거야."

"맞는 말인데, 내 관직으로는 내의원에게 인삼을 달라고 하기도 어렵고……."

동수는 난감해하는 홍국영의 어깨를 툭툭 두드리며 의미심장하게 말했다.

"관직으로 치면 높은 분이 있잖아."

"내 식견으로는 이 조사에 세손 저하를 관여시키지 않는 게 좋을 듯싶다. 우선은 수라간으로 가자."

급히 수라간으로 간 동수와 지선, 홍국영은 십여 근이 되는 인삼을 받아들고, 혹시나 하는 마음에 내국으로 향했다. 역시나 예상대로 함부로 약재의 도구가 되는 인삼을 내어줄 수 없다는 내의원들에게 홍국영이 사정사정했지만 내의원들은 고집을 꺾지 않았다. 동수는 가만히 옆에서 지켜보다가 털썩 무릎을 꿇고 두 손을 땅에 받쳐 이마를 박으며 말했다.

"의원 나리, 나리들께서 우려하시는 일이 무엇인지 소인 또한 충분히 알고 있습니다. 허나 혹여 주상 전하의 옥체 보존을 위한 약재 중 인삼에 잘못이 있다면 어찌합니까? 하여, 인삼에 대해 해박한 지식을 지닌 이와 동행하였으니, 인삼을 내어주시어 조사할 수 있도록 해주십시오."

내의원들은 계속해서 엎드려 있는 동수를 보며 서로 눈치만 봤고, 홍국영은 조용하고 힘 있게 동수의 말을 지지했다.

"문제가 있는 인삼을 사용하였다가 전하의 옥체에 변고가 생긴다면 당연히 도제조 의원께 그 책임이 돌아갈 터입니다."

서로 눈치 보던 의원들이 헛기침하며 도제조 의원을 바라보자 별수 없다는 듯 도제조 의원은 손을 휘휘 내저었다.

"하면 인삼을 가져가서 조사하고, 우리가 인삼을 내어준 것이 문제시될 경우 그 책임은 홍 부정자께서 지시겠소?"

"그리하겠습니다."

홍국영의 흔들림 없는 약속을 받아낸 뒤에 내국에서 인삼을 건네줬고, 두 곳에서 받은 인삼을 홍국영과 나눠 든 채 그들은 홍국영의 집무실로 향했다. 주위를 둘러보고 감시하는 이가 없음을 확인한 홍국영은 문을 닫자마자 탁자 위에 펼쳐진 인삼들을 유심히 살피고 있는 지선에게 물었다.

"어떻습니까?"

"모두가 조삼입니다."

고개 들어 다소곳이 말하는 지선에게 홍국영이 한숨을 푹 쉬자, 동수는 인삼들을 다시 싸며 말했다.

"그럼 세손 저하께 이것들을 가져가서……."

"안 돼."

동수가 눈빛으로 질문을 던지자 홍국영이 심각한 어조로 말했다.

"만약 이 조삼들이 세손 저하께 갔다간 자칫하면 누명을 뒤집어쓸 수도 있어. 동수, 너 잊었냐? 세자 저하께서 어찌 돌아가셨는지. 난 그때 결심했다. 내가 지키는 이를 해하려는 자가 한 수 앞을 본다면 난 열 수 앞을 내다보겠다고."

동수는 그동안 전혀 느끼지 못했던 예리함이 보이는 홍국영의 눈을 보며 내심 감탄했다. 지선도 홍국영의 그런 점에 놀란 듯 잠시 눈을 크게 떴지만, 부드러운 미소로 칭찬을 대신했고, 홍국영의 속내를 모르는 동수는 답답함에 인상을 찡그리고 다시 인삼을 내려놓았다.

"그럼 어쩌려고?"

동수의 질문에 홍국영이 인삼을 모아 들며 씩 웃었다.

"등잔 밑이 어둡잖아. 찾고자 하는 자의 등잔 밑에 둬야지."

홍국영에게 이런 면이 있었나 싶을 정도로 번득이는 눈빛에 동수는 고개를 절레절레 흔들었다. 3년 전, 동무들과 마냥 웃으며 뛰어다녔던 그때가 새삼 간절히 그리워졌다.

집무실 안에 홍대주의 분기 어린 목소리가 흐르자 상궁의 얼굴이 새파랗게 질렸다.
"뭐라? 승문원 홍 부정자가 인삼차 찌꺼기를 챙겨 갔다?"
"예······."
홍대주는 이를 갈며 눈가를 떨면서 나직이 말했다.
"스스로 명줄을 재촉하는구나."
상궁이 화들짝 놀라 겁에 질린 얼굴로 바라보자 홍대주는 살기 가득한 눈으로 상궁을 노려봤다.
"아무래도, 살려둘 수 없겠구나. 인삼차 제조에 책임을 느낀 자네가, 스스로 자결을 택한 게야."
"대, 대감! 제게 어찌!"
상궁이 오들오들 떨며 일어서자 뒤에 서 있던 마도영이 턱을 붙잡아 뒤로 젖혔다. 목이 길게 빼인 상궁은 겁에 질려 비명 한 번 지르지 못하고 마도영이 입안으로 밀어 넣는 물약을 고스란히 받아 마시곤 홍대주를 향해 경악 어린 시선을 던졌다. 이어 숨이 막히는지 컥컥거리던 상궁은 도끼질 당한 장작처럼 바닥으로 쓰러지더니 파르르 경련을 일으키고 숨을 거뒀다.
홍대주는 마도영이 가뿐하게 상궁의 시신을 어깨에 메고 밖으로 나가자 부관에게 편안해진 목소리로 물었다.
"그래, 파발병은 아직이더냐?"
사람이 죽어나가는데도 눈썹 하나 까딱하지 않고 태연한 홍대주를 바라보며 부관이 어안 벙벙한 모습으로 문과 홍대주를 번갈아 봤다.

"예? 예. 그게 아직은 감감무소식입니다만……."

"그래? 당도할 시간이 이미 지났는데……."

부관이 흠칫하며 행여나 상궁처럼 목숨을 잃을까 주변을 두리번거리자 홍대주는 나지리보는 시선을 던지고 홍사해를 떠올렸다. 자식마저 마음에 차지 않는 마당에 누군들 눈에 들어올 리 없다고 생각하며 홍대주는 지난밤 홍사해와의 대화를 되씹었다.

"뭐라? 암초에 걸렸단 말이냐?"

"예……."

홍대주가 낮게 혀를 차자 홍사해가 시선을 살몃살몃 던지며 눈치 봤다.

"어찌 안흥을 지났더냐? 그곳이 조류가 거칠고 암초가 많아 상선들도 다니지 않는 길목임을 몰랐던 말이냐?"

"송구합니다."

홍대주는 여전히 이불을 뒤집어쓴 채 바라보고 있는 홍사해에게 못마땅한 눈길을 주며 물었다.

"관병은 어찌 움직였느냐?"

홍대주의 예리한 눈빛에 홍사해는 움찔하더니 시선을 마주치지 못하고 바닥으로 돌렸다.

"반파되자마자 관병이 나타났습니다만, 급히 몸을 빼느라 확인치 못했습니다. 아마, 목숨을 건진 수군들은 전원 옥사에 갇혔을 겁니다."

"혹, 너를 본 자는 없느냐?"

"예."

기대에 못 미쳐도 아들이기에 마냥 다그칠 수만은 없고, 이 기회에 잔술수를 가르칠 수도 있겠다 싶어, 홍대주는 계속해서 시선을 회피하는 홍사해를 힘이 가득 들어간 눈으로 주시하며 낮고 음침한 목소리를 냈다.

"어허! 사내대장부가 이만한 일로 풀이 죽어서야 쓰겠느냐? 염려 말고 지켜보거라. 이 애비가, 이 사건을 어찌 해결하는지."

두려움을 잔뜩 담은 홍사해의 눈동자에 존경심이 깔리던 걸 생각하며 홍대주는 만족감으로 입술 끝을 치켜세우고 수염을 손등으로 쓸었다. 곁에 서서 홍대주의 눈치 보기에 급급한 부관은 홍대주가 계략을 꾸미며 흘리는 미소를 사냥개처럼 충심을 담아 바라봤다. 홍대주는 그런 부관을 흘끔 본 뒤, 사뭇 다정한 어조로 명령했다.

"지금 당장, 네가 준비해야 할 것이 있느니라."

"예? 무엇을 말입니까요?"

홍대주는 낮게 웃으며 준비할 것들을 알린 뒤, 파발병이 도착했다는 소식에 편전으로 향했다. 편전으로 들어서자 무릎 꿇은 파발병이 보였고 영조의 놀란 목소리가 실내를 뒤흔들었다.

"뭐라? 군선이 반파되었단 말이냐?"

영문을 모르는 대신들이 서로에게 묻는 웅성거림이 편전을 가득 채웠다. 그 속에서 걱정스런 얼굴로 나선 홍대주는 예를 취하며 급히 영조에게 아뢰었다.

"전하, 중소형 거도선쾌속 위주의 중소형 병조선도 아니고, 맹선. 그것도 수군 팔십 명과 양곡 팔백 석을 실을 수 있는 대맹선이옵니다! 하오니, 함포를 사용치 않고서는 결코 군선이 두 동강 날 리 없사옵니다. 이는 분명 왜인들의 노략질이 분명하다 사려되옵니다!"

"지금, 왜인이라 했느냐?"

영조가 기겁해서 소리치자 편전을 채우는 웅성거림이 더욱 심해졌다.

"예, 전하. 왜란 이후 잠잠했던 왜인들의 노략질이 근자에 들어 극성을 부리고 있다는 보고를 받은 적이 있사옵니다."

영조는 홍대주의 보고에 입술을 앙다물고 깊은 고뇌가 담긴 눈을 파르르 떨었다.

"왜국이 관련되었다면 쉬이 넘어갈 일이 아니다. 병판은 좀 더 소상히 정황을 알아보거라!"

"예, 전하."

뜻대로 일이 풀리자 만족해서 편전을 나서던 홍대주는 김한구의 부름에 걸음을 멈췄다.

"병판."

홍대주가 돌아보자 뒷짐 지고 다가온 김한구가 한쪽 눈썹을 올렸다 내리며 물었다.

"이번 사건이 진정 왜인들의 짓이라 보는 겐가?"

"물론입니다. 왜인들이 아니고서야 누가 감히 이런 일을 벌이겠습니까?"

태연히 거짓말하는 홍대주를 물끄러미 바라보던 김한구는 떠보듯 지나가는 투로 입을 열었다.

"혹 경상도에서 인삼을 실어 나르는 배가, 반파된 군선은 아닐 테지?"

"허허, 대감. 확인되지도 않은 사실을 그리 사실처럼 말씀하십니까? 그보다, 마마께옵선 어떠하십니까?"

"아직 의식조차 없으시네."

홍대주를 바라보는 김한구의 시선이 뭔가 미심쩍었다. 조금은 비웃는 듯한, 어떻게 보면 씁쓸한 듯한, 한편으로는 술수를 품은 듯한 김한구의 눈빛에 홍대주는 살짝 눈썹 산을 올렸다.

"거참, 큰일입니다. 하루빨리 쾌차하셔야 할 터인데……. 하면 이만……."

돌아서는 홍대주의 뒤통수에 꽂히는 김한구의 눈길이 화살처럼 파고들었다. 홍대주는 불편한 마음을 애써 숨기며 집무실로 빠르게 걸어가, 의자에 털썩 앉으며 경련 일으키는 눈가를 손가락으로 눌렀다.

'무슨 일이 있어도 빠져나가야 한다. 대감이 내 목을 틀어쥐려 벼르고 있음이야.'

방법을 모색하던 홍대주에게 문을 열고 들어온 부관이 목판과 녹슨 화살을 내려놓으며 나직하게 고했다.

"이 목판은 선체를 건조할 때 쓰는 박달나무이고, 이 화살은 왜인들이 쓰는 화살입니다요."

홍대주는 화살을 집어 들어 무심한 표정으로 살폈다.

"어디서 났느냐?"

"훈련도감에서 쓰는 교육용 교재입니다만……."

"교재라? 허허."

홍대주가 만족스런 웃음을 입술 밖으로 털자 부관이 같이 샐샐거리며 물었다.

"헌데 대감, 대체 이것들을 어디다 쓰실 생각이십니까?"

"늘, 한발 먼저 움직여야 하느니라."

그러고선 있는 힘껏 목판을 향해 화살을 내리찍고 홍사해를 보며 물었다.

"알겠느냐?"

"예? 아, 예……."

지금까지 술수만으로 조선의 조정을 손에 쥐고 흔들어왔거늘 이깟 위기쯤은 아무 것도 아니라는 자신감이 홍대주의 검은 눈동자에서 불꽃처럼 튀어나왔다.

그렇기에 편전에서 영조를 알현하면서 홍대주는 너무나 자연스럽게 거짓이 진실인 양 입에 올릴 수 있었다. 영조는 화살이 박힌 목판을 보며 늘어진 눈가를 손가락으로 지그시 눌렀다.

"진정 이 화살촉이 왜인의 것이며, 반파된 군선에서 나온 것이란 말이냐?"
 "예, 전하. 소금기 섞인 박달나무로 보아 군선의 파편이 분명하오며, 화살 또한 왜인들이 사용하는 화살촉과 다름이 없사옵니다."
 홍대주의 확신 어린 대답에 영조는 신중하게 화살을 살피며 물었다.
 "허나 이 화살촉은 녹이 슬지 않았느냐?"
 이미 예상하고 있던 질문이기에 홍대주의 입에서 거짓 대답이 술술 나왔다.
 "쇠로 만든 화살촉이 소금기 있는 바닷물에 닿으면 하루만 지나도 녹이 스는 법입니다."
 그럴듯하다 하여 고개 끄덕이는 영조에게 홍대주는 굵은 눈을 치켜뜨며 목소리에 힘을 실었다.
 "전하, 이는 분명 이 나라 조선에 대한 명백한 위협이자, 도발이 아니옵니까?"
 "허나 이 증험 하나로 왜인에게 죄를 물을 수는 없다. 수군 출신의 무관을 따로 선별하여 사건의 진상을 좀 더 소상히 알아보거라."
 영조의 명에 홍대주는 진정한 충신처럼 절절한 충심을 토해내며 외쳤다.
 "전하. 병조를 책임지고 있는 신, 홍대주의 목숨을 걸고 이번 사건에 한 치의 의혹도 없게 하겠나이다."
 "그리하거라."
 "전하, 하여 간청드리옵니다."
 영조가 허락하게 하려고 왜인에게 죄를 뒤집어씌우고, 거짓 증거까지 만든 홍대주는 영조가 주름이 자글자글한 눈을 끔벅거리며 바라보자 음흉한 속내를 숨기며 간절하게 청했다.
 "수군통제사 서유대 장군을 파직시켜 주십시오."
 "뭐라? 지금 수군통제사 서유대 장군을 파직시켜 달라 하였느냐?"

영조가 노기를 참지 못해 주먹을 바르르 떨자 홍대주는 급히 허리 숙이며 아이를 어르듯 부드러운 목소리로 설명했다.

"전하, 군선이 좌초되었음에 수군통제사인 서유대 장군이 조사를 할 것이고, 소신 또한 직접 안흥에 내려가 알아볼 것이옵니다. 하여, 뱀의 머리가 두 개로 나뉘면 똑바로 갈 수가 없음을 아뢰옵니다."

타당성이 명백하고 홍대주에게 사건의 진상을 밝히라 명했기에 영조는 반박할 수가 없어 홍대주를 노려보며 서유대 장군을 사건이 해결될 때까지 임시로 파직시켰다.

12장
묘혈을 파는 과욕

지선은 세손 이산이 머물고 있는 동궁전으로 들어서며 돌이 순식간에 수면 아래로 가라앉듯 가슴이 바닥으로 내려앉는 기분을 느꼈다. 그렇기에 내실로 들어가 이산에게 예를 취해 인사하면서도 지선은 단 한 마디도 입 밖으로 내지 못한 채 가만히 시선을 내리깔기만 했다. 동수가 탁자 위에 타다 만 인삼을 내려놓자 이산의 눈이 실망으로 어두워졌다.

"사옹원의 인삼을 태우고 있었단 말이냐."

"예, 저하. 창고에 있던 인삼의 5할이 재가 되어 사라졌습니다."

홍국영이 보고하자 급격하게 안타까움으로 일그러진 이산의 얼굴을 보며 동수는 얼른 홍국영의 말에 덧붙였다.

"허나 모두 없애지는 못하였습니다."

"인삼이 남아 있단 말이더냐?"

동수는 웃으며 고개 끄덕였고, 홍국영은 입술을 오므리며 술책을 지닌 자만이 가질 수 있는 오묘한 미소를 지었다. 지선은 동수와 홍국영의 언행에 호기심을 보이면서도 침착함을 잃지 않고 대답을 기다리는 이산을 보며 과거 세자 이선을 떠올렸다. 사도세자였다면 다급한 성격을 이기지 못해 동수나 홍국영에게 어떻게 된 연유인지 닦달하고 답을 재촉했을 게 분명했지만, 그의 아들 이산은 인내심이 남다를 만큼 속내를 가두고 드러내지 않는 것이 무척이나 신중해 보였다. 지선은 동수가 대답하자 눈을 반짝 빛내는 이산을 보며 사도세자에 대한 기억을 떨쳐냈다.
"수라간과 내의원에 남아 있었사옵니다."
"허면……?"
타다 만 인삼만 놓여 있는 탁자 위를 눈으로 더듬으며 이산이 말을 맺지 못하자 홍국영이 신중한 어조로 설명했다.
"궐에서 사용되는 모든 식재료와 약재를 버리지 않는 한, 조삼의 흔적을 깨끗이 지울 수는 없을 것이옵니다. 소신, 남은 조삼을 확실하게 수라간과 내의원에서 받아내었고, 잘 보관하고 있사오니 저하께서는 이 일에 관여하지 않으신 걸로 하시옵소서."
"홍 부정자! 그러다 무슨 일이 생기면!"
"소신이 그 책임을 모두 질 것이옵니다."
이산이 홍국영의 말을 강하게 질책하려 할 찰나, 문밖에서 상각이 허락을 구하고 들어와 무사답게 무릎을 꿇고 곧은 자세로 앉았다.
"알아보았느냐?"
"예, 대전 김 상궁이 목을 매어 자결하였다 합니다."
실내 있던 모든 이들이 깜짝 놀라 상각을 바라봤다.
"작일 의금부에서 중전마마께서 혼절하신 데 대한 책임을 물었사온데, 금일 오전 시신으로 발견되었습니다."
지선은 홍국영이 인삼차 찌꺼기를 가져왔던 것을 생각하고 홍국영에게 시선 돌리자 같은 생각이라는 듯 홍국영이 살짝 고개 끄덕였다. 이산과 동수도 모두 똑같은 추리를 하는 모양인지 심하게 눈썹을 모으며 울

화를 드러냈다.

"알겠다. 물러가보거라."

이산이 손바닥으로 이마를 비비며 명령했지만 상각은 꿇은 무릎을 펴지 않고 큰 숨을 들이마시더니 단단한 어조로 보고를 이었다.

"저하, 보고드릴 것이 또 있사옵니다. 군수 물자를 싣고 한양으로 향하던 대맹선이 서해 안흥에서 반파되었다 하옵니다."

모두의 입에서 동시에 놀란 숨이 터져 나왔고 이산은 커다랗게 뜬 눈을 바로 하며 어리둥절함을 내보였다.

"대맹선? 대맹선이라면 수군의 군선 중에서도 가장 큰 군선이 아니냐? 반파된 연유가 무엇이라더냐?"

"편전에서는 왜인들의 소행으로 잠정 결론지었다 합니다."

이산은 상각의 말에 수긍하듯 고개 끄덕이며 확신을 담아 혼잣말했다.

"그래? 하긴, 함포를 사용하지 않고는 대맹선이 반파될 리 없지."

지선은 그렇긴 하다고 생각하면서도 어쩐지 의구심이 드는 마음을 뿌리칠 수 없어 아미를 곱게 접었고, 동수도 그러한지 까만 눈동자에 칼날 같은 예리함을 담으며 입을 열었다.

"저하, 하여도 이상하옵니다. 소신이 아는 바, 안흥은 왜인들의 출몰지가 아니옵니다. 또한 안흥 앞바다는 예로부터 파도가 거칠고 암초가 많아, 상선들조차 사용치 않는 뱃길이옵니다."

"그래? 그렇다면 참으로 기이한 일이로구나."

막연하던 의구함이 동수의 설명으로 명확해지자 이산뿐 아니라 지선이도 고개를 끄덕였다. 가만히 생각에 잠겨 있던 홍국영은 동수의 말이 끝나자 이산에게 고개 숙이며 조용한 목소리를 냈다.

"저하, 소신의 소견으로는 일련의 사건들이 다른 듯하지만 같이 이뤄진 듯합니다. 분명 조삼과 관련된 자가 군선과 연관 있음이옵니다."

이산의 찌푸린 얼굴이 더욱 일그러지고 창백해지자 지선은 안타까움에 속눈썹을 내렸고, 동수는 깊이 허리 숙여 예를 취하며 다짐했다.
"너무 염려 마시옵소서, 저하. 소신 백동수, 최선을 다하여 내막을 알아내고 저하의 근심을 없애드리겠나이다."
항상 나달거리던 동수가 이렇듯 의연해진 모습을 보니 지선은 당황스럽기도 했지만, 몹시 듬직해서 안심이 되고 심장이 새근거리며 두드리기까지 했다.

흑사모를 앞에 둔 동수와 지선, 홍국영은 알아낸 사실을 보고하고 흑사모가 조사하던 나루터의 상황을 들었다.
"내, 나루터로 가서 상인들을 만나보고 인삼을 실은 상선에 대해 물어보았느니라. 한데 상인들이 말하길 상선이 아닌 군선이라 하더구나."
"상선이 아니라 군선이라고요?"
동수가 놀라 되풀이해 묻자 흑사모가 고개를 끄덕였다.
"수군들이 타고 오기에 군선이라 확신한다더구나."
동수는 홍국영과 시선을 주고받은 뒤, 속내를 입 밖으로 냈다.
"예상한 대롭니다. 궐에 진상될 나삼이 시중에 나돌고 있을 뿐 아니라, 시전 상인들이 조삼을 사기 위해 반파된 군선을 기다리고 있었습니다. 하니, 반파된 군선과 궐내 인삼차 사건은 필시 깊은 연관이 있음입니다."
"옳은 판단이다! 동수 넌, 군선이 반파된 안홍으로 가거라. 그곳에 가면 해답이 있을 게다."
"예."
흑사모의 명령에 다부진 목소리로 답한 동수는 지선이 조심스레 끼어들자 부리부리한 눈을 크게 떴다.

"저도 함께 가겠습니다."

지선이 그런 목소리를 낼 때는 도저히 말릴 수 없음을 알기에 동수는 놀란 눈에서 힘을 풀고 머리를 긁적거렸고, 흑사모는 당황해서 물었다.

"네가 가면 상단은 누가 꾸리고?"

"그 정도 시간은 있습니다."

"아, 그렇다 쳐도 네가 거기까지 가서 무슨 도움이 되겠느냐? 내가 가면 또 모를까."

흑사모가 온갖 핑계를 대며 말려보았건만 도저히 지선의 결심을 되돌릴 수는 없었다.

"인삼을 잘 알고 있는 제가 곁에 있으면 반드시 도움이 될 것입니다."

"인삼? 그렇긴 하다만……."

그때 가만히 듣고 있던 홍국영이 조용히 끼어들었다.

"아씨께서 필시 도움이 될 겁니다. 함께하도록 허락해주십시오."

동수의 무예 실력이 얼마나 발전했는지 몸으로 느끼지 못한 흑사모는 행여나 위험한 상황에서 동수가 지선을 지키지 못할까 걱정했고, 동수는 흑사모를 마주 보며 자신만만한 웃음을 보였다.

"아씨와 함께 가겠습니다. 아씨, 아침 일찍 떠날 터이니, 채비하고 계십시오. 홍 부정자 나리께선 입궐하시어 궐 안에서 얻을 수 있는 다른 단서들을 찾아주십시오."

동수의 언행은 깍듯하나 눈빛에 가득한 장난기를 보며 홍국영이 함께 눈을 빛냈다. 말을 나누지 않아도 서로에게 향한 신뢰가 눈빛을 타고 흘러 동수는 홍국영의 어깨를 가만히 두드렸다.

밤하늘을 올려다보니 유난히 크게 보이는 샛별이 달 옆에 찰싹 붙어 있는 게 어지간히도 달을 사랑하는 모양이었다. 하늘을 보며 별을 헤던 동수는 홍국영이 함께 별을 바라보다 뜬금없이 묻자 한쪽 눈을 찌푸리며 돌아봤다.

"동수야, 날 믿어줄 거지?"

"왜 이러십니까, 홍 부정자 나리."

동수가 장난스럽게 말을 돌리자 동수의 눈을 똑바로 바라보며 홍국영이 가만히 부탁했다.

"세상 사람들이 모두 다 나를 욕해도 너만은 나를 믿어줘라."

"당연하지! 그딴 소리가 어딨냐? 그리고 세상 사람들이 널 욕하다니, 세상이 미쳤냐?"

동수의 어이없다는 표정에 홍국영은 피식 웃고 손을 들어 보인 뒤 돌아서며 낮게 중얼거렸다.

"내가 그렇게 만들 거니까……. 잘 자라."

동수는 유난히 쓸쓸하고 처처한 홍국영의 뒷모습을 보며 찡그린 얼굴을 펴지 한 채 한참 동안 대문 앞에 서 있었다. 도대체 무슨 연유로 홍국영이 그런 말을 했는지 몰라도 한 가지는 확실했다.

'홍국영, 세상 사람 모두가 너를 손가락질한다 해도 나만은 그 앞을 막아서주마.'

홍국영의 모습이 어둠 속으로 완전히 사라지고도 오랫동안 그 자리에 남아 있던 동수는 대문을 닫고 들어가 흑사모에게 인사한 뒤, 지선이 먼저 침소에 들었다는 말을 듣고 얼른 방으로 가서 잠을 청했다.

영화관에서 구향이 따라주는 차를 음미하던 여운은 등불에 짙은 속눈썹을 살짝 떨며 나릿하게 물어오는 구향의 질문에 조용히 찻잔을 내려놓았다.

"어찌하여 그 여인의 소식을 묻는 날이 뜸해지셨습니까?"

"아씨에게 무슨 일이 있는 게냐?"

구향은 빈 잔에 다시 차를 따르며 여인의 향취가 짙게 풍기는 목소리를 함께 흘렸다.

"아닙니다. 혹여나 그 여인을 마음에서 놓으신 듯하여 여쭈었습니다."

피어나는 것처럼 보이지만 단단한 입 매무새가 그대로 닫힌 것처럼도 보이는, 도무지 읽어낼 수 없는 미소를 지으며 여운은 자책하듯 중얼거렸다.

"그럴 수 있는 분이 아니다."

구향의 시선이 오랫동안 자신에게 머무는 것을 알면서도 여운은 시선을 돌려주지 않은 채 가만히 차만 마셨다. 그러자 구향이 잠시 망설이다가 상 아래에서 작은 함을 꺼내 조용히 여운 앞으로 내밀며 속삭였다.

"인삼 찌꺼기입니다."

"어디서 난 것이냐?"

구향은 눈썹을 살짝 올리며 붉은 입술을 부드럽게 말아 미소 지었다.

"승문원 부정자 홍국영이 가져간 찌꺼기의 일부이옵니다."

구향의 질문을 가벼이 넘길 게 아니었다고 생각하며 여운은 부드럽게 함을 열어 보여주는 여인의 가느다랗고 하얀 손가락을 바라봤다. 여운이 지선에 대한 마음을 놓았다고 했다면 구향이 함을 내보이며 여운에게 지선이 위험에 처했음을 알려주지 않았을 터였고, 하마터면 아무 것도 모른 채 소중한 사람을 지키지 못할 뻔했다는 사실에 여운은 인삼 찌꺼기를 내려다보며 아찔함을 느꼈다.

"인삼에 해박한 그 여인 또한 이것이 조삼임을 알아냈을 것입니다."

당연히 지선이라면 조삼임을 알고도 남았을 테고, 홍대주가 그 사실을 감추기 위해 지선을 가만두지 않을 거란 건 불을 보듯 분명했다. 마음에서 안달이 일어나 여운의 눈동자가 다급함으로 떨리자 구향이 그 마음을 미리 다 헤아렸다는 듯 말했다.

"안흥으로 가는 배편을 마련해두었습니다. 필요하시면 저를 찾으십시오."

"마음은 고마우나 그럴 필요 없다."

구향이 약간은 서운한 듯 바라보자 여운은 일어서며 단호하게 말했다.

"더는 관여치 말거라."

행여나 끼어들었다가 화를 입을까 걱정되어 한 말이지만 구향은 거부로 받아들였는지 내리깐 속눈썹의 그늘이 더욱 길어졌고, 여운은 잠시 구향을 바라보다가 한숨을 삼키며 돌아섰다. 해명을 하기도 애매하고 구향의 시선이 사내를 품은 여인의 것이라 섣부른 감정은 되레 구향에게 독이 될 수 있겠다 싶어 그대로 방을 나갔다. 그렇게 사락거리는 치맛자락을 붙잡고 여운을 배웅하던 구향은 방 앞에서 엿듣고 있던 인ㅅ을 외면하고 도도한 모습으로 멀어져갔다.

"이제 이 몸을 뒷방 늙은이 취급하는 게냐! 내 이래 봬도 흑사채의 삼 재니라, 삼재……."

선대 인주였던 인ㅅ에게 예를 취해줄 수도 있었지만, 여운은 인ㅅ이 동수와 지선의 목숨을 담보로 협박했던 일을 떠올리며 꼿꼿하게 허리 편 채로 인ㅅ과 스쳐 지나갔다.

"네놈이 예의범절을 삶아 먹은 게로구나."

약간은 청승맞게 꾸짖는 인ㅅ에게 여운은 멈칫하고 걸음을 멈추고는 살짝 입술 끝을 올리며, 두 번 다시는 사랑하는 사람들이 상대의 무기가 되지 않게 하겠다는 다짐을 빈정거림 속에 담았다.

"살고자 아등바등하는 모습을 천주께서 보셨다면, 실소를 금치 못했을 겁니다."

분노와 절망, 수치심으로 바들바들 떨며 술을 가져오라고 소리치는 인ᄉ을 뒤로한 여운은 곧장 홍대주의 집으로 찾아갔다. 밤 늦게 찾아갔건만 홍대주는 불쾌한 기색 없이 반색을 하며 여운을 맞았고, 여운은 능구렁이보다 더 속이 시꺼먼 홍대주와 마주 앉아 지선을 해치지 않는 조건하에 안흥으로 갈 의향이 있음을 밝혔다.

"하룻밤 사이 생각이 바뀌다니. 쯧. 사람 일은 모르겠구려."

"우선 대감의 답변부터 들어야겠습니다."

약속 뒤엎기를 손바닥 뒤집듯 하는 인간이기에 약조를 받아낸다 해서 믿을 만한 건 아니지만, 그래도 여운은 홍대주가 자기 입으로 그러겠다고 답하는 걸 들어야 했다.

"그 여인의 목숨을 담보해달라……. 그리하지."

여운은 검푸른 살기가 고인 눈매로 홍대주를 주시하며 나지막하게 협박했다.

"대감, 저와의 약조는, 반드시 지켜야 할 겁니다."

인ᄉ과 약속을 해놓고 산채에서 곧장 관군을 빼돌린 걸 생각하면 몇 번이고 협박하고 다짐을 받아야 할 것만 같아 여운은 불안감을 살기로 내보였다. 홍대주는 태연스레 고개를 끄덕이며 다정하게 여운의 손등을 손바닥으로 톡톡 두드렸다.

"먼저 가보게. 나도 곧 뒤따를 걸세!"

여운은 손등을 타고 가늘거리는 느낌이 뒷목까지 이어지자 주먹을 불끈 쥐고 그대로 홍대주의 방을 나왔다. 흑사채로 돌아가 떠날 채비를 한 뒤, 곧장 나루터로 간 여운은 멀리서 지선이와 걸어오는 동수를 보며 아련한 눈매로 두 사람을 바라봤다. 떠오르는 햇살을 받으며 이야기를 주고받고, 서로에게 미소 건네는 동수와 지선이 부러워 여운은 안장을 움켜쥐며 이를 악물었다. 그들과 어울려 자연스럽게 한 무리가 되어 살 수 있을 거라 착각한 적도 있었다. 하지만 지금은 동무들과 함께하기 위해서는 죽을 둥 살 둥 최선을 다해서 운명과 싸워야 한다는 걸 알고 있기에 여운은 멀리서 바라보며 그들을 부러워할 뿐이었다. 어떻게든 지켜내고 싶었다. 여운은 소중한 사람들, 함께했던 모든 이들을 지켜내서 운명을 이기고 그들의 곁으로 돌아갔을 때 모두가 웃으며 반겨주었으면 하는 소망을 품었다.

다음 날 새벽부터 일어난 동수는 엄마처럼 잠이 부족해 붉게 충혈된 눈으로 밥상을 차려준 흑사모에게 감사하며 아침밥을 먹은 뒤, 지선과 함께 나루터로 향했다. 부리나케 새벽부터 준비한다고 했는데도 나루터에 도착하자 홍국영이 먼저 도착해 기다리고 있었다.

"한 보름은 걸리겠네."

홍국영의 말에 동수가 고개 끄덕이자 약간은 삐뚤어진 미소를 지으며 홍국영이 장난스레 말했다.

"내 식견으론 말이다. 동수 네가 가장 큰 문제다."

"뭐?"

무슨 뚱딴지 같은 소린가 싶어 예의조차 잊고 눈을 부릅뜨는 동수에게 홍국영이 키득거리며 웃었다.

"그렇지 않냐? 그간 조용하던 한양 땅이 어째 동수 네가 오자마자 기다렸다는 듯이 곳곳에서 빵빵 사고가 터지느냐, 이 말이지."

지선조차 재미있다는 듯 웃으니 동수는 한껏 달아오른 얼굴을 감추지도 못하고 홍국영에게 대꾸했다.

"야! 너는 문과에 급제했다는 놈이 오비이락이라는 말도 모르는 거냐?"

동수가 툴툴대자 홍국영이 눈을 반짝이며 슬그머니 협박조로 입을 열었다.

"어라? 지금 내 앞에서 문자 한번 써보겠다는 거냐?"

문자 한번 잘못 썼다가 된통 망신당할 위기에 처한 동수는 때맞춰 도착한 배를 보며 딴청 부렸다.
"어? 배가 왔네. 아씨, 가시죠."
지선이 배 타는 걸 돕고 돌아보니 나루터에 서서 웃고 있던 홍국영이 달려오던 김홍도와 부딪치는 게 보였다. 홍국영은 깜짝 놀라 김홍도가 허겁지겁 배에 오르는 걸 보다가 살짝 동수에게 손을 흔들었다. 배가 나아감에 홍국영의 모습이 점점 멀어져갔고 동수는 지선이와 나란히 서서 나루터를 바라봤다. 그때 동수와 지선을 힐끔거리던 김홍도가 슬며시 다가왔다.
"분위기 좋습니다요?"
깐죽거리는 말에 대꾸할 마음도 없어 동수가 침묵을 지키자 김홍도가 동수와 지선의 사이로 끼어들기까지 하면서 얌체처럼 손바닥을 비벼댔다.
"세손 저하께서 두 분을 도와주라 하명하셔서 이리 동행하게 되었으니 저도 좀……."
동수는 김홍도가 끼어들지 못하게 단단히 버티고 서며 굵은 눈매로 노려봤다.
"뭐, 도움 될 능력이라도 있습니까?"
그에 김홍도가 회심의 미소를 짓더니 그 자리에서 종이와 붓, 먹과 벼루를 꺼냈다. 출렁이는 파도에 흔들리는 배 위에서 김홍도가 그림을 그리기 시작하자 사람들이 호기심에 기웃거렸고, 마치 파도와 같이 손을 휙휙 내저으며 그림을 그리던 김홍도는 만족스런 미소와 함께 종이를 내밀었다. 동수는 붓선에 조금의 흔들림 없이 지선과 동수를 그린 김홍도의 실력에 진심으로 감탄했다. 동수와 지선이 만족스런 미소를 짓자 김홍도는 자신만만한 모습으로 다시 재료들을 챙기며 갑자기 생각난 듯 허공을 보며 입을 열었다.

"아! 혹시, 아십니까? 왜 그 선머슴 같은 여인 있잖습니까?"
"선머슴? 황진주?"
저도 모르게 진주를 언급한 동수는 김홍도가 반색을 하며 연신 허리 굽혀가며 말을 잇자 눈썹을 모았다.
"아! 예, 황진주. 그제 보니 발목을 다쳤던데…… 괜찮습니까?"
지地와 황진기가 진주를 개성으로 심부름 보냈다고 했을 때 미심쩍은 부분이 있었기에 동수는 찌푸린 인상을 펴지 않으며 확인차 되물었다.
"진주는 개성에 있다 들었는데……."
"예? 개성이요?"
김홍도가 펄쩍 뛰자 동수는 눈을 가늘게 뜨며 위협적으로 얼굴을 들이밀었다.
"하면, 진주가 어디 있는지 화원께선 알고 있단 말이오?"
"알다마다요."
김홍도가 능청스런 대답에 이어 손가락을 세워 먼 산으로 향하자 동수는 완전히 멀어진 뭍을 돌아보며 갈등을 느꼈다. 진주가 산채로 돌아가봤자 이미 산채 사람들은 흔적도 없이 사라졌을 게 분명했고, 진주가 부상까지 입었다면 이대로 무시할 수도 없어 멀어지는 나루터에 안타까운 시선을 던지는 동수에게 김홍도는 놀리듯 슬쩍 물었다.
"뛰어내리기라도 하시려구요?"
속을 긁는 말투에 부리부리한 눈으로 흘겨보자 김홍도가 웃음과 함께 상체를 동수에게 기울여 속삭였다.
"염려 마십쇼. 혹여나 싶어 홍 부정자 나리께 전갈을 남겼습니다."
깜짝 놀라는 동수에게 김홍도가 좀 모자란 듯한 웃음을 지어 보였다. 언제 김홍도가 홍국영에게 전갈을 남겼나 싶어 동수가 눈을 껌벅거리자, 김홍도는 마치 잠자리 잡는 것처럼 허공에 재빠르게 손을 뻗었다 거두며 웃었다. 동수는 측은한 눈길을 주며 채신머리없이 웃는 김홍도를 물끄러미 바라보고 3년 전, 사람들 눈에 자신이 저렇게 보였을까 하는 생각을 했다. 3년간 산에 살면서 검선에게 지도받은 것이 그토록 다행일 수 없었다.

그 생각은 안흥 나루터에 도착해서 더욱 굳건해졌다.

"우선, 목격자들부터 찾아봐야겠습니다."

지선에게 동수가 말하자마자 김홍도가 지나가는 사람들을 따라가며 소리쳤다.

"이보시오! 내, 물어볼 것이 있수다!"

얼마나 나달거리는지 동행인 것이 무안해질 정도라 동수는 고개를 절레절레 흔들며 지선에게 말을 걸었다.

"재미있는 사람입니다."

"예. 하온데, 관아를 찾아가는 게 우선 아니겠습니까?"

동수는 살짝 눈썹을 찡그리고는 어깨를 으쓱해 보였다.

"관아를 찾아가는 건 의미가 없을 겁니다. 이 정도 사건이면, 그들도 한통속이거나, 어쩌면 목숨을 위협받고 있을지도 모릅니다."

지선도 그럴 만하다 생각했는지 아무 대답 없이 곰곰 생각하는데 사람들과 이야기를 주고받던 김홍도가 달려와 숨을 몰아쉬곤 말했다.

"군선이 반파된 시각에 매일 배몰이를 하는 노인이 있답니다!"

김홍도의 성격이 어쨌거나 동수와 지선에게 도움이 되는 건 확실했다. 김홍도가 알아 온 정보로 노인의 집으로 간 동수와 지선, 김홍도는 마당에 서 있는 남자의 뒷모습을 보고 말을 걸었다.

"저, 어르신. 뭐 좀 여쭙겠습니다."

그러자 서유대가 뒤돌아보며 깜짝 놀란 듯 펄쩍 뛰었고, 동수도 예상치 못했던 만남에 놀라 눈을 휘둥그레 떴다.

"장군님! 여긴 어쩐 일이십니까?"

서유대는 놀람이 가시지도 않은 상태에서 또 놀랐는지 귀를 파고는 눈을 껌벅이며 동수를 요리조리 살폈다.

"내가 잘못 들은 게냐? 그 싸가지 없던 놈은 어디 가고……. 그보다 네놈이야 말로 여긴 뭔 일이냐?"

"설마, 봉수지지 관두시고 촌부가 되신 겁니까?"

동수가 농담을 던지자 그제야 서유대가 너털웃음을 토해냈다.

"어허허. 이놈 봐라! 하나도 안 변했구나!"

서유대와 반갑게 인사를 나눈 동수는 지선과 김홍도를 소개한 뒤, 서유대로부터 새로운 소식을 듣게 되었다.

"파직이요?"

동수가 놀라 억양을 높이자 가만히 듣고만 있던 김홍도는 어울리지 않게 예리한 눈빛을 뿜어내며 질문했다.

"병판 대감이 직접 내려왔단 말입니까?"

"아! 그렇다니까. 내가 안홍에 도착해 현감을 만났는데, 웬 사내들이 약재를 태우고는 도망치는가 싶더니 현감이 보관했다던 인삼이 감쪽같이 사라진 게야! 하여, 진상을 밝히려고 옥에 갇힌 수군들을 추궁하는데, 한 놈이 말할 듯 말 듯……. 그때! 병판 대감이 나타나서 어명을 받들라면서 날……."

서유대는 손을 펴서 가로로 죽 긋고는 산 게 다행이라는 듯 씨익 웃었다.

"명색이 수군통제사란 분께서 파직이 됐는데 웃음이 나오십니까?"

"내 평생에 파직만 벌써 세 번이니라. 한데 네놈은 여기 어쩐 일로 왔느냐?"

동수가 이 자리에 있는 게 이상하다는 얼굴로 갸웃거리는 서유대에게 김홍도가 대신 답했다.

"세손 저하의 명을 받아 은밀히 사건을 조사 중에 있습니다. 하여, 군선이 반파된 시각에 배몰이 하던 노인이 있다는 말에 왔건만……."

지선은 텅 빈 초가집을 보며 조용히 말했다.

"유일한 목격자가 사라졌으니 단서를 찾는 건 어려울 수도 있겠습니다."

동수는 지선의 의견에 동의했지만 이대로 포기할 수 없어 굳은 의지를 내보였다.

"그렇다 하여도 포기하고 돌아갈 수는 없습니다. 오늘은 날이 저물어 가니 내일 다시 단서를 찾아보도록 하지요."

관청으로 향하는 서유대를 배웅하고 이별한 동수는 지선과 김홍도가 기다리는 배몰이 하는 노인의 집으로 향했다.

여운은 안흥에 도착하자마자 배몰이 노인을 협박해 집을 떠나게 한 뒤, 안흥 포도청으로 가서 홍대주로부터 옥사에 갇힌 수군들의 입막음하라는 명을 받아 옥사로 숨어들었다. 퀴퀴한 냄새가 자욱한 옥사에 들어선 여운은 복면해서 신분을 감춘 채 수군 선장을 단칼에 죽였고, 피를 흘리며 끽소리 한 번 내지 못하고 죽은 수군 선장을 보며 수군들은 여운이 말을 끝내기도 전에 일제히 고개를 끄덕였다.

"함구하여라. 그렇지 않으면 목숨을 버린 것으로 알 것이다."

수군들의 다짐을 받아낸 여운은 수군통제사인 서유대 장군의 추궁에도 수군들이 끝내 입을 열지 않는 것을 확인하며 다행으로 여겼다. 하지만 서유대 장군을 파직시킨 홍대주는 후한을 없앤다는 이유로 옥사에 불을 지르고, 밖으로 나오는 수군들을 마도영으로 하여금 죽이도록 명령했다. 여운은 마도영의 칼에 수군들이 죽어나가는 걸 지켜보다가, 수군 한 명이 마도영의 시선을 피해 도망치는 것을 보고 명치를 가격해 기절시켰다. 마도영을 감쪽같이 속여 수군을 죽인 것처럼 위장한 여운은 홍대주가 배몰이 노인도 처리하라는 명령을 내리자 무거운 걸음으로 노인을 찾아 초가집으로 향했다.

그리고 노인의 초가집에 들어서려던 여운은 동수의 목소리에 흠칫하며 급히 몸을 숨겼다.

"인삼이 아닙니까?"

"살려주십시오. 조용히 떠나라 하셨는데 귀한 인삼이 눈에 아른거려…… 저도 모르게 그만……."

노인이 두 손을 싹싹 빌며 말하자 동수가 조급함을 담아 물었다.

"누가요? 누가 말입니까?"

"말하면 소인은 죽사옵니다."

동수는 한숨을 푹 쉬더니 노인의 손에 들려있는 함을 향해 손 내밀었다.

"알겠습니다. 하면 이 인삼은 저를 주십시오."

여운은 이를 악물며 눈을 질끈 감았다 뜨고 단숨에 화살에 불을 붙여 그대로 인삼이 담긴 함을 향해 날렸다. 동수의 손으로 넘어가던 함에 불화살이 박히며 불이 붙자 노인은 함을 꼭 쥐며 끌어당겨 불을 끄기에 급급해했다.

"이, 인삼이!"

"미치셨습니까! 불타 죽으실 작정이십니까!"

불에 탄 화살촉이 가는 떨림을 안고 동수를 향했다가 활활 타오르는 함을 끌어안은 노인의 등을 향해 날아갔다. 노인을 살려주고자 했지만 동수가 더 깊이 관여하지 않길 바라는 마음에 여운은 냉정한 선택을 했다. 또 한 번 불화살을 날린 여운은 동수가 급히 화살이 날아온 방향으로 고개 돌리자 재빠르게 어둠 속으로 숨어들며 포도청으로 돌아가려 몸을 돌렸다. 순간 여운의 앞을 막아서며 나타난 지선이 표정을 알 수 없는 눈빛을 던졌다.

"홍대주 대감이 오셨다 들었습니다. 함께 오신 겁니까."

여운은 지선의 시선을 피하며 방금 전, 지선이 원하지 않은 살생을 한 것을 숨기려 두 주먹을 불끈 쥐었다.

"예."

애써 감추려 했지만 이미 다 안다는 듯 여운의 손을 흘끗 내려다본 지선은 가만한 눈을 들어 여운의 새까만 눈동자를 주시했다.

"그냥 돌아가주실 수 없으십니까."

"저 또한, 제 할 일을 하고 있는 것입니다."

살수는 사랑하는 사람들을 죽여야만 했지만 여운은 그들을 지키는 것에 삶의 목적을 두었기 때문에 어떤 희생을 치르더라도 그 목적을 이루리라 결심했다. 여운이 매정하게 비켜가려 하자 지선이 손을 들어 여운의 옷자락을 붙잡았다.

"나으리, 원치 않으신 일이 아닙니까? 어찌하여 그런 아픈 얼굴을 하면서 원치 않는 일을 하셔야 합니까. 천주가 떠났다 들었습니다. 계속 그곳에 남아 있지 않아도 되는 것이 아닙니까."

여운은 천주가 떠났기에 더욱이 흑사초롱을 떠날 수 없었다. 만약에 여운이 흑사초롱을 배신했다는 보고가 천주의 귀에 들어간다면 어느 날 쥐도 새도 모르게 지선과 동수가 죽을 수도 있기 때문이었다.

"제가 있을 곳은 오로지 흑사초롱, 뿐입니다."

그렇게 모진 마음으로 손을 뿌리치고 달빛 아래 서 있는 지선을 홀로 놔둔 채 다시 홍대주에게로 돌아가던 여운은 문 안쪽에서 들려오는 대화에 멈칫했다.

"백동수? 그놈이 어찌 여길······."

"그리고, 그 사미니였던 계집이랑 사내 한 놈이 더 있습니다요."

여운은 가늘어진 눈매로 문을 노려보며 홍대주가 약속을 지키길 간절히 빌었다.

"어찌할까요?"

하지만 부관이 묻자 여운과의 약속은 기억조차 못하는 듯 홍대주는 일말의 망설임 없이 답했다.

"죽이거라."

순간, 여운의 두 눈이 분노로 붉게 타오르며 주먹 쥔 손마디가 하얗게 불거져 나왔다. 홍대주가 약속을 지키지 않을 거라는 걸 어느 정도는 예상하고 있었지만 이리 쉽게 져버릴 줄은 몰랐었다.

'홍대주 대감! 내 그리 당부했건만……'

여운은 솟고라지는 분노에 문을 박차고 들어가 홍대주와 겨루려다 뒷문이 열리고 마도영이 달려 나가는 걸 보고 '아차!' 하는 마음에 서둘러 뒤를 밟았다.

스스로 질책하며 도망가는 마도영의 뒤를 쫓는 여운의 눈빛이 서서히 제 빛을 찾는 달처럼 찬연해졌다.

배몰이 하던 노인이 갑작스레 불화살에 맞아 급사하자 정신이 하나도 없던 동수는 새까맣게 탄 인삼을 손가락으로 만지는 지선 곁에 쭈그리고 앉았다.

"손쓸 방도가 없겠습니까?"

지선이 묘한 눈빛을 들자, 동수는 눈을 가늘게 뜨며 짚단을 뒤집어쓴 채 마당에 누워 있는 노인의 주검을 돌아봤다. 공격한 자가 누군지는 몰라도 안홍에서의 조사가 수월하지는 않을 거란 생각에 가늘어진 동수의 눈매가 더욱 단단해졌다. 결국 밤이 깊어서야 여각을 찾아다니기 시작하며 동수는 끊임없이 김홍도의 잔소리를 들어야 했다.

"빨리 여각을 찾지 않으면 길바닥에서 자게 생겼습니다. 뭐, 우리야 남정네니 그렇다 쳐도 아씨께선……."

김홍도의 시선이 지선에게 향하자 동수는 성큼 앞으로 나서 그 시야를 막고 길을 향해 턱짓했다.

"어서 찾아보시지요."

"어허! 내가 종놈도 아니고……."

거드름 피우던 김홍도는 갑자기 길을 막고 선 마도영을 보더니 흠칫하고 흙바람이 일어날 정도로 재빠르게 동수의 뒤로 섰다. 동수는 마도영이 내뿜는 살기에 이빨을 덜덜 떨어대는 김홍도에게 그래도 혹시나 하는 마음에 물었다.

"검 좀 잡을 줄 아십니까?"

그러자 어깨 위로 먹이 마른 붓 끝을 보이더니 심하게 벌벌 떨었다.

"저는 붓만 잡을 줄 압니다만……."

"두 분 다 제 뒤로 계십시오."

김홍도의 재치 있는 대답에 웃음을 띠며 동수는 검을 뽑아 들자마자 공격 범위를 확보하기 위해 앞으로 크게 나아갔다. 인적이 드문 길에 동수의 검과 마도영의 검이 부딪치며 찢어지는 철음이 울렸지만, 동수의 물 흐르듯 자연스럽게 이어지는 검법에 흠칫한 마도영은 몇 번 검을 부딪치기도 전에 동수와의 대결을 포기하고 뒤에 있는 지선을 겨냥해 달려나갔다. 동수가 미처 막지 못한 새 지선에게 바짝 다가선 마도영이 검을 휘두르려 할 찰나 그 앞을 막아서며 김홍도가 벼루를 들어 올렸다. 새까만 벼루는 마도영의 칼날을 받아 나무토막 잘리듯 반으로 쩍 갈렸고, 김홍도가 용기 내어 시간을 벌어준 덕에 동수는 다시금 내리치려는 마도영의 검을 막아낼 수 있었다. 결국 오른팔에 상처를 입은 마도영이 급히 도망치자 동수는 반으로 갈라진 벼루를 붙들고 선 채 사시나무 떨듯 전신을 떨며 서 있는 김홍도에게 다가갔다.
"다친 곳은 없습니까?"
"휴, 목숨 하나 빚졌습니다. 감사합니다."
동수는 반이 쪼개진 벼루를 흘끗 내려다보며 싱긋 웃었다.
"감사는 제가 해야지요. 아씨, 괜찮으십니까?"
"예."
동수는 안도하며 착검한 뒤, 서둘러 두 사람을 호위하며 여각을 찾아 돌아다녔다. 마침내 주막을 발견한 세 사람은 방 두 개를 잡고 들어가 짐을 푼 뒤, 늦은 저녁을 먹고 나서야 인삼에 대한 이야기를 나눌 수 있었다.
"어떻습니까? 조삼이 맞습니까?"
동수의 질문에 지선은 타다 만 인삼을 다시 만져보고 살짝 맛을 본 뒤에 답했다.
"예, 질경으로 만든 조삼입니다."
"이 궤짝이 반파된 군선에서 흘러나왔다 하였습니까?"
김홍도가 꽤 많은 양의 인삼을 보며 묻자 동수는 함을 지키려 몸으로 불화살을 막던 노인을 떠올리고 한숨 쉬며 고개 끄덕였다.
"서유대 장군께서 안흥에 도착하셨을 때 약초 태우는 사람들을 보았다 하지 않았습니까?"
"내일 장군님을 뵙고 이와 같은 냄새였는지 여쭤보기로 하지요."
김홍도와 지선이 차례로 의견을 내놓고 잠시 침묵이 흐르는 사이, 갑자기 밖에서 털썩하는 소리가 들렸다. 동수가 문을 열어젖히며 뛰어나가니 머리를 풀어 헤친 자가 곧 숨이 넘어갈 듯 말했다.
"도, 도와주시오……. 수, 수군들이 모두 불에 타 죽었소."
동수는 화들짝 놀라 사내를 부축해 일으키고 불에 그을린 화상을 보며 급히 안으로 들였다.

"어찌 된 연유입니까?"

수군은 화상으로 고통스러워하며 마른 침을 꿀꺽 삼키고 간신히 입을 열었다.

"갑자기 옥사에 불이 났는데, 화염을 뚫고 옥사에서 탈출하던 수군들을 누군가 공격하지 않겠소. 하여, 몰래 빠져나가려는데 어떤 자가 날 기절시켰고, 깨어나니 그자가 댁들에게 도움을 청하고 모두 사실대로 말하라 하더이다."

동수는 우선 수군의 화상을 치료해야겠다는 생각에 눈썹을 찌푸렸다. 자신이 의원을 부르러 가자니 주막에 남는 지선과 김홍도, 수군이 걱정되고, 그나마 멀쩡한 김홍도를 보내자니 불안하기 짝이 없어 머뭇거렸다. 그러자 지선이 급히 말했다.

"아까 가까운 곳에 약재상이 있는 것을 보았습니다. 제가 급히 다녀올 터이니……."

동수는 지선의 말을 더 이상 들을 필요 없다는 듯 벌떡 일어나 문을 열고 김홍도에게 말했다.

"아무도 문을 열어주지 마시고, 여차하면 반닫이를 문 앞에 옮겨두십시오."

지선에게 빨리 가자는 눈짓을 하고 나가는 동수의 뒤통수와 요이불이 얹혀 있는 묵직해 보이는 반닫이를 번갈아 보며 김홍도가 어이없다는 표정을 지었다. 서둘러 지선을 재촉해 약재상으로 향하며 동수는 묘한 살기에 살짝 뒤돌아봤다. 커다란 나무가 있는 길가에는 아무런 인적도 없었고, 뒤통수에 날아와 꽂히던 살기도 곧 사라지자 동수는 뒷머리를 긁적이고 다시 지선을 재촉해 길을 갔다.

13장
생사生死를 함께하는 숙명

지선과 동수의 뒤를 밟던 마도영의 목에 검날을 댄 여운은 동수가 다시 갈 길을 가자 살짝 날을 비틀었다. 마도영은 이마에 식은땀을 흘리며 고개 돌려 여운을 보려다가 금방이라도 목으로 파고들 것처럼 칼날이 서자 검을 뽑지도 못하고 어깨를 부르르 떨었다.

지선과 동수의 모습이 완전히 사라질 때까지 여운은 숨소리조차 내지 않으며 손가락 하나 까딱이지 않았고, 목에 칼날을 댄 채 서 있던 시간이 긴 만큼 마도영의은 긴장이 중첩되어 머리카락까지 단단하게 곤두선 것 같았다. 만약 마도영이 홍대주에게 돌아갔다면 죽일 생각까지는 없었다. 그렇지만 마도영은 오른팔을 부상당했음에도 끝까지 임무를 수행하려 지선과 동수의 주변을 기웃거리며 기회를 엿봤고, 급기야 여운의 화를 부추긴 꼴이 되었다. 분명 여운이 홍대주에게 지선은 건드리지 말라 조건을 걸었을 때 마도영도 그 자리에 있었다. 그럼에도 보란 듯이 지선을 노린 마도영을 여운은 조금도 용서할 마음이 없었다.

여운은 냉기가 흐르는 시선으로 마도영의 목덜미를 바라보며 한 발 뒤로 물러섰다. 당장에 목을 베고 싶은 상대이지만 무인으로서 뒤에서 공격하고 싶지는 않았기에 마도영이 돌아서자 여운은 어둠 속에서 칼끝을 마도영의 코앞에 들이밀었다.

마도영은 달이 구름을 벗어나며 서서히 여운의 얼굴이 드러나자 깜짝 놀란 듯하더니 독기로 번들거리는 눈동자로 여운을 노려봤다. 곧이어 두 사람의 검이 매섭게 부딪쳤다. 평소 마도영의 검술을 자주 봤던지라 여운은 상대의 약점과 장점을 모두 알고 있었고, 반대로 여운이 진심으로 검을 휘두르는 모습을 본 적이 없는 마도영은 신비로울 정도로 화려한 여운의 검놀림에 넋을 잃고 몇 번 검을 부딪쳐보지도 못하고 속수무책으로 여운의 검을 몸에 박아야 했다.

어둠 속에서 독기와 살기로 가득했던 마도영의 눈에서 짙은 후회가 스며 나왔다. 여운은 주위로 서리가 내릴 것처럼 냉정한 눈빛으로 가차 없이 마도영의 복부에 박은 검을 옆으로 잡아 뺐다. 검이 빠져나옴에 털썩 무릎 꿇은 마도영의 옆구리 살이 벌어지고 피가 쏟아져 나오며 마도영의 숨이 멈추자 여운은 발로 마도영의 어깨를 밀어 쓰러뜨렸다. 차가움에 얼어붙은 것 같던 여운의 눈매가 경련 일으키듯 파르르 떨렸다. 희한하게도 슬픔이나 죄책감이 눈곱만치도 들지 않았다. 단지 몇 번이고 더 주검에 검날을 박고 싶을 정도로 치밀어 오르는 분노만이 느껴졌다.

마도영의 시신을 차가운 길바닥에 놔둔 채 관청으로 향한 여운은 홍대주가 머물고 있는 방으로 곧장 향했다. 여운이 조용히 문을 열고 들어가자 책을 읽고 있던 홍대주가 눈썹 하나 까딱이지 않고 태연한 모습으로 말을 던졌다.

"살벌한 눈빛일세."
"검을 잡으시지요."

낮게 깔린 안개처럼 발목을 차갑게 감싸는 여운의 살기와 냉기에 눈썹을 꿈틀한 홍대주에게 여운은 부드러운 목소리로 말했다.
"선공할 기회를 드리겠습니다."
살짝 비틀어 올라간 입술과 다정한 말투는 정인을 유혹하는 것과도 같았지만 분노와 살기가 냉랭한 기운을 타고 흐르는 눈동자는 눈빛만으로도 홍대주를 백번이고 죽이고도 남았다. 눈썹과 볼을 씰룩거리던 홍대주는 갑작스레 칼을 뽑아 여운에게 달려들더니 여운이 급히 막자 무지막지한 힘으로 문을 향해 밀어붙였다. 요란한 소리와 함께 문짝이 부서지며 여운이 가볍게 마당으로 뛰어나가자 소란스럽게 나타난 관군들이 사방으로 둘러쌌다. 문짝을 밟고 마루로 나선 홍대주는 여운을 둘러싼 관병들에게 소리치며 버선발로 마당에 내려섰다.
"물럿거라!"
그러고는 환도를 허공에 털어 그 위엄을 내보이며 자신만만하게 물었다.
"이 몸을, 책벌레 서생쯤으로 생각했더냐?"
여운은 밀리며 잘린 옷섶을 손가락으로 털고 싱긋이 웃으며 답했다.
"허면, 지금부턴 제대로 상대해드리겠습니다."
"진즉에 그리했어야지."
홍대주의 비릿한 목소리를 귀에 담으며 여운은 허리춤에서 하나의 검을 더 뽑아 양손에 쌍검으로 들며 얄궂은 미소를 지었다. 달빛 아래 화려한 검광을 흘리는 검날이 더 번쩍이는 건지, 매서운 살기로 가득한 여운의 눈동자가 더 번쩍이는 건지 분간할 수도 없을 정도였다.

이즈막한 길을 바삐 걸어 주막으로 돌아온 동수와 지선은 단단하게 닫힌 문을 두드렸다.
"화원, 문을 열어주시지요."
김홍도는 진짜로 반달이를 문 앞에 막아놨는지 당황하며 답했다.

"잠시 기다리시오."

이어 낑낑대는 소리와 바닥으로 반달이가 끌리는 소리가 들리더니 급히 문이 열렸다. 동수는 지선을 먼저 들어가게 한 뒤, 뒤따라 들어가 땀을 뻘뻘 흘리고 있는 김홍도에게 희미하게 웃어 보였고, 힘겨워 죽겠다는 듯 반달이에 기대앉아 있던 김홍도는 손등으로 이마를 닦으며 중얼거렸다.

"내, 살다 이리 힘써본 적이 없습니다."

손바닥으로 김홍도의 어깨를 툭툭 두드려주고 수군을 돌보는 지선을 바라보던 동수는 한숨을 푹 쉬며 미안함을 담아 김홍도에게 시선을 다시 돌렸다.

"미안하지만 한 번 더 힘을 쓰셔야겠습니다."

"예?"

김홍도가 땀으로 허옇게 뜬 얼굴로 올려다보자 동수는 다시 문으로 향하며 말했다.

"아무래도 장군님을 만나 옥사에 가봐야겠습니다."

동수가 문밖으로 나가자 김홍도가 어깨를 축 늘어뜨리며 힘없이 일어섰고, 지선이 단아한 눈으로 고개 끄덕였다. 다시금 문이 잠기고 반달이가 움직이는 소리를 확인한 뒤 서유대가 있는 관청으로 간 동수는 관청이 대낮처럼 환하게 불이 밝혀져 있는 걸 보고 눈썹을 모으며 입구를 막고 있는 관군에게 물었다.

"무슨 일입니까?"

"알 것 없소."

단단히 막아서는 관군의 표정이 심상치 않아 동수는 안을 기웃거리며 어지러이 흔들리는 횃불들 사이를 보려 애쓰다 들어가봐야겠다는 생각에 말했다.

13장 생사(生死)를 함께하는 숙명 293

"서유대 장군님을 뵈러 왔습니다. 백동수가 찾아왔다 전해주시겠습니까?"

"어허, 이 사람이! 지금 난리 난 걸 보고도 모르시오? 나중에 찾아오시오!"

짜증이 났는지 버럭 소리 지르는 관군의 목소리 사이로 들리는 철음에 동수의 눈이 번쩍했다. 강하게 울리는 철음은 분명 검끼리 부딪치는 소리였기에 동수는 더더욱 물러설 수가 없어 큰 숨을 들이마셨다. 행여나 서유대 장군에게 변고가 생긴 게 아닐까 싶어 동수는 검을 부여잡으며 관군에게 조용히 사과했다.

"들어가봐야겠습니다. 허니 용서해주시오."

관군이 그 말뜻을 이해하기도 전에 일격으로 관군 두 명을 기절시킨 동수는 육중하게 열리는 문을 열고 안으로 뛰어들었다. 순간, 동수의 흑색 눈동자에 여운의 너울거리는 쌍검이 들어왔고 그에 맞서 있는 홍대주가 이를 악문 모습이 보였다. 한눈에 봐도 홍대주의 목숨이 위태위태해 보였고, 두 사람을 둘러싼 관군의 수를 봤을 때 홍대주가 죽고 난 다음에 여운이 빠져나갈 길은 없었다.

'운아! 대체······.'

어째서 여운이 이곳에서 홍대주와 검을 맞대고 있는지 이유는 알 수 없지만 한 가지는 확실했다. 만약 이 자리에서 여운이 홍대주를 죽인다면 죄인으로 평생 숨어 살거나, 죽을 것이 분명해 동수는 땅을 박차고 앞으로 내달리며 동시에 검을 뽑아 들었다. 지신지신 흙바닥을 디디는 동수의 발끝으로 뽀얀 먼지가 달빛을 타고 피어올랐다. 그렇게 허공으로 치솟은 동수의 검이 홍대주 앞으로 파고들던 여운의 검을 강하게 쳐 내리자 갑작스레 나타난 동수로 인해 홍대주와 여운이 놀라 숨을 멈췄다.

"운이 너······ 지금 뭐하는 거야?"

사방에서 흔들리는 횃불을 받은 여운의 눈동자가 유난히 어둡고 짙게 보였다. 여운은 동수의 검에 내리쳐져 바닥에 박힌 쌍검을 바로잡으며 낮게 이 갈았다.

"상관하지 마."

동수는 여운의 멱살을 잡고 흔들며 외치고 싶은 마음을 억누르며 눈가를 바르르 떨었다.

"운아!"

여운의 흔들리는 눈동자가 아픈 듯, 파르르 떨리는가 싶자 순식간에 매정함으로 차갑게 굳었다. 여운의 앞을 막아서며 검을 치켜드는 동수의 뒷모습을 보던 홍대주는 놀람을 벗고 흥미를 보이며 입술을 삐딱하게 세우며 한 발 물러섰다.

"동무를 생각하는 마음이 참으로 안타깝지만, 그렇다고 함부로 끼어들면 화를 당할 수 있는 법!"

순간, 동수의 등을 향해 홍대주의 검이 검광을 발하며 흘렀고 살기를 가득 채운 눈동자로 홍대주를 노려보며 여운이 동수 옆으로 파고들었다. 동수는 바람에 흩날리는 갈대처럼 부드럽게 몸을 휘어 홍대주의 검을 피하고 재빠르게 몸을 돌렸지만 이미 홍대주의 가슴을 훑은 여운의 검날은 붉은 피를 먹고 허공으로 치솟았다. 어깨에 얕은 상흔을 입고 숨을 몰아쉬며 뒤로 주춤 물러선 홍대주를 향해 여운은 가차 없이 팔을 뻗었고 옅푸른 살기를 담고 나아가던 여운의 검을 동수는 또다시 쳐냈다. 세 사람의 검이 서로를 겨냥했다 허공으로 흩어지자 삼각으로 자리 잡은 그들은 자세를 바로 하며 각자 의지를 불태웠다.

동수는 일격에 실패한 홍대주가 불쾌감을 드러내며 검을 부여잡고 관군들이 조여들자 급히 입을 열었다.

"대감."

홍대주가 흘끗 동수에게 시선 주자 동수는 지릅뜬 눈으로 여운을 노려보며 조용히 청했다.

"제가 대감을 지켜드리지요. 허니, 관군들을 물려주십시오."

홍대주는 눈썹을 꿈틀하며 진한 불쾌감을 내보이더니 검을 내리고 비릿한 미소를 지었다.

"그 마음은 고맙지만, 그럴 필요가 없을 것 같네."

홍대주가 물러서자 쩔쩔매며 서 있던 부관이 부리나케 달려왔고, 사방에서 관군들이 동수와 여운을 바짝 조여왔다. 동수는 여운에게 간절함이 가득한 눈으로 제발 그만두라고 속으로 외쳤다. 하지만 홍대주를 향한 살기를 거두지 않은 채 여운은 검을 바로잡으며 관군들을 향해 자세를 곧게 했고, 동수는 살짝 고개 흔들어 애원을 내비쳤다. 그렇게 여운이 둘러싼 관군들을 모두 베어버릴 기세로 나아갈 찰나, 갑자기 홍대주가 대소를 터뜨리며 조소를 흘렸다.

"그 여인이 주막에 있다? 허면, 당장 가서 잡아들이거라!"

동수와 여운에게 들으라는 듯 큰 소리로 명령한 홍대주의 번들거리는 눈동자가 두 사람에게 향하자, 산득거림이 등을 타고 뒷목으로 기어올라 동수는 커다랗게 뜬 눈으로 홍대주를 돌아봤다. 홍대주는 피 묻은 손을 허공에 털어내며 가소롭다는 듯 비웃었다.

"그래, 이제 어쩔 참인가? 그만 칼을 놓으시게."

사뭇 다정하게 말하는 홍대주를 향한 여운의 눈에 더욱 짙은 살기가 피어오르자 동수는 고개를 끄덕이고 여운과 시선을 나눴다. 어찌 되었든 간에 두 사람이 합공하면 관군들을 쓰러뜨리는 건 어렵지 않을 게 분명했고, 부관이 달려 나간 지 얼마 되지 않았으니 김홍도가 조금만 버텨주면 지선을 구할 수도 있었다. 동수와 여운이 뜻을 같이하고 관군들을 향해 뛰쳐나가려 하자 무척이나 재미있다는 듯 둘을 지켜보던 홍대주가 관대함을 가장해 부드럽게 말했다.

"인주, 당장 관군을 물리치고 간다 해도 이미 늦지 않겠나? 허니, 지금 칼을 놓으면 그 여인의 목숨은 부지시켜줄 의향이 있소만, 어떠한가?"

여운은 감분으로 입술을 가느다랗게 떨며 이를 악물었고 동수는 그 의미에 깜짝 놀라고 당황스러워 두 눈을 크게 떴다. 여운이 지선을 지키려 했다는 사실을 뒤늦게 알게 된 동수는 혹시 여운이 지선에게 마음이 있었던가 해서 당황하는 만큼 고마움이 밀려와 복잡한 심정을 감추지 못하고 얼굴을 일그러뜨렸다. 홍대주의 제안에 두 눈이 시뻘겋게 충혈될 만큼 분을 삭이고 있던 여운은 갑작스레 쌍검을 바닥에 내던졌다. 바닥으로 떨어지는 검이 주인의 버림에 울부짖으며 처량하게 쓰러지자 홍대주가 의기양양한 웃음을 토해내며 관군들에게 명령했다.

"뭣들 하느냐!"

여운이 칼을 버렸음에도 관군들은 살기에 겁먹어 쉬이 나서지 않았고, 홍대주는 혀를 끌끌 차며 동수에게 마치 오랜 지기에게 하듯 다정함을 보였다.

"나를 지키려 한 마음은 참으로 가상하구나. 허나, 관청에 제멋대로 들어와 칼을 휘둘렀으니 그 죄 또한 가볍지 않음이네. 칼을 놓게나."

동수는 눈을 가늘게 뜨며 홍대주에게 확답을 얻고자 했다.

"하면, 아씨를 잡아들라 한 명령을 거두시지요."

"허허."

헛웃음을 지은 홍대주는 여운을 둘러싼 관군들을 흘끗 보고 입술을 비틀었다.

"여봐라! 당장 가서 부관을 다시 데려오너라!"

동수는 불신이 가득한 눈으로 계속해서 검을 내려놓지 않았고, 부관이 돌아오자 마지못해 검을 내려놓고 여운과 함께 관군들에게 끌려 창고로 향했다. 옥사가 불에 타 임시로 두 사람을 가둔 창고 문이 거칠게 닫히자 암흑이 밀려들었다. 퀴퀴한 곰팡내가 진동하는 창고에 여운과 나란히 앉은 동수는 손가락으로 이마를 긁어대며 힘겹게 입을 열었다.

"운이, 너……."

"미안하다."

대뜸 말을 자르고 냉랭한 눈동자를 바닥에 박은 여운을 돌아보며 동수는 눈을 부릅떴다.

"대체 무슨 생각으로 병판 대감을 죽이려 한 거냐?"

지선을 지키려 했다는 이유만으로는 도저히 용납할 수 없었다. 물론 입장이 바뀌었다 하더라도 지선을 홍대주가 위협했다면 동수도 칼을 들었을 게 분명하지만, 여운이 그런 무모함을 보인 것은 절대 그냥 넘어갈 수가 없었다. 지선에 대한 마음을 들켜서인지, 동수가 비난하는 거라 생각해서인지 여운은 차가움이 뚝뚝 떨어지는 목소리로 간단히 답했다.

"너와 상관없는 일이다."

매정한 대답에 가슴이 욱신거려 동수는 눈을 부라리며 나직이 물었다.

"잊었어? 우린 죽어도 함께 죽고, 살아도 함께 산다고."

어둠 속에서 허탈함을 가득 담은 짧은 웃음이 들렸다. 동수는 공허함마저 느껴지는 그 웃음에 여운이 우정 따위 버린 지 오래라는 듯 애써 거짓을 내보이는 걸 알아챘다.

"또 도망가는 거냐?"

어둠 속에서 차가운 시선이 흘러 들어왔다. 동수는 작은 창으로 밀려드는 달빛에 여운의 기다란 손가락이 가늘게 떨고 있는 걸 보며 가슴이 옥죄여오는 것을 느꼈다. 바보같이, 혼자서 아파하고 혼자서 운명을 짊어지고 가려는 여운이 안타까워서 동수는 저도 모르게 여운의 얼굴을 향해 주먹을 날렸다.

"또다시 도망치는 거라면, 절대로 용서 못해. 아니, 안 해!"

입술 사이로 흐르는 피를 손등으로 닦으며 여운은 시선을 내리깔며 조용히 물었다.

"내가 원망스럽지 않냐……."

동수는 주먹을 불끈 쥐며 사도세자의 주검을 봤을 때의 분노, 지선이에게 검이 파고들었을 때의 절망, 객점 앞에서 여운이 탄 말고삐를 움켜쥐었을 때의 각오를 단숨에 토해냈다.

"죽이고 싶을 만큼 원망스러웠던 적도 있어. 네가 배신만 하지 않았어도……. 네가 운명 따위에 연연해하지 않았어도, 네가 나약하게 도망치지만 않았어도! 그렇게 생각하면서 수도 없이 원망했다. 그런데, 그런데 넌 운이잖아. 내 동무, 운이잖아! 이제는 기다리지 않아. 붙잡을 테다. 네 운명이 어떤 건지 몰라도 내가 베어버릴 거니까!"

동수가 격하게 쏟아낸 감정들을 모조리 받아냈는지 여운의 어깨가 풀잎처럼 떨렸고, 동수는 어둠 속에서 여운이 가슴으로 우는 소리를 들었다. 흐느낌조차 들리지 않았지만 동수는 여운이 얼마나 슬퍼하고 후회하며 우는지 충분히 알 수 있었다.

한참 동안 동수의 말을 곱씹듯 침묵을 지키던 여운은 피로 붉게 얼룩진 입술을 열어 조용히 답했다.

"미안하지만…… 아직이다. 조금만 더 있다가 돌아가마."

단단한 각오가 깔린 말에 동수는 차마 안 된다고 할 수 없어 가만히 고개만 끄덕였다. 유난히 달이 밝은 밤이었건만 두 사람 사이로 밀려드는 달빛은 분위기에 눌려 어둡고 낮게 깔리기만 했다.

동수와 여운을 임시로 창고에 가둔 관군들이 돌아오는 동안 어깨의 상처를 치료 받은 홍대주는 옆에서 땀을 뻘뻘 흘리고 있는 부관을 흘끗 흘겨봤다.
"넌 예서 뭣하는 것이냐? 어서 가서 그 계집을 잡아들이지 않고."
"예? 하오나 아까……."
부관이 깜짝 놀라 동수와 약속한 걸 상기시키려 하자 홍대주가 낮게 혀를 차며 고개를 절레절레 흔들었다.
"이리도 어리석고 순해서야……. 쯧쯧."
그리고는 매서운 눈길을 던지며 홍대주의 주먹이 탁자를 내리치자 부관이 어깨를 오므리며 움찔했다.
"자고로 기회는 움켜쥐는 자의 것이거늘, 가만히 앉아 기회를 내칠 생각이더냐? 그 계집을 붙들고 있는 한, 저 두 놈은 이빨 빠진 호랑이와 같을 터. 그 모가지를 비틀기 전까지는 다시는 내게 이빨을 드러내지 못하게 해야 하지 않겠느냐!"
일일이 설명해줘야 하는 것도 귀찮을 만큼 어리석은 부관은 홍대주가 한쪽 눈썹을 치키자 그나마 있는 눈치로 잽싸게 튀어 나갔다. 홍대주는 붕대 감긴 어깨를 손바닥으로 지그시 누르며 눈을 가늘게 뜨고 마도영을 떠올렸다.
"쯧쯧, 아직까지 돌아오지 않는 걸 보니, 명이 다한 모양이구나."
여운이 살기등등한 모습으로 들어왔을 때 어렴풋이 느끼고는 있었지만 시간이 한참 지났음에도 나타나지 않는 것을 보니 어디선가 여운의 손에 객사한 것이 틀림없었다. 그렇다고 특별히 마도영에게 정이 붙었다거나, 마음에 쏙 드는 수하도 아니었기에 아쉬울 건 없었다. 오히려 여운에게 몰려 위기감을 느꼈을 때 마도영이 몸받이가 되어주지 않은 게 분할 뿐이었다. 홍대주는 수염을 쓸며 마도영을 대신할 놈을 하나 더 찾아야겠다는 생각을 했다.

오랜만에 검을 휘둘러서인지 갑자기 피곤이 엄습해왔다. 홍대주는 눈을 감고 부관이 지선을 잡아오길 기다리며 두 마리 토끼를 잡은 기분이 들어 만족스런 미소를 지었다.

"대감, 안에 계시오?"

홍대주는 문밖에서 들려오는 서유대의 목소리에 두 눈을 번쩍 뜨며 붕대를 감추려 옷깃을 바로잡으며 답했다.

"들어오시게."

서유대가 실눈을 뜨며 잠자리에서 막 일어난 사람처럼 부스스한 모습으로 들어오자 홍대주는 되레 의심 어린 눈초리를 던졌다.

"무슨 일로 이 밤중에 왔는가?"

서유대는 샐샐거리는 웃음을 짓더니 제 방처럼 편하게 앉으며 눈에 낀 눈곱을 떼며 능청 떨었다.

"잠이 다 달아날 정도로 소란스럽던데 무슨 일 있었소?"

홍대주는 낮게 웃으며 비스듬한 눈길을 던졌다.

"창고에 쥐새끼 두 마리를 잡아놓았소이다."

순간, 서유대의 눈이 번쩍하고 발광(發光)하는 가 싶자 아무렇지도 않은 듯 무릎을 치며 웃어댔다.

"거참, 병판 대감 위신이 말이 아니구려. 고작 쥐새끼 두 마리 잡는데 관청이 시끌벅적하다니. 쥐새끼가 많으면 관청을 다 불태우겠소이다?"

홍대주는 눈썹을 꿈틀하며 서유대를 노려봤다. 옥사에 불 지르고 수군들을 모두 죽인 것을 비꼬는 게 분명한데, 비유를 했으니 홍대주가 먼저 옥사를 언급할 수도 없었다. 게다가 서유대는 한 술 더 떠 은근히 홍사해를 언급했다.

"한데, 내 알기론 이번에 반파된 군선에도 붉은 쥐새끼 한 마리가 있다가 도망쳤다 들었는데, 혹 알고 계신 게요?"

"붉은 쥐새끼라……. 무슨 근거로 그리 말하는 게요?"

떨리는 눈가에 힘을 줘 되묻자 서유대가 멀뚱거리며 귀를 후볐다.

"서로 피차 쥐새끼를 잡고 있으니 놓아주면 어떨까 싶어 하는 말이외다."

홍대주는 입가를 파르르 떨다가 크게 웃고는 눈을 부라렸다.

"근거 없는 쥐새끼 때문에 단단히 붙잡은 쥐새끼 둘을 놓아달라? 진정 그리 말하는 게요?"

홍대주의 냉정한 눈빛에 서유대는 어깨를 으쓱하더니 시큰둥하게 답했다.

"거절한다면 어쩔 수 없는 노릇이오만……. 근거 없는 쥐새끼가 병판 대감의 목줄을 잡을까 우려되어 한 말이었소이다."

홍대주가 발끈한 성질을 내리누르고 있자니 서유대가 뒤가 급한 사람처럼 부리나케 일어났다.

"허면, 병판 대감께선 언제 한양으로 가시오?"

분명 물어보는 이유가 있을 듯한데 능글맞은 웃음만 가득한 서유대의 얼굴을 보고 있자니 도통 생각을 읽어낼 수 없어 홍대주는 눈을 가늘게 뜨며 말끝을 흐렸다.

"날이 밝으면 출발할 생각이오만……."

"이거 원, 왜인들이 군선까지 반파시키는 마당에 뱃길로 돌아가도 되겠소? 내, 가는 길에 친히 배웅하리다. 이 방에서 나루터까지, 친히."

비꼼이 화살처럼 가슴에 콕콕 박히자 홍대주가 발끈하며 눈을 부릅떴지만 서유대는 길게 하품하며 방을 나갔다. 마치 그림자처럼 길게 늘어지는 서유대의 비웃음이 방문이 닫혀도 남아 있는 듯해 홍대주는 주먹을 불끈 쥐고 떨었다. 그때, 부관이 두 눈 가득 겁을 집어먹고 들어오자 홍대주는 더욱 날카로운 시선을 던졌다.

"대, 대감. 그, 그게……."

언행으로 봐서 지선을 놓쳤다는 뜻이 분명해 홍대주의 입술까지 부들 떨렸다.

"말해보거라."

"그, 그게……. 주막에 갔지만 아무도 없었습니다."

탁자를 내리치는 홍대주의 주먹이 사정없이 흔들렸다. 홍대주는 문이 서유대의 뒤통수인 양 노려보며 낮게 이 갈았다. 어째서 서유대가 한양으로 언제 출발하나 물어봤는지 알 것 같았다. 떠날 때까지 지켜보다가 동수와 여운을 죽이려 들면 지선이 안전하다고 알려주겠다는 협박과도 같았다. 당장에 동수와 여운의 목을 치고 싶었지만, 홍대주가 지선을 놓친 걸 알게 된다면 무예가 뛰어난 둘이 가만히 목을 내어줄 리가 없었다.

"넌 이곳에 남아 두 놈이 굶어 죽는 걸 보고 한양으로 돌아오너라."

"예?"

홍대주는 파도처럼 볼을 씰룩거리며 독기 품은 목소리로 냉랭히 말했다.

"두 놈 목숨이 끊어진 다음에도 문을 열어주지 말란 말이다."

납죽 엎드려 명령 받는 부관의 정수리를 노려보며 홍대주는 주먹을 움켜쥐었다. 새벽이 오려는지 어둠이 더욱 짙어졌다.

환하게 밝히던 횃불이 줄어들어 어둠이 더욱 깊어진 관청을 빠져나오며 서유대는 현감에게 감사했다.

"현감의 도움이 컸네."

"다행히 안흥의 주막을 모두 알고 있던 터였기에 도움이 되었습니다. 하면, 이제 창고에 갇힌 두 사람을 풀어주면 되는 것입니까?"

서유대는 흘끗 홍대주가 머무는 관사로 시선을 주고 도리질했다.

"아닐세. 오늘 밤은 그냥 놔두게. 내일 아침, 병판 대감이 떠난 직후에 두 사람을 풀어주는 것이 좋을 듯하네."

"그리하겠습니다."

현감에게 고마움으로 고개 숙여 인사한 서유대는 급히 지선을 숨긴 초가집으로 움직였다. 여운이 홍대주를 공격한 뒤 관청이 시끌벅적해져 무슨 일인가 지켜보던 서유대는 동수가 나타나자 단번에 사태를 파악하고 서둘러 현감에게 배몰이 하는 노인 집에서 가장 가까운 주막을 물었다. 현감과 함께 두 번째 주막을 찾아간 서유대는 문을 단단히 걸어 잠근 지선과 김홍도에게 상황을 설명한 뒤, 화상 입은 수군을 부축해 현감이 안내한 상인의 집에 몸을 숨기도록 했다.

안 그래도 옥사가 불에 탔고, 수군 모두가 사망했다는 소식에 안타까웠던 서유대는 생존한 수군을 보며 안쓰러움을 감추지 못했고 그 사정을 들으며 점차 솟아오르는 분기를 참기 힘들었다. 세 사람이 안전하다 싶어 관청으로 돌아온 서유대는 동수와 여운이 창고에 갇혔다는 이야기를 듣고 홍대주를 찾아갔던 것이었다.

'대감, 근거 없는 쥐새끼인지, 대감의 발목을 물어뜯을 쥐새끼인지 두고 보시오.'

마음 같아서는 당장에 동수와 여운을 풀어주고 싶었지만 섣불리 행동했다가는 홍대주 성격에 길길이 날뛰며 안흥을 샅샅이 뒤져서라도 동수와 여운, 지선을 찾아내고도 남았다. 물론 동수와 여운을 오늘 밤에 죽이려 들지 몰라 협박을 한 서유대는 홍대주의 비상한 머리라면 충분히 그 의미를 파악하리라 믿어 의심치 않았다.

"오셨습니까?"

서유대가 들어가자 지선이 풍아한 미소를 펼치며 인사했다.

"그래, 화상은 좀 어떻던가?"

"다행히 깊지가 않아 생명에는 지장이 없을 듯합니다."

서유대는 곤히 잠든 수군을 보며 눈살을 찌푸렸다. 간신히 고통을 이겨내고 잠든 사람을 다시 깨우려니 도저히 마음이 내키지 않았다. 서유대는 구석에 앉아 꾸벅꾸벅 졸고 있는 김홍도를 보며 지선에게 물었다.

"저자가 화원이라 하였던가?"

"예."

지선이 대답을 하자마자 벌떡 일어선 서유대는 김홍도의 발을 툭툭 차고, 깜짝 놀라 잠이 덜 깬 얼굴로 올려다보는 김홍도에게 명령했다.

"화구를 챙겨 따라오게."

잠이 모자라 게슴츠레한 눈으로 주섬주섬 화구를 챙겨 따라나선 김홍도와 안흥 앞바다가 보이는 절벽 위로 나간 서유대는 어스름한 새벽빛을 받아 더욱 사납게 넘실거리는 파도와 수많은 암초들을 가리켰다.

"이걸 그리거라."

"예? 장군님. 물론 제가 그림 실력이 출중하긴 해도, 이 깜깜한 밤중에 바다를 그리시라면⋯⋯."

서유대는 피식 웃으며 희미하게 수평선이 보이는 바다를 실눈으로 바라봤다.

"누가 지금 그리라 하였느냐? 해가 뜨면 곳곳에 숨어 있는 암초와 저 굽이치는 파도, 멀리 보이는 나루터로 들어갈 수 있는 행로를 그리거라."

"허면, 해 뜰 때까지 뭘 합니까?"

서유대는 눈썹을 획 올렸다 내리고 등 돌리며 간단히 답했다.

"졸리면 자라."

어이없어하는 김홍도를 절벽 위에 홀로 두고 걸어가는 서유대의 귀가 따끔거릴 정도로 김홍도가 빽 소리 질렀다.

"장군님! 짐승이라도 나타나면 어쩌라고 혼자 두고 가십니까? 장군님!"

 아침이 되어 홍대주가 떠나는 걸 배웅한 서유대는 곧장 지선이 머물고 있는 주막으로 향했다. 현감이 눈치껏 동수와 여운을 빼주었는지 얼마 안 있어 동수와 여운이 나타났고, 뒤이어 비틀거리며 김홍도가 초가집으로 들어왔다. 서유대는 사람들이 모이자마자 급히 배편을 준비해 한양으로 떠나도록 했고 그들이 떠난 뒤, 멀어지는 배를 보며 털썩 주저앉는 부관을 몰래 숨어 보며 만족스런 미소를 지었다.
 험한 길을 노 저어 가는 작은 배에 올라탄 그들의 인영이 가마득해질 때까지 쉽게 걸음을 떼지 못한 서유대는 부디 그들이 진실을 밝혀주길 소망했다.

 진주는 바람처럼 빠르게 방을 나가는 천天의 옷자락도 잡지 못하고 놀란 얼굴로 열린 문밖을 바라봤다. 관군들이 움막 주위를 기웃거려 천天에게 혼줄 나고 도망간 뒤 얼마 되지 않아 흑사초롱의 살수들이 움막을 에워쌌다. 진주는 천天이 홀로 밖으로 나간 뒤 문을 걸어 잠그는 소리에 화들짝 놀라 소리쳤다.
 "뭐예요! 문 열어요!"
 그러자 문 너머에서 대답 대신 장량의 목소리가 들려왔다.
 "보물이라도 숨겨놓은 게냐?"
 "이 목숨보다 귀한 보물일세."
 천天의 느릿한 어투가 문고리를 붙잡고 있는 진주의 가슴으로 파고들어와 애잔함을 남기고 흩어졌다. 그토록 진주의 마음을 흔든 말이었음에도 장량은 조금도 감흥 받지 않았는지 비웃음 담긴 매정함을 흘렸다.
 "오늘, 그대 명줄을 끊을 것이네."
 "할 수 있겠느냐?"

천天이 나직하게 묻자 장량의 웃음소리가 금이 간 나무문 사이로 비집고 들어왔다.
"독화살을 맞았으니 아직 제 몸은 아닐 테지."
진주는 눈을 커다랗게 뜨며 방바닥에 놓여 있는 사발을 돌아봤다. 단순한 상처인 줄 알고 진주가 약재상에서 처방받아온 약재였는데, 효과가 없음을 빤히 알면서도 천天은 진주가 다려주는 대로 쓰다고 투덜대면서도 마지막 한 방울까지 남기지 않고 마셨다. 진주는 주르륵 흐르는 눈물을 손등으로 닦고 밖에서 울려대는 철음에 다시금 문고리를 잡아 흔들었지만 단단히도 막아놨는지 문은 도무지 열릴 생각을 하지 않았다. 그냥 부수고라도 나가볼까 싶어 밖의 상황을 염탐하려 문틈으로 눈을 댄 진주는 저도 모르게 급히 숨을 들이켰다. 천天은 움막을 단단히 등지고 서서 날아오는 화살을 쳐내는 동시에 장량의 공격을 막아내고 있었는데 나뭇잎 사이로 흔들리는 햇빛에 천天의 옆구리와 허벅지에 박혀 있는 화살이 선명히 눈에 들어왔다. 진주는 다시금 문을 열어보려 문고리를 잡고 흔들다가 지붕 위가 활활 타오르자 깜짝 놀라 소리쳤다.
"불이야! 불났어요! 아저씨!"
매캐한 연기가 코로 밀려들어와 기침을 해대며 소매로 입과 코를 막은 진주는 문고리를 붙든 채 무릎 꿇고 앉으며 중얼거렸다.
"아부지…… 나 죽을 거 같아……."
황진기에게 하는 말인지, 천天에게 하는 말인지 애매모호하게 중얼거린 진주는 잠시 후에 문짝이 떨어져 나가며 우람한 덩치의 황진기가 나타나자 꿈인가 하여 눈을 비볐다.
"진주야!"
팔로 진주의 어깨를 감싸 안고 문밖으로 뛰어나가는 황진기를 올려다보며 진주는 눈물을 글썽거렸다. 그리고 시선을 돌리던 진주는 안도의 한숨을 쉬며 달려오던 지地의 복부를 뚫고 나온 칼날에 반사적으로 크게 외쳤다.
"엄마!"
지地의 등에서 칼을 박은 장량은 서서히 칼을 뽑으며 비정함으로 똘똘 뭉쳐 얼음장처럼 차갑게 말했다.
"황제 폐하를 등진 자, 살려둘 이유가 없다."
"어, 엄마!"
진주가 충격에서 빠져나와 허우적거리는 것처럼 절룩이며 걸어가자 천天이 화살 박힌 몸을 힘겹게 일으키며 황진기에게 명령했다.
"피하거라."
진주는 황진기가 급히 지地를 업자 영문을 모르고 함께 절룩이며 몸의 방향을 틀다가 자신도 모르게 천天을 돌아다봤다. 발목에 박힌 화살로 인해 똑바로 서기도 힘들 텐데 천天은 서서히 검을 앞으로 내밀며 시를 읊듯 말했다.
"한 가지는 확실해졌구나."
항상 보면 술 취한 것처럼 번들거리던 천天의 눈동자가 내리깐 눈꺼풀 안에서 더욱 요상하게 빛을 발했다. 진주는 황진기의 옷자락을 잡고 어린아이처럼 놓치지 않으려 슬금슬금 따라 움직이면서도 천天에게서 시선을 떼지 못했다.
"너와 나, 둘 중 한 명은 예가 무덤이 될 게다."
장량은 우위에 선 자의 여유로움에 자만까지 보태어 천天을 마음껏 비웃었다.
"허면, 내가 아닌 자네 무덤이 되겠지."
동시에 황진기가 앞으로 뛰어나갔고 그 뒤를 살수 둘이 쫓았지만 발목에 화살이 박혀 있음에도 천天이 빠르게 막아서며 두 사람의 목을 베었다. 한 번의 칼질이었는데 동시에 두 명이 쓰러지자 곧장 장량이 쓰러지는 시체 사이로 파고들며 칼날을 세웠고, 힘겹게 막아내는 천天의 등을 자꾸만 뒤돌아보며 진주는 황진기와 함께 산을 내려왔다. 지地는 부상이 심해 더 이상 가망이 없어 보였고 친부라고 하는 천天의 생사도 불확실해 보여 진주는 하염없이 눈물만 흘렸다. 두 사람 모두 살았으면 좋겠다는 생각만 들어 마음속으로 빌고 또 빌었지만 입술마저 핏기를 잃은 지地를 보니 그 소망은 이뤄지지 않을 듯싶어 또다시 눈물이 흘렀다. 너무나 따사로운 햇살이 내리쬐어 그 또한 원망스러웠다.

14장
작렬하는 간계

　　홍국영이 내민 쪽지를 단숨에 읽은 흑사모는 화급히 고개 들며 입을 열었다.
　　"이 전갈은 누가 준 게냐?"
　　"그 도화원 있잖습니까? 김홍도라고. 이제야 발견하여 가져온 것입니다."
　　흑사모는 불길함에 눈가를 떨며 벌떡 일어나 지(地)가 머물던 방으로 급히 걸어갔다.
　　"진기야!"
　　소리치며 방문을 활짝 열어젖힌 흑사모는 텅 빈 방 안을 보고 펄쩍 뛰며 호들갑 떨었다.
　　"아니! 성치도 않은 몸으로 대체!"
　　흑사모는 엽도를 챙겨 들고 그대로 본부를 뛰쳐나와 김홍도가 알려준 움막을 향해 달렸다. 움막이 있는 산의 초입이 들어서자 멀리서 뽀얗게 피어오르는 연기가 눈에 들어왔다.

땀을 뻘뻘 흘리면서도 흑사모는 눈을 부릅뜨며 산 오르는 속도에 박차를 가했다. 그렇게 중턱쯤 올라갔을 때, 흑사모는 하염없이 흐느끼며 황진기의 옷자락을 쥐고 어린아이처럼 걸어 내려오는 진주를 보고 숨을 멈췄다. 흑사모는 황진기의 등에 업혀 있는 지(地)에게로 시선을 향하고 힘겹게 입을 열었다.

"아니, 이게……. 대체 무슨 변고란 말이냐?"

흑사모를 발견한 황진기의 두 눈에 눈물이 고였다. 흑사모는 서둘러 다가가 지(地)의 목에 손을 대서 상태를 확인하곤 심하게 떨리는 목소리를 냈다.

"숨은 붙어 있구나. 어서 내려가자."

절룩거리는 진주를 부축하며 흑사모가 황진기를 재촉했다.

"어여 따라오시게!"

어두운 밤길을 내달려 가까운 장미의 주막으로 들어간 그들은 기겁해서 난리법석을 부리는 장미를 따라 지(地)를 방에 눕혔다. 외관으로 보기에도 출혈이 심해 가망이 없어 보였지만, 흑사모는 미소에게 급히 의원을 불러오라 시키고 지혈을 위해 지(地)의 상의를 찢으려 했다. 그러자 사색이 되어 있던 진주가 황급히 흑사모의 손을 잡으며 도리질했다.

"제가 하겠습니다. 제가 할 거예요."

간절함과 절망이 가득한 진주의 눈망울을 바라보고 흑사모는 지(地)의 상의에서 손을 뗐다.

"장미야, 어서 가서 깨끗한 천 좀 가져오너라."

장미가 후다닥 반닫이에서 뻣뻣한 목면을 꺼내주자 진주는 흐느낌을 애써 참는지 덜덜 떨리는 손으로 지(地)의 상의를 들추고 흉물스럽게 찢어진 살 위에 목면을 대었다. 위에 얹기만 했는데도 순식간에 하얀 목면이 시뻘겋게 물들자 진주는 어깨를 들썩이면서 손바닥으로 상처를 꾹 눌렀다. 지켜보는 이들 모두가 안타까움으로 피를 토하는 지_地를 바라봤고, 진주는 소리 없이 눈물을 뚝뚝 흘리다가 조용히 입을 열었다.

"엄마. 죽지 마……."

그 애원이 얼마나 애달픈지 흑사모와 황진기, 장미는 주르륵 눈물을 흘렸고 진주의 목소리에 힘겹게 눈을 뜬 지_地는 희미하게 미소 지었다. 미소 짓는 것조차 힘겨운지 지_地의 입술 끝이 파르르 떨렸고, 그 모습에 흑사모는 손등으로 눈물을 닦으며 말 걸었다.

"이보게……."

지_地는 흐릿한 눈으로 흑사모를 올려다보더니 차근차근 모인 이들을 돌아봤다.

"나으리께선……."

검선을 찾는 지_地에게 흑사모는 입술에 힘을 줘 터져 나오려는 오열을 참으며 답했다.

"형님은 아직 고향에 계시네."

그러자 다행이라는 듯 평안함을 되찾으며 지_地가 또다시 떨리는 미소를 지었다.

"나으리께는…… 알리지…… 말아주십시오."

알았다고 대답하려는데 문이 벌컥 열리며 의원이 서둘러 들어왔고, 흑사모는 얼른 자리를 내주었다. 의원이 자리 잡고 앉자 진주는 지혈을 하느라 누르고 있던 손을 떼더니 두 손 가득 묻어 있는 선혈에 부들부들 떨리는 아랫입술을 꼭 깨물었다.

그리고 잠시 후, 모두들 침도 못 삼키고 앉아 의원이 안타까운 눈빛으로 고개 젓는 모습을 바라봤다. 그래도 살 수 있지 않을까 희망했던 진주는 흑사모가 의원의 멱살을 잡아 흔들며 소리치자 소리 없이 눈물을 주르륵 흘렸다.

"이놈의 돌팔이가!"

그때 지地가 조그맣게 손가락을 들며 진주를 불렀다.

"진주…… 야."

"엄마, 엄마. 죽으면 안 돼…… 엄마!"

떨리는 지地의 손을 붙잡아 볼에 댄 진주는 눈물 사이로 지地의 입술이 움직이는 걸 보고 급히 허리 숙여 지地의 입가에 귀를 댔다. 진주의 귀에 대고 뭐라 속삭인 지地는 조용히 눈을 감았지만, 지地의 입가에 귀를 댄 진주는 꼼짝도 안 하고 얼어붙은 것처럼 그대로 허리를 숙인 채 있었다. 한참 동안 움직이지 않던 진주는 커다랗게 떠진 눈으로 지地를 내려다보더니 얼굴을 일그러뜨리며 급기야 오열을 터뜨렸다.

"엄마! 엄마! 안 돼! 으흐흐흑!"

진주는 애곡하며 지地의 손을 부여잡은 채 의원에게 엄마를 살려달라고 애원했다. 의원도 안타까운지 시선을 외면하자 미친 사람처럼 지地의 몸을 흔들며 진주는 하염없이 울어댔다. 흑사모는 지地의 마지막을 지켜주지 못한 검선이 나중에 이 사실을 알게 되었을 때, 얼마나 괴로워할까 걱정하며 더욱 서럽게 흐느꼈다.

상궁의 시신에서 벗어나며 홍국영은 코와 입을 가리고 하얀 목면을 벗었다. 쟁반 위에 검게 변한 은비녀와 찰수수밥, 상궁의 입에 넣었다 뺀 밥을 먹고 죽은 닭을 올린 뒤, 급히 동궁전 앞으로 간 홍국영은 이산과 모여 있는 대신들 앞에서 조사 결과를 보고했다.

"대전 상궁은 스스로 목숨을 끊은 것이 아니옵니다. 은비녀와 찰수수밥은 색이 검게 변하였고, 시신의 입속에 넣었던 밥을 먹은 닭은 그 자리에서 숨졌사옵니다. 이 모든 것은 대전 상궁이 독살되었음을 증명하는 것이옵니다."

홍국영이 머리 숙이며 의견을 피력하자 이산이 놀라 아랫입술을 가늘게 떨었다.

"그것이…… 정말이란 말이냐?"

"예, 저하."

확신에 찬 홍국영의 대답에 그때까지 아무 말 없이 지켜보던 대신들 중 홍봉한이 벌컥 화를 내며 소리쳤다.

"독살이라니요! 허면 중전마마가 쓰러지신 것에 배후가 있단 말입니까?"

홍국영이 뭐라 대답해야 할지 잠시 생각하는 사이 김한구가 입술을 비틀며 묘한 어조로 대신 입을 열었다.

"자세한 이야기야 홍대주 대감이 돌아오면 들을 수 있겠지요. 대전 상궁이 스스로 목숨을 끊었다고 한 것이 그자가 아닙니까."

그렇기에 홍대주가 한양에 도착해 곧장 입궐했을 때, 그를 보는 대신들의 시선이 곱지 않았고, 그런 대신들에게 홍대주는 불쾌감을 드러냈다. 홍대주는 곧장 대신들 앞에서 영조에게 안홍에서의 조사를 보고했다.

"전하. 소신이 직접 조사한 바, 왜인의 노략질이 분명하다 아뢰옵니다."

"증험이 있느냐?"

홍대주는 특유의 비릿한 미소를 지으며 깊이 허리 숙였다.

"예. 군선이 반파되었을 당시, 나루터에 있던 상인과 어옹이 왜선을 보았다 증언하였고, 해안으로 떠밀려 온 반파된 군선의 파편에서 수많은 왜인의 화살들이 발견되었사옵니다."

"확실하더냐?"

홍대주는 부리부리한 눈을 들어 눈곱만치의 거짓도 없는 표정으로 확신했다.

"소신, 철저한 조사로 한 치의 의혹도 없음을 아뢰옵니다."

그때 편전의 문이 열리며 이산과 동수, 지선, 홍도, 얼굴에 붕대를 감은 수군이 들어왔고 홍국영은 그들을 보는 홍대주의 얼굴이 새파랗게 질리는 것에 회심의 미소를 숨겼다. 편전에 사대부도 아닌 초라한 행색의 남녀가 들어오자 대신들은 기겁하며 술렁거렸고 어좌 앞에 무릎 꿇은 이산은 고개 숙이며 입을 열었다.

"할바마마, 무례를 용서하여 주시옵소서."

"세손, 무슨 일이더냐?"

이산은 등 뒤로 무릎 꿇고 머리를 조아린 네 명을 가리키며 어처구니가 없다는 듯 고했다.

"이자들이 제게 와 얼토당토않는 주장을 하며 할바마마께 꼭 고해야 한다 애원하여 이리 함께 왔사옵니다."

대신들이 혀를 끌끌 차며 이산이 아직 어리다고, 정사를 함부로 끼어들 수 있는 놀이로 안다고 수군거리자 영조가 눈을 가늘게 뜨며 노쇠하지만 힘 있는 목소리로 말했다.

"대신들은 조용히 하라! 본디 이곳에 들어온 것만으로도 참수당해 마땅하나, 마지막 유언이라 생각하고 들어주마. 그래, 나에게 고할 것이 무엇이더냐?"

영조의 질문이 끝나자마자 김홍도가 족자를 꺼내 앞으로 내밀었고 내관이 받아 들어 영조에게 바쳤다. 영조는 족자를 펼쳐보고 눈이 침침한지 가까이했다 멀리했다 하며 그림을 보더니 의아함을 담아 물었다.

"이것이 무엇이냐?"

김홍도는 머리를 조아린 채 큰 소리로 답했다.

"안흥 앞바다가 보이는 계곡 위에서 그린 그림이옵니다!"

"한데, 이것을 왜 보여주는 것이더냐?"

영조가 어리둥절해 묻자 김홍도가 살짝 고개 들어 자신감이 가득한 목소리로 고했다.
"소신, 그림에 있어 한 치의 흔들림과 거짓이 없음을 아뢰옵니다. 하여 그림에서 보여지듯 안흥의 나루터에선 군선이 반파된 지점이 보이지 않을뿐더러, 반파된 지점은 물살이 거세어 파도의 높이가 거대하며 암초가 많은 곳이옵니다."
김홍도의 설명에 대신들이 술렁거리며 홍대주를 흘끔거렸고 지글거리는 눈으로 김홍도를 노려보는 홍대주는 꿀 먹은 벙어리처럼 입을 꼭 붙이고 있었다. 영조는 미간에 깊은 골을 만들며 그림을 뚫어져라 바라보다가 얼굴에 붕대 감은 수군을 가리켰다.
"저자는 무엇을 고하려 왔느냐?"
화상 입은 수군은 영조와 편전의 위엄에 주눅 들어 우물쭈물하더니 조심스럽게 입을 열었다.
"소신은 충청도 수군으로서 안흥에서 반파된 거도선에 있었사옵니다. 하여, 소신은 거도선이 반파될 시, 왜인의 배는 본 적이 없으며 왜군의 공격은 전혀 없었음을 이실직고하옵니다."
수군의 말이 끝나자마자 또다시 편전 내부가 술렁거림으로 가득했다.
"하고, 그 배에 탔던 수군 모두 안흥의 관청 옥사에서 불에 타 죽었음을 아뢰옵니다."
"뭐라!"
물에 빠져 죽은 것도 아니고 불에 타 죽었다는 보고에 영조뿐이 아니라 대신들 모두 크게 놀라 큰 숨을 들이마셨다.
"어째서 불에 타 죽었단 말이더냐!"
"병판 대감의 수하가 옥사에 불을 지르고 살고자 나오려는 수군들을 모두 베어 죽였사옵니다."

빼도 박도 못할 증거와 증언에 홍대주가 쩔쩔매자 영조는 분기를 담아 홍대주를 노려보며 지선을 가리켰다.

"하면, 저 여인은 무엇을 고하러 왔느냐?"

지선은 단아함이 가득한 얼굴을 가린 장의 사이로 조그만 함을 내밀었고, 또다시 내관이 잰걸음으로 영조에게 바쳤다.

"소녀는 한양에서 인삼을 주 거래하는 개시상단을 꾸리고 있사옵니다. 하고, 그것은 안흥에서 반파된 배에 실려 있던 인삼이옵니다만, 진삼이 아닌 질경으로 만들어진 조삼임을 아뢰옵니다."

"뭐라!"

급기야 영조가 어좌의 손잡이를 내려치자 다시금 술렁거리려던 대신들이 움찔해서 급히 입을 다물었다. 홍대주는 쏟아지는 시선에 관자놀이를 타고 흐르는 땀이 턱으로 이어져도 닦지도 못한 채 가만히 서 있었다. 지선은 장의로 가린 얼굴을 다소곳하게 숙이며 조용히 말을 이었다.

"한 말씀 더 올리자면, 본디 질경은 약재로도 쓰이지만 드물게 몸에 맞지 않는 이가 나타나기도 하옵니다. 질경이 맞지 않는 이가 섭취하였을 경우, 가볍게는 가려움증을 동반한 열꽃과도 같은 반점이 나타났다 사라지나, 심한 경우는 기혈이 막히고 혼절하는 경우가 있사옵니다."

놀란 이들이 뭐라 할 말을 찾지 못해 입을 쩍 벌리고 있자 김한구가 대뜸 나섰다.

"그 말이 사실이더냐?"

"소녀, 한 치의 거짓 없이 아뢰고 있사옵니다."

이제는 홍국영이 나설 차례였다. 홍국영은 갑자기 몸을 덜덜 떨며 자세를 흐트러뜨렸고, 갑작스런 경기에 놀란 이들의 이목을 받자 겁에 질린 목소리로 중얼거리듯 말했다.

"소, 소신은 단지 명을 따라 내국에서 사용하던 인삼을 받아 왔을 뿐이옵니다."

그 누구도 묻지 않았건만 답하듯 술술 내뱉은 홍국영의 말에 영조가 눈을 부릅떴다.

"홍 부정자! 대체 무슨 소리더냐!"

홍국영은 납죽 엎드려 죄를 비는 사람처럼 크게 말했다.

"전하! 소신은 병판 대감께서 안홍으로 출발하기 전에 소신으로 하여금 내국에서 사용하던 인삼을 받아 오란 명을 받았사옵니다!"

"뭐라! 네놈이 어느 안전이라고 거짓을 고하느냐!"

홍국영을 당장이라도 죽일 것처럼 홍대주가 발끈해서 소리치자 영조가 눈가를 바르르 떨며 명했다.

"진위 여부를 확인하기 위해 당장에 병판의 집무실과 사택을 뒤져 인삼이 있나 찾아보거라!"

홍국영은 이마를 바닥에 박은 채 일어서지 않았고, 홍대주는 주먹을 부르르 떨다가 동수가 나볏한 목소리로 입을 열자 허공으로 발이 뜰 정도로 화들짝 놀랐다.

"소신 또한 고할 것이 있사옵니다. 안홍에서 파직된 서유대 장군께서 전하께 올리는 서찰과 함께 경상도의 왜관에서 발견한 장부이옵니다."

동수가 서찰과 함께 두툼한 장부를 내밀자 내관이 땀을 뻘뻘 흘리며 또다시 영조에게 바쳤다. 영조는 장부의 깨알 같은 글씨들을 들여다보더니 입술을 앙다물고 서유대의 서찰을 펼쳤다. 시선이 움직이며 점차 얼음장처럼 굳어가는 영조의 얼굴을 보며 불길함을 느꼈는지, 홍대주가 두 눈을 한곳에 박지 못하고 이리저리 굴리자 마침내 서찰을 다 읽은 영조가 종이를 구기며 입술을 바르르 떨었다.

"병판, 역모를 주동하였단 말이 사실이냐!"

"전하! 이는 분명 소신을 해하려는 음모이옵니다!"

홍대주가 억울하다는 듯 절절함을 담아 외치자 영조가 홍대주의 발앞으로 장부를 내던졌다.

"이것이 무엇이냐! 왜인들과 결탁하여 조정에 들어올 인삼을 바치고 왜군을 사들인 것이 아니더냐! 하고, 왜관과 거래하던 병판의 자제가 어째서 반파된 군선을 타고 있었던 것이냐! 진정 군선을 개인의 사리사욕을 위해 이용한 것도 모자라 역모를 꾸미기 위한 도구로 사용했던 것이더냐!"

놀라서 입도 벙긋 못하던 대신들은 영조의 말에 사방에서 탄식을 자아냈다. 그중 홍대주를 죽일 듯 노려보던 김한구는 매정함이 한겨울 서리보다 더할 만큼 차가운 목소리로 외쳤다.

"전하! 이 사안은 그냥 넘어갈 일이 아니라 사료되옵니다! 병판을 추궁하여 주시옵소서!"

이어 대신들이 하나같이 입을 모아 외쳤다.

"추궁하여 주시옵소서!"

힘이 거대했던 만큼 무너지는 것도 한순간이었다. 홍국영은 3년 전, 이 자리에서 사도세자를 매도하고 죽게 한 홍대주에게 똑같이 되갚음 하며 숙인 고개 아래로 입술을 살며시 비틀어 세웠다. 영조가 부르르 떨며 납빛이 된 홍대주를 바라보고 있자 편전의 문이 열리며 내관이 종종걸음으로 커다란 함을 들고 어좌로 다가갔다. 영조는 함 안에 가득한 인삼을 보고 눈가를 떨며 지선에게 물었다.

"이것도 조삼이더냐?"

내관이 다시금 지선 앞으로 가져가자 장의 아래로 손을 내밀어 인삼 하나를 들고 유심히 살핀 지선은 또렷한 목소리로 답했다.

"분명 질경으로 만들어진 조삼이옵니다."

순간 김한구가 이를 바드득 갈더니 홍대주를 노려보고는 또다시 큰

소리로 외쳤다.

"전하! 이 또한 함구할 일이 아니오니, 병판을 추궁하여 진실을 밝혀 주시옵소서!"

궁지에 몰린 홍대주는 자기편을 들어줄 이가 없나 편전에 모인 대신들을 둘러보았지만 그 누구도 홍대주와 눈을 마주치려 하지 않았다. 영조는 김홍도의 그림과 화상 입은 수군, 조삼이 든 함, 서유대의 서찰과 장부를 수를 세듯 돌아가며 보더니 어금니를 악물고 주먹을 움켜쥐었다.

"금일부로 병조 판서를 파직하고, 그 죄가 엄중하여 홍대주의 참형을 허락하노라!"

"전하!"

무너지듯 무릎을 털썩 꿇은 홍대주는 절절함을 담아 애원했다.

"전하! 소신은 이 나라 조선과 조정을 위해 평생을 몸 바쳐왔사옵니다! 어찌 이런 거짓 증험으로 인해 소신을 내치시옵니까!"

그러자 벌떡 일어선 영조가 어좌를 움켜쥐며 눈가를 바르르 떨더니 아주 힘겹게 입을 열었다.

"잊었느냐? 3년 전, 이 자리에서 거짓 증험으로 인해 사도세자를 죽게 하였던 것을! 증험은 이것으로 충분하다!"

홍대주가 새파랗게 질린 얼굴로 편전에서 끌려 나가자 슬며시 고개 든 홍국영과 동수는 마주 보며 희미하게 미소 지었다. 홍국영은 좁은 뒤주 속에서 오만 가지 상상과 생각을 하며 광기를 일으킬까 스스로가 두려워졌던 그날의 기억을 또렷이 떠올리며, 넋이 나가 울부짖는 홍대주의 목소리에 맺혔던 한이 풀리는 기분이었다. 사도세자의 한을, 임수웅의 원통함을, 상길의 분노를 그대로 되갚아주며 홍국영은 무슨 일이 있어도 이산만은 지키리라 또다시 맹세했다. 그렇기에 영조가 더 노쇠하기 전에 홍국영은 계책을 세워야했다. 역모를 밝혀내었기에 참형을 벗어난 동수와 일행을 퇴궐시킨 뒤, 동궁전으로 간 홍국영은 흥분해서 온몸을 바들바들 떨고 있는 이산에게 조용히 청했다.

"저하, 소신을 믿어주시옵소서."

"갑자기 무슨 말이더냐?"

아버지의 원수를 참형시킨 홍국영이기에 백번 고맙다 해도 모자를 판에 너무나 진지하게 청하는 홍국영에게 이산은 어리둥절한 표정을 지었다. 홍국영은 머리를 조아리며 속내를 온전히 내보였다.

"소신, 전하께 충언을 올리고자 합니다. 세손 저하를 효장 세자의 장자로 입적시키라 청할 것이옵니다."

"뭐라? 지금 뭐라 하였느냐?"

아버지를 버리고 큰아버지를 아버지로 하자는 말에 예상대로 이산이 벌컥 화를 내며 소리치자 홍국영은 더욱 깊이 머리를 조아리며 진심을 담아 말했다.

"저하, 왕이 되옵소서. 이 나라, 조선의 왕이 되어 세자 저하께서 못다 이룬 꿈을 꼭 이루어주시옵소서."

이산은 말로도 할 수 없다는 듯 거세게 도리질하며 거부했다. 하지만 이산을 지키기 위해선 이산이 원치 않아도 해야 하는 일이기에 홍국영의 눈이 안타까움으로 흐려졌다.

동무들의 도움으로 홍대주를 처리한 여운은 오랜만에 만족스러움을 느끼며 흑사채로 돌아갔다. 동수는 여운에게 지선과 김홍도, 수군을 지켜달라 부탁하고 왜관에서 장부를 훔쳐왔다. 아무렇지도 않게, 지난날처럼 여운에게 "부탁해" 한 마디 하고 달려가던 동수의 뒷모습을 떠올리며 여운은 낮게 한숨 쉬었다. 언제나 그렇듯이 동수와 있으면 살성의 운명이라던지 살수의 삶은 잊게 되었다. 마치 그들 속의 한 일원처럼 편안함과 즐거움을 느끼게 되어 저도 모르게 현실을 깨닫지 못하다가 여운은 매번 현실에 부딪칠 때마다 더 큰 절망감을 끌어안아야 했다. 그래서 촛불이 환하게 밝혀진 집무실로 들어서며 여운은 또다시 무너져 내리는 절망감을 간신히 추슬러 천주 앞에 가만히 한쪽 무릎을 꿇었다.

"천주를 뵙습니다."

"운이, 왔느냐?"

여운은 눈을 들어 비스듬히 누워 있는 천주을 올려다보고 곳곳에 감긴 붕대에 살짝 놀람을 내비쳤다.

"다치셨습니까?"

"괜찮다. 그보다 대웅이, 저놈은 왜 저리 되었느냐?"

여운은 입술을 약간 비틀어 흐릿한 조소를 풍기며 답했다.

"동수가 혈도에 침을 놓아 사지를 제대로 사용할 수 없게 되었습니다."

"동수? 백동수 말이더냐?"

천주은 조금은 놀란 듯 눈썹을 놀리며 중얼거리듯 묻더니 대답도 듣지 않고 어깨를 들썩이며 낮게 웃어댔다. 그 모습이 마치 우는 것과도 같아 여운은 의아해하며 천주을 바라보며 뭔가 달라졌다는 걸 느꼈다. 똑같은 말투와 표정이었지만 천주은 여운이 봐왔던 11년 만에 처음으로 피가 흐르는 사람처럼 보이는, 뭔가 인간적인 냄새가 흘렀다. 여운은 천주이 한참 동안 천장을 바라보다가 툭하니 말하자 깜짝 놀라 고개를 번쩍 들었다.

"동수에게 전해주거라. 가옥이의 초상을 치러줘서 고맙다고. 하고 검선은 내 손으로 묻어주고 왔다고."

처음에는 무슨 말인가 싶었지만 그 의미가 파악되자 가슴이 방망이질하고 시야가 흐릿해지며 충격으로 몸이 떨려와 여운은 두 손으로 바닥을 짚으며 쓰러지지 않으려 이를 악물었다. 검선이 원망스러웠던 적도 있었지만 그래도 부친 여초상의 의형제로 조금은 백부로서의 정을 가졌던 건 사실이다. 여운은 어째서 검선이 천天에게 패배했는지 이유를 따지기 전에 소중한 사람이 죽었을 때 받는 충격으로 괴로워했다.

그런 여운을 오랫동안 바라보더니 천天은 손을 들어 까닥하며 나가라는 시늉을 했고 여운은 두 주먹을 단단히 쥐서 걸음에 흔들림이 없게 하려 노력하며 집무실을 나섰다. 푸른 하늘을 올려다보는 여운의 눈이 시린 것처럼 아련하게 구름 사이를 헤집었다. 동수에게 어떻게 이 사실을 알려야 하나 막막하기도 했고 동수가 천天에게 복수하려 덤벼들 때, 천天의 편에 서 있어야만 하는 현실이 원망스러웠다. 힘든 걸음으로 동수를 찾아 장용위 본부로 간 여운은 대문 밖부터 초상집을 알리는 등불과 곡소리에 선뜻 들어서지 못하고 멈춰 섰다. 그러자 열린 대문 사이로 여운을 본 홍국영이 시무룩하게 어깨를 축 늘어뜨리고 있다가 벌떡 일어서며 떨리는 입술을 열었다.

"우, 운아……."

홍국영의 중얼거림에 조용히 눈물 삼키고 있던 동수가 고개 돌려 바라보더니 일그러진 미소를 지으며 허겁지겁 대문으로 달려왔다. 그리고선 비틀거리며 여운의 앞에 서서 있는 힘껏 여운을 부둥켜안았다.

"돌아왔구나."

흑사초롱을 잊고 그냥 이 자리에 머물고만 싶었다. 지地의 죽음을 슬퍼하면서도 여운이 돌아왔다 생각하고 울면서, 웃으면서 반기는 사람들 틈 속에 한없이 머물고만 싶었다.

"이놈아! 어여 들어와! 뭘 그리 서 있느냐!"

흑사모가 손짓하며 눈물을 글썽이자 동수와 홍국영이 여운을 양쪽에서 잡고 안으로 들어갔다. 진주는 방에 멍하니 앉아 혼이 빠진 사람처럼 벽만 바라보고 있었고, 여운의 시선을 따라 진주를 본 황진기는 아랫입술을 깨물었다.

"어여 앉아라. 그래, 그동안 잘 지냈느냐?"

평상을 손으로 두드리며 곁에 앉으라고 다정히 말하는 흑사모를 차마 바라볼 수 없어 여운은 마당 한 가운데서 그대로 무릎 꿇고 앉아 고개 숙였다.

"죄송합니다."

"허허, 지난 일 갖고 그리 자책하지 말거라. 이제라도 돌아왔으니 다행이 아니냐?"

흑사모의 말에 다들 동의한다는 듯 고개를 주억이자 더우이 입술이 떨어지지 않았지민 여운은 주먹을 불끈 쥐고 눈물 고인 눈을 질끈 감으며 단숨에 말했다.

"천주님의 전언을 전하러 왔습니다. 검선 어르신의 시신은 천주께서 고향에 묻어주셨다 합니다."

갑자기 사방에 정적이 흘렀다. 여운이 도대체 무슨 말을 한 건가 곱씹던 사람들이 동시에 경악으로 가득 찬 소리 질렀다.

"무슨 말이더냐!"

"스승님의 시신이라니!"

"운아! 이게 무슨 말이야!"

흑사모와 동수, 홍국영이 금방이라도 여운의 멱살을 잡고 뒤흔들며 따질 듯 소리치자 여운은 고요한 눈동자를 들어 다시금 말했다.

"천주님께서 검선 어르신의 시신을 고향에 묻어주셨다 전해달라 하였습니다."

"그럴 리 없다! 형님이…… 어찌 형님이!"

벌떡 일어섰던 흑사모가 충격으로 다시 풀썩 주저앉자 동수가 이글거리는 눈을 여운에게 향했다.

"진짜…… 냐?"

대답 대신 슬픈 눈을 해 보인 여운은 동수가 주먹으로 평상을 수격하고 부르르 떠는 것을 바라보며 미안함으로 다시금 고개 숙였다. 이제는 진짜 돌아올 수 없는 곳이 되어버린 것만 같아 마냥 통곡하고 싶은 기분이었지만 검선의 죽음을 슬퍼하는 이들 앞에서 내색조차 할 수 없어 여운은 힘없이 일어섰다. 흑사초롱의 일원으로, 그들에게 형제와 부모 같은 검선을 죽인 자의 수하로서 이곳에 온 순간부터 그나마 엮여 있던 동수와의 끈을 제 손으로 잘라버린 느낌에 여운은 한없이 절망감을 느꼈다. 모두가 충격에 빠져 여운이 조용히 허리 숙여 인사하고 돌아서는데도 아무도 신경 쓰지 않는 것만 같았다.

돌아서는 여운의 어깨 위로 쓸쓸함과 절망감이 곱게 내려앉았다.

여운은 검선의 고향으로 가봐야겠다는 흑사모의 말을 뒤로 하며 대문 밖으로 한 발 내딛었다. 그때 여운의 등으로 동수의 다급한 부름이 들렸다.

"운아!"

미안함에 시선조차 마주치지 못할 것 같아 고개도 돌리지 못하는 여운에게 동수가 성큼성큼 걸어와 말했다.

"가지 마."

그러자 홍국영이 쪼르르 달려와 여운의 팔을 붙잡았다.

"그래, 운아. 그냥 여기 있어. 우리가 널 얼마나 기다렸는데……."

어째서 눈물이 나는지 속절없이 굵은 눈물이 볼을 타고 흘러 바닥으로 뚝뚝 떨어졌다. 잔뜩 흥분해 금방이라도 검선의 고향으로 뛰어갈 것 같던 흑사모도 여운의 어깨를 두드리며 조용히 말했다.

"네 잘못이 아니잖느냐. 내, 형님의 고향에 다녀올 테니 이곳에 머물거라. 네놈에게 할 이야기도 있으니……."

어깨까지 들썩이며 흐느낌을 참고 눈물만 뚝뚝 흘리는 여운에게 지선도 한 마디 했다.

"나으리, 운명을 따르기보다 운명을 이끌어 가십시오."

절대로 그들이 자신을 잡지 않을 거라 생각했던 여운은 하나같이 가지 말라 하는 사람들을 돌아보며 턱으로 흐르는 눈물을 닦지도 못했다. 이토록 고마운 이들을, 이토록 정을 준 이들을 어찌 소중히 생각하지 않을 수 있으리. 사람인지라. 아무리 살성을 타고 태어났다고 손가락질 받으며 길러지고 살수로 키워졌다 하더라도 이토록 마음이 따뜻한 이들과 함께한 시간이 10년이었다. 자연스럽게 그들에게 동화되어 감정을 익힌 여운은 태어나서 처음으로 자신이 진짜로 살성을 타고 태어난 세 아니라고 확신했디.

지地의 초상을 치르고도 흑사모가 돌아오길 기다리는 보름 동안 장용위는 초상집 분위기를 벗어날 수 없었다. 모두가 계속해서 눈물 흘리고 설마하는 마음으로 오늘, 내일 흑사모가 돌아오기만을 기다렸다. 마침내 흑사모가 피골이 상접한 모습으로 대문을 들어서자 해바라기처럼 마냥 대문만 바라보고 있던 사람들이 우르르 몰려들었다.

"스승님은?"

"사모 오라버니…… 어찌 되셨소?"

질문을 던지기 전에 이미 답을 알고 있으면서도 우매하게 똑같은 질문만 던지는 사람들 앞에서 흑사모는 '으흐흑' 오열을 토해내며 주저앉았다. 그 모습에 세상이 무너진 것처럼 털썩 무릎 꿇은 동수는 하늘을 향해 괴성과 함께 울분을 내질렀다.

"스승님!"

모진 훈련을 시키면서도 다정다감한 눈길을 던져주던 검선이 금방이라도 눈앞에 나타날 것만 같았다. 동수는 가슴을 가득 채운 분노와 증오를 악으로 다 풀어내지 못해 지글거리는 눈빛으로 검을 부여잡고 그대로 본부를 뛰쳐나갔다.

"동수야!"

흑사모가 급히 불렀지만 그 누구도 동수를 붙잡을 수 없었다. 산길을 뛰어 내려가며 동수는 검선이 마지막으로 했던 말을 되새기며 흐느꼈다.

'또한 검은 마음으로 잡아야 하는 만큼 마음가짐이 중요하다. 네 마음이 어떠한가에 따라 검도 함께 흐르는 법이니라.'

살생검을 들지 말라 했지만 천天에 대한 증오와 분노를 고이 간직한 채 살아갈 자신이 없었다. 장대포를, 사도세자를 죽인 자도 천天이었고 동수의 인생에서 3년의 시간을 매시간 함께하며 모든 비법을 전수해준 검선을 죽였기에 애써 꾹꾹 눌러왔던 증오를 더는 억누르며 살 수 없었다. 검선의 죽음을 알린 여운은 아직은 흑사초롱으로 돌아가야 한다며, 조만간 꼭 다시 돌아오겠다 약속했고 그날부터 매일같이 찾아와 흑사모가 돌아왔는지 여부를 물었다. 혹시나 하는 마음에 여운의 뒤를 밟아 흑사채의 위치를 알아두었던 동수는 벌판을 달려가며 제발 그 자리에 여운이 없기를 바랐다.

'운아, 절대 날 말릴 생각 마라.'

안홍 관청의 창고에 갇혔던 날, 밤을 새우며 여운과 이야기 나눈 동수는 여운이 천天을 어떤 존재로 받아들이고 있는지 충분히 알게 되었다. 어린 날, 외로움에 떨던 여운을 감싸주고 보듬어주며 무예를 익히게 해준 천天을 아버지 이상으로 생각하고 있는 여운이라면 동수가 검을 들이댔을 때 그 앞을 막을 게 분명했다.

흑사채에 단신으로 쳐들어간 동수는 침입에 놀라 덤벼드는 살수들을 가차 없이 베어내고 어깨를 들썩이며 피 묻은 검을 세운 채 소리쳤다.

"천주!"

사방에서 또다시 살수들이 몰려들 찰나, 천天이 느릿느릿 걸어오며 명령했다.

"비키거라."

나직하고 작은 목소리였는데도 살수들은 급히 검을 거두며 물러섰고, 동수와 마주 선 천天은 어울리지 않게 부드러운 미소를 지었다.

"기어코 네놈이 이 몸을 찾아왔구나. 허면, 오늘은 보여줄 것이 좀 있더냐?"

동수는 검을 바로 잡으며 증오와 살기로 활활 타오르는 눈을 천天에게 고정시켰다.

"천주! 감히 스승님을!"

"네 하찮은 입에 올릴 만큼 가벼운 싸움이 아니었느니라. 이 정도에서 만족하고 돌아가는 것이 어떻겠느냐?"

여기까지 오며 더욱 커진 증오를 풀기 전에는 절대 돌아갈 마음이 없었다. 동수는 죽을 각오를 하고 그대로 튀어 앞으로 내달리며 천天에게 검을 휘둘렀다. 천天은 바람처럼 빠르게 파고든 동수를 보며 눈썹을 꿈틀하더니 급히 검집으로 검을 막아내고 예전과는 달리 크게 한 발 물러섰다. 동수의 검이 준 위력이 대단한지 천天은 손가락을 말았다 폈다 하더니 단번에 검을 뽑아 들고 희미하게 미소 지었다.

"광택이, 그놈이 너를 잘 가르쳤구나."

동수는 눈을 부릅뜨며 한 발을 뒤로 빼서 흙으로 파고들 만큼 힘을 준 뒤, 악문 잇새로 말했다.

"당연하지. 나, 백동수의 스승님이시니까!"

그리고 또다시 땅을 박차고 나아가는 동수를 마주한 천天이 묘한 눈빛으로 동수의 검을 막아냈다. 서로의 힘을 겨루며 엇갈린 검 사이로 안광을 빛낸 두 사람은 누가 먼저라고 할 수 없을 만큼 동시에 뒤로 물러섰다가 다시금 앞으로 튀어나갔다. 두 사람의 검이 맞부딪치는 소리가 산을 울리고 계곡을 타며 들판으로 퍼져나갈 정도로 쟁쟁했다.

익숙한 산길을 올라 본부의 마당으로 들어선 여운은 발을 동동 구르고 있는 사람들을 보며 눈썹을 모았다. 그중 흑사모가 여운을 발견하고 허겁지겁 달려오더니 그대로 팔을 잡고 다시 대문으로 향했다.
"흑사초롱으로 가자. 어서!"
"왜 그러십니까?"
여운이 잔뜩 찡그린 얼굴로 묻자 흑사모가 눈물로 얼룩진 눈에 걱정과 조바심을 담아 단번에 말했다.
"동수, 그놈이 천주에게 복수하려 달려 나갔느니라!"
여운은 입을 꽉 다물며 급히 흑사채로 돌아가려 발을 떼었다. 그러자 흑사모가 팔을 단단히 붙들며 고개를 가로저었다.
"나와 같이 가야 하느니라. 네놈 혼자 보낼 수는 없다."
여운은 흑사모가 무엇을 걱정하는지 알기에 매정하게 손을 뿌리칠 수 없어 단단히 붙든 흑사모의 손을 내려다보며 조용히 말했다.
"하지만 가야합니다."
"운아, 내 조용히 너에게 이야기해주려 했건만……. 어쩔 수 없구나. 네놈이 살수였다는 사실을 알게 되었을 때 미리 이야기하지 않은 것을 후회하였다만, 기회가 없어 해줄 수가 없었느니라."
무슨 소리인가 싶어 빤히 바라보는 여운에게 흑사모는 침통한 목소리로 힘겹게 말을 이었다.
"네가 태어났을 때, 천주가 밤하늘에 살성이 나타난 것을 보고 너를 찾아다녔느니라."
엇비슷한 이야기를 들었던 기억이 있길래 여운은 뭔가 심상찮은 느낌에 잔뜩 어깨를 긴장시키고 흑사모를 주시했다.

"천주는 너를 후계자로 키우려 한다며 아이를 내놓으라 하였고, 초상 형님은 그렇게 될 바엔 널 죽이겠다 하였는데 그만 막아서는 형수님을……."

전혀 상상도 못했던 이야기라 여운의 눈동자가 충격으로 단단히 굳어졌다.

"이후 초상 형님은 핏덩어리인 너를 데리고 죽은 듯 숨어 살며, 행여나 네가 검술을 익히면 천주의 말대로 살성이 되지 않을까 걱정하여 너를 모질게 키웠느니라. 한데 초상 형님이 돌아가시지 결국 넌……. 내 죽어서 형님을 뵐 면목이 없구나."

갑자기 지나간 과거가 머릿속으로 휘몰아쳤다. 여초상이 살성에 집착했던 이유도, 스스로의 가슴에 단검을 박으며 마지막이어야 한다던 당부도, 하늘보다 높은 자가 아버지를 죽였다 했던 천주의 말도 한순간에 명쾌할 정도로 해답이 나왔다.

'하늘보다 높은 자…… 천天!'

스스로 어리석다고 자책할 시간이 없었다. 여운은 이를 악물고 두 눈에 살기를 피우며 흑사모의 손을 뿌리치고 그대로 내달렸다. 놀란 흑사모가 급히 뒤따라 뛰는 걸 알았지만 오로지 앞만 보고 달려 흑사채로 돌아가는 내내 여운의 가슴이 천天에 대한 증오로 가득 차올랐다. 아버지처럼, 그 누구보다 따르고 존경해온 자였기에 천天에 대한 배신감과 증오는 뭉쳐 있던 실이 단번에 풀어지듯 여운의 영롱한 눈망울을 타고 흘러나왔다. 그동안 바쳐왔던 충심과 애정, 존경이 한순간에 배신감을 둘러싼 증오로 변하며 천天에게 어째서냐고 토로하며 울부짖고 싶어졌다.

'당신만 아니었어도! 당신이 살성이라 하지 않았어도!'

동수 말대로 모든 원흉은 천天에 의한 것이었다고 생각하니 감분을 억누를 수도 없었다.

'왜! 어째서 나를! 살성이 나타났을 때 태어났다는 이유만으로 어째서!'

흑사채로 곧장 돌아간 여운은 살수들이 둘러싼 가운데 검을 맞대고 있는 동수와 천天을 보며 큰 숨을 들이마셨다.

장량과의 싸움에서 부상이 다 낫지 않았다 하더라도 절대 동수에게 밀릴 리 없다 생각했던 천天이 열세로 온몸에 피를 흘리고 있는 모습이 도무지 믿기지 않았다. 여운이 놀람을 진정시키기도 전에 또다시 동수의 검이 천天의 어깨로 파고들었고, 동수의 검을 어깨에 박은 채 주르륵 뒤로 밀려난 천天은 간신히 두 다리로 버티고 선 채 희미한 미소를 지었다.

"광택이 놈이 훌륭한 제자를 두었구나……."

그 말에 동수의 눈동자에 망설임이 서렸다. 여운은 천天에 대한 증오로 검을 뽑아 들며 앞으로 튀어 나갔다.

천天이 검선을 언급한 순간, 동수는 검선의 마지막 말을 떠올리고 잠시 주저했다. 검선의 고향집을 나설 때 어쩌면 검선은 이미 죽을 것을 예상하고 있었는지도 몰랐다. 그렇기에 살생검을 들지 말라 당부했을 테고, 동수가 복수하길 원하지 않았을지도 모른다는 생각이 들자 동수는 차마 천天의 목숨을 앗을 수가 없었다. 검선과 천天이 어떤 악연으로 이어져왔는지 자세히 몰라도 두 사람이 막연히 적대 관계만은 아니었다는 걸 생각하면 더욱더 검선의 가르침을 져버릴 수가 없어 동수는 거칠게 천天의 어깨에서 검을 뽑아냈다. 순간, 등 뒤로 강한 살기가 몰아쳐 반사적으로 몸을 돌린 동수는 매처럼 날카롭게 파고드는 여운의 검을 받아쳤다.

"비켜."

여운은 증오와 분노, 배신감으로 이글거리는 눈을 천天에게 박은 채 동수에게 악문 잇새로 말했고 동수는 여운의 자글자글한 살기에 놀라 두 눈을 크게 뜨며 물었다.
"운이 너, 왜 그래?"
당연히 여운이 자신을 공격할 거라 생각했건만 가득한 살기를 오로지 천天에게 내뿜는 여운을 보니 당황스럽지 않을 수 없었다. 여운은 동수에게 시선조차 돌리지 않으며 분노로 파랗게 질린 입술을 떨며 말했다.
"내 운명이다. 살성을 만든 자야. 내가 죽이고 말겠어."
천天은 게슴츠레한 눈으로 여운을 바라보더니 피식 웃었다.
"거참, 이리 되는 것이었더냐. 적시성을 범한 두 별이라……."
그러더니 난감하다는 듯 머리를 긁적거렸다.
"허면, 내가 적시성이었던 게냐……."
자조적인 그 말에도 분기가 뻗쳐오르는지 여운은 동수의 검에 짓눌려진 검을 포기하고 왼손으로 쌍검을 뽑아 들었다. 동수는 두 사람의 대화에서 어렴풋이 사정을 알 것 같았지만, 이 자리에서 여운이 천天을 죽이게 할 수 없었다. 동수가 천天을 막아서며 검을 세우자 여운은 광기처럼 번들거리는 살기를 동수에게 향했다.
"비켜."
"그만둬, 운아. 이미 부상이 심한 자야."
그렇기 때문에 더더욱 이 자리에서 천天을 죽여야겠다는 눈빛을 보내는 여운에게 동수는 도리질했다.
"싸울 수 있는 상태가 아닌 자와 겨루어 죽인다면 운이 넌."
동수는 큰 숨을 들이마시고 단번에 말을 쏟아냈다.
"진짜로 살성이 된다. 그러니까 그만둬."
대답 대신 예리한 쌍검이 밀려들어오자 동수는 천天을 지키려 검을 맞부딪쳤다. 참으로 기괴했다. 방금 전까지 죽이려 했던 자를 지키기 위해 그토록 기다려온 지기와 검을 맞대어야 한다니 슬프고 가슴이 아팠다. 하지만 여운을 위해서라도 이 자리에서 천天을 죽이게 해서는 안 된다는 생각에 동수는 매서운 살기를 뿜어내며 빠르게 공격하는 여운의 검을 막아냈다.

마치 다듬이돌 두드려대는 소리처럼 빠르게 부딪치는 철음에 살수들은 주춤주춤 물러섰고, 동수는 여운의 검을 막아내며 검선의 가르침을 또다시 가슴에 새겼다. 검을 쥔 자의 마음이 어떤가에 따라 검의 흐름도 바뀐다던 그 말처럼 온통 증오와 살기로 뒤덮인 여운의 검은 공격만을 했고, 지키고자 하는 마음으로 가득한 동수의 검은 막아내기만을 반복했다.

'너를 지키고자 하는 거다! 운이 너를! 제발 여기서 멈춰!'

강하게 파고드는 여운의 검을 막아내기만 해서는 뒤에 있는 천天을 지킬 수가 없어 동수는 애원이 섞인 눈빛을 던졌지만 여운은 조금도 살기를 거두지 않았다. 결국 동수는 여운의 검을 쳐내고 앞으로 나아가기 위해 검을 내뻗었다. 그때, 갑자기 등 뒤에 있던 천天이 앞으로 튀어나와 동수의 검을 내리치고 파고드는 여운의 쌍검을 가슴으로 받아냈다.

"천주님!"

살수들이 놀라 외침과 동시에 여운의 두 눈이 경악으로 물들었다. 스스로의 운명을 위해 천天을 죽이겠다 각오하고 덤벼들었어도 십수 년간 아버지처럼 모시던 사람의 가슴에 온전히 검을 박고 태연할 리가 없었다. 동수는 천天이 내리친 자신의 검을 회수하며 단단히 굳은 얼굴로 물었다.

"어째서…… 입니까?"

그러자 여운을 바라보며 낮게 뜬 눈으로 웃음을 흘리며 천天이 나직한 목소리로 입을 열었다.

"운아, 네 운명을 베어버리고 싶으냐?"

말과 함께 피를 토해내는 천㤢을 바라보며 여운은 매정하게 쌍검을 회수했다. 허공으로 빠져나오는 검날을 따라 붉은 선혈이 사방으로 쏟아져 나왔지만 여운은 눈썹 하나 까딱하지 않은 채 냉랭히 답했다.

"운명을 되찾고 싶을 뿐입니다."

그러자 바닥으로 풀썩 주저앉으며 천㤢이 붉은 피가 흥건한 입술을 비틀어 올렸다.

"허면, 미안하구나……."

여운의 눈가가 바들 떨리더니 금방이라도 천㤢의 목을 쳐낼 것처럼 검을 단단히 부여잡았다. 동수는 급히 여운의 손을 잡고 애원했디.

"운아, 제발 멈춰."

동수의 간절함이 통했는지 여운의 손이 살짝 풀리자 고개 숙인 천㤢이 피를 흘리며 낮게 웃었다.

"비록 탐이 나서 억지로 곁에 두었지만, 너를 아끼는 마음은 진정이었느니라."

여운은 살벌한 눈을 천㤢에게 돌리며 차가움에 초목이 얼어붙을 것같이 냉랭히 말했다.

"진정 그리 아끼셨다면, 진즉에 놔주셨어야지요. 더 이상 붙잡을 생각은 마십시오."

동수는 깊이 안도하며 여운의 팔을 잡아끌었다. 그렇게 허탈함이 무겁게 내려앉아 처진 어깨로 흑사채를 나오는 두 사람을 잡지도 못하고 어쩔 줄 몰라 하던 살수들은 천주가 숨을 거뒀는지 오열을 터뜨렸다. 들판을 나란히 걸어가다 기울어지는 태양에 잠시 멈춘 동수는 얇은 입술처럼 휜 만월에 시선 주었다.

"운아, 저 샛별은 어째서 만월 곁에 있는 걸까?"

뚱딴지 같은 소리에 멈춰 선 여운은 동수의 시선을 따라 만월 곁에서 초라하게 반짝이는 샛별을 올려다봤다.

"글쎄……."

"내 생각엔 말야. 저 샛별은 달을 너무 사랑하는 게 아닐까?"

여운이 아름다운 입술을 비틀며 피식 웃었다. 들판에 서서 만월과 샛별을 바라보며 담소를 나누자니 마치 3년의 시간이 없었던 것만 같아 잔잔한 미소를 지으며 동수는 헛소리를 계속했다.

"그렇지 않으면 미친 게 틀림없어."

여운의 입술이 더욱 비틀어졌다. 웃음을 참는지 부드럽게 휜 눈매가 눈이 부실 정도로 고왔다.

"그것도 아니면 나보다 더 바보가 분명해."

급기야 여운이 '풋!' 하면서 소리 죽여 웃었다. 동수는 오랜만에 듣는 여운의 웃음에 기분 좋음을 느끼면서 너무나 진지한 목소리로 말을 이었다.

"그런데도 참 아름답지 않냐? 반짝거리면서 환한 달 옆에 붙어 있는 게 기특하기도 하고."

"좀 있으면 별 따러 가겠다고 하겠네."

여운이 슬쩍 놀리자 동수가 두 눈을 크게 떴다. 그러고선 여운의 팔을 잡아당기며 들판으로 내달렸다.

"좋아! 별 따러 가자!"

동수의 손을 뿌리치지 않고 달리는 여운의 눈이 평안함과 즐거움으로 별보다 더 반짝였다. 슬쩍 뒤돌아보며 동수는 이제는 두 번 다시 소중한 사람들의 운명을 누군가 쥐고 흔들도록 만들지 않겠다 굳게 다짐했다. 검선처럼 누군가를 지키기 위한 검을 평생 손에 들고 적 앞에선 차갑게, 동료 앞에선 뜨겁게 살아가리라 맹세했다. 온몸이 뒤틀려 태어나 판자촌에서 구걸하는 거지로 자랐고, 오기만으로 장용위의 고된 훈련을 이겨냈지만 나약함으로 소중한 사람들이 죽는 것을 지켜봐야 했던 과거를 회상하며 동수는 이제는 지켜야 할 자를 위해서 악만 쓸 게 아니라 강함을 키워 진실로 지켜내고야 말겠다 생각했다.

 석양이 낮게 깔린 들판을 뛰어가는 동수와 여운의 그림자가 길게 늘어졌다.

에필로그

1776년 3월.

영조가 승하한 지 5일 만에 세손 이산의 즉위식이 시행되었다. 아직은 찬바람이 남아 있는 청명한 하늘 아래에서 대보옥새를 받아 든 이산은 영조의 상이 다 치러지지도 않은 상태에서 면복으로 갈아입는 것조차 주저했던 만큼 떨림을 주체할 수 없었다. 생전에 노론 대신들의 반대에도 불구하고 이산을 대리청정 시키고 왕위까지 물려준 조부이기에 최대한의 조의를 표하고 싶었건만, 한시라도 늦추다가 이산이 왕위를 받지 못할까 두려워한 소론에 의해 결국 대보를 받게 된 이산은 급기야 뜨거운 눈물을 흘렸다.

그리고 어좌에 앉아서는 흐느낌을 토해낸 이산의 눈물에 함께 눈물을 흘리던 대신들은 이산이 울분 섞인 목소리로 크게 외치자, 대경실색했다.

"과인은, 사도세자의 아들이다!"

그 얼마나 참고 속으로 삭혀왔던 말이던가.

홍국영의 강경한 권유에 어쩔 수 없이 아버지를 효장 세자로 모시게

된 날부터 오로지 이 날만을 기다려온 이산은 대보를 움켜쥔 채 당당히 마음속의 울분을 토해내었다.

사도세자의 죽음에 동조했던 이들을 모두 유배형에 처했고, 지금까지 참아왔던 이산을 위로하듯 홍국영은 명의록明義錄을 만들어 세상에 공표했다. 홍국영의 계책은 거기서 멈추지 않고 동수에게 부사용副司勇의 직책을 줘 항시 이산을 지킬 수 있도록 했다. 그렇듯 세손 시절부터 이산을 보필하며 많은 위험으로부터 지켜주고 동수로 하여금 이산을 죽이려 시도하는 자객들을 모두 없애게 한 홍국영은 왕좌에 앉은 이산에게 또다시 청천벽력 같은 제안을 했다.

"전하, 소신에게 모든 실권을 내려주시옵소서."

"무슨 뜻이더냐?"

홍국영을 믿지 못하는 건 아니지만 권력에 욕심을 부릴 인물이 아닌 데도 권력을 달라니 의아해 묻는 이산에게 홍국영이 영롱한 눈으로 부드럽게 웃었다.

"소신에게 삼사의 소계, 팔도의 장첩, 묘염, 전랑직의 인사권 등을 모두 총괄할 수 있는 권리를 주시옵소서. 하고 전하께선 조용히 규장각을 확대하시어 인재를 모으시옵소서."

이제는 제법 홍국영의 한 수가 보여 이산은 눈을 크게 떴다.

"하면 네가 대신들을 장악하겠단 말이더냐?"

"예, 소신이 대신들을 상대하겠사옵니다. 소신이 그들의 눈과 귀를 꼭 붙들 터이니 전하께선 전하의 오른팔이 될 신하들을 모아 키우시옵소서."

이산은 홍국영에게 원하는 권한을 넘겨주었고, 그 말대로 3년 동안 홍국영은 대신들을 손안에 넣고 쥐었다 폈다 하고, 백관들은 물론 8도감사나 수령들까지 호령했다. 그 동안 이산은 착실하게 규장각을 확대하고 이산의 근위 세력을 만들어갔다. 그래서 3년이 지난 1779년에는 규장각 외각에 검서관을 두고 서얼 출신 학자들을 배치하면서도 노론 대신들의 반대에 부딪치지 않았다. 그러던 어느 날, 홍국영은 누이동생을 후궁으로 맞아달라 청했다. 대체 무슨 생각인가 싶었지만 홍국영을 믿기에 그 뜻을 수락한 이산은 그 해가 가기 전에 후궁으로 맞이한 홍국영의 누이동생이 궁에서 급사하자 뒤늦게 그 의미를 알게 되었다.

이산에게 자손이 없음을 노려 왕비 김씨를 해하려는 자들의 시선을 돌린 것을 알고 나서야 이산은 홍국영의 가슴을 움켜쥐며 눈물을 흘렸다. 그렇듯 감사함과 미안함을 안고 있던 이산에게 이듬해 규장각이 어느 정도 자리 잡았다고 생각한 홍국영이 또다시 얼토당토않는 청을 했다.

새파란 하늘이 어깨 위로 쓰러질 듯 기울며 서서히 지평선이 붉게 변해가는 가을 저녁에 홍국영을 마주한 이산은 뜨거워진 눈을 부릅뜨며 가늘게 입술을 열었다.

"어찌 과인에게 그런 말을 하느냐? 너를 내치라니!"

"전하, 지금이 적기이옵니다. 소신을 과감히 내치시어 대신들에게 왕권의 위엄을 증명하시옵소서."

이산은 스스로를 희생하려는 홍국영의 손을 꼭 쥐며 격하게 도리질했다.

"그렇게 못한다. 네 누이를 희생한 것으로 모자라 스스로 대역죄인이 되겠다니, 내 어찌 그리할 수 있더냐!"

"전하, 소신은 이미 죽은 목숨이었사옵니다."

행여 지병이 있었나 해서 깜짝 놀라 숨을 죽인 이산에게 홍국영이 희미하게 미소 지었다.

"오래전 사도세자 저하 대신에 이 목숨을 내놓기로 결의하고 약속하였지만, 그 약속을 지키지 못한 날부터 이 목숨은 오로지 전하를 위하여

연명해온 것이옵니다."

익위사였던 상길이 이야기해주었던 일이 아득하게 먼 기억 속에서 다가와 이산은 두 주먹을 불끈 쥐었다. 아버지인 사도세자가 어떻게 승하했는지, 되새길 때마다 울분이 뻗쳐올랐지만, 수십 년간 참고 내색하지 않는 법을 터득해온 이산은 아버지 대신 홍국영이 죽으려 했다는 것에 말 대신 감사하는 마음만 내비쳤다. 그러자 홍국영이 흐느낌과도 같이 떨리는 목소리로 다시금 청했다.

"사내대장부로 태어나 큰 뜻을 이룸이 양명에만 있는 것이 아니옵고, 세월이 흘렀다 하여 약속을 잊고자 함도 없사옵니다. 전하, 소신의 뜻을 헤아려주시옵소서."

이산은 수족을 베어내는 기분을 느껴 눈을 질끈 감았다.

4년간 내정을 휘어잡아 노론들을 상대로 팽팽하게 맞대응해왔던 홍국영이었다. 대후겸大厚謙이라 불리며 손가락질당할 정도로 횡포와 전횡을 저질러 모든 만목을 받으며 뻔뻔하기까지 해 그 누구도 홍국영에게 대들 수조차 없게 했다. 그래서 다들 정계에 무기력하고 관심이 없어하는 이산에게 끝없이 홍국영을 탄원하자 홍국영답게 이산의 속이 시원해질 대답으로 그들을 일축했다.

"대감들께선 오래전, 분명히 이 자리에서 말씀하시지 않으셨습니까? 동궁께서는 노론과 소론을 알 필요가 없으며, 이조 판서와 병조 판서를 알 필요가 없습니다. 조정의 일에 이르러서는 더욱 알 필요가 없습니다, 하고 말입니다!"

이산이 세손일 때 대리청정을 반대하며 노론 대신들이 삼불필지설三不必知說을 제기했던 일을 꼬집는 홍국영에게 그 누구도 대꾸하지 못했다.

"네가 아니었다면 내 어찌 이 자리에 있을 수 있으며, 아바마마의 한을 풀 수 있었고, 대신들의 간섭을 이겨낼 수 있었겠느냐?"

"하여, 지금이 적기이옵니다. 저를 내치시어 친정 체제를 구축시키고, 대신들에게 왕권이 건재함을 내보이시옵소서."

이산은 두선을 느끼며 이마에 손을 얹었다.

"아무리 그렇다 하더라도……. 하고, 무슨 연유로 너를 내친단 말이더냐."

"소신이 묘혈을 파겠사옵니다. 왕비마마를 해하려 음모를 꾸몄다 하여 소신을 내치신다면 앞으로 왕비마마를 해하려는 자가 쉬이 나타나지 않을 것이옵니다."

이미 치밀하게 계획되어 있음을 안 이산은 문득, 홍국영이 오래전부터 이것을 계획해왔던 게 아닌가 의구심을 갖게 되었다. 설마하는 표정으로 바라보니 홍국영이 동그란 눈으로 순한 미소를 마음껏 펼쳤다.

이후, 이산은 한때 세도勢道정치로 이름을 떨친 홍국영을 원치 않으면서도 어쩔 수 없이 사지死地로 내몰아야 했다.

바람결에 나부끼는 머리카락이 햇빛을 받아 반짝거렸다.

여운은 등 뒤에 일렬로 서서 활활 타오르는 흑사채를 멍하니 바라보는 살수들에게 별보다 반짝이는 눈동자를 돌렸다.

"너희는 이제 자유다."

넋을 잃고 망연히 흑사채를 바라보던 살수들은 여운의 명령에 당황하며 급히 무릎 꿇었다.

"천주님! 저희는……."

여운은 피식 웃으며 어쩔 줄 몰라 하는 살수들에게 무심하게 말했다.

"나에게 천주가 되길 강요하며 약속하지 않았더냐? 흑사초롱을 내 마음대로 할 수 있다고……. 하여, 이리 불태우고 없애버리겠다."

"이제 저희는 어디로 가야 합니까?"

대략 30명 정도 되는 살수들은 앞날이 막막한지 애원하는 눈빛으로 여운을 올려다보기만 했고, 곰곰이 생각하던 여운의 눈이 한순간 짓궂게 변했다.

"계속 나를 따르겠느냐?"

"존명!"

여운은 바람을 향해 고개 들어 두 눈을 감고 그 감촉을 즐기며 부드럽게 입술 끝을 치켜 올렸다.

"니네, 나중에 딴소리 없기다."

그들 모두 '존명!' 만을 외쳐댔지만 그날 저녁, 황진기의 산채로 들어서는 살수들의 얼굴이 사색이 되었다. 갑작스레 살수들이 들이닥치자 놀란 황진기가 환도를 들고 뛰쳐나왔고 그 뒤를 진주가, 그 뒤를 붓을 든 김홍도가 따라 나왔다.

"운이, 네가 웬일이냐?"

살수들을 잔뜩 경계하며 묻는 황진기에게 무릎 꿇으며 여운은 아리따운 미소를 펼쳤다.

"저와 부하들을 어르신의 수하로 받아주시지 않으시겠습니까?"

"뭐, 뭐?"

"야! 여운! 지금 무슨 소리야!"

황진기는 둘째 치고 흑사초롱에게 어머니를 잃은 진주가 눈이 붉게 충혈되어 소리치자 여운은 미안함과 슬픔을 담아 조용히 말했다.

"네 분이 풀릴 때까지 이놈들을 때려도 된다는 말이야."

그 말이 끝나자마자 살수들이 이빨을 덜덜 떨었고 진주가 눈을 번쩍 뜨며 두 팔을 걷어붙였다.

"오호라! 그런 거라면 다 죽여도 되는 거지?"

여운은 고개 끄덕이며 아주 진지하게 답했다.

"나만 빼고."

여운의 등 뒤로 이어지는 신음이 파도처럼 철썩거리며 계속해서 들려왔다. 여운은 진짜로 자유를 얻음에 매 순간이 행복해짐을 느꼈다. 이제야 비로소 살성의 운명을 벗어버리고 새로운 삶을 살 수 있다는 확신이 들어 저녁의 어스름을 헤집는 여운의 눈동자가 소연히 빛났다.

매해 찾아오건만 잡초가 무성하게 자란 무덤은 언제 봐도 동수의 눈시울을 뜨겁게 했다. 동수는 검선의 무덤 앞에 절을 하고 주섬주섬 잡초를 뽑으며 말했다.
"스승님, 죄송합니다. 제가 그때 조금만 더 현명했더라면, 그리 가벼이 먼저 한양으로 출발하지 않았을 것을……."
마치 검선의 자상한 웃음처럼 한차례 바람이 불자 나무들이 우수수 서로 잎을 비벼댔다. 세 번의 위기로부터 이산을 구한 동수는 이산으로부터 고맙다는 말을 들을 때마다 그 감사를 검선에게 돌렸다. 검선이 가르쳐주지 않았더라면, 제자로 받아주지 않았더라면 동수는 이산을 지킬 수 없었을 게 분명하고 여전히 자신의 부족함을 탓하며 살고 있었을 터였다.
"도저히 잊을 수 없습니다. 스승님이 그립고, 보고 싶고, 가르침을 더 받고 싶어 스승님을 잊을 수 없습니다. 하여, 이 어리석은 제자의 눈물을 질책하지 말아주십시오."
조용히 눈물 흘리며 검선에게 그리움을 보인 동수는 또다시 바람이 일고 나뭇잎이 속삭이자 고개 숙여 흐느꼈다. 인자한 웃음이, 매섭게 바라보던 눈빛이, 위로하듯 다정한 말투가 뇌리에 박혀 죽을 때까지 검선을 잊지 못할 것만 같았다. 그렇기에 동수는 아무리 해가 바뀌어도 검선의 무덤을 찾아 제사를 지냈다.

그리고 1789년, 장용영壯勇營 초관哨官으로 임명받은 동수는 이산의 명을 받아 4월부터 무예지를 편찬하게 되었다. 스승인 검선이 완성했던 무예신보를 기초로 무예도보통지를 완성하라는 명령에 밤이 깊어서까지 장용영에 머물던 동수는 5월의 따스한 햇살에 지평에서 아지랑이가 피어오르는 것을 바라보다가 급히 사택으로 돌아갔다.

대문을 열고 들어서자 은은한 인삼향이 먼저 반기고 뒷마당에서 수련하고 있던 아들의 목검 소리가 뒤따랐다. 동수는 한참 동안 그 자리에 서서 지난날을 회상하며 얼굴 가득 만족스러움을 펼쳤다.

죽동이라 불리며 놀림받던 어린 시절, 온몸을 감싼 부목이 그토록 원망스럽고 한스러울 수가 없었다. 마음대로 움직일 수만 있다면 뭐든지 할 수 있겠다는 생각만으로 어린 날을 지냈기에 부목에서 자유로워진 날부터 어쩌면 우쭐함만을 지니며 사는 것에 전혀 거리낌이 없었는지도 몰랐다.

장용위에서 눈앞에서 장대포가 죽는 것을 보며 죽도록 노력하고 또 노력했지만 실력이 나아지지 않던 그 시절. 그래도 세상은 마음먹기에 달렸다고 스스로를 위로하며 자만심을 버리지 못했었다.

사도세자가 죽고 충격에 빠져 오로지 광기에 휩싸여 검만을 휘둘렀을 때조차도 자신의 못남을 탓하며 어리광을 부리고 있었는지도 몰랐다.

그렇듯 철이 없던 동수가 현실을 제대로 바라보고 인생을 진지하게 바라보게 된 계기가 된 지선은 항상 말했다.

"나으리께서 저의 운명을 바로잡아주셨습니다."

그때마다 동수는 지선에게 답했다.

"아닙니다. 아씨야말로 나의 운명을 바로잡아주신 분입니다."

"어찌 제가 나으리의 운명을 바로잡아드렸겠습니까. 검선 어르신께서 해주신 거지요."

물론 맞는 말이기도 했지만 동수는 언제나 고집을 꺾지 않았다.
"아씨야말로 내 운명입니다."
"어째서 아직도 아씨입니까?"
수줍은 듯 얼굴을 붉히며 조그맣게 투덜대는 지선을 볼 때마다 동수의 가슴이 미친 듯 요동쳤다. 아내이면서 영원한 사랑이고, 언제까지나 마음속의 선녀인 지선을 생각하며 마냥 서 있던 동수는 다소곳하게 들리는 목소리에 눈을 깜박였다.
"돌아오셨습니까."
어느새 마당으로 내려서며 반기는 지선을 바라보는 동수의 눈이 행복으로 젖어들었다. 비녀로 단정히 올린 머리로 인해 하얗고 가는 목이 더욱 눈에 띄는 지선에게 성큼 다가간 동수는 길고 하얀 손을 붙잡으며 다정하게 물었다.
"기다리셨습니까?"
언제나 집에 돌아오면 반겨주는 지선에게 동수는 똑같은 질문을 했고, 그때마다 지선은 반짝이는 눈을 웃음으로 감추며 답했다.
"항시 기다리고 있습니다."
동수는 부드러운 지선의 손을 매만지며 가만히 한숨 쉬었다.
"무슨 일이 있으십니까?"
걱정스레 묻는 지선의 손을 자신의 가슴에 대며 동수는 고개를 가로저었다.
"피어오르는 아지랑이를 바라보며 서 있었는데, 정신을 차려보니 아씨 곁에 와 있으니 이를 어쩝니까."
발갛게 볼을 물들이며 지선은 얄밉다는 듯 동수를 흘겨봤다.
"아직도 아씨입니까?"
가슴에 댄 지선의 손을 두 손으로 꼭 감싸 쥐며 동수는 두 눈을 감고 그 감촉을 즐겼다. 투정하듯 새초롬하게 말하는 그 얼굴이 눈을 감았는데도 선명해 흐뭇한 미소가 절로 흘렀다. 오래토록, 아주 오래토록 지선과 함께하고 여생을 보내고 싶었다.

5월의 햇살 아래 날리는 봄꽃을 맞으며 두 사람은 서로의 행복을 나눴다.

작가후기

첫 시놉이 나왔던 지난해 7월부터 이 순간까지 짧다면 짧고 길다면 긴 1년이라는 시간이 흘렀습니다. 그간 수없이 많은 캐릭터와 이야기가 머릿속을 맴돌았지만, 유독 머릿속을 떠나지 않는 한 사람이 바로 백동수입니다. 한때는 손에 잡힐 듯 잡히지 않았기에 나와는 인연이 먼가 생각도 했었지만, 어느 순간 '내가 백동수요' 하며 환하게 웃고 있었습니다. 백동수, 그가 제 손을 잡았습니다.

사실 무사 백동수는 작품 속 인물이 제 손을 먼저 잡으면서 시작되었고, 작가의 창작이 아닌, 캐릭터가 알고 있는 이야기들을 되레 제게 쏟아냈습니다. 역사 속 이름 한 줄로 사라진 사람들의 이야기는 너무나 흥미로웠고, 영·정조시대 무예로 세상을 평정하고자 했던 그들의 이야기는 저를 사로잡았습니다. 역사의 앞 선에 있는 자들이 아니기에, 사라진 역사의 그림자이기에, 고된 작업이었지만 하루하루가 즐거웠습니다.

이 작품에 수많은 사람들의 도움을 받았습니다. 만화 원작이 없었다면 이 작품은 존재할 수 없었을 것이기에 이재헌, 홍기우 작가님께 감사드립니다. 또한 드라마로 만들어지지 않았더라면 어딘가 먼지처럼 쌓여 있다 흩어졌을 것이기에 제작, 연출, 스태프 여러분에게 감사드립니다. 이 일련의 과정에서 하나의 이미지가 되어 제 앞에 서준 캐릭터들에게 감사하고 또 그 캐릭터들을 현실로 가져다준 배우여러분들에게 진심으로 감사드립니다. 마지막으로 이 작품을 멋지게 소설로 풀어준 박윤후 작가님께 감사드리며, 밤 10시가 되면 잊지 않고 백동수와 함께 울고 웃었던 시청자와 독자 여러분에게 고개 숙여 감사드립니다.

- 권순규

작가후기

진정 아름답고 강한 이야기이기에, 인물 하나하나 정이 가고 매력적이라 집필 내내 즐거움이 떠나지 않았습니다. 특히 동수와 여운, 초립 삼총사는 배우 지창욱 씨, 유승호 씨, 최재환 씨가 생명을 넣어줘 글을 쓰면서도 마치 그들이 눈앞에 있는 듯한 기분으로 쓸 수 있었습니다. 또 시나리오를 토대로 쓰면서 매번 감탄했고, 대사들과 맛깔스러운 상황에 계속해서 히죽 웃으며 썼습니다.

에필로그를 쓰며 참 많은 생각을 했습니다.

초립이는 결국 죽고, 여운은 사랑을 포기하고, 동수는 너무 많은 소중한 이를 잃었으니, 이게 진정 해피엔딩인가 싶어 마지막 타이핑을 하며 가슴이 뭉클해졌습니다. 그래도 해피엔딩으로 기억하고 싶습니다.

결론은, 저에게는 무척이나 즐거운 공동집필이었고 기억에 남을 만큼 재미있는 작업이었습니다. 그래서 독자분들 모두 저와 같은 즐거움을 함께 했으면 좋겠다는 소망입니다.

항상 후기에 감사를 하게 되는데 이번에는 좀 많습니다.

우선, 이런 좋은 작품을 쓸 수 있게 해주신 케이팍스와 권순규 작가님, 여운을 쓰며 계속해서 엄마 미소 짓게 했던 유승호 씨, 드라마를 보며 행복하게 해주신 배우들과 감독님, 급한 일정으로 출간을 하며 고생하신 브레인스토어 편집부, 김은영 교정자님, 원작 '야뇌 백동수'의 이재헌 작가님, 홍기우 작가님, 탈고하길 기다려주신 영화감독님과 피디님들, 조수민 작가님, 저를 여운빠로 받아주신 디시 무백겔 겔러님들, 작품에 조언을 아끼지 않아준 김지혜 작가님, 빵 싸주며 응원해주신 호평동 파리바게트 점장님, 동냥하듯 아이를 맡겨도 기꺼이 돌봐준 서현엄마, 규현엄마, 고은엄마, 마루어린이집 선생님들, 양가 부모님들과 출퇴근하며 고된 몸으로 도와준 남편 플로렌시오, 엄마 정에 굶주려도 일 열심히 하라고 격려해준 다섯 살짜리 딸 민교.

진심으로 감사드립니다.

마지막으로 이토록 즐거운 생을 주신 주님께 감사드립니다.

- 박윤후